SHELBY MAHURIN

SERPENT & DOVE

LA STREGA E IL CACCIATORE 1

TRADUZIONE DI
ILARIA KATERINOV

HarperCollins

ISBN 979-12-5985-045-4

Titolo originale dell'edizione in lingua inglese:
Serpent & Dove
HarperTeen
an Imprint of HarperCollins *Publishers*

Traduzione di Ilaria Katerinov

Prima edizione HarperCollins
settembre 2020
Questa edizione HarperCollins
ottobre 2022

MISTO
Carta da fonti gestite
in maniera responsabile
FSC
www.fsc.org
FSC® C005461

Questo libro è prodotto con carta FSC® certificata con un sistema di controllo di parte terza indipendente per garantire una gestione forestale responsabile.

Alla mamma, che ama i libri,
a papà, che mi ha dato la fiducia necessaria per scriverli,
e a RJ, che non ha ancora letto questo.

PRIMA PARTE

Un malheur ne vient jamais seul.
Le disgrazie non vengono mai sole.

PROVERBIO FRANCESE

IL BELLEROSE

Lou

C'è qualcosa di spettrale in un corpo toccato dalla magia. Quasi tutti notavano per prima cosa l'odore: non la puzza di marcio tipica della putrefazione, ma un miasma dolciastro nelle narici, un sapore aspro sulla lingua. Qualcuno, di rado, percepiva anche un fremito nell'aria. Un'aura che aleggiava sulla pelle del cadavere. Come se la magia fosse ancora lì, di guardia, in attesa.

Viva.

Ovviamente, chi era così stupido da parlare di certe cose finiva sul rogo.

Nell'ultimo anno a Belterra erano stati trovati tredici cadaveri: più del doppio rispetto all'anno precedente. La Chiesa si sforzava di mantenere il segreto sulle circostanze di quelle morti, ma tutte le vittime erano state seppellite in bare chiuse.

«Eccolo.» Coco mi indicò un uomo nell'angolo. Le candele gli lasciavano in ombra metà del viso, eppure il broccato d'oro della giacca e i pesanti stemmi appesi al collo erano inconfondibili. Sedeva rigido, visibilmente a disagio, mentre una donna seminuda si strusciava contro il suo ventre grasso. Non riuscii a trattenere un sorriso.

Solo Madame Labelle avrebbe mollato un aristocratico

come Pierre Tremblay ad aspettare nelle viscere di un bordello.

«Vieni.» Coco accennò a un tavolo nell'angolo opposto. «Babette dovrebbe arrivare tra poco.»

«Che razza di sbruffone si veste di broccato mentre è in lutto?» domandai.

Coco si girò a guardare Tremblay e fece un sorrisetto. «Uno sbruffone ricco.»

Sua figlia Filippa era il settimo cadavere ritrovato.

Era scomparsa nel cuore della notte e, con grande sgomento dell'aristocrazia, era riapparsa – con la gola squarciata – sulla riva dell'Eau Mélancolique. Ma non era quella la cosa peggiore. Si era sparsa la voce in tutto il regno sui suoi capelli bianchi e le rughe, la cataratta e le dita artritiche. A ventiquattro anni era diventata una vecchia. I nobili non capivano. Non aveva nemici, nessuno che covasse un rancore tale da poter ispirare una simile violenza.

Ma se Filippa non aveva nemici, quello spaccone di suo padre invece ne aveva accumulati molti, con i suoi traffici di oggetti magici.

La morte della figlia era stata un avvertimento: chi truffava le streghe ne pagava le conseguenze.

«*Bonjour, messieurs.*» Una cortigiana dai capelli color miele ci si avvicinò, battendo le ciglia speranzosa. Era ridicolo il modo spudorato in cui guardava Coco. Anche travestita da uomo, Coco era bellissima. La pelle scura delle mani era coperta di cicatrici – le nascondeva con i guanti – ma il viso era liscio e gli occhi neri brillavano persino in quella penombra. «Posso invitarvi a trascorrere un po' di tempo con me?»

«Spiacente, tesoro» dissi con il tono più zuccheroso di cui ero capace, accarezzando la mano della cortigiana come avevo visto fare ad altri uomini. «Ma stamattina siamo già impegnati. Mademoiselle Babette ci raggiungerà a breve.»

La cortigiana mise il broncio solo per un istante e poi passò al nostro vicino, che accettò con piacere l'offerta.

«Pensi che l'abbia con sé?» Coco squadrò Tremblay dalla sommità della pelata fino alle suole delle scarpe ben lucidate, soffermandosi sulle dita nude. «Forse Babette ha mentito. Forse è una trappola.»

«Babette sarà pure una bugiarda, ma non è stupida. Non ci tradirà prima che la paghiamo.» Osservai le altre cortigiane con morbosa attrazione. Con la vita strizzata e il petto florido, danzavano leggere tra i clienti come se i busti non le stessero lentamente soffocando.

In effetti, molte di loro non lo indossavano. Non indossavano quasi niente.

«Hai ragione.» Coco estrasse dal cappotto il nostro borsellino e lo lanciò sul tavolo. «Lo farà dopo.»

«Ah, *mon amour*, mi ferisci.» Babette si materializzò sorridente accanto a noi e picchiettò la tesa del mio cappello. A differenza delle altre, aveva coperto la pelle chiara con un tessuto di seta cremisi. Un cerone spesso e bianco nascondeva il resto, comprese le cicatrici che serpeggiavano lungo le braccia e sul petto, come quelle di Coco. «E per altre dieci *couronnes* d'oro, non mi sognerei mai di tradirvi.»

«Buongiorno, Babette.» Ridacchiando, posai un piede sul tavolo e mi spinsi indietro sulle gambe posteriori della sedia. «Sai, è incredibile che tu riesca ad apparire sempre nel giro di due secondi dal momento in cui tiriamo fuori i soldi. Li fiuti, per caso?» Mi rivolsi a Coco, che si stava sforzando di trattenere un sorriso. «A me sembra di sì.»

«*Bonjour*, Louise.» Babette mi baciò sulla guancia e poi

si sporse verso Coco e abbassò la voce. «Cosette, ti trovo splendida come sempre.»

Coco la guardò male. «Sei in ritardo.»

«Dovete scusarmi.» Babette inclinò la testa e sfoderò un sorriso affettato. «Ma non vi avevo riconosciute. Non capirò mai perché due donne tanto belle insistano per mascherarsi da uomini...»

«Le donne non accompagnate attraggono troppa attenzione. Lo sai bene.» Tamburellai le dita sul tavolo con un gesto esperto e mi costrinsi a sorridere. «Chiunque di noi potrebbe essere una strega.»

«Bah!» Babette strizzò l'occhio con aria complice. «Soltanto un pazzo scambierebbe due fanciulle affascinanti come voi per quelle creature orribili e violente.»

«Ma certo.» Annuii, calcando ancora di più il cappello sulla testa. Le cicatrici di Coco e Babette rivelavano la loro vera natura, ma le Dames Blanches potevano aggirarsi per il mondo e passare inosservate. La donna dalla pelle color ruggine che in quel momento era seduta su Tremblay avrebbe potuto essere una di loro. Oppure la cortigiana dai capelli di miele che era appena scomparsa in cima alle scale. «Però prima arrivano le fiamme, quando c'è di mezzo la Chiesa. Poi le domande. È un'epoca pericolosa in cui nascere femmine.»

«Non qui.» Babette allargò le braccia e piegò le labbra verso l'alto. «Qui siamo al sicuro. Qui siamo apprezzate. L'offerta della mia padrona è ancora valida...»

«La tua padrona ti brucerebbe – e brucerebbe noi – se sapesse la verità.» Guardai di nuovo Tremblay, la cui evidente ricchezza aveva richiamato altre due cortigiane. Ora stava rifiutando educatamente i loro tentativi di slacciargli i calzoni. «Siamo qui per lui.»

Coco rovesciò sul tavolo il nostro borsellino. «Dieci *couronnes* d'oro, come promesso.»

Babette tirò su con il naso. «Be'... mi pareva di ricordare che fossero venti.»

«Cosa?» La mia sedia cadde a terra con un tonfo. I clienti intorno a noi ci osservarono sorpresi, ma io li ignorai. «Eravamo d'accordo per dieci.»

«Prima che tu ferissi i miei sentimenti.»

«Accidenti a te, Babette.» Coco tolse le nostre monete prima che lei potesse toccarle. «Hai idea di quanto ci mettiamo a risparmiare tutti questi soldi?»

Cercai di restare calma. «Non sappiamo neppure se Tremblay possiede davvero l'anello.»

Babette fece spallucce e allungò la mano aperta. «Non è colpa mia se continuate a borseggiare la gente per strada come due ladruncole qualsiasi. Potreste guadagnare il triplo in una sola serata qui al Bellerose, ma siete troppo orgogliose.»

Coco inspirò a fondo, strinse i pugni sul tavolo. «Senti, ci dispiace se abbiamo offeso la tua delicata sensibilità, però eravamo d'accordo per dieci. Non possiamo permetterci...»

«Sento che hai le monete in tasca, Cosette.»

La fissai incredula. «Sei un maledetto segugio.»

Un lampo le illuminò lo sguardo. «Insomma! Ti invito qui, correndo un rischio personale, per consentirti di origliare gli affari della mia padrona con Monsieur Tremblay, e tu mi insulti come fossi una...»

In quel preciso istante, vedemmo una donna alta di mezz'età scendere le scale con passo leggero. Un abito color smeraldo metteva in risalto i capelli rossi e la figura formosa. Tremblay si gettò ai suoi piedi, e le cortigiane intorno a noi – compresa Babette – le fecero profonde riverenze.

Era piuttosto strano vedere delle donne nude fare la riverenza.

Madame Labelle afferrò Tremblay per le braccia con un gran sorriso, lo baciò su entrambe le guance e mormorò qualcosa che non riuscii a sentire. Mi assalì il panico quando lo prese a braccetto e lo condusse verso le scale.

Babette ci scrutava con la coda dell'occhio. «Decidete in fretta, *mes amours*. La mia padrona è una donna impegnata. I suoi affari con Monsieur Tremblay non dureranno a lungo.»

La fulminai con un'occhiata: avrei tanto voluto strozzare quel suo bel collo affusolato. «Puoi almeno dirci cosa sta comprando la tua padrona? Ti avrà pur raccontato qualcosa. È l'anello? Tremblay ce l'ha?»

Lei sorrise compiaciuta. «Può darsi… per altre dieci *couronnes*.»

Io e Coco ci guardammo furiose. Se Babette non stava attenta, avrebbe scoperto presto quanto *orribili* e *violente* sapevamo essere.

Il Bellerose vantava ben dodici lussuosi salottini in cui le cortigiane potevano intrattenere gli ospiti, però Babette non ci portò in nessuno di essi. Invece aprì una tredicesima porta, anonima, in fondo al corridoio e ci fece entrare.

«Benvenute, *mes amours*, agli occhi e alle orecchie del Bellerose.»

Battei le palpebre e aspettai che la vista si abituasse alla penombra di quel nuovo corridoio, più angusto del precedente. Dodici finestre – rettangolari, grandi e disposte a intervalli regolari lungo una parete – lasciavano entrare una tenue luminescenza. Osservando meglio, però, mi accorsi che non erano affatto finestre, bensì ritratti.

Passai un dito sul naso di quello più vicino a me: una

bella donna, prosperosa e con un sorriso affascinante. «Chi sono?»

«Famose cortigiane del passato.» Babette si fermò ad ammirare il dipinto con un'espressione assorta. «Un giorno il mio ritratto sostituirà il suo.»

Perplessa, mi avvicinai per ispezionare la donna in questione. L'immagine sembrava come al contrario, i colori erano smorzati... come se fosse il retro del quadro. E poi... oh, accidenti.

Gli occhi erano coperti da due sportellini dorati.

«Sono spioncini, quelli?» chiese Coco, incredula, avvicinandosi. «Che razza di macabro circo è questo, Babette?»

«Ssstt!» Babette si portò un dito alle labbra. «Gli occhi e le orecchie, ricordi? Orecchie. Qui dentro si deve bisbigliare.»

Non volevo immaginare lo scopo di quella particolarità architettonica, ma di ritorno al teatro mi sarei certamente fatta un bagno molto lungo. Mi sarei sfregata tutto il corpo. Vigorosamente. Sperai di non cavarmi gli occhi, a furia di sfregare.

Prima di poter esprimere il mio disgusto, di sfuggita notai muoversi due ombre. Mi girai di scatto, abbassando la mano verso il coltello nello stivale, prima che le ombre prendessero forma. Mi bloccai quando vidi due uomini che conoscevo, che detestavo, e che mi guardavano in modo lascivo.

Andre e Grue.

Fulminai Babette con un'occhiata, il coltello in pugno. «Cosa ci fanno loro due qui?»

Al suono della mia voce, Andre si sporse in avanti e batté lentamente le palpebre nell'oscurità. «Ma è...?»

Grue mi squadrò, senza soffermarsi sui baffi, ma sulle

sopracciglia scure e gli occhi turchesi, il naso punteggiato da lentiggini e la pelle abbronzata. Un ghigno perfido gli aprì la faccia a metà. Aveva un incisivo scheggiato. E giallo. «Ciao, Lou Lou.»

Lo ignorai e tornai a fissare Babette. «L'accordo non prevedeva questo.»

«Oh, rilassati, Louise. Stanno lavorando.» Babette si buttò su una delle sedie lasciate libere dai due. «La mia padrona li ha assoldati come guardie.»

«Guardie?» sbottò incredula Coco, infilando una mano nella giacca per estrarre il pugnale. Andre digrignò i denti. «Da quando in qua il voyeurismo è considerato sorveglianza?»

«Se ci capita di sentirci a disagio con un cliente, ci basta bussare due volte e questi adorabili gentiluomini intervengono prontamente.» Babette indicò i ritratti con un gesto pigro del piede, rivelando una caviglia pallida e piena di cicatrici. «Sono porte, *mon amour.* Accesso immediato.»

Madame Labelle era un'idiota. Era l'unica spiegazione possibile per una tale… be', idiozia.

Andre e Grue, due dei ladri più stupidi che avessi mai conosciuto, invadevano in continuazione il nostro territorio nel Rione Est. Ovunque andassimo, loro ci seguivano – di solito due passi indietro – e ovunque loro andassero, inevitabilmente andava anche la polizia. Grossi, brutti e chiassosi com'erano, non avevano la finezza e le abilità necessarie per avere successo nel Rione Est. E neppure il cervello.

Tremavo al pensiero di cosa avrebbero fatto, potendo contare su un accesso immediato a qualsiasi cosa. In particolare a sesso e violenza. E quelli erano forse i vizi meno gravi che si annidavano tra le mura di quel bordello, a giudicare dalla transazione commerciale in cui eravamo impegnate.

«Non ti preoccupare.» Come se mi avesse letto nel pensiero, Babette rivolse un sorrisetto ai due. «La mia padrona li ucciderà, se lasceranno trapelare informazioni. Non è vero, *messieurs*?»

I loro ghigni svanirono, e in quel momento notai le chiazze che avevano intorno agli occhi. Lividi. Però non abbassai il coltello. «E cosa impedisce loro di far trapelare informazioni alla tua padrona?»

«Be'...» Babette si alzò e ci superò per raggiungere uno dei ritratti nel corridoio. Sollevò una mano per premere il piccolo pulsante dorato lì accanto. «Suppongo che dipenda da cosa siete disposte a dar loro.»

«Che ne dici se do a tutti voi una coltellata nella...»

«Ah, ah, ah!» Mentre avanzavo brandendo il coltello, Babette schiacciò il tasto: gli sportellini sugli occhi della cortigiana si aprirono di scatto. Le voci di Madame Labelle e Tremblay riempirono il corridoio.

«Pensaci bene, *mon amour*» bisbigliò Babette. «Il tuo prezioso anello potrebbe essere proprio nella stanza qui di fianco. Vieni, guarda tu stessa.» Si scostò, continuando a premere il pulsante, per lasciarmi spazio davanti al dipinto.

Borbottando un'imprecazione, mi alzai in punta di piedi per spiare attraverso gli occhi della cortigiana.

Tremblay camminava avanti e indietro sul folto tappeto a fiori del salottino. Sembrava più pallido in quella stanza dai colori pastello – dove il sole del mattino inondava tutto di una luce morbida, dorata – e aveva la fronte imperlata di sudore. Si leccava nervosamente le labbra e scoccava occhiate a Madame Labelle, che lo osservava da una chaise-longue accanto alla porta. Persino da seduta emanava una grazia regale, con il collo lungo e le mani giunte.

«Calmatevi, Monsieur Tremblay. Vi assicuro che otterrò i fondi necessari entro la settimana. Due al massimo.»

Tremblay scosse la testa. «È troppo.»

«Potrei obiettare che è anche troppo poco, per il prezzo che chiedete. Solo il re potrebbe permettersi una cifra così astronomica, e a lui non servono anelli magici.»

Con il cuore in gola, mi tirai indietro per guardare Coco. Con una smorfia di disappunto, lei cercò in tasca altre *couronnes.* Andre e Grue le intascarono con un ghigno soddisfatto.

Mi promisi che li avrei scuoiati vivi dopo aver rubato l'anello e rivolsi di nuovo l'attenzione al salottino.

«E se… se vi dicessi che ho un altro acquirente?» chiese Tremblay.

«Vi darei del bugiardo, *monsieur.* Non potete continuare a vantarvi della merce che possedete, dopo quel che è successo a vostra figlia.»

Tremblay si girò di scatto. «Non parlate di lei.»

Madame Labelle si lisciò la gonna e lo ignorò. «Anzi, mi stupisco che lavoriate ancora nel mercato nero della magia. Avete un'altra figlia, non è vero?» L'uomo non rispose e Madame Labelle sfoggiò un sorrisetto crudele. Trionfante. «Le streghe sono perfide. Se scoprono che possedete l'anello, la loro ira si abbatterà su quel che resta della vostra famiglia, e sarà… spiacevole.»

Paonazzo, Tremblay fece un passo verso di lei. «Non gradisco la vostra insinuazione.»

«Allora gradite la mia minaccia, *monsieur.* Non mettetevi contro di me, o sarà l'ultima cosa che fate.»

Sforzandomi di trattenere l'ilarità, osservai Coco, che rideva in silenzio. Babette ci guardava storto. Anche senza anelli magici, quella conversazione poteva valere quaranta *couronnes*. Un melodramma degno di un palcoscenico.

«Ora ditemi» mormorò suadente Madame Labelle, «avete un altro acquirente?»

«*Putain.*» Lui la scrutò con odio per alcuni lunghi secondi e poi scosse la testa controvoglia. «No, non ho un altro acquirente. Ho passato mesi a tagliare i ponti con i miei vecchi contatti, a sbarazzarmi di tutte le scorte, eppure quest'anello...» Deglutì e gli si spense la luce negli occhi. «Non ne parlo con nessuno, per paura che i demoni scoprano che ce l'ho io.»

«Non è stato saggio da parte vostra provare a vendere oggetti di loro proprietà.»

Tremblay non rispose. Il suo sguardo era perso nel vuoto, tormentato, come se vedesse qualcosa a noi invisibile. Inspiegabilmente sentii la gola serrarsi. Incurante della sua angoscia, Madame Labelle continuò spietata: «Se non l'aveste fatto, forse adesso la cara Filippa sarebbe ancora con noi...».

Al nome della figlia, Tremblay sollevò di colpo la testa e nei suoi occhi la sofferenza fu sostituita da una feroce determinazione. «Vedrò bruciare quei demoni per quello che le hanno fatto.»

«Siete uno sciocco.»

«Scusate?»

«Conoscere l'operato dei miei nemici fa parte del mio lavoro, *monsieur.*» Si alzò con un gesto aggraziato e lui barcollò indietro. «Poiché ora sono anche nemici vostri, mi corre l'obbligo di darvi un consiglio: è pericoloso impicciarsi negli affari delle streghe. Dimenticate la brama di vendetta. Dimenticate ciò che avete imparato su questo mondo di ombre e magia. Siete in palese inferiorità e terribilmente mal equipaggiato di fronte a quelle donne. La morte è il più misericordioso dei loro tormenti, un dono riservato a chi sa guadagnarselo. Dovreste averlo imparato, con la cara Filippa.»

L'uomo torse le labbra e drizzò la schiena, farfugliando parole rabbiose. Madame Labelle torreggiava ancora su di lui, più alta di diversi centimetri. «Voi p-passate il segno.»

La donna non si mosse. Si lisciò il corpetto dell'abito, per nulla intimorita, ed estrasse un ventaglio dalle pieghe della gonna. Dall'impugnatura spuntava un coltello.

«Vedo che abbiamo terminato i convenevoli. Va bene. Facciamo sul serio, allora.» Aprì il ventaglio con un rapido gesto del polso e iniziò a sventolarlo tra loro. Tremblay scrutò la punta della lama e arretrò. «Se desiderate che vi tolga l'anello dalle mani, lo farò all'istante… per cinquemila *couronnes* d'oro meno di quante ne chiedete.»

Tremblay emise un verso strozzato. «Siete pazza…»

«Altrimenti» proseguì lei, con voce più dura, «lascerete questo posto con un cappio intorno al collo di vostra figlia. Si chiama Célie, vero? La Dame des Sorcières sarà felice di prosciugarle la giovinezza, di risucchiare la luminosità dalla sua pelle, la lucentezza dai suoi capelli. Sarà irriconoscibile, quando le streghe avranno finito con lei. Vuota. Spezzata. Proprio come Filippa.»

«Voi… Voi…» Tremblay strabuzzò gli occhi e gli apparve una vena sulla fronte lucida. «*Fille de pute!* Non potete farmi questo. Non potete…»

«Coraggio, *monsieur,* non ho tutta la giornata a disposizione. Il principe è tornato da Amandine e non voglio perdermi la festa.»

L'uomo restò a testa alta, ostinato. «Non… non l'ho qui con me.»

Accidenti. Mi assalì una delusione amara, cocente. Coco sussurrò un'imprecazione.

«Non vi credo.» Madame Labelle andò alla finestra dal lato opposto della stanza e guardò giù. «Ah, Monsieur Tremblay, un gentiluomo come lei lascia la figlia ad aspettare fuori da un bordello? Una preda così facile.»

Tremblay, che adesso sudava copiosamente, si affrettò a rovesciare le tasche. «Giuro che non ce l'ho! Guardate, guardate!» Premetti il viso sullo spioncino e lo vidi spingere verso di lei il contenuto delle tasche: un fazzoletto ricamato, un orologio da taschino d'argento e una manciata di *couronnes* di rame. Ma nessun anello. «Vi prego, lasciate in pace mia figlia! Non c'entra niente con questa storia!»

Offriva uno spettacolo talmente pietoso che forse mi sarebbe dispiaciuto per lui, se non avesse appena mandato all'aria tutti i miei piani. Invece la vista delle sue membra tremanti e del suo volto cereo mi riempì di un piacere vendicativo.

Madame Labelle sembrava condividere quel mio sentimento. Fece un sospiro teatrale, lasciò ricadere la mano che indicava la finestra e – curiosamente – si voltò a guardare proprio il ritratto dietro cui stavo nascosta. Arretrai all'istante, persi l'equilibrio e caddi battendo il sedere, trattenendo a stento una parolaccia.

«Cosa c'è?» bisbigliò Coco, accovacciandosi accanto a me. Babette tolse il dito dal pulsante con aria preoccupata.

«Ssstt!» Agitai le mani, indicando il salottino. *Penso che mi abbia vista,* mimai con le labbra, non osando parlare a voce alta.

Coco sbarrò gli occhi, allarmata.

Tutti ci raggelammo quando la voce di Madame Labelle si avvicinò, smorzata ma udibile attraverso la parete sottile. «Cortesemente, allora, *monsieur*... dove si trova?»

Oh, accidenti. Io e Coco ci fissammo incredule. Non osavo tornare al ritratto, ma mi appoggiai alla parete, su cui il mio fiato caldo rimbalzò tornandomi fastidiosamente in faccia. *Rispondile,* pregai in silenzio. *Diccelo.*

Per miracolo Tremblay rispose, con una veemenza che mi parve più dolce di qualsiasi musica. «È al sicuro in casa mia, *salope* ignorante che non siete altro...»

«Può bastare, Monsieur Tremblay.» Mentre la porta del salottino si apriva, mi parve quasi di vederla sorridere. Sorridevo anch'io. «Spero per il bene di vostra figlia che non abbiate mentito. Verrò da voi all'alba con i vostri soldi. Non fatemi aspettare.»

LO CHASSEUR

Lou

«Ti ascolto.»

Seduto nell'affollata pasticceria, Bas si portò alle labbra una cucchiaiata di *chocolat chaud*, attento a non sporcarsi il fazzoletto di pizzo che aveva al collo. Resistetti alla tentazione di schizzarlo con la cioccolata. Per il nostro piano, avevamo bisogno che fosse di buonumore.

Nessuno era bravo quanto Bas a raggirare un aristocratico.

«È così» dissi, puntandogli addosso il cucchiaino. «Come pagamento puoi prenderti tutto quello che vuoi da casa di Tremblay, però l'anello è nostro.»

Si sporse in avanti e posò lo sguardo scuro sulla mia bocca. Quando mi asciugai la *chocolat* dai baffi con un gesto irritato, sorrise. «Ah, sì. Un anello magico. Devo ammettere che mi stupisco di vederti interessata a un oggetto del genere. Credevo che avessi ripudiato ogni forma di magia.»

«L'anello è diverso.»

Mi guardò di nuovo le labbra. «Certo che lo è.»

«Bas.» Schioccai le dita davanti al suo viso. «Concentrati, per favore. È importante.»

Una volta, al mio arrivo a Cesarine, avevo pensato che Bas fosse carino. Abbastanza carino per corteggiarlo. Certamente abbastanza carino per baciarlo. Da sopra il tavolino osservai la linea scura del suo mento. C'era ancora una piccola cicatrice – appena sotto l'orecchio, nascosta nell'ombra della barba – dove l'avevo morso durante una delle nostre notti di passione.

Sospirai avvilita. Aveva una splendida carnagione ambrata. E quel culetto.

Ridacchiò come se mi avesse letto nel pensiero. «E va bene, Lou Lou, tenterò di tenere a freno i pensieri... purché lo faccia anche tu.» Mescolò la *chocolat* e, con un ghigno, si tirò indietro e si appoggiò allo schienale. «Quindi... tu vorresti rapinare un aristocratico e, naturalmente, sei venuta a chiedere consiglio al maestro.»

Mi veniva da ridere, ma mi morsi la lingua. Come cugino di quinto grado di un barone, Bas si trovava nella particolare condizione di appartenere all'aristocrazia ma, al contempo, di esserne al di fuori. La ricchezza di quel parente gli permetteva di indossare gli abiti più raffinati e di partecipare ai ricevimenti più esclusivi, ma gli aristocratici non ricordavano neppure il suo nome. Un'umiliazione che tornava utile, perché spesso Bas andava a quelle feste per sgraffignare gioielli.

«Una decisione saggia» proseguì, «perché i cretini come Tremblay usano diverse protezioni: cancelli, chiavistelli, guardie e cani, e molto altro ancora. Forse più di prima, dato quel che è successo alla figlia. Le streghe l'hanno rapita nel cuore della notte, giusto? Avrà incrementato le difese.»

Filippa stava diventando una gran scocciatura.

Sbuffando, guardai verso la vetrina della pasticceria. Erano esposti dolciumi di ogni sorta: torte glassate, panini dolci e tartine al *chocolat*, e poi macaron e pasticcini alla frutta di mille colori. *Éclair* al lampone e *tarte tatin* alla mela.

Tra quelle prelibatezze, però, a farmi venire l'acquolina in bocca erano soprattutto le enormi brioche alla crema con la cannella.

Proprio in quell'istante Coco si abbandonò sulla sedia vuota tra di noi e spinse verso di me un piatto di croissant. «Ecco.»

Avrei potuto baciarla. «Sei una dea. Lo sai, vero?»

«Chiaro. Ma non aspettarti che ti tenga i capelli quando vomiterai… ah, e mi devi una *couronne* d'argento.»

«Col cavolo. Sono anche soldi miei…»

«Sì, però tu puoi farti regalare una brioche da Pan quando vuoi. La *couronne* è per il servizio.»

Mi voltai verso l'uomo basso e robusto che era dietro il bancone: Johannes Pan, pasticciere straordinario e irrimediabile cretino. Ma soprattutto, stretto amico e confidente di Mademoiselle Lucida Bretton.

Mademoiselle Lucida Bretton ero io. Con una parrucca bionda.

A volte non mi andava di indossare giacca e cravatta; e avevo scoperto subito che Pan aveva un debole per il sesso debole. Quasi sempre mi bastava battere le ciglia. Altre volte invece dovevo essere un po' più… creativa. Lanciai un'occhiata di sottecchi a Bas. Non sapeva di aver commesso ogni sorta di porcherie con la povera Mademoiselle Bretton negli ultimi due anni.

Pan non sopportava la vista di una donna in lacrime.

«Oggi sono vestita da uomo.» Addentai la prima brioche, staccandone metà senza ritegno. «E *boi,* lui *brefer'sce…*» deglutii a fatica e mi vennero le lacrime agli occhi, «le bionde.»

Bas mi rivolse un'occhiata, irradiando calore. «Allora quel gentiluomo non ha buon gusto.»

«*Bleah.*» Coco mimò un conato e alzò gli occhi al cielo. «Piantala, per favore. Lo struggimento non ti dona.»

«E quella cravatta non dona a te...»

Li lasciai al loro bisticcio e tornai a concentrarmi sulle brioche. Coco ne aveva portate abbastanza da sfamare cinque persone, tuttavia accettai la sfida. Dopo la terza, però, quei due erano riusciti a farmi passare l'appetito. Spinsi via il piatto con un gesto stizzito.

«Non abbiamo il lusso del tempo, Bas» lo interruppi, mentre Coco sembrava in procinto di avventarglisi contro da sopra il tavolo. «L'anello sparirà entro domattina, quindi dobbiamo agire stanotte. Vuoi aiutarci o no?»

Parve risentito per quel tono. «Personalmente non capisco a cosa ti serva. Non hai bisogno di un anello dell'invisibilità per proteggerti. Sai che posso difenderti io.»

Figuriamoci. Promesse vuote. Forse era per quello che avevo smesso di amarlo.

Bas era molte cose – affascinante, furbo, spietato – ma non era un difensore. No, si preoccupava troppo di cose più importanti, come salvarsi la pelle al primo segnale di pericolo. Non gliene facevo una colpa. Era un uomo, in fondo, e si era fatto perdonare con i baci.

Coco lo guardò storto. «Come ti abbiamo detto – e ripetuto – l'anello non conferisce a chi lo usa soltanto l'invisibilità.»

«Ah, *mon amie,* devo confessare che non vi stavo prestando ascolto.»

Quando sorrise e le soffiò un bacio, lei serrò i pugni. «*Bordel!* Ti giuro che uno di questi giorni...»

Intervenni prima che gli squarciasse una vena. «Rende

immuni agli incantesimi. Un po' come le Balisarde degli chasseur.» Spostai lo sguardo su Bas. «Puoi ben immaginare quanto mi tornerebbe utile.»

Il suo sorriso svanì. Lentamente sollevò una mano verso il mio collo e passò le dita sulla cicatrice che era nascosta da un fazzoletto. Mi corse un brivido lungo la schiena. «Ma non ti ha trovata. Sei ancora al sicuro.»

«Per ora.»

Mi fissò per un istante, la mano ancora sulla mia gola. Alla fine sospirò. «E tu sei disposta a fare tutto il necessario per procurarti questo anello?»

«Sì.»

«Anche… la magia?»

Intrecciai le dita alle sue e annuii. Lui abbassò le nostre mani giunte sul tavolo. «Molto bene. Allora ti aiuterò.» Guardò fuori dalla vetrina e io seguii il suo sguardo. Sempre più persone si stavano radunando per la parata del principe. Ridevano e chiacchieravano con un entusiasmo palpabile, ma appena sotto la superficie serpeggiava il disagio: nella tensione delle labbra e nei movimenti rapidi, guizzanti degli occhi. «Stasera» proseguì, «il re darà un ballo per il ritorno di suo figlio da Amandine. È invitata tutta l'aristocrazia, compreso Monsieur Tremblay.»

«Splendida coincidenza» mormorò Coco.

Trasalimmo udendo un rumore improvviso lungo la strada e puntammo gli occhi sugli uomini che erano spuntati dalla folla. Fasciati in giacche blu, marciavano in fila per tre – i *tum, tum, tum* degli stivali erano perfettamente sincronizzati – poggiandosi sul cuore i pugnali d'argento. I gendarmi li affiancavano sui due lati, gridando per far spostare i pedoni sui marciapiedi.

Gli chasseur.

Consacrati come cacciatori con un giuramento offerto alla Chiesa, proteggevano il regno di Belterra dall'occulto: cioè dalle Dames Blanches, le streghe malefiche che infestavano le menti ristrette e piene di pregiudizi degli abitanti di Belterra. Una collera trattenuta mi scorse nelle vene mentre guardavo gli chasseur avvicinarsi a passo di marcia. Come se fossimo noi gli intrusi. Come se quella terra non fosse appartenuta a noi, un tempo.

Non è la tua battaglia. Sollevai la testa e cercai di scacciare il pensiero. L'antica faida tra la Chiesa e le streghe non mi riguardava più, dal giorno in cui mi ero lasciata alle spalle la stregoneria.

«Non dovresti essere qui fuori, Lou.» Coco seguì con lo sguardo gli chasseur che si piazzavano lungo la strada per impedire a chiunque di avvicinarsi alla famiglia reale. La parata stava per iniziare. «Dobbiamo tornare al teatro. Una folla così grande è un pericolo. Non può che attrarre guai.»

«Sono travestita.» Deglutii e ripresi a parlare nonostante la brioche che avevo in bocca. «Nessuno mi riconoscerà.»

«Andre e Grue lo hanno fatto.»

«Solo per la voce…»

«Non vado da nessuna parte fin dopo la parata.» Bas lasciò le mie dita, si alzò e si batté una mano sul panciotto con un sorrisetto perfido. «Una ressa di queste proporzioni è una straordinaria palude di denaro in cui desidero affogare. Vogliate scusarmi.»

Si toccò il cappello e si allontanò facendo slalom tra i tavoli della pasticceria. Coco balzò in piedi. «Quel bastardo diserterà appena girato l'angolo. Anzi, probabilmente ci denuncerà ai gendarmi… o peggio, agli chasseur. Non so proprio perché ti fidi di lui.»

Restava un motivo di contrasto nella nostra amicizia: il

fatto che avessi rivelato a Bas la mia vera identità. Il mio vero nome. Non importava che fosse successo dopo una serata con troppo whisky e troppi baci. Addentai l'ultima brioche per evitare lo sguardo di Coco e cercai di non pentirmi della mia decisione.

Il rimorso non avrebbe cambiato nulla. Ormai non avevo altra scelta che fidarmi di lui. Eravamo irrevocabilmente legati.

Coco sospirò rassegnata. «Lo seguo io. Tu esci di qui. Ci vediamo al teatro tra un'ora?»

«Affare fatto.»

Uscii dalla pasticceria pochi minuti dopo Coco e Bas. Decine di ragazze si accalcavano lì fuori, quasi isteriche all'idea di vedere il principe; ma era un uomo a bloccare la porta.

Era davvero enorme – non gli arrivavo neppure alle spalle – con la schiena larga e due grosse braccia che tendevano la lana marrone del cappotto. Anche lui era girato verso la strada, eppure non sembrava che stesse guardando la parata. Aveva le spalle rigide e i piedi piantati a terra, come se si preparasse a combattere.

Mi schiarii la voce e gli affondai un dito nella schiena. Non si mosse. Lo pungolai un'altra volta. Si spostò leggermente, ma non abbastanza per lasciarmi passare.

E va bene. Seccata, mi appoggiai alla sua mole con la spalla e cercai di infilarmi tra lui e lo stipite della porta. Stavolta parve accorgersi del contatto, perché finalmente si voltò… e mi assestò una gomitata sul naso.

«Merda!» Mi portai le mani al naso, barcollai all'indietro e atterrai sul sedere per la seconda volta quella mattina. Mi salirono le lacrime agli occhi. «Ma che accidenti ti è preso?»

L'omone allungò una mano. «Vi chiedo scusa, *monsieur.* Non vi avevo visto.»

«Questo è evidente.» Ignorai la sua offerta di aiuto e mi tirai in piedi. Spazzai via la polvere dai pantaloni e riprovai a passare, però lui mi sbarrò la strada di nuovo. Con quel movimento il vecchio cappotto si aprì rivelando una bandoliera che attraversava il petto. Coltelli di ogni forma e dimensione, ma a spaventarmi fu la lama chiusa nel fodero e appesa sopra il cuore. D'argento lucido e decorata con un grande zaffiro che brillava minaccioso sull'impugnatura.

Chasseur.

Chinai il capo. Merda.

Inspirai a fondo e mi costrinsi a restare calma. Travestita com'ero, non rappresentava un pericolo per me. Non avevo commesso niente di male. Profumavo di cannella, non di magia. E poi, non c'era forse una specie di cameratismo implicito tra gli uomini? Una consapevolezza reciproca della loro importanza collettiva?

«Siete ferito, *monsieur*?»

Bene. Quel giorno ero un uomo. Potevo farcela.

Presi coraggio e alzai lo sguardo.

Oltre alla statura imponente, le prime cose che notai furono i bottoni d'ottone del cappotto, in pendant con il rame dorato dei suoi capelli, illuminati da un raggio di sole. Con quella chioma, il naso dritto e le labbra carnose, era stranamente bello per essere uno chasseur. Bello in modo irritante. Non riuscivo a non fissarlo. Ciglia folte incorniciavano occhi dell'esatto colore del mare.

Occhi che mi stavano fissando sconcertati.

Cavolo. Portai la mano ai baffi che mi penzolavano dal viso. Si erano staccati cadendo.

Be', ci avevo provato. Gli uomini potevano cedere all'orgoglio, invece le donne sapevano quando era il momento di squagliarsela da una brutta situazione.

«Sto bene.» Chinai subito il capo e tentai di superarlo, impaziente di mettere più distanza possibile tra me e lui. Non avevo ancora fatto niente di male, ma era stupido sfidare la sorte. A volte la sorte risponde a tono. «Guardate dove andate, la prossima volta.»

Non si mosse. «Siete una donna.»

«Però, che occhio.» Provai di nuovo a passargli accanto – stavolta con un po' più forza del necessario – ma mi afferrò per il gomito.

«Perché siete vestita da uomo?»

«Avete mai indossato un busto con le stecche?» Mi girai verso di lui, sistemando i baffi con tutta la dignità di cui ero capace. «Dubito che fareste questa domanda, altrimenti. I pantaloni sono infinitamente più comodi.»

Mi scrutò come se mi fosse spuntato un terzo braccio sulla fronte. Ricambiai l'occhiataccia e lui scosse leggermente il capo come per schiarirsi i pensieri. «Vi… vi domando scusa, *mademoiselle.*»

La gente iniziava a guardarci. Strattonai invano il braccio e avvertii nello stomaco i primi fremiti del panico. «Lasciatemi andare…»

Aumentò la stretta. «Vi ho offesa in qualche modo?»

Persi completamente la pazienza e tirai via il braccio con tutta la forza che avevo. «Mi avete fatto finire con le chiappe per terra!»

Forse fu la mia volgarità a scioccarlo, ma mi mollò come se l'avessi morso e mi fissò quasi con disgusto. «In vita mia non avevo mai sentito una signora parlare così.»

Ah, già. Gli chasseur erano sant'uomini. Avrà creduto che fossi il diavolo.

Non si sarebbe sbagliato di molto.

Gli sorrisi come una gatta e indietreggiai piano, battendo le ciglia nella mia migliore imitazione di Babette. Vedendo che non tentava di fermarmi, sentii allentarsi la tensione nel petto. «Frequenti le signore sbagliate, Chass.»

«Sei una cortigiana, quindi?»

Mi sarei offesa se non avessi conosciuto diverse cortigiane rispettabilissime, tra le quali non era necessariamente compresa Babette. Maledetta strozzina. Invece feci un gran sospiro. «Purtroppo no, e per questo Cesarine pullula di cuori spezzati.»

Serrò la mascella. «Come ti chiami?»

Un giubilo improvviso mi risparmiò dal dover rispondere. La famiglia reale aveva finalmente svoltato nella strada in cui ci trovavamo. Lo chasseur si girò appena per un istante, ma bastò. Mi infilai dietro un gruppo di ragazzine particolarmente entusiaste, che gridavano il nome del principe a una frequenza udibile solo ai cani, e sparii prima che lui si voltasse di nuovo verso di me.

Tuttavia mi ritrovai imprigionata tra i gomiti di tutti, e ben presto mi accorsi che ero semplicemente troppo piccola – troppo bassa, troppo magra – per farmi largo tra la folla. Almeno senza infilzare qualcuno con il coltello. Ricambiai alcune gomitate e cercai un punto più elevato da cui osservare la processione. Un posto in cui nascondermi.

Eccolo.

Con un salto mi aggrappai al davanzale di un vecchio edificio in pietra arenaria, mi arrampicai lungo una tubatura e mi issai sul tetto. Appoggiai i gomiti sul parapetto e guardai giù in strada. Bandiere d'oro con lo stemma della famiglia reale sventolavano a ogni finestra; c'erano venditori ambulanti a tutti gli angoli. Nonostante gli aromi irresistibili dei loro *frites*, salsicce e croissant al formaggio, la città puzzava ancora di pesce. Pesce e fumo. Storsi il naso. Uno dei piaceri di vivere in una tetra, grigia penisola.

Cesarine era l'incarnazione stessa del grigiore. Decrepite case bigie ammonticchiate l'una sull'altra come sardine in una latta, viottoli dissestati che serpeggiavano intorno a mercati grigi e sporchi, a porti ancor più grigi e più sporchi. Un'onnipresente nube di fumo usciva dai camini e avvolgeva qualsiasi cosa.

Era soffocante, quel grigiore. Piatto. Monotono.

Eppure c'erano cose peggiori della monotonia, al mondo. E c'erano fumi peggiori di quello dei camini.

L'euforia raggiunse il culmine mentre la famiglia Lyon passava sotto l'edificio in cui mi trovavo.

Re Auguste salutava con la mano dalla sua carrozza dorata, i riccioli d'oro mossi dal vento di fine autunno. Suo figlio Beauregard sedeva accanto a lui. Non avrebbero potuto essere più diversi. Il re era chiaro di occhi e carnagione, mentre il figlio aveva le stesse palpebre pesanti, lo stesso incarnato olivastro e i capelli neri della madre. Ma i loro sorrisi… avevano il medesimo fascino.

Troppo fascino, secondo me. Sprizzavano arroganza da tutti i pori.

La moglie di Auguste era dietro di loro, immusonita. Non la biasimavo. Avrei messo il broncio anch'io se mio marito avesse avuto più amanti che dita delle mani e dei piedi; non che avessi in progetto di accasarmi. Per nulla al mondo mi sarei lasciata incatenare in un matrimonio.

Mi ero appena voltata dall'altra parte, già stufa, quando sentii muoversi qualcosa nella strada sottostante. Era un suono appena udibile, come se il vento avesse cambiato direzione all'improvviso. Un sussurro quasi impercettibile riverberava dal selciato, e ogni rumore – ogni odore, sapore e tocco – svaniva nell'etere. Il mondo si fermò. Indietreggiai, allontanandomi dal bordo del tetto, e mi si drizzarono i peli sul collo. Sapevo cosa stava per accadere. Riconobbi il soffio di energia sulla pelle, il familiare sibilo nelle orecchie.

Magia.

Poi iniziarono le grida.

L'ANIMO DELLE DONNE È MALVAGIO

Reid

Le streghe erano sempre accompagnate da quell'odore. Dolciastro, con un sentore di erbe, ma pungente: troppo pungente. Come l'incenso che l'arcivescovo bruciava durante la messa, però più acre. Erano passati anni da quando avevo preso gli ordini sacri, ma non mi ci ero mai abituato. Ancora adesso, con quel vago aroma portato dalla brezza, me lo sentivo bruciare in gola. Mi soffocava. Si prendeva gioco di me.

Detestavo l'odore della magia.

Spostai il pugnale Balisarda da sopra il cuore e mi guardai in giro, scrutando la gente che faceva baldoria intorno a noi. Jean Luc mi scoccò un'occhiata tesa. «Problemi?»

«Non senti quest'odore?» mormorai. «È leggero, ma c'è. Hanno già iniziato.»

Jean Luc estrasse la sua Balisarda dalla bandoliera sul petto. Dilatò le narici. «Avverto gli altri.»

Sgusciò tra la gente senza dire un'altra parola. Neanche lui era in divisa, eppure la folla si aprì per farlo passare come il Mar Rosso davanti a Mosè. Sarà stato lo zaffiro sul pugnale. I bisbigli lo seguivano ovunque, e alcuni degli spettatori più astuti si voltarono verso di me e sgranarono gli occhi. Avevano capito.

Uno chasseur.

Avevamo previsto quell'attacco. Giorno dopo giorno le streghe diventavano più nervose: motivo per cui metà dei miei commilitoni stazionava in divisa lungo la strada e l'altra metà, quelli vestiti come me, si nascondevano in bella vista tra la gente. Appostati. In attesa.

A caccia.

Un uomo di mezz'età venne nella mia direzione. Teneva per mano una bambina. Occhi dello stesso colore. Struttura ossea simile. Figlia.

«Siamo in pericolo qui, signore?» A quella domanda si girarono altre persone. Sopracciglia aggrottate. Sguardi saettanti. La figlia dell'uomo fece una smorfia, storse il naso e lasciò la bandiera, che restò sospesa a mezz'aria un secondo di troppo prima di cadere ondeggiando a terra.

«Mi fa male la testa, papà» sussurrò.

«Sta' tranquilla, piccola.» L'uomo guardò il coltello che avevo in mano e rilassò i muscoli intorno agli occhi. «Quest'uomo è uno chasseur. Ci proteggerà. Non è così, signore?»

A differenza della figlia, non aveva ancora sentito l'odore della magia. Ma l'avrebbe sentito. Presto.

«Dovete allontanarvi immediatamente.» Lo dissi in tono più brusco di quanto avrei voluto. La bambina rabbrividì di nuovo e il padre le posò un braccio sulle spalle. Mi riecheggiarono in mente le parole dell'arcivescovo. *Tranquillizzali, Reid. Devi ispirare calma e fiducia, oltre a proteggere.* Scrollai il capo e riprovai. «Per favore, *monsieur*, tornate a casa. Spargete sale su porte e finestre. Non uscite più fino...»

Un grido lancinante squarciò l'aria, coprendo il resto delle mie parole.

Tutti si raggelarono.

«Andate!» Spinsi l'uomo e la figlia dentro la pasticceria alle nostre spalle. Erano appena entrati quando altre persone li seguirono di corsa, sgomitando. I corpi si scontravano. Le grida si moltiplicarono e a un tratto, da tutte le direzioni, riecheggiò una risata innaturale. Mi strinsi il pugnale sul fianco e mi misi a correre tra gli spettatori impauriti, e a un certo punto finii addosso a una vecchietta.

«Attenzione.» Serrando i denti, la afferrai per le spalle prima che cadesse e fosse schiacciata dalla folla. Due occhi lattiginosi mi fissarono e un sorriso lento, strano, si disegnò sulle labbra sottili.

«Dio vi benedica, giovanotto» gracchiò. Poi si voltò con una grazia soprannaturale e svanì nell'orda di persone che si riversava dalla parte opposta. Impiegai diversi secondi a percepire il sentore dolciastro, di bruciato, che si era lasciata alle spalle. Sentii lo stomaco stringersi.

«Reid!» Jean Luc era sulla carrozza della famiglia reale, circondata da decine di commilitoni con gli zaffiri che rilucevano al sole, intenti a ricacciare indietro i cittadini in preda al panico. Cominciai ad avanzare, ma la folla davanti a me si spostò e finalmente le vidi.

Streghe.

Camminavano con andatura disinvolta e sorrisi placidi, i capelli mossi da un vento inesistente. Erano in tre. Ridevano e schioccavano le dita, accanto a loro le persone stramazzavano a terra.

Pregai che le vittime non fossero morte; eppure mi domandavo spesso se la morte non fosse il destino più pietoso. I meno fortunati si risvegliavano senza alcun ricordo del proprio secondogenito, o magari con un insaziabile appetito di carne umana. Un mese addietro era stato trovato un bambino senza occhi. Un uomo aveva perso la capacità di dormire. Un altro aveva trascorso il resto dei suoi giorni a struggersi d'amore per una donna che nessun altro vedeva.

Ogni caso era diverso. Uno più inquietante dell'altro.

«REID!» Jean Luc agitò le braccia, ma lo ignorai. Il disagio stava appostato appena sotto la soglia della mia coscienza mentre guardavo le streghe avanzare verso la famiglia reale. Lentamente, senza fretta, nonostante il battaglione di chasseur che correva verso di loro. I corpi si sollevarono come marionette, formando uno scudo umano intorno alle streghe. Osservai inorridito un uomo che si gettava in avanti e si impalava sulla Balisarda di uno dei miei confratelli. Le streghe ridevano e continuavano a torcere le dita in pose innaturali. A ogni movimento delle mani, un altro corpo si alzava da terra. Burattinaie.

Non aveva alcun senso. Le streghe agivano in segreto. Tramavano nell'ombra. Una tale visibilità... dare spettacolo in quel modo... era una pazzia. A meno che...

A meno che non avessimo perso di vista il vero palcoscenico.

Corsi verso gli edifici in pietra arenaria alla mia destra, cercando una posizione sopraelevata da cui osservare la folla. Mi aggrappai al muro con dita tremanti e iniziai ad arrampicarmi. Ogni pietra sembrava svettare più in alto della precedente, la vista cominciava a sfocarsi. Mi girava la testa. Il sangue mi rintronava nelle orecchie. *Non guardare di sotto. Continua a guardare in alto...*

Un volto familiare, con i baffi, apparve oltre il parapetto. Occhi verdeazzurri. Naso punteggiato da lentiggini. La ragazza della pasticceria.

«Merda» disse. Poi si accovacciò e sparì alla vista.

Mi concentrai sul punto da dove era scomparsa. Il mio corpo si mosse con rinnovato slancio. In pochi secondi mi issai sopra il parapetto, ma la ragazza stava già saltando sul tetto del palazzo accanto. Si tenne fermo il cappello con una mano e con l'altra sollevò il dito medio. La fissai in cagnesco. Quella piccola miscredente non era un mio problema, nonostante la sua palese mancanza di rispetto.

Mi girai a guardare di sotto, stringendo il bordo del parapetto quando vidi il mondo inclinarsi e roteare.

La gente si stava riversando nei negozi lungo la via. Troppe persone. Troppe davvero. I negozianti faticavano a mantenere l'ordine, chi era vicino alle porte finiva calpestato. Il proprietario della pasticceria era riuscito a barricare la sua. Chi era rimasto fuori gridava e batteva sulle vetrine mentre le streghe si avvicinavano.

Cercai di capire se mi fosse sfuggito qualcosa. Ormai c'erano più di venti corpi sospesi in aria intorno alle streghe: alcuni erano privi di sensi e con la testa ciondolante, altri erano dolorosamente svegli. Un uomo penzolava a braccia larghe, come inchiodato a una croce immaginaria. Gli usciva del fumo dalla bocca, che si apriva e chiudeva lanciando grida silenziose. Un'altra donna aveva gli abiti e i capelli che fluttuavano, come se fosse sott'acqua, e brancolava disperata nell'aria. Stava diventando livida. Affogava.

A ogni nuovo orrore, altri chasseur accorrevano sulla scena.

Vedevo sui loro volti, anche da lontano, il bisogno prepotente di proteggere gli altri. Ma nella fretta di aiutare le vittime, si erano dimenticati della nostra vera missione: la famiglia reale. Solo quattro uomini erano rimasti a circondare la carrozza. Due chasseur. Due guardie reali. Jean Luc teneva per mano la regina mentre il re urlava ordini – a noi, alle sue guardie, a chiunque lo ascoltasse – ma il frastuono copriva le sue parole.

Alle loro spalle, insignificante sotto ogni profilo, strisciava la megera.

La realtà della situazione mi colpì come un pugno allo stomaco, mozzandomi il fiato. Le streghe, gli incantesimi... erano solo uno spettacolo. Una distrazione.

Senza fermarmi a pensare, senza riflettere sulla distanza terrificante tra me e il terreno, agguantai la tubatura e saltai oltre il bordo del tetto. La lamiera cigolò e si piegò sotto il mio peso. A metà della discesa il condotto si separò completamente dalla pietra. Saltai e mi preparai all'impatto. Quando toccai terra un dolore intenso mi si irradiò su per le gambe, ma non mi fermai.

«Jean Luc! Dietro di te!»

Si girò verso di me e posò gli occhi sulla megera nello stesso istante in cui lo facevo io. Capì subito. «State giù!» Afferrò il re e lo trascinò di peso sul pavimento della carrozza. Gli altri chasseur girarono intorno al veicolo, richiamati dal suo grido.

La megera si voltò a guardarmi da sopra la spalla ingobbita, con il medesimo strano sorriso. Mosse un polso e l'odore dolciastro si intensificò. Dalle sue dita si sprigionò una corrente d'aria, però la magia non poteva toccarci. Avevamo le Balisarde. Ciascuno di quei pugnali era stato forgiato con una goccia dalla fusione dell'originaria reliquia di san Costantino, che ci rendeva immuni ai sortilegi delle streghe. Sentii l'aria dolciastra scorrermi accanto, ma non riuscii a fermarmi. A fermare i miei confratelli.

Le guardie e i cittadini più vicini a noi non furono altrettanto fortunati. Furono scaraventati all'indietro, sbattendo contro la carrozza e sulle vetrine dei negozi. Quando uno dei miei confratelli abbandonò la sua posizione per aiutarli, negli occhi della megera passò un lampo di trionfo. Si mosse rapida – troppo veloce perché fosse un gesto naturale – verso la portiera della carrozza. Il viso incredulo del principe Beauregard spuntò sopra la porta, richiamato dal rumore. La strega gli ringhiò in faccia, torcendo la bocca. La scaraventai a terra prima che potesse alzare le mani.

Lottò con la forza di una donna con la metà dei suoi anni – di un *uomo* con la metà dei suoi anni – scalciando, mordendo e colpendo ogni centimetro di me che riusciva a raggiungere. Ma ero troppo pesante. La soffocai con il mio corpo, le strattonai le mani sopra la testa fino a dislocare le spalle. Le premetti il pugnale sulla gola.

Si bloccò mentre mi chinavo per parlarle all'orecchio. La lama affondò. «Che Dio abbia pietà della vostra anima.»

Allora rise – una risata sguaiata, incontrollabile, che la scosse in tutto il corpo. Mi tirai indietro, perplesso... e raggelai. La donna sotto di me non era più una vecchia. Osservai con orrore il suo volto che si scioglieva in una carnagione vellutata, di porcellana. I capelli che si infoltivano e tornavano neri sulle spalle.

Mi scrutò da sotto palpebre pesanti e schiuse le labbra, sollevando il viso verso di me. Non riuscivo a pensare – non riuscivo a muovermi, non sapevo se *volessi* muovermi – ma in qualche modo mi scostai prima che la sua bocca toccasse la mia.

E fu allora che lo sentii.

Il suo ventre turgido, ingrossato, premeva sul mio stomaco.

Oh, Dio.

La testa mi si svuotò di tutti i pensieri. Balzai all'indietro – lontano da lei, lontano dalla cosa – e mi rimisi in piedi. Le grida si persero in lontananza. I corpi a terra presero a muoversi. La donna si alzò lentamente.

Ora indossava un abito color sangue. Si poggiò una mano sulla pancia rigonfia e sorrise.

I suoi occhi di smeraldo si girarono verso la famiglia reale: erano tutti accucciati nella carrozza, pallidi e sconvolti. Guardavano. «Ci riprenderemo la nostra terra, Vostre Maestà» disse con voce suadente. «Vi abbiamo avvertiti ripetutamente. Non ci avete dato ascolto. Presto danzeremo sulle vostre ceneri come voi avete fatto con le nostre antenate.»

Incontrò il mio sguardo. La pelle di porcellana si afflosciò, i capelli neri tornarono a ingrigirsi e si assottigliarono. Non era più la bella donna incinta. Era di nuovo la vecchia strega. Mi fece l'occhiolino. Era un gesto disgustoso su quel viso da megera. «Dobbiamo rifarlo presto, bellezza.»

Non riuscivo a parlare. Non avevo mai visto in azione una simile magia nera, mai avevo assistito a una tale profanazione del corpo umano. Ma le streghe non erano umane. Erano vipere. Demoni incarnati. E io avevo quasi…

Il suo sorriso sdentato si allargò, come se mi leggesse nel pensiero. Prima che potessi muovermi – prima che potessi estrarre il coltello e rimandarla a casa sua, all'inferno – girò sui tacchi e scomparve in una nube di fumo.

Non prima però di avermi soffiato un bacio.

Una folta moquette verde smorzava i miei passi nello studio dell'arcivescovo, ore dopo. Le pareti senza finestre erano rivestite da pannelli di legno intagliato. Il fuoco nel caminetto gettava una luce tremolante sulle carte sparse sulla scrivania. Già seduto lì dietro, l'arcivescovo mi fece cenno di prendere posto su una delle sedie davanti a lui.

Mi accomodai. Mi costrinsi a incrociare il suo sguardo. Ignorai la bruciante umiliazione che sentivo nella pancia.

Il re e la sua famiglia erano usciti incolumi dalla parata, ma per molti altri non era stato così. Due persone erano morte: una ragazza per mano del fratello e un'altra per mano propria. Decine di altre non avevano ferite visibili, però erano state legate ai letti, due piani più sopra. Gridavano. Parlavano lingue misteriose. Fissavano il soffitto senza battere le palpebre. Sguardi spenti. I preti facevano il possibile per loro, ma quasi tutti sarebbero finiti in manicomio nel giro di un paio di settimane. La medicina umana poteva fare ben poco per le vittime della stregoneria.

L'arcivescovo mi scrutò da sopra le punte delle dita. Occhi gelidi. Labbra strette in un'espressione severa. Capelli striati di grigio sulle tempie. «Sei stato bravo oggi, Reid.»

Aggrottai le sopracciglia, mi agitai sulla sedia. «Signore?»

Fece un sorriso triste e si sporse in avanti. «Se non fosse stato per te, ci sarebbero stati molti più morti. Re Auguste è in debito con te. Canta le tue lodi.» Indicò una busta di carta sulla scrivania. «Anzi, vuole dare un ballo in tuo onore.»

Sentii bruciare ancora di più la vergogna. Con un supremo sforzo di volontà riuscii ad allentare i pugni. Non meritavo gli elogi di nessuno, non quelli del sovrano e certamente non quelli del mio patriarca. Quel giorno li avevo delusi. Avevo violato la prima regola della confraternita: *Non lascerai vivere colei che pratica la magia.*

Ne avevo lasciate vivere quattro.

Peggio, anzi… avevo proprio… avevo voluto…

Tremai, incapace di concludere quel pensiero. «Non posso accettare, signore.»

«E perché no?» L'arcivescovo inarcò un sopracciglio scuro e tornò ad appoggiarsi allo schienale. Mi feci piccolo sotto il suo sguardo. «Solo tu hai ricordato la vostra missione. Solo tu hai riconosciuto la strega per quel che era.»

«Jean Luc...»

Scrollò una mano con impazienza. «Prendo atto della tua umiltà, Reid, ma non devi peccare di falsa modestia. Oggi hai salvato vite umane.»

«Io... Signore, io...» Non essendo in grado di parlare mi fissai le mani, che si erano di nuovo chiuse a pugno sulle ginocchia.

Come sempre, l'arcivescovo mi capì senza bisogno di spiegazioni. «Ah... sì.» La sua voce si ammorbidì. Sollevando la testa notai che mi guardava con un'espressione inscrutabile. «Jean Luc mi ha riferito del tuo spiacevole incontro.»

Il suo tono era pacato, eppure avvertii la delusione che nascondevano quelle parole. Mi assalì di nuovo la vergogna. Chinai il capo. «Mi dispiace, signore. Non so cosa mi sia preso.»

L'arcivescovo emise un gran sospiro. «Non preoccuparti, figliolo. L'animo delle donne è malvagio, tanto più quello delle streghe. La loro astuzia non conosce limiti.»

«Perdonatemi, signore, ma non avevo mai assistito a una magia del genere. La strega... era una vecchia megera, ma poi... è cambiata.» Mi osservai ancora i pugni. Ero deciso a tirar fuori quelle parole. «Si è trasformata in una bella donna.» Trassi un respiro profondo e alzai lo sguardo, serrando la mascella. «Una bella donna incinta.»

L'arcivescovo storse la bocca. «La Madre.»

«Signore?»

Scattò in piedi, giunse le mani dietro la schiena e iniziò a camminare avanti e indietro. «Hai dimenticato gli insegnamenti sacrileghi delle streghe, Reid?»

Scossi la testa, sentii bruciare le orecchie e ricordai i severi diaconi della mia infanzia. La spoglia aula vicino alla cattedrale. La Bibbia sbiadita tra le mie dita.

Le streghe non venerano Nostro Signore, né riconoscono la Santa Trinità: il Padre, il Figlio e lo Spirito Santo. Glorificano invece un'altra trinità, una divinità idolatrica. La Triplice Dea.

Anche se non fossi cresciuto nella Chiesa, come ogni altro chasseur avrei studiato la malvagia ideologia delle streghe prima di prendere i voti.

«La Vergine, la Madre e la Vecchia» mormorai.

L'arcivescovo annuì. «Un'incarnazione della femminilità nel ciclo della nascita, della vita e della morte… tra le altre cose. È blasfemo, naturalmente.» Sbuffò e scosse il capo. «Come se Dio potesse essere una donna.»

Corrugai la fronte, evitando il suo sguardo. «Certo, signore.»

«Le streghe credono che la loro regina, La Dame des Sorcières, sia stata benedetta dalla Dea. Pensano che la Dea possa assumere a piacimento le sembianze della trinità.» Si interruppe e mi studiò serrando le labbra. «Sono convinto che oggi tu abbia incontrato La Dame des Sorcières in persona.»

Lo guardai a bocca aperta. «Morgane le Blanc?»

«Proprio lei.»

«Ma, signore…»

«Così si spiega la tentazione. L'incapacità di controllare i tuoi istinti più bassi. La Dame des Sorcières è potentissima, Reid, soprattutto quando assume quella forma. Le streghe affermano che la Madre rappresenta la fertilità, il compimento e… la sessualità.» Torse il volto in un'espressione di disgusto, come se quella parola gli lasciasse l'amaro in bocca. «Un uomo più debole di te avrebbe ceduto.»

Ma io volevo cedere. Un calore doloroso mi imporporò le guance mentre il silenzio calava tra di noi. Si udì un trame-stio di passi e l'arcivescovo mi posò una mano sulla spalla. «Scaccia questa idea dalla mente, affinché la creatura non possa avvelenarti i pensieri e corromperti lo spirito.»

Con un groppo in gola, mi costrinsi a guardarlo. «Non vi deluderò più, signore.»

«Lo so.» Nessuna esitazione. Nessuna incertezza. Il sollievo mi riempì il petto. «Questa vita che abbiamo scelto – una vita di moderazione, di temperanza – non è priva di difficoltà.» Mi strinse la spalla. «Siamo umani. Fin dall'alba dei tempi, questo è il destino dell'uomo: essere tentato dalla donna. Persino nella perfezione del giardino dell'Eden, Eva sedusse Adamo inducendolo al peccato.»

Vedendo che non rispondevo, mi mollò la presa e sospirò. Un sospiro stanco, stavolta. «Sottoponi questo problema al Signore, Reid. Confessati e Lui ti assolverà. E se... con il tempo... non riesci a liberarti da questo tormento, forse dovremo procurarti una moglie.»

Quelle parole mi colpirono duramente nell'orgoglio, nell'onore. Mi sentii pervadere dalla rabbia. Una rabbia intensa. Disgustosa. Pochissimi miei confratelli avevano preso moglie da quando il re aveva istituito il nostro ordine sacro, e quasi tutti avevano finito per uscire dalla Chiesa.

Eppure... un tempo avevo valutato quella possibilità. L'avevo desiderato. Ma non più.

«Non sarà necessario, signore.»

Come se intuisse i miei pensieri, l'arcivescovo proseguì in tono cauto. «Non c'è bisogno che ti rammenti le tue precedenti trasgressioni, Reid. Sai molto bene che la Chiesa non può costringere nessuno a fare voto di castità, neppure uno chasseur. Come diceva san Paolo: "Se non sanno dominarsi, si sposino: è meglio sposarsi che bruciare". Se vuoi sposarti, né io né i tuoi fratelli possiamo impedirtelo.» Tacque per un momento, osservandomi con attenzione. «Forse la giovane Mademoiselle Tremblay ti vorrà ancora?»

Mi lampeggiò nella mente un'immagine del volto di Célie. Delicato. Grazioso. Gli occhi verdi colmi di lacrime. La stoffa nera e bagnata dell'abito da lutto.

Non puoi donarmi il tuo cuore, Reid. Non posso averlo sulla coscienza.

Célie, ti prego…

I mostri che hanno ucciso Pip sono ancora là fuori. Devono essere puniti. Non posso distoglierti dalla tua missione. Se devi dar via il tuo cuore, dallo alla tua confraternita. Ti prego, ti prego, dimenticami.

Non potrò mai.

Devi.

Scacciai il ricordo prima che mi consumasse.

No, non mi sarei mai sposato. Dopo la morte di sua sorella, Célie l'aveva dichiarato chiaro e tondo. «"Ai non sposati e alle vedove dico: è cosa buona per loro rimanere come sono io"» conclusi la citazione, a voce bassa e calma. Mi fissai i pugni stretti in grembo, ancora in lutto per un futuro – una famiglia – che non avrei mai visto. «Vi prego, signore… non metterei mai a rischio il mio futuro negli chasseur per contrarre matrimonio. Non desidero altro che compiacere Dio… e voi.»

A quel punto lo guardai, e lui mi rivolse un sorriso triste. «Apprezzo la tua devozione a Dio. Ora va' a chiamarmi la carrozza. Devo andare al castello per il ballo del principe. Mi sembra una follia, sinceramente, ma Auguste vizia suo figlio…»

Fu interrotto da due leggeri colpi sulla porta. Smise

subito di sorridere e annuì seccamente, per congedarmi. Mi alzai in piedi mentre lui girava intorno alla scrivania. «Avanti.»

Entrò un giovane iniziato, alto e magro. Ansel. Sedici anni. Rimasto orfano da bambino, come me. L'avevo visto di rado durante l'infanzia, benché fossimo cresciuti entrambi nella Chiesa. Era troppo piccolo per frequentare me e Jean Luc.

Si inchinò poggiando il pugno destro sul cuore. «Mi dispiace interrompervi, Eminenza.» Deglutendo, gli consegnò una lettera. «Ma ci sono notizie per voi. Una donna è venuta a bussare alla porta. Pensa che stasera ci sarà una strega nel Rione Ovest, signore, dalle parti del Parco Brindelle.»

Mi raggelai. Lì abitava Célie.

«Una donna?» L'arcivescovo si accigliò e si sporse per prendere la lettera. Sul sigillo di ceralacca campeggiava il disegno di una rosa. Cercò il tagliacarte tra le pieghe del mantello. «Chi?»

«Non lo so, Eminenza.» Le guance di Ansel erano tinte di rosa. «Aveva i capelli rosso fuoco ed era molto...» tossì e si guardò le scarpe, «molto bella.»

L'arcivescovo s'incupì ancora di più quando aprì la busta. «Non è bene soffermarsi sulla bellezza terrena, Ansel» lo rimproverò, rivolgendo la sua attenzione alla lettera. «Mi aspetto di vederti alla confessione dom...» Sbarrò gli occhi mentre leggeva.

Mi avvicinai. «Signore?»

Mi ignorò, gli occhi fissi sulla pagina. Feci un altro passo verso di lui e lo vidi sollevare la testa di scatto. Batté rapidamente le palpebre. «Io...» Si schiarì la voce, e tornò a leggere.

«Signore?» ripetei.

Al suono della mia voce si precipitò al caminetto e gettò la lettera tra le fiamme. «Sto bene» sbottò, giungendo le mani dietro la schiena. Tremavano. «Non preoccuparti.»

Impossibile. Conoscevo l'arcivescovo meglio di chiunque altro, e non tremava mai. Guardai il caminetto, dove la lettera si stava disintegrando in cenere nera. Strinsi i pugni. Se una strega aveva preso di mira Célie, com'era stato con Filippa, l'avrei fatta a pezzi. Avrebbe supplicato di essere mandata al rogo.

Come se percepisse il mio sguardo, l'arcivescovo si girò verso di me. «Radunate una squadra, capitano Diggory.» La sua voce era di nuovo salda. D'acciaio. Lanciò un'occhiata al fuoco e la sua espressione si indurì. «Benché io dubiti molto delle parole di questa donna, dobbiamo tenere fede ai nostri voti. Perlustrate la zona. Riferite immediatamente.»

Mi posai un pugno sul cuore, mi inchinai e andai verso la porta, ma lui allungò una mano e mi afferrò il braccio. «Se c'è davvero una strega nel Rione Ovest, portala qui *viva.*»

Annuii e feci un altro inchino. Risoluto. Una strega non aveva bisogno di tutti gli arti per continuare a vivere. Non le serviva neppure la testa. Finché non venivano bruciate, potevano resuscitare. Non avrei violato nessuna delle regole dell'arcivescovo. E se riportargli una strega viva poteva aiutarlo a placare quella sua improvvisa agitazione, gliene avrei portate tre. Per lui. Per Célie. Per me.

«Consideratelo già fatto.»

LA RAPINA

Lou

Quella sera ci infilammo in tutta fretta i costumi del Soleil et Lune. La soffitta del teatro, che per noi era un rifugio e una tana, offriva una scorta inesauribile di travestimenti: vestiti, mantelli, parrucche, scarpe e persino biancheria di ogni forma, taglia e colore. Quella sera io e Bas passeggiammo al chiaro di luna come una coppia di giovani innamorati – con abiti sontuosi da aristocratici – seguiti da Coco nei panni dell'accompagnatrice.

Mi appoggiai al suo braccio muscoloso e gli rivolsi uno sguardo adorante. «Grazie di averci aiutate.»

«Uff, Louey, sai che quella parola non mi piace. Se dici *aiutare* implichi che io ti stia facendo un favore.»

Sorrisi. «Dio ti scampi dal compiere qualche azione per pura bontà di cuore.»

«Non c'è bontà nel mio cuore.» Con una maliziosa strizzata d'occhio, mi tirò a sé e si chinò a bisbigliarmi all'orecchio. Il suo respiro era troppo caldo sul mio collo. «C'è soltanto oro.»

Già. Gli sferrai una gomitata, un gesto all'apparenza innocente, e mi scostai da lui. Dopo quella parata da incubo avevamo trascorso gran parte del pomeriggio ad architettare piani per fare breccia nelle difese di Tremblay, che avevamo esaminato durante una rapida ricognizione, passando davanti a casa sua. Il cugino di Bas viveva non lontano da lì, quindi speravamo che la nostra presenza non avesse destato sospetti.

Era proprio come l'aveva descritto Bas: un prato circondato da una cancellata con guardiani che si davano il cambio ogni cinque minuti. Bas era convinto che ci fossero altre guardie all'interno, oltre a cani addestrati per uccidere. Probabilmente la servitù di Tremblay sarebbe stata già a letto al momento della nostra irruzione, ma rappresentava un ulteriore possibile rischio. E poi c'era la questione di come trovare la cassaforte: potevano volerci giorni, non certo quelle poche ore prima che Tremblay rincasasse.

Con la gola serrata, mi sistemai la parrucca – bionda e coperta di brillantina – e strinsi il nastro di velluto che portavo al collo. Coco percepì la mia ansia e mi poggiò una mano sulla schiena. «Non essere nervosa, Lou. Andrà tutto bene. Gli alberi di Brindelle nasconderanno la magia.»

Annuii e mi costrinsi a sorridere. «Già. Lo so.»

In silenzio svoltammo sulla strada di Tremblay: gli alberi eterei e sottili di Parco Brindelle brillavano tenui accanto a noi. Secoli addietro, erano stati un bosco sacro per le mie antenate. La Chiesa aveva tentato di bruciarli dopo aver assunto il controllo di Belterra, ma invano. Gli alberi erano ricresciuti più forti di prima. In pochi giorni avevano ripreso a torreggiare su tutto il circondario, e i coloni avevano dovuto costruire le loro abitazioni intorno. La loro magia riverberava ancora nel terreno sotto i miei piedi, antica e immutabile.

Dopo un momento, Coco sospirò e mi toccò di nuovo la schiena. Quasi a malincuore. «Però devi stare attenta.»

Bas girò la testa di scatto e la guardò aggrottando le sopracciglia. «Scusa?»

Lei lo ignorò. «C'è qualcosa che… ti aspetta, da Tremblay. Forse non sarà l'anello, però potrebbe essere qualcos'altro. Non lo vedo bene.»

«Come?» Mi fermai di colpo e mi voltai verso di lei. «Che intendi?»

Aveva un'espressione sofferta. «Te l'ho detto, non lo vedo. È tutto vago e sfocato, ma c'è sicuramente qualcosa.» Si interruppe e mi fissò piegando la testa di lato… o meglio, guardò qualcosa che io non potevo vedere. Qualcosa di caldo e bagnato, che scorreva appena sotto la mia pelle. «Potrebbe essere malvagio, ma non penso che voglia farti del male. Però è potente, questo è certo.»

«Perché non me l'hai detto prima?»

«Perché non lo vedevo.»

«Coco, stiamo elaborando questo piano da tutto il giorno…»

«Non decido io le regole, Lou» sbottò. «Vedo solo ciò che il tuo sangue mi mostra.»

Nonostante le proteste di Bas, Coco aveva insistito per pungerci le dita prima di uscire. Non avevo nulla in contrario. Essendo una Dame Rouge, Coco non trasmetteva la sua magia attraverso la terra, come me e le altre Dames Blanches. No, la sua magia veniva da dentro.

Veniva dal sangue.

Bas si passò una mano tra i capelli, nervoso. «Forse avremmo dovuto reclutare alla nostra causa un'altra strega di sangue, forse Babette era più adatta…»

«Col cavolo» ringhiò Coco.

«Di Babette non c'è da fidarsi» aggiunsi io.

Bas ci scrutò incuriosito. «Eppure vi siete fidate abbastanza per comunicarle informazioni su questa missione cruciale…»

Sbuffai. «Solo perché l'abbiamo pagata.»

«E poi è in debito con me.» Con aria disgustata, Coco si strinse nel mantello per ripararsi dalla fredda brezza autunnale. «L'ho aiutata ad ambientarsi a Cesarine quando ha lasciato la congrega di sangue, ma è stato più di un anno fa. Non ho intenzione di mettere ulteriormente alla prova la sua lealtà.»

Bas annuì con un falso sorriso e parlò a denti stretti: «Propongo di rimandare questa conversazione. Non mi va di farmi arrostire allo spiedo proprio stanotte».

«Tu non bruceresti, non sei una strega» borbottai mentre riprendevamo la passeggiata.

«No» ammise lui pensieroso, «ma sarebbe utile. Mi è sempre sembrato ingiusto che a voi femmine toccasse tutto il divertimento.»

Coco gli lanciò un ciottolo sulla schiena. «Già, perché essere perseguitate è proprio uno spasso.»

Lui si girò a guardarla in cagnesco e si succhiò la punta dell'indice, dove si intravedeva ancora la puntura di spillo. «Sei sempre tu la vittima, vero, tesoro?»

Gli assestai un'altra gomitata. «Sta' zitto, Bas.»

Quando lui aprì la bocca per ribattere, Coco gli rivolse un sorrisetto subdolo. «Sta' attento. Ho in corpo il tuo sangue.»

«Solo perché me l'hai estratto con la forza!» protestò lui.

Fece spallucce, imperterrita. «Dovevo scoprire se stasera ti sarebbe successo qualcosa di interessante.»

«Ebbene? Accadrà?» Bas la guardò pieno di aspettativa.

«Non ti piacerebbe saperlo?»

«Incredibile. Dimmi, a che è servito permetterti di succhiare il mio sangue se non avevi in programma di condividere...»

«Te l'ho già detto.» Coco alzò gli occhi al cielo, fingendosi annoiata ed esaminandosi una cicatrice sul polso. «Vedo soltanto brandelli, e il futuro cambia in continuazione. La divinazione non è proprio il mio forte. Mia zia, per esempio, è in grado di vedere migliaia di possibilità con un unico assaggio...»

«Affascinante. Non sai quanto apprezzo queste belle chiacchierate, ma preferirei non apprendere i dettagli sulla divinazione del futuro attraverso il sangue. Sono certo che capirai.»

«Sei stato tu ad affermare che è utile essere una strega» intervenni.

«Lo dicevo per cavalleria!»

«Oh, per favore.» Coco sbuffò e gli tirò un altro ciottolo, e sorrise quando lo colpì dritto sul petto. «Sei la persona meno cavalleresca che io conosca.»

Lui ci scoccò un'occhiataccia, tentando invano di farci smettere di ridere. «Perciò è questa la mia ricompensa per avervi aiutato. Forse farei meglio a tornare da mio cugino.»

«Oh, Bas, taci.» Gli diedi un pizzicotto sul braccio e lui indirizzò su di me quel suo sguardo minaccioso. Gli feci la linguaccia. «Hai accettato di aiutarci, e mi pare che tu stia intascando regolarmente la tua parte. E poi era solo una goccia. Il suo corpo la espellerà presto.»

«Sarà meglio.»

Coco schioccò le dita e Bas imprecò e trasalì come se gli avessero preso fuoco i pantaloni. «Non è divertente.»

Risi lo stesso.

Troppo presto, ci si parò davanti l'abitazione di Tremblay. Era una graziosa palazzina di pietra chiara, che spiccava tra le belle case dei vicini, pur dando la netta impressione di un'opulenza ormai sbiadita. Dalle fondamenta si levavano lingue di muffa verde e il vento soffiava foglie morte sul prato dietro l'inferriata. Le aiuole ospitavano ortensie e rose brune, accanto a un arancio: un albero scandalosamente esotico, proveniente dai suoi traffici sul mercato nero.

Chissà se a Filippa piacevano le arance.

«Hai con te il sedativo?» bisbigliò Bas a Coco. Lei annuì, estraendo un involto dal mantello. «Bene. Sei pronta, Lou?»

Lo ignorai e presi Coco per un braccio. «Sei sicura che non ucciderà i cani?»

Bas ringhiò impaziente, ma Coco lo zittì con un altro schiocco di dita. Annuì di nuovo e si posò un'unghia affilata sull'avambraccio. «Una goccia del mio sangue nella polvere per ciascun cane. È lavanda secca» soggiunse, sollevando il pacchetto. «Li farà dormire.»

Le mollai il braccio. «E va bene. Andiamo.»

Alzai il cappuccio del mantello e mi avvicinai di soppiatto all'inferriata che circondava la casa. Non sentivo i loro passi, però sapevo che gli altri mi seguivano, nascosti tra le ombre della siepe.

La serratura del cancello era semplice ma resistente, dello stesso metallo usato per la cancellata. Trassi un respiro profondo. Potevo farcela. Erano passati due anni, ma sarei riuscita a scassinare una semplice serratura. Mentre la esaminavo, una lucente corda d'oro spuntò dal terreno e venne ad avvolgersi intorno alla serratura. Pulsò per un istante e poi si arrotolò anche al mio dito indice, collegandomi al metallo. Sospirai di sollievo. Come se percepissero la mia esitazione, altre due funi apparvero a mezz'aria e si mossero verso Coco e Bas, fino a sparire nei loro petti. Lanciai un'occhiataccia a quelle creaturine spietate.

Niente in cambio di niente, bisbigliò un'orribile vocetta nella mia testa. *Rompere qualcosa per rompere qualcosa. Il tuo osso in cambio della serratura… o magari la tua relazione. La natura pretende equilibrio.*

La natura poteva anche andarsene al diavolo.

«Qualcosa non va?» Bas avanzò cauto, spostando lo sguardo tra me e il cancello, ma non poteva vedere le corde d'oro. Quei disegni esistevano solamente nella mia testa. Mi girai verso di lui, già con un insulto sulla punta della lingua.

Inutile codardo. Certo che non potevo amarti.

Sei già innamorato di te stesso.

E a letto sei un incapace.

A ogni parola, la corda tra lui e la serratura brillava di più. Senza darmi il tempo di ripensarci, girai l'indice di scatto. Il dolore mi si propagò in tutta la mano. Strinsi i denti e osservai le corde che rientravano nella terra in una spirale di polvere d'oro. La soddisfazione si impadronì di me quando la serratura si aprì.

C'ero riuscita.

La prima fase del mio lavoro era conclusa.

Non persi tempo a festeggiare. Schiusi subito il cancello, attenta a non usare il dito indice che penzolava in un'angolazione innaturale, e mi scostai. Coco mi superò, diretta alla porta d'ingresso, e Bas la seguì a ruota.

Sapevamo che Tremblay aveva sei guardiani di ronda intorno alla proprietà. Tre di loro dovevano essere all'interno, ma ci avrebbe pensato Bas. Se la cavava bene con i coltelli. Con un brivido, mi inoltrai nel giardino. I miei bersagli, che si trovavano fuori dalla dimora, l'avrebbero passata molto più liscia. O così speravo.

Era trascorso un solo istante quando il primo guardiano

svoltò l'angolo della palazzina. Non mi scomodai a nascondermi, anzi gettai indietro il cappuccio e accolsi di buon grado il suo sguardo. Lui notò subito il cancello aperto e mise mano alla spada. Il sospetto e il panico si davano battaglia sul suo viso mentre perlustrava il giardino… e trovava me. Inviai al cielo una preghiera silenziosa e sorrisi.

«Ciao.» Una dozzina di voci parlarono insieme alla mia, e quella parola uscì ricca e profonda, come amplificata dalla presenza delle mie antenate. Le loro ceneri, a lungo assorbite dalla terra fino a diventare la terra – e l'aria, e gli alberi, e l'acqua – pulsavano sotto di me. Attraverso di me. I miei occhi brillavano più del solito. La mia pelle scintillava al chiaro di luna.

Appena l'uomo mi guardò, gli passò sul volto un'espressione sognante e allentò la mano sulla spada. Gli feci cenno di avvicinarsi. Obbedì, camminando verso di me come in trance. Giunto a pochi passi si fermò, senza smettere di fissarmi.

«Vuoi aspettare con me?» gli chiesi con la stessa strana voce di prima. Annuì. Dischiuse leggermente le labbra e sentii che il suo cuore accelerava. Cantava, rivolto a me. Continuammo a fissarci finché non comparve il secondo guardiano. Posai lo sguardo su di lui e ripetei quell'incantevole processo. All'arrivo della terza guardia la mia pelle scintillava più della luna.

«Siete stati così gentili.» Allungai le mani verso di loro in un gesto di supplica. Mi osservavano con cupidigia. «Mi dispiace molto per quello che sto per fare.»

Chiusi gli occhi, mi concentrai, e vidi esplodere dietro le palpebre un'infinita, intricata ragnatela d'oro. Ne afferrai un filo e lo seguii fino a un ricordo del viso di Bas: la sua cicatrice, la notte di passione che avevamo trascorso insieme. Uno scambio. Serrai i pugni e il ricordo svanì mentre il mondo si inclinava dietro le mie palpebre. Le guardie caddero a terra, prive di sensi.

Disorientata, aprii lentamente gli occhi. La ragnatela si dissipò. Mi si torse lo stomaco e vomitai nel roseto.

Probabilmente sarei rimasta lì tutta la notte – a sudare e a rimettere sotto gli effetti della mia magia repressa – se non avessi sentito guaire i cani di Tremblay. Coco doveva averli trovati. Mi pulii la bocca sulla manica, mi riscossi e andai verso la porta d'ingresso. Quella non era la notte giusta per avere lo stomaco debole.

L'interno della casa era immerso nel silenzio. Non sapevo dove fossero Bas e Coco, non riuscivo a sentirli. Mi inoltrai nell'ingresso e mi guardai intorno: le pareti scure, i bei mobili, i numerosi soprammobili. Grandi tappeti dai colori vivaci che coprivano pavimenti in mogano, e coppe di cristallo, cuscini con le nappe, pouf di velluto su ogni superficie. Tutto molto noioso, secondo me. Disordinato. Avrei voluto strappare via quelle tende pesanti per lasciar filtrare la luce argentea della luna.

«Lou» sussurrò Bas dalle scale, facendomi trasalire. Mi tornò in mente con terrificante chiarezza l'avvertimento di Coco: *Qualcosa ti aspetta da Tremblay.* «Smettila di perdere tempo e sali quelle scale.»

Ignorai il brivido che mi correva lungo la schiena e mi misi quasi a correre per raggiungerlo.

Con mia grande sorpresa – e gioia – Bas aveva scovato una leva sulla cornice di un grande quadro nello studio di Tremblay: il ritratto di una ragazza dai penetranti occhi verdi e i capelli corvini. Le sfiorai il viso come per scusarmi. «Filippa. Prevedibile.»

«Già.» Bas premette la leva e il ritratto si aprì verso

l'esterno, rivelando la cassaforte. «L'idiozia viene spesso scambiata per sentimentalismo. Questo è il primo posto che ho controllato.» Indicò la serratura. «Riesci a scassinarla?»

Sospirai, guardandomi il dito rotto. «Non puoi farlo tu?»

«Fallo e basta» disse lui, impaziente, «e in fretta. Le guardie potrebbero svegliarsi da un momento all'altro.»

Giusto. Guardai avvilita la corda d'oro che mi collegava alla serratura e mi misi al lavoro. Stavolta era apparsa più in fretta, come se mi stesse aspettando. Mi morsi il labbro fino a farlo sanguinare, ma mi sfuggì ugualmente un gemito quando si spezzò un secondo dito. La serratura scattò e Bas aprì la cassaforte.

Tremblay vi aveva riposto un bel po' di roba noiosa. Scostando il suo sigillo, alcuni documenti legali, lettere e azioni, Bas lanciò uno sguardo avido sul mucchio di gioielli che c'era dietro. Soprattutto rubini e granati, ma notai anche una bella collana di diamanti. L'intera cassaforte riluceva per le *couronnes* d'oro che ne rivestivano le pareti.

Frugai con impazienza, senza curarmi delle proteste di Bas. Se Tremblay aveva mentito, se non aveva l'anello…

In fondo c'era un piccolo album rilegato in pelle. Lo aprii – riconobbi vagamente dei ritratti a matita di ragazze che dovevano essere Filippa e le sue sorelle – e vidi cadere un anello d'oro. Atterrò sul tappeto senza far rumore: un oggetto normalissimo, senza segni particolari a parte la lieve pulsazione quasi impercettibile che mi rintronava nel petto.

Con il fiato mozzo, mi accovacciai per raccoglierlo. Era caldo nella mia mano. Reale. Sentii le lacrime che minacciavano di uscire. Ora lei non mi avrebbe mai trovato. Ero… al sicuro. O quantomeno, non sarei mai stata più al sicuro di così. Mettendolo al dito, l'anello avrebbe dissipato gli incantesimi. Mettendolo in bocca, invece, mi avrebbe resa invisibile. Non sapevo perché – una peculiarità della magia, forse, o di Angelica in persona – ma non mi importava. Mi sarei spaccata i denti su quel metallo, se fosse servito a tenermi nascosta.

«L'hai trovato?» Bas si infilò in borsa gli ultimi gioielli e *couronnes* e osservò l'anello con aria di aspettativa. «Non è granché, eh?»

Udimmo bussare dal piano di sotto, tre colpi in rapida successione. Un avvertimento. Bas strinse gli occhi e andò a guardare dalla finestra, verso il giardino. Mi infilai l'anello al dito mentre lui mi voltava le spalle. A quel contatto il metallo sembrò emettere un sospiro leggero.

«Merda!» Bas si girò, con gli occhi sgranati, e all'improvviso non pensai più all'anello. «Abbiamo compagnia.»

Corsi alla finestra. I gendarmi si stavano sparpagliando sul prato e avanzavano verso la casa, ma non erano loro a provocarmi una morsa di paura allo stomaco. No, erano le giacche blu che li accompagnavano.

Chasseur.

Merda. Merda, merda, merda.

Cosa ci facevano loro lì?

Tremblay, la moglie e la figlia si avvinghiavano l'uno all'altra accanto alle guardie che avevo tramortito. Mi rimproverai per non averle nascoste da qualche parte. Un errore stupido, ma ero disorientata dalla magia. Ero fuori esercizio.

Vidi con orrore che uno degli uomini iniziava a svegliarsi. Sapevo bene cosa avrebbe detto agli chasseur non appena avesse ripreso conoscenza.

Bas si stava già muovendo: chiuse di fretta la cassaforte

e rimise a posto il ritratto. «Puoi farci uscire?» Aveva ancora gli occhi sbarrati per il panico, era disperato. Sentivamo i gendarmi e gli chasseur che circondavano l'abitazione. Ben presto avrebbero bloccato tutte le uscite.

Mi guardai le mani. Tremavano, e non solo per via delle dita rotte. Ero debole, troppo, dopo gli sforzi di quella sera. Come avevo potuto diventare così incapace? C'era il rischio di essere scoperta, rammentai a me stessa. Un rischio enorme...

«Lou!» Bas mi prese per le spalle e mi scosse. «Puoi portarci fuori di qui?»

Mi si riempirono gli occhi di lacrime. «No» ansimai. «Non posso.»

Bas batté le palpebre, respirò con affanno. Gli chasseur gridarono qualcosa sotto di noi, ma non importava. L'unica cosa importante era la decisione negli occhi di Bas mentre ci guardavamo. «Va bene.» Mi strinse per le spalle. «Buona fortuna.»

Poi girò sui tacchi e fuggì dalla stanza.

IL NOME DI UN UOMO

Reid

La casa di Tremblay puzzava di stregoneria. Uno strato di magia ricopriva l'erba del giardino e i guardiani riversi a terra, che Tremblay stava cercando di svegliare. Una donna alta di mezz'età era in ginocchio accanto a lui. Capelli rossi. Molto bella. Non la conoscevo, ma i bisbigli dei confratelli confermarono i miei sospetti.

Madame Labelle. Nota cortigiana e tenutaria del Bellerose.

Che non aveva motivo di trovarsi lì.

«Capitano Diggory.»

Mi voltai verso la voce tirata che parlava alle mie spalle. Una donna esile e bionda stava a mani giunte: all'anulare brillava un costoso anello nuziale. Aveva un reticolo di rughette agli angoli degli occhi, occhi che in quel momento stavano incenerendo la nuca di Madame Labelle.

La moglie di Tremblay.

«Salve, capitano Diggory.» Il tono flebile di Célie la precedette mentre girava intorno alla madre. Deglutii, avevo la gola serrata. Era ancora vestita a lutto, gli occhi verdi scintillavano alla luce delle torce. Gonfi. Arrossati. Le lacrime le luccicavano sulle guance. Avrei voluto asciugargliele. Spazzare via tutta quella scena da incubo, così simile alla notte in cui avevamo trovato Filippa.

«Mademoiselle Tremblay.» Invece chinai il capo, sentendomi addosso gli sguardi dei miei confratelli. Di Jean Luc. «Vi trovo… bene.»

Era una bugia. Sembrava addolorata. Impaurita. Era dimagrita dall'ultima volta che l'avevo vista. Il viso sciupato, pallido, come se non dormisse da mesi. Non dormivo neanch'io.

«Grazie.» Un sorrisetto di riconoscenza per la menzogna. «Anche voi.»

«Mi scuso per le circostanze, *mademoiselle,* ma vi assicuro che, se una strega ne è responsabile, brucerà.»

Lanciai un'occhiata in direzione di Tremblay. Lui e Madame Labelle erano stretti l'uno all'altra e conversavano concitatamente con le guardie. Perplesso, mi avvicinai. Madame Tremblay si schiarì la voce e posò su di me i suoi occhi indignati.

«Vi assicuro, signore, che voi e il vostro stimato ordine non siete necessari qui. Io e mio marito siamo cittadini timorati di Dio e non tolleriamo la stregoneria…»

Di fianco a me Jean Luc replicò a mo' di scuse: «Certo che no, Madame Tremblay. Siamo qui solo a titolo precauzionale».

«Tuttavia, *madame,* i vostri guardiani erano svenuti» le feci notare. «E la vostra casa puzza di magia.»

Jean Luc sospirò e mi scoccò uno sguardo irritato.

«C'è sempre questo odore, qui.» Madame Tremblay serrò gli occhi e le labbra. Contrariata. «È quel disgustoso parco. Avvelena tutta la strada. Se non fosse per il panorama sul Doleur, traslocheremmo domani stesso.»

«Vi chiedo scusa, *madame*. Ciò nonostante…»

«Comprendiamo.» Jean Luc si piazzò davanti a me con un sorriso conciliatorio. «E vi domandiamo scusa per l'allarme. Solitamente le rapine rientrano nella giurisdizione dei gendarmi, ma…» Esitò, il suo sorriso vacillò.

«Abbiamo ricevuto una delazione anonima secondo cui una strega sarebbe venuta qui stasera. Faremo una rapida perlustrazione della proprietà e poi voi e la vostra famiglia potrete tornare a casa...»

«Capitano Diggory, chasseur Toussaint.» La voce che lo interruppe era calda. Vellutata. Intima. Ci voltammo tutti insieme e vedemmo Madame Labelle che avanzava a lunghi passi verso di noi. Tremblay si affrettò a seguirla, lasciando indietro i guardiani ancora disorientati. «Abbiamo appena parlato con i sorveglianti.» Sorrise, rivelando denti bianchissimi. Quasi brillavano, tra le labbra scarlatte. «Quei poveretti non ricordano nulla, purtroppo.»

«Spero non ti dispiaccia se te lo chiedo, Helene» disse Madame Tremblay seccata, «ma cosa ci fai qui?»

Madame Labelle si girò verso di lei con nonchalance. «Passavo di qui e ho visto un po' di trambusto.»

«Passavi di qui? Che ci facevi in questa parte della città, cara? Sarebbe ragionevole pensare che tu abbia, be'... certi affari da sbrigare nella tua via, a quest'ora di notte.»

Madame Labelle inarcò un sopracciglio. «Hai proprio ragione.» Sorrise nuovamente e guardò Tremblay prima di ricambiare lo sguardo gelido della moglie. «In effetti ho affari da sbrigare.»

Célie si irrigidì e chinò il capo, e Tremblay si affrettò a intervenire prima che la sua consorte potesse rispondere. «Naturalmente, signori, siete liberi di interrogare la mia servitù.»

«Non temete, Monsieur Tremblay. Lo faremo.» Lo guardai male, per solidarietà con Célie, e alzai la voce, rivolto ai gendarmi e agli chasseur: «Sparpagliatevi e formate un perimetro. Bloccate tutte le uscite. Dividetevi in coppie, un gendarme e uno chasseur. Se è davvero una strega, non lasciatevi cogliere alla sprovvista».

«Non è una strega» insistette Madame Tremblay con tono ansioso. Nelle abitazioni vicine intanto iniziarono ad accendersi le luci. Davanti al cancello rotto si era già radunato un capannello di curiosi. Alcuni erano in pigiama, altri in abiti eleganti come quelli dei Tremblay. Tutti avevano espressioni guardinghe. «È solo un ladro. Niente di più…» aggiunse.

Si bloccò di colpo e si voltò verso la casa. Seguii il suo sguardo verso una finestra al primo piano. Una tenda si mosse e apparvero due facce.

Una delle due mi era familiare, nonostante la parrucca. Occhi verdeazzurri – vividi anche da quella distanza – sgranati per la paura. La tenda ricadde di colpo.

Provai un senso di soddisfazione e mi concessi un sorriso. *Scorra come acqua il diritto, e la giustizia come un torrente perenne.*

«Che c'è?» Anche Jean Luc guardò verso la finestra.

La giustizia.

«Sono ancora qui, un uomo e una donna.»

Jean Luc sfoderò la sua Balisarda con un gesto fluido. «Della donna mi sbarazzo subito.»

Aggrottai la fronte, ricordando i baffi finti. I pantaloni larghi, le maniche rimboccate della camicia, le lentiggini. Il suo odore quando mi era finita addosso alla parata: vaniglia e cannella. Non magia. Scrollai la testa. D'altronde le streghe non si portavano sempre addosso il sentore del male. Solo se avevano appena praticato la magia. L'arcivescovo era stato chiaro durante il nostro addestramento: ogni donna era una potenziale minaccia. Eppure… «Non penso che sia una strega.»

Jean Luc inarcò un sopracciglio nero, dilatò le narici. «Ah no? Sarà quindi una coincidenza che abbiamo ricevuto una soffiata proprio stasera, prima che proprio questi ladri rapinassero proprio questa casa?»

Mi rabbuiai. «L'ho incontrata stamattina. È...» Mi schiarii la voce, sentii le guance avvampare. «Non mi è sembrata una strega.»

La scusa suonava debole pure alle mie orecchie.

«Ah, d'accordo. Non può essere una strega perché non lo sembrava. Errore mio, naturalmente.»

«Portava i baffi» mormorai. Quando Jean Luc scoppiò a ridere, resistetti alla tentazione di picchiarlo. Sapeva che Célie mi stava fissando. «Non possiamo ignorare che Parco Brindelle è qui vicino. È possibile che quei due siano semplici ladri, malgrado le circostanze. Forse meritano la prigione, non il rogo.»

«Molto bene.» Jean Luc alzò gli occhi al cielo e si incamminò verso la porta d'ingresso senza aspettare un mio ordine. «Sbrighiamoci, allora, d'accordo? Interrogheremo quei due e decideremo: prigione o rogo.»

Digrignai i denti, irritato da quell'insolenza, tuttavia feci un cenno del capo ai gendarmi, che gli corsero dietro. Non li seguii. Tenni gli occhi puntati sulla finestra... e sul tetto. La ragazza non riapparve, perciò girai intorno alla casa e aspettai. La presenza di Célie era una fiamma libera sulla mia schiena, ma mi sforzai di ignorarla. Lei voleva che mi concentrassi sugli chasseur. Era ciò che dovevo fare.

Dopo qualche istante, alla mia destra si aprì la porticina di uno scantinato, nascosta tra le ortensie. Ne uscirono correndo Jean Luc e un uomo dalla pelle ambrata, con le lame dei pugnali che rilucevano al chiaro di luna. Si rotolarono a terra e Jean Luc gli atterrò sopra, premendogli il coltello sulla gola. Tre gendarmi corsero fuori dopo di loro, armati di manette e funi. In pochi secondi gli legarono i polsi e le caviglie. L'uomo ringhiò e tentò di divincolarsi, gridò una sequela di imprecazioni. E poi disse un'altra parola.

«Lou!» Si dibatteva invano, era diventato paonazzo per la rabbia. Uno dei gendarmi si accingeva a imbavagliarlo. «LOU!»

Lou. Un nome da uomo. Era logico.

Proseguii l'ispezione delle finestre e del tetto. Ben presto vidi un'ombra su una parete. Procedeva lentamente. Osservai meglio. Stavolta indossava un mantello, che si scostò rivelando un abito elegante come quello di Madame Tremblay. Probabilmente rubato. Ma non era il vestito il problema.

Era la mano.

Ogni volta che toccava il muro la tirava indietro di scatto, come se le facesse male. Strinsi gli occhi, provando a individuarne il motivo, però era troppo in alto. Davvero troppo. Come in reazione alla mia paura, le scivolò un piede e precipitò di qualche metro, per poi aggrapparsi a un davanzale. Mi si chiuse lo stomaco.

«Ehi!» Corsi in avanti. Un rumore di passi, gli chasseur e i gendarmi che mi seguivano. Jean Luc spintonò l'uomo legato, che finì a terra ai miei piedi. «Sei circondata! Abbiamo già catturato il tuo ragazzo! Vieni giù, prima di ammazzarti!»

La ragazza scivolò e si riprese di nuovo. Stavolta le cadde la parrucca, rivelando lunghi capelli castani. Inspiegabilmente furioso, mi gettai in avanti. «Vieni SUBITO GIÙ...»

L'uomo riuscì a togliersi il bavaglio. «LOU, AIUTAMI...»

Un gendarme cercò di rimetterglielo. La donna si fermò sentendo quella voce, si appoggiò a un davanzale e guardò in basso verso di noi. Appena mi vide, parve riconoscermi e si portò la mano buona alla fronte nella parodia di un saluto militare.

La osservai incredulo.

Mi aveva rivolto un saluto militare.

Strinsi i pugni. «Va' a prenderla.»

Jean Luc reagì con stizza a quell'ordine, ma annuì. «Chasseur, con me.» I miei confratelli corsero da lui, sguainando le Balisarde. «Gendarmi, a terra. Non lasciatela fuggire.»

Se gli altri chasseur si chiedevano perché non andassi con loro, non lo dissero. Saggiamente. Ma i gendarmi mi guardavano incuriositi.

«Che c'è?» sbottai. «C'era qualcun altro in casa?»

Dopo parecchi lunghi secondi, uno di loro si fece avanti. Mi sembrò di riconoscerlo. Dennis... no, Davide. «Sì, capitano. Io e Geoffrey abbiamo trovato qualcuno in cucina.»

«E...?»

Un altro gendarme – Geoffrey, presumo – si schiarì la voce. I due si scambiarono un'occhiata ansiosa e Geoffrey deglutì visibilmente. «È fuggita.»

Espirai di scatto.

«Pensiamo sia la vostra strega» aggiunse speranzoso Davide. «Odorava di magia, più o meno, e... ha avvelenato i cani. Avevano i denti insanguinati e un odore... strano.»

«Se può aiutarvi, la ragazza aveva... delle cicatrici» disse Geoffrey. Davide annuì convinto.

Mi voltai verso il tetto senza dire una parola. Non era colpa di Davide o di Geoffrey. Non erano addestrati a combattere le streghe. Eppure... forse potevano spiegare di persona la loro incompetenza all'arcivescovo. Forse potevano accettare la punizione. La vergogna. Un'altra strega sfuggita alla cattura. Un'altra strega libera di tormentare gli innocenti cittadini di Belterra. Di tormentare Célie.

Mezzo accecato dalla collera, posai gli occhi sulla ladra.

Lou.

Mi avrebbe detto dov'era andata la strega. Le avrei strappato quell'informazione a tutti i costi. Avrei risolto quel problema.

Anche con la mano ferita era riuscita ad arrampicarsi più in fretta degli chasseur. Raggiunse il tetto prima che gli altri fossero arrivati al primo piano. «Dividetevi!» ruggii ai gendarmi. Si sparpagliarono subito. «Deve pur scendere da qualche parte! Quell'albero, copritelo! E le tubature! Trovate qualsiasi cosa che potrebbe aiutarla a fuggire!»

Aspettai, camminando nervosamente avanti e indietro, mentre i miei confratelli continuavano a scalare il muro della casa. Le loro voci giungevano fino a me. La stavano minacciando. Bene. Se frequentava le streghe, era giusto che avesse paura di noi.

«Qualche segno?» chiesi ai gendarmi.

«Non qui, capitano!»

«Neppure qui!»

«Nessuno, signore!»

Trattenni un ringhio d'impazienza. Alla fine – dopo quella che sembrò un'eternità – Jean Luc si issò sul tetto, seguito da tre confratelli. Aspettai. E aspettai.

E aspettai ancora.

Davide gridò alle mie spalle e voltandomi vidi l'altro ladro, che intanto era quasi arrivato alla strada. Era riuscito a slegarsi i piedi. I gendarmi gli correvano dietro, ma si erano sparpagliati troppo nel giardino, obbedendo al mio ordine. Mi lanciai all'inseguimento, però il grido di Jean Luc mi fermò.

«Non è qui!» Apparve sul tetto, ansimante. Persino da quella distanza gli vedevo l'ira negli occhi. Corrispondeva alla mia. «Se n'è andata!»

Con un gemito di frustrazione, mi guardai intorno cercando l'uomo.

Ma era sparito anche lui.

L'ANELLO DI ANGELICA

Lou

Sentivo ancora gli chasseur mentre correvo lungo la strada, fissando il punto in cui avrebbero dovuto trovarsi i miei piedi, e le mie gambe e il mio corpo. Non capivano dove fossi finita. Non lo capivo neanch'io.

Un attimo prima ero intrappolata sul tetto, e quello dopo l'anello di Angelica mi bruciava sul dito. *Ma certo.* Nel panico avevo dimenticato di cosa fosse capace. Senza soffermarmi a riflettere, l'avevo sfilato dal dito e me l'ero messo in bocca.

Il mio corpo era scomparso.

Arrampicarmi su quella casa era stato difficile, con tutti quegli spettatori e due dita rotte. Scendere con gli spettatori, due dita rotte e un anello stretto tra i denti – invisibile – era stato quasi impossibile.

Per due volte avevo rischiato di inghiottirlo, ed ero convinta che uno chasseur mi avesse udita mentre mi bendavo le dita.

Eppure ce l'avevo fatta.

Se gli chasseur non mi ritenevano una strega già da prima – se, per qualche miracolo, i guardiani non l'avevano spifferato – di sicuro lo sospettavano ora. Dovevo stare attenta. Lo chasseur dai capelli ramati mi aveva vista in faccia, e grazie all'idiozia di Bas adesso sapeva anche il mio nome. Mi avrebbe cercata.

Altri, molto più pericolosi di lui, potevano sentire quel nome e iniziare a cercarmi.

Appena fui abbastanza lontana da essere relativamente al sicuro, sputai l'anello. Il mio corpo riapparve all'istante mentre lo infilavo al dito.

«Bel trucco» commentò Coco.

Mi girai al suono della sua voce. Stava appoggiata ai mattoni sporchi del vicolo, con un sopracciglio inarcato, e accennava con la testa all'anello. «Vedo che hai trovato la cassaforte di Tremblay.» Quando guardai verso la strada, esitante, rise. «Non ti preoccupare. I nostri amici blu e muscolosi stanno smontando l'abitazione di Tremblay mattone per mattone. Sono troppo indaffarati a cercarti per riuscire davvero a scovarti.»

Ridacchiai, ma solo per un momento, e poi tornai ad ammirare l'anello. «Non posso credere che l'abbiamo trovato. Le streghe sarebbero sul piede di guerra se sapessero che ce l'ho io.»

Coco seguì il mio sguardo, aggrottando leggermente le sopracciglia. «So cosa può fare l'anello, ma non mi hai mai detto perché la tua stirpe lo venera. Ci saranno sicuramente altri oggetti più... non so, più potenti?»

«Questo è l'anello di Angelica.»

Mi fissò senza capire.

«Sei una strega.» Ricambiai la sua occhiata perplessa. «Non hai mai sentito la storia di Angelica?»

Alzò gli occhi al cielo. «Sono una rossa, nel caso te ne fossi dimenticata. Perdonami se non ho studiato le superstizioni della tua setta. Era una tua parente, per caso?»

«Be', sì» ribattei con impazienza. «Ma non è questo il

punto. In realtà era soltanto una strega che si sentiva sola e si innamorò di un cavaliere.»

«Sembra affascinante.»

«Lui lo era. Le diede questo anello come promessa di matrimonio… e poi morì. Angelica era così sconvolta che le sue lacrime inondarono la terra e crearono un nuovo mare. L'Eau Mélancolique, lo chiamarono.»

«Le acque malinconiche.» Coco mi afferrò la mano per guardare l'anello e lo sdegno lasciò il posto a una riluttante ammirazione. Me lo sfilai dal dito e glielo porsi sul palmo. Non lo prese. «Che nome bello e terribile.»

Annuii cupa. «È un luogo bello e terribile. Una volta che Angelica ebbe pianto tutte le sue lacrime, gettò l'anello in acqua e si gettò dietro di lui. Annegò. Quando l'anello tornò a galla, era imbevuto di ogni sorta di magia…»

Tacqui all'improvviso appena udimmo levarsi delle voci dalla strada. Vedemmo passare alcuni uomini che cantavano a squarciagola, stonati. Ci inoltrammo ancora più nell'ombra.

Quando il gruppo si allontanò, mi rilassai. «Come sei fuggita?»

«Da una finestra.» Notando il mio sguardo interrogativo, sorrise. «Il capitano e i suoi scagnozzi erano troppo indaffarati con te per accorgersi di me.»

«Be', allora…» Strinsi le labbra e mi appoggiai alla parete accanto a lei. «Prego, direi. Come sei riuscita a trovarmi?»

Si tirò su la manica. Un reticolo di cicatrici le percorreva le braccia e i polsi, e un taglio sull'avambraccio sanguinava ancora. Un segno per ogni incantesimo che avesse compiuto. Da quel poco che Coco mi aveva insegnato sulle Dames Rouges, sapevo che il loro sangue era un ingrediente cruciale nella maggior parte degli incantesimi, ma non capivo in che modo. A differenza delle Dames Blanches, loro non erano vincolate da leggi o regole. La loro magia non pretendeva un equilibrio. Poteva essere selvaggia, imprevedibile... e alcune mie consorelle la definivano addirittura pericolosa.

Ma avevo visto con i miei occhi di cosa erano capaci le Dames Blanches. Che ipocrite.

Coco inarcò un sopracciglio e si strofinò una goccia di sangue tra le dita. «Davvero lo vuoi sapere?»

«Penso di poterlo indovinare.» Sospirai e scivolai lungo la parete fino a sedermi sulla strada, e chiusi gli occhi.

Coco si accomodò accanto a me e appoggiò la gamba alla mia in un gesto di amicizia. Dopo qualche secondo di silenzio mi diede un colpetto con il ginocchio e io riaprii gli occhi. Mi guardava con un'aria innaturalmente seria. «I gendarmi mi hanno vista, Lou.»

«Cosa?» Mi sporsi in avanti, con gli occhi sbarrati. «Com'è possibile?»

Si strinse nelle spalle. «Ho aspettato per essere sicura che tu fossi fuggita. Per fortuna erano solo i gendarmi. Se la sono quasi fatta addosso appena hanno capito che ero una strega. Così è stato più facile scappare dalla finestra.»

Merda. Mi si annodò lo stomaco. «Allora lo sanno anche gli chasseur. Ti staranno già cercando. Devi uscire dalla città il prima possibile. Stanotte. Adesso. Manda un messaggio a tua zia. Ti troverà.»

«Staranno cercando pure te. Anche se tu non fossi scomparsa senza lasciare traccia, saprebbero comunque che eri in combutta con una strega.» Si allungò e si abbracciò le ginocchia, incurante del sangue sul braccio che le macchiava la gonna di rosso. «Qual è il tuo piano?»

«Non ne ho idea» ammisi a bassa voce. «Ho l'anello di Angelica. Basterà.»

«Hai bisogno di protezione.» Prese la mia mano sana nella sua. «Vieni con me. Mia zia…»

«Mi ucciderà.»

«Non glielo permetterò.» Scosse la testa con decisione e i riccioli le danzarono intorno al viso. «Sai cosa pensa della Dame des Sorcières. Non aiuterebbe mai le Dames Blanches.»

Sapevo bene che era inutile insistere, quindi emisi un gran sospiro.

«Altri forse sì, però. Sarebbe solo questione di tempo, e poi una della tua congrega mi pugnalerebbe nel sonno… o mi consegnerebbe a lei.»

Un lampo passò negli occhi di Coco. «Le taglierei la gola.»

Feci un sorriso triste. «È della mia che mi preoccupo.»

«E allora?» Mi lasciò la mano e scattò in piedi. «Pensi di tornare al Soleil et Lune?»

«Per ora.» Feci spallucce come se non mi importasse, ma non ero molto convincente. «Solo Bas sa che vivo lì, ed è riuscito a fuggire.»

«Vengo con te.»

«No. Non ti lascerò bruciare per me.»

«Lou…»

«No.»

Sbuffò impaziente. «E va bene. La vita è tua. Però… lasciati almeno raddrizzare le dita.»

«Basta magia, per stasera.»

«Ma…»

«Coco.» Mi alzai e le strinsi la mano con delicatezza, sentendo le lacrime agli occhi. Sapevamo entrambe che stava rimandando l'inevitabile. «Andrà tutto bene. Sono soltanto un paio di dita rotte. Va'. Abbi cura di te.»

Tirò su con il naso e buttò la testa all'indietro nel vano tentativo di trattenere le lacrime. «Solo se lo fai anche tu.»

Ci abbracciammo per un momento, nessuna delle due voleva dirsi addio. Gli addii erano definitivi, mentre noi ci saremmo riviste, un giorno. Non sapevo quando né dove, però mi sarei assicurata che succedesse.

Senza un'altra parola, si staccò da me e svanì tra le ombre.

Non ero neppure uscita dalla via quando due sagome alte mi sbarrarono il passo. Imprecai appena mi spinsero senza troppi complimenti contro la parete del vicolo. Andre e Grue. Certo. Provai a divincolarmi, ma era inutile. Pesavano cento chili più di me.

«Come te la passi, dolcezza?» ghignò Andre. Era più basso di Grue, con un naso lungo e stretto e troppi denti che gli affollavano la bocca, gialli, scheggiati e storti. Mi tirai indietro per sfuggire al suo alito, ma Grue mi affondò il naso tra i capelli.

«Mmm. Profumi di buono, Lou Lou.» Per tutta risposta gli tirai una testata in faccia. Barcollò all'indietro con il naso rotto, imprecando furiosamente, e poi si avventò sulla mia gola. «Piccola stronza…»

Gli rifilai un calcio al ginocchio e contemporaneamente affondai una gomitata nella pancia di Andre. Una volta che la sua stretta si allentò mi misi a correre verso la strada, però all'ultimo secondo mi riacciuffò per il mantello. Persi l'equilibrio e atterrai sull'acciottolato con un tonfo doloroso. Andre mi fece rotolare a pancia in giù con un calcio e mi immobilizzò in quella posizione con uno stivale sulla schiena.

«Dacci l'anello, Lou.»

Mi rigirai sotto di lui per fargli perdere l'equilibrio, ma ottenni solo di farlo spingere più forte. Sentii una fitta terribile alla schiena. «Non ce l...» Prima che potessi terminare la frase, Andre mi agguantò per la testa e me la sbatté a terra. Mi si ruppe il naso e mi si riempì la bocca di sangue. Soffocavo, vedevo le stelle, dovetti lottare per restare cosciente. «I gendarmi ci hanno scoperti, stronzo!» Mi venne un sospetto. «Siete stati voi? Voi due bastardi avete fatto la soffiata?»

Grue ringhiò e si alzò in piedi, tenendosi ancora il ginocchio. Il suo naso bulboso sanguinava copiosamente sul mento. Nonostante il male alla schiena, provai il piacere della vendetta. Sapevo che non era il caso di sorridere, eppure era difficilissimo trattenermi.

«Non sono una spia. Perquisiscila, Andre.»

«Se mi tocchi un'altra volta, ti giuro che ti strappo gli occhi...»

«Non penso che tu sia in condizione di fare minacce, Lou Lou.» Andre mi tirò indietro per i capelli per esporre la gola e mi accarezzò il mento con il coltello. «E credo che me la prenderò comoda, con la tua perquisizione. Esaminerò ogni angolino. Potresti averlo nascosto ovunque.»

Un ricordo riaffiorò con chiarezza cristallina.

La mia gola sopra un bacile. Tutto bianco.

Poi rosso.

Esplosi sotto di lui in un vortice di arti, unghie e denti, artigliando, mordendo e scalciando ogni parte di lui che riuscii a raggiungere. Arretrò con un grido – la lama mi sfiorò il mento – ma non sentii il bruciore. Non sentii niente – il fiato nei polmoni, il tremito delle mani, le lacrime sul viso. Non mi fermai finché le dita non trovarono i suoi occhi.

«Aspetta! Per favore!» Riuscì a chiuderli, ma io continuai a premere, affondando le nocche sotto le palpebre. «Mi dispiace! T-ti credo!»

«Basta!» Sentii alle mie spalle i passi di Grue. «Fermati o ti...»

«Se mi tocchi lo acceco.»

I passi si bloccarono di colpo e lo sentii deglutire. «Dacci solo... qualcosa per il nostro silenzio, Lou. Qualcosa in cambio del nostro aiuto. So che non hai rubato soltanto l'anello a quell'idiota.»

«Non sono tenuta a darti niente.» Arretrando piano verso la strada, tenni una mano premuta sul collo di Andre. L'altra restava sul suo occhio. A ogni movimento percepivo il ritorno della sensibilità negli arti. Nella mente. Le dita rotte mi facevano malissimo. Battei ripetutamente le palpebre, inghiottendo la bile che avevo in gola. «Non seguitemi, o concluderò quel che ho iniziato qui.»

Grue rimase immobile. Andre piagnucolava addirittura.

Quando sbucai sulla strada, non esitai. Spinsi Andre verso le braccia aperte di Grue e corsi al Soleil et Lune.

Non mi fermai per tamponare l'emorragia o per ricomporre le fratture alle dita finché non fui al sicuro fra le travi del teatro. Non avevo acqua per lavarmi il viso, ma spalmai il sangue in modo da averne più sul vestito che sulla pelle. Le dita erano già rigide, ma morsi il mantello e raddrizzai ugualmente le ossa, fasciandole con stecche di balena prese da un vecchio corsetto.

Ero esausta, eppure non riuscivo a dormire. Ogni rumore mi faceva sobbalzare e la soffitta era troppo buia. Una finestra dal vetro rotto – il mio unico ingresso – lasciava entrare il chiaro di luna. Mi accovacciai lì sotto e cercai di ignorare il dolore al viso e alle mani. Per un istante pensai di arrampicarmi sul tetto. Avevo trascorso molte notti lassù sopra la città, con le stelle sulle guance e il vento tra i capelli.

Ma non quella sera. Gli chasseur e i gendarmi mi stavano cercando. Peggio ancora, Coco se n'era andata e Bas mi aveva abbandonata al primo segnale di pericolo. Chiusi gli occhi, avvilita. Che disastro, accidenti.

Almeno avevo trovato l'anello... e lei non aveva ancora trovato me. Già, quel pensiero mi confortò abbastanza da lasciarmi dormire un po'.

DUE DI NOME IRA E INVIDIA

Reid

Il clangore delle spade rintronava nel cortile di addestramento. Il sole della tarda mattinata scacciava il freddo autunnale e la mia fronte era madida di sudore. A differenza degli altri chasseur non mi ero tolto la camicia. Mi stava incollata al petto e la stoffa bagnata mi graffiava la pelle. Era una punizione.

Mi ero lasciato sfuggire un'altra strega, troppo distratto dalla ladra con le lentiggini per accorgermi che in quell'abitazione mi aspettava un demone. Célie era devastata. Non era riuscita a guardarmi quando suo padre l'aveva accompagnata in casa. A quel ricordo mi sentii invadere da un'ondata di calore. Un altro fallimento.

Jean Luc era stato il primo a togliersi la camicia. Ci battevamo con la spada da ore e la sua pelle scura luccicava di sudore. Aveva il petto e le braccia coperte di segnacci rossi: uno per ogni volta che aveva aperto la bocca. «Pensi ancora alle tue streghe, capitano? O magari a Mademoiselle Tremblay?»

Per tutta risposta gli calai sul braccio la mia spada di legno. Parai il suo colpo e gli sferrai una gomitata allo stomaco. Forte. Altri due segni rossi. Sperai che lasciassero un livido ciascuno.

«Lo prendo come un sì.» Si piegò in due tenendosi la pancia, ma riuscì lo stesso a rivolgermi un sorrisetto. Evidentemente non l'avevo picchiato abbastanza. «Non mi preoccuperei, fossi in te. Tutti dimenticheranno presto il fiasco della casa.»

Strinsi la spada fino a far sbiancare le nocche. Mi accorsi che mi stava venendo un tic sul mento. Non era giusto attaccare il mio più vecchio amico. Nonostante quell'amico fosse un miserabile, piccolo…

«Hai salvato la famiglia reale, in fondo.» Si tirò in piedi, tenendosi ancora il fianco, e il suo sorriso si allargò. «A dirla tutta ti sei anche umiliato con quella strega. Non posso dire che ti capisco. La paternità non è proprio nelle mie corde… ma la ladra di ieri sera? Quella sì che era carina…»

Mi lanciai in avanti, però lui mi intercettò e mi fermò, rise e mi sferrò un pugno sulla spalla. «Pace, Reid. Lo sai che scherzo.»

Le sue battute facevano meno ridere dal giorno in cui ero stato promosso.

Jean Luc era arrivato sulla soglia della chiesa quando avevamo tre anni. Ogni mio ricordo includeva anche lui. La nostra infanzia era tutta in comune; dormivamo nella stessa stanza, conoscevamo le stesse persone. Provavamo la stessa rabbia.

Pure il rispetto era stato reciproco. Ma quello era prima.

Mi allontanai e lui si asciugò il sudore sui pantaloni con un gesto teatrale. Alcuni nostri confratelli risero, ma smisero subito appena videro la mia espressione. «In ogni scherzo è racchiuso un briciolo di verità.»

Chinò il capo, senza smettere di ridere. Occhi verde chiaro che non si lasciavano sfuggire nulla. «Forse… Ma il

Signore non ci proibisce ogni falsità?» Non aspettò la mia risposta. Non lo faceva mai. «*Dite ciascuno la verità al proprio prossimo; perché siamo membra gli uni degli altri.*»

«Conosco le Scritture.»

«Allora perché metti a tacere la mia verità?»

«Perché parli troppo.»

Rise ancora più forte, aprì la bocca per stupirci di nuovo con la sua arguzia, ma Ansel lo interruppe, ansimante. Il sudore gli schiacciava i capelli spettinati, il sangue gli arrossava le guance. «Solo perché qualcosa *può* essere detto non significa che *vada* detto. Inoltre...» Arrischiò un'occhiata nella mia direzione. «Reid non era l'unico presente alla parata di ieri. O nella casa.»

Guardai a terra. Ansel avrebbe dovuto sapere che non era il caso di intervenire. Jean Luc ci scrutò entrambi con palese interesse, conficcò la spada a terra e ci si appoggiò. Si passò le dita nella barba. «Sì, ma sembra che la stia prendendo particolarmente male, no?»

«È giusto che qualcuno la prenda male.» Le parole mi uscirono prima che potessi fermarle. Digrignai i denti e mi girai dall'altra parte prima di poter aggiungere o fare qualcos'altro di cui pentirmi.

«Ah.» A Jean Luc si illuminarono gli occhi; si raddrizzò, dimenticò la spada e la barba. «È qui il problema, no? Hai deluso l'arcivescovo. Oppure è stata Célie?»

Uno.

Due.

Tre.

Ansel spostò nervoso lo sguardo tra me e lui. «Siamo stati tutti.»

«Forse.» Il sorriso di Jean Luc svanì e i suoi occhi penetranti scintillarono di un'emozione che non riconobbi.

«Eppure soltanto Reid è il nostro capitano. Soltanto Reid gode dei privilegi legati a questo titolo. Forse è giusto che sia solo lui a pagarne le conseguenze.»

Gettai la spada sulla rastrelliera.

Quattro.

Cinque.

Sei.

Mi costrinsi a inspirare a fondo, cercando di placare la collera. Quel muscolo nel mento, però, vibrava ancora.

Sette.

Hai il controllo della situazione. La voce dell'arcivescovo mi risuonò nelle orecchie, un ricordo d'infanzia. *Questa rabbia non può governarti, Reid. Fa' respiri profondi. Conta fino a dieci. Riprendi il dominio di te.*

Obbedii. Pian piano la tensione nelle spalle si allentò. Il viso si raffreddò. I respiri si calmarono. Strinsi con forza il braccio di Jean Luc e il suo sorriso vacillò. «Hai ragione, Jean. È stata colpa mia. Me ne assumo la responsabilità.»

Prima che lui potesse rispondere, l'arcivescovo uscì nel cortile. I suoi occhi d'acciaio trovarono i miei e io mi portai immediatamente il pugno sul cuore e mi inchinai. Gli altri mi imitarono.

L'arcivescovo chinò il capo. «Riposo, chasseur.» Ci tirammo su come un sol uomo. Quando mi fece cenno di avvicinarmi, Jean Luc si rabbuiò. «L'intera Torre è venuta a sapere del vostro pessimo umore di stamattina, capitano Diggory» disse l'arcivescovo.

«Mi dispiace, signore.»

«Non scusarti. Le tue fatiche non saranno vane. Cattureremo le streghe e purificheremo la terra con il fuoco per liberarla dalla loro pestilenza.» Si accigliò leggermente. «Ieri sera non è stata colpa tua.» Un lampo passò nello sguardo di Jean Luc, ma l'arcivescovo non se ne accorse. «Stamattina devo assistere a una rappresentazione con uno dei dignitari stranieri del re. Non approvo il teatro – perché è una pratica disgustosa, adatta solo ai vagabondi e alle canaglie – ma mi accompagnerai.»

Mi asciugai il sudore dalla fronte. «Signore…»

«Non era una richiesta. Lavati. Tieniti pronto a partire entro un'ora.»

«Sì, signore.»

L'emozione senza nome negli occhi di Jean Luc mi si conficcò nella schiena mentre seguivo l'arcivescovo dentro il palazzo. Soltanto più tardi – quando sedevo in carrozza fuori dal Soleil et Lune – mi concessi di darle un nome. Mi concessi di sentire la fitta dolorosa del rimpianto.

Tra noi il rispetto era stato reciproco. Ma solo finché non era arrivata l'invidia.

UN ACCORDO VANTAGGIOSO PER ENTRAMBI

Lou

Quando mi svegliai l'indomani mattina, dalla finestra della soffitta filtravano polverosi raggi di sole. Battei piano le palpebre, smarrita nel piacevole istante tra il sonno e la veglia in cui non ci sono ricordi. Ma l'inconscio mi inseguiva. Udii i rumori del teatro lì sotto, attori e tecnici che si chiamavano a vicenda, e altre voci entusiaste entravano dalla finestra. Ero frastornata, ancora aggrappata agli ultimi rimasugli di sonno.

Il teatro era piuttosto caotico, quella mattina.

Mi alzai con fatica. Il Soleil et Lune tutti i sabati allestiva una matinée. Come avevo potuto dimenticarlo?

Appena tornai a buttarmi sul letto avvertii una fitta di dolore al viso. Ah, già, ecco cos'era successo. Mi ero rotta il naso ed ero stata costretta a fuggire per salvarmi la pelle.

Il rumore al piano di sotto aumentò: iniziava l'ouverture.

Sbuffai. Ero bloccata lì fino alla fine dello spettacolo, e avevo un bisogno disperato di fare pipì. Di solito non era un problema raggiungere il bagno al piano di sotto prima che arrivassero gli attori, ma stavolta mi ero svegliata tardi. Mi tirai in piedi, sentii un male sordo alla schiena e valutai rapidamente i danni. Il naso era rotto, e le dita durante la notte si erano gonfiate fino al doppio delle dimensioni normali. Ma indossavo un vestito abbastanza elegante per passare inosservata tra gli spettatori... tranne per le macchie di sangue. Mi leccai le dita sane e strofinai con forza la stoffa, ma restò ostinatamente rossa.

Con un sospiro impaziente, spostai lo sguardo tra gli attaccapanni pieni di costumi e il baule accanto al letto che dividevo con Coco. Ne saltarono fuori pantaloni di lana, sciarpe, guanti e scialli, oltre a un paio di coperte ammuffite che avevamo trovato nella spazzatura la settimana prima. Posai una mano sul lato del letto che apparteneva a Coco.

Sperai che fosse arrivata sana e salva da sua zia.

Scrollai la testa, tornai verso il carrello pieno di costumi e scelsi un abito a caso. Coco sapeva cavarsela da sola. Io, invece...

Rinunciai a svestirmi dopo tre dolorosissimi tentativi. Le dita rotte non volevano saperne di collaborare e il mio corpo non era in grado di contorcersi per raggiungere i bottoni tra le spalle. Indossai invece un cappello alla bergère e un paio di occhiali di metallo trovati in una cassa lì vicino. Il nastro di velluto della sera prima mi copriva la cicatrice e il mantello nascondeva le macchie di sangue più evidenti. Poteva bastare.

La mia vescica pretendeva un sollievo immediato e mi rifiutavo di fare pipì in un angolo come un cane.

E poi potevo sempre mettere in bocca l'anello di Angelica, se avevo bisogno di sparire in fretta. Sospettavo che l'atrio fosse troppo affollato per farmi strada restando invisibile, altrimenti avrei rinunciato a travestirmi. Nulla insospettiva più che sentirsi pestare i piedi da uno spettro.

Mi abbassai il cappello sul viso e scesi pian piano le scale che portavano dietro le quinte. Quasi tutti gli attori mi ignorarono, tranne…

«Non dovresti essere qui» disse una ragazza altezzosa con il naso aquilino. Aveva la faccia tonda e i capelli del colore e della consistenza della seta di granturco. Quando mi girai verso di lei, trasalì. «Buon Dio, cosa ti è successo?»

«Niente.» Chinai subito il capo, ma il danno era fatto.

L'alterigia si trasformò in preoccupazione; la ragazza si avvicinò. «Qualcuno ti ha fatto del male? Devo chiamare i gendarmi?»

«No, no.» Sorrisi imbarazzata. «Mi sono solo persa, cercavo il bagno!»

«È nell'atrio.» Mi guardò con gli occhi a fessura. «È sangue quello che hai sul vestito? Sei sicura di stare bene?»

«Assolutamente.» Annuii come una pazza. «Grazie!»

Mi allontanai un po' troppo in fretta per sembrare innocente. Nonostante tenessi la testa bassa, mi sentivo addosso altri occhi. Dovevo avere proprio un aspetto orribile. Forse sarebbe stato meglio usare l'anello di Angelica.

L'atrio era infinitamente peggio del retroscena. Era zeppo di ricchi nobili e mercanti che non avevano ancora trovato i loro posti a sedere. Scivolai lungo le pareti per evitare attenzioni indesiderate. Per fortuna gli spettatori erano troppo indaffarati a salutarsi per notare il mio passaggio. Dopotutto il Soleil et Lune era molto più popolare per i pettegolezzi che per gli spettacoli.

Sentii qualcuno bisbigliare che l'arcivescovo in persona era atteso a quella matinée: un altro ottimo motivo per tornare in soffitta il prima possibile.

In qualità di padre degli chasseur, l'arcivescovo capitanava la loro guerra spirituale contro i mali di Belterra:

proclamava di aver ricevuto da Dio il mandato di sradicare l'occulto. Aveva mandato al rogo dozzine di streghe, più di chiunque altro, eppure non trovava ancora pace. L'avevo visto una volta sola, da lontano, ma avrei riconosciuto ovunque quella scintilla crudele nei suoi occhi: era ossessione.

Mi chiusi in bagno prima che qualcun altro potesse notarmi. Dopo aver fatto ciò che dovevo, mi tolsi quel ridicolo cappello e mi guardai allo specchio. Capii subito perché tutti mi avevano fissata. Il mio viso era un disastro. Grossi lividi violacei sotto gli occhi, sangue secco sulle guance. Mi bagnai con l'acqua fredda del rubinetto e mi strofinai la pelle finché non diventò rossa. Non migliorai di molto l'effetto generale.

Sentii bussare alla porta.

«Scusate! Problemi di pancia!» risposi imbarazzata.

Smisero immediatamente. Una voce femminile borbottò infastidita mentre si allontanava. Bene. Dovevo aspettare che quella gente se ne andasse, e un bagno chiuso a chiave era un ottimo nascondiglio. Guardai pensierosa il mio riflesso e riprovai a lavare via il sangue dal vestito.

Le voci fuori si placarono e la musica aumentò di volume, segnalando l'inizio dello spettacolo. Socchiusi la porta e sbirciai all'esterno. Restavano solo tre uscieri. Passando mi rivolsero un cenno del capo: grazie al buio non notarono i lividi.

A mano a mano che mi avvicinavo all'ingresso del retroscena cominciai a respirare meglio. Mancavano pochi passi quando una porta dell'auditorium si aprì dietro di me.

«Posso aiutarvi, signore?» chiese un usciere.

L'altro, chiunque fosse, mormorò una risposta e io sentii rizzarsi i peli sulla nuca. Avrei dovuto proseguire fino alla soffitta. Avrei dovuto correre – l'istinto mi gridava di fuggire, fuggire – eppure non lo feci. Invece mi girai a guardare l'uomo sulla soglia. L'uomo molto alto, dai capelli rossi, con una giacca blu.

«Tu» disse.

Scattò all'attacco senza lasciarmi il tempo di muovermi. Mi agguantò le braccia in una morsa e mi fece voltare, posizionandosi davanti all'uscita. Capii subito che era inutile lottare. Era troppo forte. Troppo grosso. C'era un'unica cosa da fare.

Gli affondai una ginocchiata sull'inguine.

Si piegò in due con un gemito e mollò la presa.

Mi liberai, gli lanciai il cappello in faccia, e mi precipitai verso le viscere del teatro. C'era un'altra uscita dietro le quinte. I membri della troupe mi fissarono a bocca aperta mentre correvo rovesciando casse e altri oggetti di scena. Quando l'uomo mi afferrò il bordo del mantello, me lo slacciai sulla gola senza mancare un passo. Non bastò. Lo chasseur continuò a inseguirmi, con passi lunghi quasi il triplo dei miei...

Mi prese per il polso proprio mentre notavo la ragazza di prima, quella dal naso aquilino. Cercai di divincolarmi – mi caddero gli occhiali mentre tentavo di raggiungerla – ma lui mi strinse con più forza. Il mio viso tumefatto si rigò di lacrime. «Per favore, aiutami!»

La giovane dal naso aquilino sgranò gli occhi. «Lasciala andare!»

A quel grido le voci sul palco tacquero di colpo e noi ci raggelammo.

Merda. No, no, no.

Approfittai della sua esitazione e mi contorsi per liberarmi, però la sua mano mi sfiorò il seno. Allentò la stretta, evidentemente inorridito, ma quando mi tirai indietro si avventò su di me e mi afferrò per il colletto. Guardai terrorizzata il tessuto delicato che si strappava come al rallentatore, mentre i suoi piedi restavano impigliati nella mia gonna. Ci aggrappammo l'uno all'altra, tentando invano di ritrovare l'equilibrio.

E rotolammo oltre il sipario, finendo sul palco.

Gli spettatori sussultarono all'unisono… e poi tacquero. Nessuno osava respirare. Nemmeno io.

Lo chasseur, che era sotto di me e mi immobilizzava, mi guardò con gli occhi sgranati. Inebetita, gli vidi passare sul volto un'emozione dopo l'altra. Sconcerto. Panico. Umiliazione. Collera.

La ragazza dal naso aquilino scivolò fuori dopo di noi e l'incantesimo si spezzò. «Che maiale disgustoso!»

Lo chasseur mi spinse via come se l'avessi morso: atterrai sul sedere. Con forza. Nell'istante in cui mi si aprì il vestito, dalla platea si levarono grida rabbiose. Gli spettatori videro il mio viso pieno di lividi, il corpetto strappato, e trassero le loro conclusioni. Non mi importava. Lì di fronte al pubblico mi sentii travolgere dall'orrore al pensiero di chi avrebbe potuto ricambiare il mio sguardo. Sbiancai.

La ragazza dal naso aquilino mi cinse con le braccia, mi aiutò delicatamente a rialzarmi e mi accompagnò dietro le quinte. Due nerboruti membri della troupe andarono a prendere lo chasseur. Il pubblico gridò la sua approvazione quando lo trascinarono dietro di noi. Mi girai e mi stupii che lo chasseur non stesse opponendo resistenza, però era pallido quanto me.

La ragazza tirò fuori un lenzuolo da una delle casse e me lo porse. «Stai bene?»

Ignorai quella domanda ridicola. Certo che non stavo bene. Cos'era successo?

«Spero che lo buttino in gattabuia.» Scoccò un'occhiataccia allo chasseur, che era circondato da persone e sembrava frastornato. Il pubblico continuava a gridare insulti.

«Non lo faranno» dissi in tono cupo. «È uno chasseur.»

«Testimonieremo tutti.» La ragazza indicò i membri della troupe, che si aggiravano imbarazzati senza sapere che fare. «Abbiamo assistito alla scena. È una vera fortuna che tu fossi qui.» Osservò il mio abito strappato e una scintilla le illuminò gli occhi. «Chissà cosa sarebbe potuto accadere.»

Non la corressi. Dovevo andarmene. Tutto quel guaio era nato da un maldestro tentativo di fuga, e quella era la mia ultima possibilità. Lo chasseur non poteva più farmi del male, ma ben presto sarebbero arrivati i gendarmi. A loro non sarebbe importato di ciò che gli spettatori credevano di aver visto. Mi avrebbero trascinata in prigione, nonostante il vestito a brandelli e i lividi, e a quel punto gli chasseur si sarebbero impadroniti di me senza problemi.

Sapevo dove sarei finita. Una catasta di legno, un fiammifero.

Avevo appena deciso di gettare al vento la prudenza e darmi alla fuga – e magari infilarmi l'anello di Angelica tra i denti appena arrivata sulle scale – quando si aprì cigolando la porta che conduceva sul lato destro del palco.

Il mio cuore si fermò appena l'arcivescovo varcò la soglia.

Era più basso di quanto immaginassi, ma più alto di me, con i capelli brizzolati e occhi di ghiaccio. Li sgranò per un istante mentre mi squadrava e poi li strinse per contemplare la devastazione che mi circondava. Storse le labbra.

Accennò con il capo all'uscita. «Lasciateci.»

La troupe non se lo fece ripetere due volte... e neanch'io. Quasi inciampai nella fretta di andarmene. La mano dello chasseur saettò in avanti e mi prese il braccio.

«Tu no» ordinò l'arcivescovo.

La ragazza dal naso aquilino esitò, spostando lo sguardo dall'uno all'altro di noi tre. Poi però bastò un'occhiata dell'arcivescovo per farla sgattaiolare fuori dalla porta.

Lo chasseur mi lasciò appena vide allontanarsi la ragazza e si inchinò all'arcivescovo, posandosi il pugno chiuso sul petto. «Questa è la donna della casa di Tremblay, Eminenza.»

L'arcivescovo annuì seccamente e girò di nuovo gli occhi su di me. Di nuovo mi soppesarono e di nuovo si indurirono: come se avessero calcolato il mio valore e l'avessero trovato deludente. Giunse le mani rigide dietro la schiena. «Quindi sei tu la ladra che è fuggita.»

Feci cenno di sì; non osavo respirare. Aveva detto *ladra.* Non strega.

«Ci hai cacciati tutti in un bel guaio, mia cara.»

«Io...»

«Silenzio.»

Richiusi la bocca di scatto. Non ero così stupida da discutere con l'arcivescovo. Se qualcuno era al di sopra della legge, quello era lui.

Avanzò lentamente verso di me, con le mani dietro la schiena. «Sei una ladra astuta, vero? Molto brava a evitare la cattura. Come sei riuscita a fuggire dal tetto, ieri sera? Il capitano Diggory mi assicura che la casa era circondata.»

Sentii la gola serrarsi. Ecco ancora quella parola. Ladra, non strega. La speranza mi vibrò nello stomaco. Lanciai uno sguardo allo chasseur dai capelli rossi, ma il suo viso non rivelava niente.

«Mi… mi ha aiutato un'amica» mentii.

L'arcivescovo inarcò un sopracciglio. «La tua amica strega.»

Il terrore mi corse giù per la schiena. Però Coco era a molte miglia da lì, al sicuro nella Forêt des Yeux. La foresta degli occhi. Gli chasseur non sarebbero mai riusciti a trovarla lì. E anche se l'avessero trovata, la sua congrega l'avrebbe protetta.

Continuai a guardarlo negli occhi, attenta a controllare qualsiasi tic o movimento nervoso che potesse tradirmi. «È una strega, sì.»

«Come?»

«Come fa a essere una strega?» Sapevo di non doverlo provocare, ma non ce la feci a trattenermi. «Penso che quando una strega e un uomo si amano molto…»

Mi schiaffeggiò in pieno viso. Il rumore riecheggiò nel silenzio dell'auditorium vuoto. Il pubblico era stato evacuato con la stessa rapidità della troupe. Mi portai una mano alla guancia e lo fissai con rabbia silenziosa. Lo chasseur si mosse nervosamente accanto a me, a disagio.

«Orribile mocciosa.» L'arcivescovo strabuzzò gli occhi in maniera allarmante. «Come ti ha aiutata a fuggire?»

«Non tradirò i suoi segreti.»

«Osi nascondermi informazioni?»

Si udì bussare dal lato destro del palco e un gendarme si fece avanti. «Eminenza, fuori si è accalcata molta gente. Vari servitori e tecnici… rifiutano di andarsene finché non sapranno che ne è stato della ragazza e del capitano Diggory. Iniziano ad attrarre… l'attenzione.»

«Arriviamo tra poco.» L'arcivescovo drizzò la schiena e si sistemò la tonaca, traendo un respiro profondo. Il gendarme si inchinò e uscì.

L'arcivescovo riportò su di me la sua attenzione. Passò un lungo momento di silenzio in cui ci guardammo con odio. «Cosa devo fare con te?»

Non ebbi il coraggio di parlare. Il mio viso non avrebbe sopportato molte altre percosse.

«Sei una criminale che si accompagna ai demoni. Hai coinvolto pubblicamente uno chasseur in un'aggressione, insieme a... altre cose.» Piegò le labbra in un ghigno e mi scrutò con disgusto palpabile. Cercai invano di ignorare la vergogna che mi ribolliva dentro. Era stato un incidente. Non l'avevo coinvolto intenzionalmente. Eppure... se il fraintendimento del pubblico poteva aiutarmi a sfuggire al rogo...

Non avevo mai finto di essere una brava persona.

«La reputazione del capitano Diggory sarà rovinata» proseguì l'arcivescovo. «Sarò costretto a sollevarlo dal suo incarico, per evitare che la santità degli chasseur venga messa in dubbio. Che la *mia* santità venga messa in dubbio.» Mi fissò. Assunsi un'espressione contrita, per paura che gli prudesse di nuovo la mano. Soddisfatto della mia aria pentita, cominciò a camminare avanti e indietro. «Cosa devo fare con te? Cosa devo fare?»

Era chiaro che mi trovava ripugnante, ma il suo sguardo d'acciaio continuava a soffermarsi su di me. Come una falena attratta da una fiamma. Mi studiava come in cerca di qualcosa, soffermandosi sui miei occhi, sul naso, sulla bocca. Sulla gola.

Con angoscia, mi accorsi che il nastro si era allentato durante la colluttazione con lo chasseur. Lo tirai su e lo strinsi. L'arcivescovo serrò le labbra e riprese a fissarmi.

Ci volle tutta la mia forza di volontà per non mostrare il mio disprezzo per quella ridicola lotta interiore. Non sarei andata in prigione, quel giorno, e neppure sul rogo. Chissà perché, l'arcivescovo e il suo animaletto da compagnia avevano stabilito che non ero una strega. Non avevo certo intenzione di contraddirli.

Eppure la domanda restava: cosa voleva l'arcivescovo da me? Perché era chiaro che voleva qualcosa. Gli leggevo la fame negli occhi. Prima capivo di cosa si trattava e prima avrei potuto sfruttarlo a mio vantaggio. Impiegai diversi secondi ad accorgermi che aveva ricominciato il suo monologo.

«... grazie al tuo piccolo gioco di prestigio.» Girò sui tacchi e mi si piantò davanti con una strana espressione di trionfo. «Forse possiamo trovare un accordo vantaggioso per entrambi.»

Tacque e ci studiò entrambi con aria di aspettativa.

«Vi ascolto» mormorai. Lo chasseur annuì.

«Benissimo. È molto semplice, in realtà... Un matrimonio.»

Lo guardai a bocca aperta.

Lui ridacchiò, ma senza allegria. «Se fosse tua moglie, Reid, questa sgradevole creatura ti apparterrebbe. Avresti avuto ogni diritto di inseguirla, di punirla, soprattutto dopo la sua imprudenza di ieri sera. Sarebbe stato prevedibile. Necessario, addirittura. Non sarebbe stato commesso alcun crimine, nessuna accusa di impudicizia. Tu rimarresti uno chasseur.»

Risi. Mi uscì un suono strozzato, disperato. «Non sposo proprio nessuno.»

L'arcivescovo non rise con me. «Lo farai, se non vuoi essere frustata in pubblico e imprigionata. Non sono io il capo dei gendarmi, ma è un mio caro amico.»

Lo fissai incredula. «Non potete ricattarmi...»

Agitò una mano come per scacciare una mosca fastidiosa. «È la sentenza che spetta a una ladra. Ti consiglio di rifletterci molto attentamente, figliola.»

Mi appellai allo chasseur, decisa a restare calma nonostante il panico che mi artigliava la gola. «Non puoi volerlo. Ti prego, digli di trovare un altro modo.»

«Non c'è altro modo» intervenne l'arcivescovo.

Lo chasseur restò immobile. Sembrava che avesse smesso di respirare.

«Sei come un figlio per me, Reid.» L'arcivescovo allungò un braccio per stringergli la spalla: un topo che confortava un elefante. Una parte della mia mente avrebbe voluto ridere. «Non buttare via la tua vita – una carriera promettente, il giuramento che hai fatto a Dio – per questa miscredente. Quando sarà tua moglie potrai chiuderla in uno sgabuzzino e non pensare mai più a lei. Per legge avresti il diritto di fare di lei ciò che vuoi.» Gli scoccò un'occhiata carica di significato. «In questa maniera si risolverebbero anche... altre questioni.»

Il sangue tornò finalmente sul viso dello chasseur... no, anzi, gli infiammò il viso. Risalì sulla gola e si propagò sulle guance. Lo vidi serrare la mascella. «Signore, io...»

Ma non lo udii. Mi si prosciugò la bocca e mi si restrinse il campo visivo. Matrimonio. Con uno chasseur. Doveva esserci un'altra soluzione, una qualunque...

Sentii risalire la bile in gola e, senza riuscire a trattenermi, eruttai uno spettacolare arco di vomito sui piedi dell'arcivescovo, che indietreggiò con un balzo e un grido di disgusto.

«Come osi...!» Alzò il pugno per colpirmi ancora, ma lo chasseur agì con prontezza. La sua mano afferrò il polso dell'arcivescovo.

«Se questa donna dev'essere mia moglie» disse con voce strozzata, «vi proibisco di toccarla di nuovo.»

L'arcivescovo snudò i denti. «Accetti, dunque?»

Lo chasseur mollò la presa e mi guardò, e un rossore più intenso gli risalì lungo il collo. «Solo se accetta anche lei.»

Quelle parole mi fecero pensare a Coco.

Abbi cura di te.

Solo se lo fai anche tu.

Coco aveva detto che dovevo trovare protezione. Sollevai lo sguardo sullo chasseur dai capelli ramati, sull'arcivescovo che si stava ancora massaggiando il polso. Forse la protezione aveva trovato me.

Andre, Grue, il gendarme, lei... nessuno di loro poteva farmi del male, se avevo uno chasseur come marito. Persino gli altri confratelli avrebbero smesso di rappresentare una minaccia... se fossi riuscita a mantenere la finzione. Se fossi riuscita a non compiere incantesimi in loro presenza. Non avrebbero mai scoperto che ero una strega. Mi sarei nascosta in piena vista.

Però... avrei anche avuto un marito.

Non volevo un marito. Non volevo essere incatenata in un matrimonio, e certamente non con un bigotto inflessibile come quello chasseur. Tuttavia, se il matrimonio era la mia unica alternativa all'ergastolo, forse era la scelta migliore. Certamente era l'unica opzione che mi avrebbe permesso di uscire da quel teatro senza catene.

Dopotutto, avevo ancora l'anello di Angelica. Potevo sempre fuggire dopo la firma del certificato di matrimonio.

Già. Drizzai le spalle e alzai la testa. «Ci sto.»

LA CERIMONIA

Reid

Le grida aumentarono di volume fuori dal teatro, ma le udivo a malapena. Il sangue mi ruggiva nelle orecchie coprendo ogni altro suono: le loro urla che chiedevano giustizia, la compassione dell'arcivescovo.

Ma non i suoi passi. Quelli li sentivo tutti.

Leggeri. Più leggeri dei miei. Però più irregolari. Meno misurati.

Mi concentrai su di loro e il rombo nelle orecchie si placò gradualmente. Ora ero in grado di sentire il direttore del teatro e il gendarme che cercavano di placare la folla.

Resistetti alla tentazione di sguainare la Balisarda quando l'arcivescovo aprì le porte. Mi si bloccarono le gambe, avevo la sensazione che la pelle fosse al contempo fredda e calda… e troppo stretta. Davvero troppo stretta. Prudeva e formicolava, mentre tutti gli occhi si giravano verso di noi. Una piccola mano calda mi si poggiò sul braccio.

Palmi callosi. Dita sottili, due delle quali bendate. Abbassai lo sguardo. Erano rotte.

Non permisi ai miei occhi di scorrere dalle dita su per il braccio. Perché il braccio avrebbe condotto alla spalla, e la spalla avrebbe condotto al viso. E sapevo cosa avrei trovato lì. Due occhi pesti e un altro livido che si andava formando sulla guancia. Una cicatrice sul sopracciglio. Un'altra sulla gola. Spuntava ancora da sotto il nastro nero, nonostante i suoi tentativi di nasconderla.

Mi tornò in mente il viso di Célie. Puro e perfetto.

Oh, Dio. Célie.

L'arcivescovo comparve e la calca tacque all'istante. Mi tirò davanti a sé, con un'espressione accigliata. La donna – la *miscredente* – non mollava la presa. Continuai a non guardarla.

«Fratelli!» La voce dell'arcivescovo risuonò nella strada ormai silenziosa, attirando ancora di più l'attenzione. Tutte le teste si voltarono verso di noi, la donna rabbrividì e mi si avvicinò. Abbassai lo sguardo su di lei, turbato. Aveva gli occhi sgranati, le pupille dilatate. Era spaventata.

Mi girai dall'altra parte.

Non puoi donarmi il tuo cuore, Reid. Non posso averlo sulla coscienza.

Célie, ti prego…

I mostri che hanno ucciso Pip sono ancora là fuori. Devono essere puniti. Non posso distoglierti dalla tua missione. Se devi dar via il tuo cuore, dallo alla tua confraternita. Ti prego, ti prego, dimenticami.

Non potrò mai.

Devi.

La disperazione minacciava di gettarmi in ginocchio. Célie non mi avrebbe mai perdonato.

«La vostra premura per questa donna è stata notata e apprezzata da Dio.» L'arcivescovo allargò le braccia. Implorante. «Ma non lasciatevi ingannare. Dopo aver tentato nottetempo di rapinare un aristocratico come voi, stamattina ha avuto l'ardire di fuggire da suo marito che tentava di punirla. Non compatitela, amici. Pregate per lei.»

Una ragazza in prima fila fissava l'arcivescovo con evidente disprezzo. Magra. Capelli biondi. Naso aquilino. Mi sentii irrigidire quando la riconobbi.

Che porco disgustoso!

Come se percepisse il mio sguardo, posò gli occhi su di me e li strinse. La osservai, cercando invano di dimenticare la condanna che aveva sussurrato. *Spero che lo sbattano in gattabuia. Chissà cosa sarebbe potuto accadere.*

Certo, l'impressione era stata quella. La piccola miscredente conosceva i suoi trucchi, e io le avevo semplificato le cose. Ero caduto dritto nella sua trappola. Mi rimproverai, avrei voluto liberare il braccio dalla sua presa, ma era impossibile. Troppe persone ci guardavano, e gli ordini dell'arcivescovo erano chiari.

«Appena torniamo a casa dobbiamo confessare la nostra ipocrisia» aveva detto seccato, mentre camminava avanti e indietro. «La gente deve credere che siete già sposati.» Si era voltato di scatto verso di lei. «Immagino che la tua anima non sia salva, sbaglio?» Vedendo che lei non rispondeva, si era accigliato. «Come pensavo. Rimedieremo subito a entrambe le situazioni, andremo dritti al Doleur per il battesimo. Devi comportarti come se fossi suo marito, Reid, finché non avremo formalizzato l'unione. Prendi quell'anello che ha alla mano destra e mettiglielo sulla sinistra. Cammina al suo fianco. La sceneggiata potrà terminare appena la folla si sarà dispersa. E santo cielo, recupera il suo mantello.»

La miscredente si girò l'anello sul dito. Strusciò i piedi. Alzò la mano per scostarsi i capelli dal viso. Li aveva raccolti in una crocchia disordinata sulla nuca, scompigliati e selvaggi. Proprio come lei. Un'acconciatura orribile.

«Vi imploro di vedere un monito di Dio in questa donna» disse l'arcivescovo a voce alta. «Imparate qualcosa dalla sua perfidia! Mogli, obbedite ai mariti. Pentitevi della vostra natura segnata dal peccato. Solo così potrete essere davvero unite a Dio!»

Vari spettatori annuirono e mormorarono il loro assenso.

È vero. L'ho sempre detto anch'io.

Le donne sono tutte streghe, al giorno d'oggi.

Hanno bisogno di legno, ecco cosa: o il bastone o il rogo.

La ragazza bionda che avevo visto dietro le quinte sembrava impaziente di infliggere dolore fisico all'arcivescovo. Digrignò i denti e serrò i pugni, poi si voltò dall'altra parte.

La miscredente mi strinse con forza il braccio. La guardai male, ma non fu sufficiente a farla smettere. Fu allora che sentii l'odore: leggero, tenue, quasi impercettibile. Ma era lì, portato dalla brezza. Magia.

L'arcivescovo emise un gemito.

Poi vidi che si piegava in due, tenendosi lo stomaco. «Signore, state...?»

Mi interruppi di colpo quando lo udii rilasciare una flatulenza straordinariamente rumorosa. Sgranò gli occhi e gli avvamparono le guance. Tra la gente corsero sussurri. Sconcerto. Disgusto. L'arcivescovo si raddrizzò e tentò di sistemarsi la tonaca, ma all'ultimo istante si piegò di nuovo in avanti. Fu scosso da un altro spasmo. Gli posai una mano sulla schiena, incerto.

«Signore...»

«Lasciami stare» ringhiò.

Indietreggiai e scoccai un'occhiataccia alla miscredente, che rideva in silenzio. «Smettila di ridere.»

«Non ci riuscirei neanche se volessi.» Si portò una mano sul fianco, continuando a tremare, e le sfuggì un grugnito. La guardai sempre più disgustato e mi piegai per annusarla. Cannella. Non magia. Mi scostai in tutta fretta e lei rise ancora più forte.

«Ecco, adesso – in questo preciso momento – forse vale la pena di sposarti, Chass. Non lo dimenticherò mai.»

L'arcivescovo ordinò a me e alla miscredente di raggiungere a piedi il Doleur per il battesimo. Lui ci precedette in carrozza.

Quando lo vide sparire in fondo alla strada, la ragazza sbuffò e lanciò un sasso in un secchio della spazzatura poco distante. «Quell'uomo è un tale pallone gonfiato che se lo pungi con uno spillo esplode.»

Serrai la mascella. *Non abboccare. Mantieni la calma.* «Ti proibisco di mancargli di rispetto.»

Sorrise e sollevò la testa per osservarmi. Poi – incredibilmente – si alzò in punta di piedi e mi assestò un buffetto sul naso. Indietreggiai, spiazzato. Arrossii. Lei si incamminò ridacchiando. «Faccio quello che mi pare, Chass.»

«Stai per diventare mia moglie.» La raggiunsi in due lunghe falcate e allungai una mano per prenderle il braccio, ma mi bloccai prima di toccarla. «Significa che mi obbedirai.»

«Davvero?» Inarcò le sopracciglia, sorridendo ancora. «Suppongo quindi che mi onorerai e mi proteggerai, no? Se proprio vogliamo attenerci alle vetuste regole del vostro patriarcato.»

Rallentai per adeguarmi alla sua andatura. «Sì.»

Batté le mani. «Eccellente. Almeno non sarà noioso. Ho molti nemici.»

Non resistetti e guardai per un momento i lividi scuri intorno ai suoi occhi. «Chissà perché.»

«È una domanda che non ti conviene farti» disse in tono

disinvolto, leggero. Come se parlassimo del meteo. «Avrai gli incubi per settimane.»

Le domande mi bruciavano in gola, però mi rifiutavo di pronunciarle. Lei sembrava soddisfatta del silenzio. I suoi occhi saettavano in tutte le direzioni. Verso gli abiti e i cappelli esposti nelle vetrine dei negozi. Verso le albicocche e le nocciole che riempivano le carrette dei mercanti. Verso le finestre sporche di un piccolo pub, i volti coperti di fuliggine dei bambini che rincorrevano i piccioni in strada. A ogni svolta una nuova emozione le passava sul viso. Apprezzamento. Nostalgia. Gioia.

Osservarla era stranamente spossante.

Dopo qualche minuto mi schiarii la voce. «È stato uno di loro a farti quei lividi?»

«Chi?»

«I tuoi nemici.»

«Oh» replicò allegra. «Sì. Be', due, a dire il vero.»

Due? La fissai incredulo. Cercai di immaginare quella creatura minuta che combatteva contro due persone al contempo; poi ricordai come mi aveva intrappolato dietro le quinte, com'era riuscita a far credere al pubblico che l'avessi aggredita io. Mi rabbuiai. Ne era capacissima.

Le strade si allargarono quando arrivammo nel Rione Est. Poco dopo vedemmo stagliarsi davanti a noi il Doleur, splendente nel sole del pomeriggio. L'arcivescovo ci aspettava accanto alla sua carrozza. Mi stupii che con lui ci fosse anche Jean Luc.

Ma certo. Doveva essere il testimone.

La realtà della situazione mi piombò addosso come un sacco pieno di mattoni. Stavo davvero per sposare quella donna. Quella... quella creatura. Quella miscredente che si arrampicava sui tetti e derubava gli aristocratici, che faceva a botte e si vestiva come un uomo e aveva pure un nome da uomo.

Non era Célie. Era la cosa più lontana da Célie che Dio avrebbe potuto creare. Célie era cortese e beneducata. Gentile. Garbata. Buona. Non mi avrebbe mai messo in imbarazzo, non avrebbe mai dato spettacolo in quel modo.

Fulminai con un'occhiata la donna che stava per diventare mia moglie. L'abito strappato e imbrattato di sangue. I lividi sul viso e le dita rotte. La cicatrice sulla gola. E un ghigno che non lasciava dubbi sulla maniera in cui si era procurata quelle ferite.

Inarcò un sopracciglio. «Vedi qualcosa che ti piace?»

Distolsi lo sguardo. A Célie si sarebbe spezzato il cuore, se avesse saputo cosa avevo fatto. Meritava di meglio. Meglio di me.

«Venite.» L'arcivescovo ci fece cenno di avviarci verso la riva del fiume. Non c'era nessuno: un pesce morto era il nostro unico spettatore, insieme allo stormo di piccioni che lo stavano divorando. La lisca spuntava dalla carne marcia e un solo occhio spalancato fissava il cielo terso di novembre. «Sbrighiamoci. La miscredente deve prima essere battezzata nel nome di Nostro Signore. "Non lasciatevi legare al giogo estraneo degli infedeli… Quale unione può esserci tra la luce e le tenebre?"»

Avevo i piedi pesanti, ogni passo era uno sforzo gigantesco per avanzare nella sabbia e nel fango. Jean Luc mi seguiva a distanza ravvicinata. Sentivo il suo sorriso sul collo. Non volevo immaginare cosa doveva pensare di me… di quella situazione.

L'arcivescovo esitò prima di entrare nell'acqua grigia. Si girò a guardare la miscredente e gli apparve sul volto il primo accenno di incertezza. Come se non fosse sicuro che lei avrebbe obbedito. *Per favore, cambia idea,* pregai. *Per favore, dimentica questa follia e mandala in prigione, dove merita di stare.*

Ma poi avrei perso la mia Balisarda. La mia vita. I miei voti. Il mio scopo.

Una vocetta acida si insinuò nei recessi della mia mente. *Potrebbe perdonarti, se volesse. Nessuno metterebbe in questione il suo giudizio. Potresti rimanere uno chasseur anche senza sposare una criminale.*

E allora perché non lo faceva?

Al solo pensiero mi sentivo invadere dallo sconforto. Ovvio che non poteva graziarmi. La gente era convinta che volessi sedurre quella donna. Non importava che non fosse vero. Loro lo credevano. Anche se l'arcivescovo avesse spiegato – anche se la donna avesse confessato – la gente avrebbe continuato a bisbigliare. A dubitare. A sospettare dell'integrità degli chasseur. O peggio ancora, avrebbero potuto mettere in discussione l'arcivescovo. Le sue motivazioni.

Eravamo già intrappolati nella nostra bugia. Tutti credevano che fosse mia moglie. Se si spargeva la voce contraria, l'arcivescovo sarebbe passato per bugiardo. E quello non poteva succedere.

Che mi piacesse o no, quella miscredente sarebbe diventata mia moglie.

Lei seguì l'arcivescovo nel fiume come per riaffermare quella verità. Lui si accigliò e si scrollò di dosso l'acqua che lei gli aveva schizzato in faccia.

«Che situazione interessante.» Una risata illuminava gli occhi di Jean Luc, che stava osservando la ragazza intenta a parlare di qualcosa con l'arcivescovo.

«Mi ha... ingannato.» Quella confessione fu dolorosa.

Sentendo che non aggiungevo altro, mi guardò. L'ilarità si smorzò nei suoi occhi. «E Célie?»

Mi costrinsi a pronunciare quelle parole, odiandomi perché le dicevo. «Célie sapeva che non ci saremmo sposati.»

Non gli avevo raccontato che Célie mi aveva respinto. Non avrei sopportato le sue prese in giro. O peggio ancora, la sua compassione. Mi aveva chiesto una volta, dopo la morte di Filippa, che intenzioni avessi con lei. Avevo mentito a denti stretti, affermando che i miei voti significavano troppo. Ché non mi sarei mai sposato.

E invece eccomi qua.

Jean Luc serrò le labbra e mi scrutò con attenzione. «Eppure… mi dispiace.» Guardò la miscredente, che aveva puntato un dito rotto verso il naso dell'arcivescovo. «Il matrimonio con una creatura simile non sarà facile.»

«Il matrimonio è mai facile?»

«Forse no, però lei sembra particolarmente insopportabile.» Accennò un sorriso. «Suppongo che dovrà trasferirsi nella Torre, no?»

Non riuscii a ricambiare il sorriso. «Sì.»

Sospirò. «Peccato.»

Osservammo in silenzio il volto dell'arcivescovo diventare sempre più duro. Alla fine perse la pazienza, afferrò la donna per il collo e la tirò a sé. La scaraventò sott'acqua e ce la tenne per un secondo di troppo.

Non lo biasimavo. L'anima di quella ragazza avrebbe avuto bisogno di più tempo per purificarsi, rispetto a una persona normale.

Due secondi di troppo.

L'arcivescovo sembrava combattuto. Tremava per lo sforzo di tenerla giù e aveva gli occhi sbarrati, lo sguardo di un pazzo. Non avrà mica voluto…?

Tre secondi di troppo.

Mi buttai in acqua. Jean Luc si tuffò dietro di me. Ma il

nostro panico era infondato. L'arcivescovo la lasciò andare proprio appena li raggiungemmo, e la donna scattò su soffiando come un gatto arrabbiato. L'acqua le colava dai capelli, dal viso, dai vestiti. Allungai un braccio per reggerla, ma lei mi spinse via. Indietreggiai mentre lei si girava gocciolante verso l'arcivescovo.

«*Fils de pute!*» Prima che riuscissi a fermarla si avventò su di lui. L'arcivescovo aprì gli occhi di colpo, perse l'equilibrio e cadde all'indietro nel fiume agitando le braccia. Jean Luc corse ad aiutarlo. Io agguantai la miscredente e le immobilizzai le braccia lungo il corpo.

Non parve accorgersene.

«*Connard! Salaud!*» Si dibatteva, schizzando acqua ovunque. «Ti ammazzerò! Ti strapperò quella tonaca di dosso e la userò per strangolarti, puzzolente, disgustoso pezzo di merda...»

La guardammo tutti e tre a bocca aperta. L'arcivescovo fu il primo a riprendersi. Diventò paonazzo e gli sfuggì un gemito strozzato. «Come osi parlarmi in questo modo?» Si divincolò da Jean Luc e le puntò un dito in faccia. Mi accorsi del suo errore un istante prima che lei si lanciasse in avanti. La strinsi più forte e riuscii a portarla via prima che affondasse i denti sulla nocca del dito.

Stavo per sposare un animale selvatico.

«Lasciami... andare...» Mi tirò una gomitata nello stomaco.

«No.» Più un singulto che una parola. Eppure resistevo.

A quel punto emise un verso di frustrazione – a metà tra un ruggito e un grido – e per fortuna si calmò. Inviai una preghiera silenziosa di gratitudine e la trascinai a riva.

L'arcivescovo e Jean Luc ci raggiunsero poco dopo. «Grazie, Reid.» L'arcivescovo tirò su con il naso, si strizzò la tonaca e si sistemò la croce sul petto. Il disprezzo gli deformava i lineamenti quando infine si rivolse all'arpia. «Dobbiamo ammanettarti per la cerimonia? Magari una museruola?»

«Avete cercato di uccidermi.»

Lui la scrutò dall'alto in basso. «Credimi, figliola, se avessi voluto a quest'ora saresti morta.»

Le passò un lampo negli occhi. «Vale lo stesso per voi.»

Jean Luc soffocò una risata.

L'arcivescovo avanzò di qualche metro, serrando gli occhi in due fessure. «Lasciala andare, Reid. Voglio chiudere definitivamente questa squallida faccenda.»

Con piacere.

Con mia sorpresa – e delusione – la donna non fuggì quando la liberai. Si limitò a incrociare le braccia e piantò i piedi, guardandoci uno dopo l'altro. Ostinata. Scontrosa. Una sfida muta.

Ci tenemmo a distanza.

«Sbrighiamoci» borbottò lei.

L'arcivescovo annuì. «Avvicinatevi, voi due, e prendetevi per mano.»

Nessuno dei due si spostò. «Oh, muoviti.» Jean Luc mi spintonò da dietro e io avanzai di un passo. La osservai furioso e aspettai. Dopo alcuni lunghi secondi, alzò gli occhi al cielo e si fece avanti. Appena allungai le mani, lei le guardò come se fossero quelle di un lebbroso.

Uno.

Mi costrinsi a respirare. Su con il naso. Fuori dalla bocca.

Due.

Lei aggrottò le sopracciglia. Mi fissò con un'espressione perplessa: era chiaro che dubitava della mia sanità mentale.

Tre.

Quattro.

Mi prese le mani. Fece una smorfia come di dolore.

Cinque.

Mi accorsi con un secondo di ritardo che le stavo facendo male. Allentai subito la stretta sulle dita rotte.

Sei.

L'arcivescovo si schiarì la voce. «Cominciamo.» Si voltò verso di me. «Vuoi tu, Reid Florin Diggory, prendere in sposa questa donna, per vivere con lei secondo la legge divina nel sacro vincolo del matrimonio? Prometti di amarla, confortarla, onorarla e proteggerla, in salute e in malattia, e di rinunciare a tutte le altre per restare accanto a lei finché morte non vi separi?»

Il mio campo visivo si restrinse fino a un puntino bianco tra i piccioni: una colomba. Mi girava la testa. Mi guardavano tutti, aspettavano che rispondessi, ma avevo la gola serrata.

Non potevo sposare quella donna. Non potevo. Una volta ammessa quella verità la sentii propagarsi dentro di me, la sentii affondare gli artigli in ogni fibra del mio essere. Doveva esserci un altro modo… uno qualunque…

Piccole dita calde strinsero le mie. Alzai di scatto lo sguardo e vidi penetranti occhi verdeazzurri. No… più azzurri che verdi, ora. Di ghiaccio. Riflettevano l'acqua ferrea del Doleur dietro di lei. Deglutì e annuì in maniera quasi impercettibile.

Con quel rapido movimento, capii. Il dubbio, l'esitazione, il dolore per la perdita di un futuro che non avrei mai avuto… appartenevano anche a lei. Non c'era più la megera isterica. Al suo posto c'era soltanto una donna. Ed era piccola. E spaventata. E forte.

E mi chiedeva di essere come lei.

Non so perché lo feci. Era una ladra, una criminale, e non le dovevo nulla. Mi aveva rovinato la vita trascinandomi su quel palco. Se accettavo, di certo avrebbe fatto del suo meglio per continuare.

Ma ricambiai la stretta. Le parole mi uscirono dalle labbra, da sole. «Sì, lo voglio.»

L'arcivescovo si rivolse a lei. Mantenni la pressione tra le nostre mani, attento a non toccare le dita rotte. «Come ti chiami? Di' il tuo nome per esteso» ordinò bruscamente.

«Louise Margaux Larue.»

Mi incupii. Larue. Era un cognome diffuso tra i criminali del Rione Est, però di solito era uno pseudonimo. Significava letteralmente *la strada*.

«Larue?» L'arcivescovo la scrutò con sospetto: pareva condividere i miei dubbi. «Devi sapere che se questo nome si dimostrerà falso, il tuo matrimonio con il capitano Diggory verrà annullato. Non c'è bisogno che ti rammenti ciò che ti aspetta, in quel caso.»

«Conosco la legge.»

«Bene.» Agitò una mano. «Vuoi tu, Louise Margaux *Larue*, prendere quest'uomo come tuo legittimo sposo, per vivere con lui secondo la legge divina nel sacro vincolo del matrimonio? Prometti di obbedirgli, servirlo, amarlo, onorarlo e proteggerlo, in salute e in malattia, e di rinunciare a tutti gli altri per restare accanto a lui finché morte non vi separi?»

Mi accorsi che voleva ridere, ma resistette, e scalciò la sabbia in direzione degli uccelli, che spiccarono il volo con strilli allarmati. Quando la colomba si levò in cielo, sentii un nodo in gola.

«Sì, lo voglio.»

L'arcivescovo proseguì senza pause. «Per il potere conferitomi vi dichiaro marito e moglie, nel nome del Padre, del Figlio e dello Spirito Santo.» Si interruppe, e ogni muscolo del mio corpo si irrigidì nell'attesa della formula successiva. Come se mi avesse letto nel pensiero, mi scoccò un'occhiata feroce. Arrossii di nuovo.

«Perché come dice il Signore...» giunse le mani e chinò il capo, «"Due valgono più di uno solo, perché sono ben ricompensati della loro fatica. Infatti, se l'uno cade, l'altro rialza il suo compagno; ma guai a chi è solo e cade senz'avere un altro che lo rialzi! E se uno tenta di sopraffare chi è solo, due gli terranno testa; una corda a tre capi non si rompe così presto".» Drizzò le spalle con un sorriso cupo. «È fatta. Ciò che Dio ha unito, nessun uomo osi separare. Firmeremo il certificato di matrimonio al nostro ritorno, e la questione sarà conclusa.»

Si incamminò verso la carrozza, ma poi si fermò e si girò a guardarmi con espressione accigliata. «È chiaro che il matrimonio dev'essere consumato per essere legalmente vincolante.»

La donna si paralizzò accanto a me, fissando l'arcivescovo con aria risoluta: le labbra contratte, gli occhi vigili. Avvertii un'improvvisa vampata di calore. Più violenta, più forte di prima. «Sì, Eminenza.»

L'arcivescovo annuì soddisfatto e salì in carrozza. Jean Luc lo seguì, facendomi l'occhiolino. Se possibile, la mia umiliazione fu ancora più cocente.

«Bene.» L'arcivescovo sbatté lo sportello. «Vedi di completare rapidamente l'operazione. Un testimone verrà più tardi nella tua stanza per controllare.»

Sentii lo stomaco torcersi mentre la carrozza svaniva in lontananza.

SECONDA PARTE

Petit à petit, l'oiseau fait son nid.
A poco a poco, l'uccello fa il suo nido.

PROVERBIO FRANCESE

LA CONSUMAZIONE

Lou

La Cathédral Saint-Cécile d'Cesarine sorgeva davanti a me, un sinistro spettro di guglie e torrioni e contrafforti. Finestre istoriate del colore delle gemme risplendevano al sole. Il portone in legno di rosa – intagliato e incastonato nella pietra bianca – si aprì mentre salivamo i gradini e lasciò uscire un capannello di chasseur.

«Comportati bene» borbottò il mio nuovo marito. Gli risposi con un ghigno.

Uno chasseur si fermò davanti a me. «Identificatevi.»

«Ehm…»

Mio marito annuì con un brusco cenno del capo. «Questa è mia moglie, Louise.»

Lo fissai, sorpresa che avesse pronunciato quelle parole nonostante i denti digrignati. Come al solito lui mi ignorò.

Lo chasseur davanti a me batté le palpebre. Le batté un'altra volta. «Vostra… vostra moglie, capitano Diggory?»

Lui annuì di nuovo, un gesto quasi impercettibile, ed ebbi davvero paura per i suoi poveri denti. Se continuava a stringerli in quel modo si sarebbero rotti. «Sì.»

Lo chasseur si arrischiò a lanciarmi un'occhiata. «È… molto insolito. L'arcivescovo è a conoscenza…?»

«Ci sta aspettando.»

«Naturalmente.» Lo chasseur si rivolse al paggio che era appena apparso. «Informa l'arcivescovo che il capitano Diggory e sua... moglie sono arrivati.» Scoccò un'altra occhiata furtiva nella mia direzione mentre il ragazzo sgattaiolava via. Gli feci l'occhiolino. Mio marito emise un verso di impazienza e mi afferrò per il braccio, conducendomi con forza verso la porta.

Mi divincolai. «Non c'è bisogno di storpiarmi.»

«Ti ho detto di comportarti bene.»

«Oh, per favore. Non ho mica tirato fuori le tette...»

Si levarono delle voci alle nostre spalle e ci girammo tutti contemporaneamente. Altri chasseur marciavano in strada verso di noi, trasportando quello che sembrava un cadavere. Benché l'avessero coperto in segno di rispetto, la mano che penzolava da sotto il lenzuolo era inconfondibile. Come i tralci spuntati tra le dita. E la corteccia che chiazzava la pelle.

Mi avvicinai – sebbene mio marito cercasse di strattonarmi indietro – e inspirai la familiare dolcezza che emanava dal corpo. Interessante.

Uno degli chasseur si affrettò a nascondere la mano. «L'abbiamo trovato poco fuori dalla città, capitano.»

Lui, senza dire una parola, accennò con il capo al vicolo di fianco alla chiesa, e gli chasseur filarono in quella direzione.

Allungai il collo per guardarli andare via. «Cos'è successo?»

«Nulla che ti interessi.»

«Dove lo portano?»

«Ho detto che non...»

«Basta così.» L'arcivescovo entrò a lunghi passi nell'atrio, osservando con disgusto il fango e l'acqua che formavano una pozza ai miei piedi. Aveva già indossato una tonaca pulita e si era lavato il viso dalle tracce di fango e sabbia. Resistetti alla tentazione di sistemarmi l'abito strappato o di pettinarmi con le dita. Non importava che aspetto avessi. L'arcivescovo poteva andare al diavolo. «Il certificato di matrimonio ci aspetta nel mio studio. Dove dobbiamo mandare a prendere la tua roba?»

Fingendo disinteresse, mi strizzai i capelli bagnati. «Non ne ho.»

«Non... ne hai» ripeté piano.

«È quel che ho detto, sì... a meno che tu e i tuoi scagnozzi non vogliate razziare la soffitta del Soleil et Lune. Prendo costumi in prestito da anni.»

Si accigliò. «Non mi aspettavo di meglio. Tuttavia tenteremo di trovarti abiti più presentabili. Non disonorerò Reid permettendo che sua moglie si vesta come una miscredente, anche se lo è.»

«Come osate?» Mi strinsi la pettorina dell'abito strappato, fingendomi scandalizzata. «Ora sono una brava cristiana timorata di Dio...»

Mio marito mi trascinò via prima che potessi aggiungere un'altra parola.

Avrei giurato di aver sentito spezzarsi uno dei suoi denti.

Dopo aver firmato in fretta e furia il certificato di matrimonio nello studio, mio marito mi portò in un corridoio stretto e polveroso, evidentemente per evitare l'atrio affollato. Dio non voglia che qualcuno veda la sua nuova moglie. Probabilmente alla Torre circolava già voce dello scandalo.

Notai una scala a chiocciola in fondo al corridoio. A differenza delle antiche scale in legno di rosa nascoste qua e là per la cattedrale, quella era di metallo e appariva più recente della costruzione originaria. E c'era qualcosa lì... nell'aria... Cercai di divincolarmi dal suo braccio e inspirai senza farmi vedere. «Dove porta quella scala?»

Lui seguì il mio sguardo, poi scosse la testa di scatto. «Non in un luogo che visiterai. È consentito l'accesso solo ai dormitori. Soltanto il personale addetto può salire ai piani superiori.»

Bene. Conta pure su di me.

Non dissi altro, però, e mi lasciai condurre su per varie rampe di scale, fino a una semplice porta di legno. Lui la aprì senza voltarsi a guardarmi. Mi fermai fuori, a fissare le parole scritte sopra la soglia:

NON LASCERAI VIVERE COLEI CHE PRATICA LA MAGIA.

Rabbrividii. Quindi ero nella famigerata Torre degli Chasseur. Non c'erano differenze visibili rispetto al corridoio, eppure c'era qualcosa... di austero, in quel posto. Non trasmetteva calore né bontà; l'atmosfera era cupa e rigida come gli uomini che vi abitavano.

Mio marito si sporse con la testa dall'uscio. «Che succede?»

«Niente.» Mi affrettai dietro di lui, ignorando il brivido di paura che mi corse per la schiena mentre varcavo la soglia. Ormai non potevo più tornare indietro. Ero nel ventre della bestia.

Ben presto sarei stata nel letto della bestia.

Neanche morta.

«Da questa parte.» Indicò una delle tante porte lungo il corridoio e io lo superai per entrare nella stanza... e mi bloccai di scatto.

Era un bugigattolo. Uno stanzino triste, squallido, vuoto, senza nulla di particolare. Le pareti erano bianche, le assi del pavimento scure. C'erano soltanto un letto e una scrivania. Quel che era peggio, quell'uomo non aveva nessun effetto personale. Nessun soprammobile. Neanche un libro. Neppure una cesta per i panni sporchi. Quando vidi la stretta finestra – troppo alta sulla parete per poter vedere il tramonto – mi sentii un po' morire.

Mio marito doveva essere la persona più insipida che fosse mai esistita.

La porta si richiuse alle mie spalle. Un suono che mi parve una condanna, come le sbarre di una cella.

Con la coda dell'occhio lo vidi muoversi e mi girai, ma lui alzò lentamente le mani come per placare un animale selvatico. «Voglio solo togliermi la giacca.» Si sfilò il giaccone bagnato e lo appoggiò sulla scrivania, poi iniziò a slacciare la bandoliera.

«Puoi fermarti qui» gli dissi. «Non... non toglierti altri vestiti.»

Serrò la mascella. «Non ho intenzione di prenderti con la forza» storse il naso, disgustato, «Louise.»

«Chiamami Lou.» A quel nome lo vidi rabbrividire. «Il mio nome ti offende?»

«Tutto in te mi offende.» Tirò indietro la sedia della scrivania e si sedette con un gran sospiro. «Sei una criminale.»

«Non c'è bisogno di fare il santarellino, chasseur. Sei qui per causa tua, non mia.»

«È colpa tua.»

Scrollai le spalle e andai ad accomodarmi sul suo letto, perfettamente rifatto. Notai il suo disappunto quando il mio vestito bagnò la coperta. «Avresti dovuto lasciarmi andare, lì al teatro.»

«Non sapevo che avresti… che mi avresti incastrato…»

«Sono una criminale» ribattei, senza scomodarmi a correggerlo. Tanto non importava più. «Mi sono comportata come tale. Dovevi immaginartelo.»

Indicò con un gesto rabbioso i miei lividi e le dita rotte. «E a cosa ti è servito?»

«Sono viva, no?»

«Davvero?» Inarcò un sopracciglio rossiccio. «Si direbbe che qualcuno sia quasi riuscito a ucciderti.»

Liquidai l'obiezione con un cenno della mano e feci un sorrisetto. «Rischi del mestiere.»

«Non più.»

«Scusa?»

Gli passò un lampo negli occhi. «Ora sei mia moglie, che ci piaccia o no. Nessun uomo ti toccherà più in quel modo.»

A quelle parole calò tra di noi un peso, una tensione.

Piegai la testa di lato e avanzai verso di lui, mentre mi si disegnava sul volto un lento sorriso. Mi guardò male, ma appena mi chinai sopra di lui gli si mozzò il fiato. I suoi occhi corsero alle mie labbra. Anche da seduto era quasi più alto di me.

«Bene.» Strinsi le dita intorno a uno dei coltelli nella sua bandoliera. Glielo portai alla gola prima che potesse reagire e affondai la punta abbastanza da far stillare una goccia di sangue. La sua mano mi cinse il polso – me lo stritolò – però non mi spinse via. Mi avvicinai. Le nostre labbra erano a un millimetro di distanza. «Ma devi sapere…» sussurrai, «che se un uomo mi tocca in qualsiasi modo senza il mio permesso, lo apro in due.» Feci una pausa a effetto, trascinando il coltello dalla sua gola al suo ombelico e oltre. Lo vidi deglutire. «Anche se quell'uomo è mio marito.»

«Dobbiamo consumare il matrimonio.» Parlò a voce

bassa, rauca… arrabbiata. «Nessuno dei due può permettersi un annullamento.»

Mi allontanai e mi rimboccai la manica per mostrare la pelle all'interno del braccio. Senza mai staccare gli occhi dai suoi, vi feci penetrare il coltello e lo spinsi verso il basso. Lui cercò di fermarmi, ma era troppo tardi. Usciva già sangue. Strappai via la coperta dal suo letto e lo lasciai gocciolare sulle lenzuola.

«Ecco fatto.» Andai verso il bagno, ignorando la sua espressione sconcertata. «Matrimonio consumato.» Mi concentrai sul dolore: lo percepivo, era reale, diversamente da tutto il resto di quell'orribile giornata. Pulii la ferita con gesti calmi, prima di fasciarla con un panno trovato nell'armadio.

Sposata.

Se quella mattina mi avessero detto che entro il tramonto sarei stata sposata, avrei riso. E poi forse gli avrei sputato in faccia.

Lo chasseur bussò alla porta. «Va tutto bene?»

«Dio, lasciami in pace.»

La porta si socchiuse. «Sei vestita?»

«No» mentii.

«Entro.» Infilò prima la testa, e strinse gli occhi quando vide tutto quel sangue. «Era proprio necessario?»

«Mi piace fare le cose per bene.»

Abbassò la benda per esaminare la ferita, costringendomi a guardargli il petto. Non si era ancora cambiato, e la camicia bagnata gli aderiva in una maniera che mi distraeva. Era davvero troppo alto. Alto in modo anormale. Davvero troppo grande per uno spazio così piccolo. Mi chiesi se avesse qualche malattia. Tornai a osservargli il petto. Probabile.

«Penseranno che ti ho ammazzata.» Mi bendò di nuovo e andò a prendere dal piccolo armadio un altro panno per asciugare il pavimento e il bacile. Finii di fasciarmi il braccio e lo raggiunsi.

«Cosa ne facciamo delle prove?» Mi pulii le mani insanguinate sul vestito.

«Le bruciamo. C'è una caldaia al piano di sotto.»

«Sì! Una volta ho dato fuoco a un magazzino. È bastato un fiammifero per mandare tutto in fiamme come un pagliaio.»

Mi fissò inorridito. «Hai appiccato il fuoco a un edificio?»

Quella gente aveva problemi di udito. «È quello che ho appena detto, no?»

Scosse la testa e attorcigliò l'asciugamano. «Il tuo vestito» disse. Abbassai gli occhi.

«Il mio vestito cosa?»

«È macchiato di sangue. Deve sparire.»

«Già» sbuffai. «Non ho altri abiti.»

«È un problema tuo. Dammelo.»

Lo fulminai con un'occhiata. Lui la ricambiò. «Non ho altri abiti» ripetei lentamente. Sì, era proprio sordo.

«Avresti dovuto pensarci prima di ferirti.» Allungò la mano con insistenza.

Passò un altro secondo.

«E va bene.» Mi sfuggì un risolino. «Benissimo!» Se proprio insisteva, potevo stare al suo gioco. Cercai di sfilarmi il vestito dalla testa, ma le dita ancora rigide e doloranti me lo impedirono. La stoffa bagnata si impigliò intorno al collo, strangolandomi, e rischiai di spezzarmi le altre dita nel disperato tentativo di strapparla via.

Ben presto arrivarono due mani forti ad assistermi.

Scattai all'indietro per istinto e il vestito si lacerò facilmente come aveva fatto in teatro.

Confusa, glielo lanciai in faccia.

Non ero nuda: i punti sensibili erano coperti da morbide e fluttuanti sottovesti. Ma era abbastanza. Quando si liberò dal mio vestito, era paonazzo. Distolse subito lo sguardo.

«C'è una camicia lì dentro.» Accennò all'armadio e poi osservò la ferita sul mio braccio. «Chiederò a una cameriera di portartene una da notte. Non farle vedere il taglio.»

Sbuffai guardandolo andare via e mi infilai una delle sue enormi camicie, che mi arrivava alle ginocchia.

Appena fui sicura che se n'era andato, tornai in camera. Dall'unica finestra entrava la luce dorata del tramonto. Trascinai la scrivania fin lì sotto, ci misi sopra la sedia e mi arrampicai. Appoggiai i gomiti sul davanzale, il mento sulle mani e sospirai.

Il sole era ancora tiepido, sebbene stesse tramontando. Chiusi gli occhi e mi crogiolai nel tepore.

Poco dopo arrivò una cameriera a controllare che le lenzuola fossero sporche di sangue. Soddisfatta, le tirò via senza dire una parola. Sentii stringersi lo stomaco mentre fissavo la sua schiena rigida. Lei non mi degnò di un'occhiata.

«Hai una camicia da notte?» domandai speranzosa, non riuscendo più a sopportare il silenzio.

Mi fece una perfetta riverenza, ma continuò a evitare il mio sguardo. «Il mercato non apre fino a domattina, *madame*.»

Se ne andò senza aggiungere altro. La osservai allontanarsi con un senso di inquietudine. Se speravo di avere almeno un'alleata in quell'orrenda Torre, avevo peccato di ottimismo. Persino ai servi avevano fatto il lavaggio del cervello. Ma se credevano di potermi spezzare con il silenzio – con l'isolamento – li aspettava una simpatica sorpresa.

Discesi dalla mia torre di mobili e cercai nella stanza qualcosa da usare contro il mio rapitore. Qualcosa con cui ricattarlo. Un'arma. Qualsiasi cosa. Mi spremetti le meningi, ricordando i trucchi che avevo usato negli anni contro Andre e Grue. Aprii il cassetto della scrivania e frugai con tutta la cortesia che mio marito meritava. Non c'era molto da ispezionare: un paio di penne d'oca, una boccetta d'inchiostro, una vecchia Bibbia sbiadita e… un quaderno rilegato in pelle. Quando lo sfogliai incuriosita, alcuni fogli sciolti caddero a terra. Mi chinai e mi si disegnò un sorriso in volto.

Lettere *d'amore.*

Uno chasseur dai capelli ramati, molto confuso, mi svegliò in malo modo quella notte. Mi ero raggomitolata nella vasca da bagno – avvolta nella sua ridicola camicia – e lui era entrato e mi aveva infilato un dito tra le costole.

«Che c'è?» Lo scacciai irritata, strizzai gli occhi contro la luce improvvisa.

«Cosa stai facendo?» Lo chasseur si scostò, ancora accovacciato sui talloni, e posò la candela a terra. «Quando ho visto che non eri a letto, ho pensato che magari… magari eri…»

«Andata via?» chiesi, divertita. «Non è ancora da escludere.»

La sua espressione si indurì. «Sarebbe un errore.»

«Tutto è relativo.» Sbadigliai e mi raggomitolai di nuovo.

«Cosa ci fai nella vasca?»

«Be', di sicuro non potevo dormire nel letto con te, no? Mi è sembrata l'alternativa migliore.»

Ci fu una pausa. «Non… non devi dormire qui» mormorò alla fine. «Prendi il letto.»

«No, grazie. Non è che non mi fidi di te, ma… be', sì, è proprio questo.»

«E pensi che la vasca possa proteggerti?»

«Mmm, no.» Sospirai, battei le ciglia. Sentivo le palpebre terribilmente pesanti. «Posso chiudere la porta a chiave…»

Ehi, aspetta.

Balzai a sedere, di colpo perfettamente sveglia. «L'ho chiusa a chiave. Come hai fatto a entrare?»

Sorrise, e io maledissi il mio cuore traditore per quel palpito. Il sorriso gli trasformava completamente il viso, come… come il sole. Lo guardai storto, incrociando le braccia e sprofondando nella sua camicia. Non avrei voluto fare quel paragone, però ora non riuscivo a togliermi l'immagine dalla testa. I suoi capelli ramati – spettinati, come se anche lui si fosse addormentato dove non doveva – non mi aiutavano affatto.

«Dove sei stato?» sbottai.

Il suo sorriso vacillò. «Mi sono addormentato nella cattedrale. Avevo bisogno di… un po' di spazio.»

Aggrottai la fronte e tra di noi calò il silenzio. Dopo un lungo momento gli domandai: «Come hai fatto a entrare?».

«Non sei l'unica capace di scassinare una serratura.»

«Ah, davvero?» Mi alzai a sedere, incuriosita. «E dove va un santo chasseur a imparare certi trucchi?»

«Dall'arcivescovo.»

«Ma certo. È così stupido e ipocrita.»

Il fragile cameratismo che si era creato fra noi crollò all'istante. Lo chasseur scattò in piedi. «Non mancargli mai di rispetto. Non davanti a me. È l'uomo migliore che io abbia mai conosciuto. Il più coraggioso. Quando avevo tre anni, lui…»

Smisi di ascoltarlo, annoiata. Stava diventando un'abitudine, con lui. «Senti, Chass, sei mio marito, quindi penso di dover essere sincera con te: ti confesso che ammazzerei volentieri l'arcivescovo alla prima occasione.»

«Ti ammazzerebbe lui, senza lasciarti il tempo di sollevare nemmeno un dito.» Gli brillava negli occhi una scintilla fanatica, e io inarcai un sopracciglio con educato scetticismo. «Dico sul serio. È il comandante migliore della storia degli chasseur. Ha ucciso più streghe di ogni altro uomo vivente. Le sue abilità sono leggendarie. *Lui* è leggendario...»

«È vecchio.»

«Tu lo sottovaluti.»

«Sembra un tema ricorrente, da queste parti.» Sbadigliai e gli voltai le spalle, cercando una posizione comoda nella vasca. «Senti, è stato divertente, ma adesso ho bisogno del mio sonno di bellezza. Devo essere al meglio per domani.»

«Domani?»

«Tornerò al teatro» sussurrai, con gli occhi che già si chiudevano. «Quel che ho visto dello spettacolo di stamattina sembrava interessante.»

Ci fu un'altra pausa, molto più lunga della prima. Girai la testa per guardarlo. Lui giocherellò con la candela per un momento e poi trasse un respiro profondo. «Ora che sei mia moglie è meglio se resti nella Torre degli Chasseur.»

Mi alzai a sedere di colpo, senza più traccia di sonno. «Non penso affatto che sia meglio.»

«Al teatro ti hanno vista in faccia e ora sanno che sei mia moglie. Ogni tuo movimento verrà controllato. Tutto ciò che dici si rifletterà su di me, sugli chasseur. L'arcivescovo non si fida di te. Crede che sia meglio che tu resti qui finché non impari a controllarti.» Mi scoccò un'occhiataccia. «E io sono d'accordo con lui.»

«Peccato. Pensavo che tu avessi più sale in zucca di quello lì. Non puoi tenermi prigioniera in questo *trou à merde.*»

Forse avrei riso della sua espressione scandalizzata, se non fossi stata tanto furiosa. «Bada a come parli.» Strinse le labbra, dilatò le narici. «Sei mia moglie…»

«Sì, questo l'hai già detto! Tua moglie. Non la tua schiava, non una tua proprietà. Ho firmato quello stupido pezzo di carta per evitare la prigionia…»

«Non possiamo fidarci di te.» La sua voce sovrastò la mia. «Sei una criminale. Sei impulsiva. Dio non voglia che apri la bocca fuori da questa stanza…»

«Merda! Porca puttana! Che ca…»

«Smettila!» Il sangue gli imporporò il collo e il petto si gonfiò mentre ispirava a fondo tentando di controllarsi. «Santo Dio, donna! Come puoi parlare così? Non hai vergogna?»

«Non resterò qui» sibilai.

«Farai come ti dico» sentenziò, perentorio.

Neanche morta. Aprii la bocca per rispondergli, ma era già uscito dalla stanza sbattendo la porta talmente forte da farmi tremare i denti.

L'INTERROGATORIO

Reid

Mi svegliai molto prima di mia moglie. Anchilosato. Dolorante. Intorpidito da una notte passata sul pavimento. Avevo provato a ragionare con me stesso – mi ero ripetuto che era stata lei a scegliere di soffrire nella vasca – ma non ero riuscito a sdraiarmi sul materasso. Sapevo che era ferita. Che poteva svegliarsi in piena notte e cambiare idea.

No. Le avevo offerto il letto. Il letto era suo.

Mi pentii della mia cavalleria appena entrai nel cortile di addestramento. Evidentemente si era già sparsa la voce del mio nuovo stato civile in tutta la Torre. Uno dopo l'altro mi affrontarono con una scintilla determinata negli occhi. Ciascuno aspettava con impazienza il suo turno. Ciascuno mi attaccò con insolita bellicosità.

«Notte lunga, eh, capitano?» ghignò il mio primo sfidante, dopo avermi colpito alla spalla.

Il successivo riuscì a centrarmi le costole. Mi guardò storto. «Non va bene. Una criminale che dorme a tre stanze dalla mia.»

Jean Luc sorrise. «Non penso che abbiano dormito molto.»

«Potrebbe tagliarci la gola.»

«Frequenta le streghe.»

«Non è giusto.»

«Non si fa.»

«Ho sentito dire che è una prostituta.»

Colpii alla testa quell'ultimo con l'impugnatura della spada e lo feci stramazzare a terra. Allargai le braccia e girai lentamente su me stesso. Sfidando chiunque osasse mettersi contro di me. Sanguinavo da un taglio sulla fronte. «Qualcun altro ha un problema con la mia nuova condizione?»

Jean Luc era piegato in due dal ridere. Sembrava particolarmente divertito dal mio processo, condanna ed esecuzione… finché non entrò pure lui nel ring. «Dammi il meglio che sai fare, vecchio mio.»

Avevo tre mesi più di lui.

Ma anche ferito, anche esausto, anche *vecchio*, sarei morto pur di non cedere a Jean Luc.

Il combattimento durò solo pochi minuti. Lui era rapido e agile, però io ero più forte. Dopo un fendente ben assestato desistette, stringendosi il fianco. Mi asciugai il sangue dal labbro appena spaccato prima di aiutarlo a rialzarsi.

«Dovremo interrompere la vostra luna di miele per interrogarla a proposito di casa Tremblay. Che ti piaccia o no, gli uomini hanno ragione.» Si sfiorò un livido sotto l'occhio. «È vero che frequenta le streghe. E l'arcivescovo pensa che possa condurci da loro.»

Mi trattenni dal levare gli occhi al cielo. L'arcivescovo mi aveva già confidato le sue speranze, ma non lo dissi a Jean Luc. Gli piaceva sentirsi superiore. «Lo so.»

Le spade di legno si incrociavano ancora, i corpi cozzavano l'uno contro l'altro: i nostri confratelli continuavano a combattere intorno a noi. Nessun altro si avvicinò, eppure tra uno scontro e l'altro mi scrutavano di sottecchi. Uomini che un tempo mi avevano rispettato. Uomini che un tempo avevano riso e scherzato con me, che mi avevano considerato un amico. Nel giro di poche ore ero stato rifiutato da mia moglie e disprezzato dai miei confratelli. Entrambe le offese erano più dolorose di quanto fossi disposto ad ammettere.

La colazione era stata persino peggio. I confratelli non mi avevano lasciato mangiare un solo boccone. Metà di loro voleva sapere tutti i dettagli sulla mia prima notte di nozze, e gli altri mi avevano apertamente ignorato.

Com'è stato?

Ti è piaciuto?

Non dirlo all'arcivescovo, ma… una volta ci ho provato. Si chiamava Babette.

Naturalmente non avevo davvero *voluto* consumare. Con *lei*. E i miei confratelli… avrebbero capito. Dovevano soltanto rendersi conto che non sarebbe cambiato nulla.

Attraversai il cortile e gettai la spada sulla rastrelliera. Gli uomini si scostarono per lasciarmi passare. Bisbigliavano alle mie spalle. Purtroppo Jean Luc non aveva simili scrupoli, e mi seguì come una piaga di locuste.

«Devo confessare che non vedo l'ora di rivederla.» Si assicurò che la sua spada atterrasse sopra la mia. «Dopo quell'esibizione in spiaggia, penso che i nostri confratelli si divertiranno parecchio.»

Avrei preferito le locuste.

«Lei non è così» obiettai sottovoce.

Jean Luc continuò come se non mi avesse sentito. «Era da molto tempo che una donna non soggiornava nella Torre. Chi è stata l'ultima, la moglie del capitano Barre? Non era granché. La tua è più carina…»

«Ti sarei grato se non parlassi di lei.» I sussurri dietro

di noi aumentarono mentre ci avvicinavamo alla Torre. Quando entrammo nel cortile si levarono delle risate. Strinsi i denti e finsi di non sentire. «Quel che mia moglie è o non è non ti riguarda.»

Inarcò le sopracciglia. «Cos'è, possessività quella che percepisco? Non avrai dimenticato tanto facilmente l'amore della tua vita, vero?»

Célie. Il suo nome mi ferì come un pugnale. La sera prima le avevo scritto un'ultima lettera. Meritava di sapere cosa mi era successo. E ora avevamo… chiuso. Per sempre, stavolta. Cercai invano di deglutire il groppo che avevo in gola.

Per favore, ti prego, dimenticami.

Non potrei mai dimenticarti.

Devi.

La lettera era partita all'alba.

«Gliel'hai già detto?» Jean Luc mi stava addosso. «Sei andato da lei, ieri sera? Un ultimo incontro con la tua amata?»

Non risposi.

«Non l'avrà presa benissimo, eh? Insomma, hai scelto di non sposare lei…»

«Piantala, Jean Luc.»

«… e invece adesso hai sposato una piccola stracciona che ti ha incastrato in una posizione compromettente. Oppure non è andata così?» Sgranò gli occhi e mi prese per un braccio. Mi irrigidii, impaziente di liberarmi. E di spaccargli il naso. «Verrebbe da chiedersi come mai l'arcivescovo ti ha costretto a sposare una criminale, se sei innocente…»

Tirai via il braccio. Lottai contro la rabbia che minacciava di esplodere. «Infatti lo sono.»

Lui si toccò di nuovo il livido sotto l'occhio e sorrise. «Ma certo.»

«Eccoti qua!» La voce brusca dell'arcivescovo lo precedette nell'atrio. Tutti ci portammo il pugno sul cuore e ci inchinammo. Appena ci rialzammo, lo sguardo dell'arcivescovo si posò su di me. «Jean Luc mi ha informato che oggi interrogherai tua moglie a proposito della strega a casa di Tremblay.»

Annuii.

«Com'è ovvio, comunicherai direttamente a me eventuali sviluppi.» Mi strinse la spalla con un cameratismo disinvolto che senza dubbio fece infuriare Jean Luc. «Dobbiamo tenerla sotto controllo, capitano Diggory, affinché non distrugga se stessa… e te. Parteciperei di persona all'interrogatorio, ma…»

Lasciò la frase in sospeso, eppure il senso era chiarissimo. *Ma non la sopporto.* Lo capivo.

«Sì, signore.»

«Va' a prenderla, allora. Sarò nel mio studio a prepararmi per la messa di stasera.»

Non era nella nostra stanza.

Né in bagno.

Né nella Torre.

Né nell'intera cattedrale.

L'avrei strozzata.

Le avevo detto di restare dov'era. Le avevo spiegato le ragioni – motivazioni perfettamente razionali, facilmente comprensibili – e lei mi aveva disobbedito lo stesso. Se n'era andata. E ora chissà quali pazzie stava combinando… pazzie destinate a ripercuotersi su di me. Un marito che non era in grado di controllare la propria moglie.

Furioso, mi sedetti alla scrivania e aspettai. Recitai a mente tutti i versetti biblici sulla pazienza che ricordavo.

Sta' in silenzio davanti al Signore e spera in lui; non irritarti per chi ha successo, per l'uomo che trama insidie.

Certo che se n'era andata. Perché non avrebbe dovuto? Era una criminale. Un giuramento non significava nulla per lei. La mia reputazione non significava nulla per lei. Scivolai in avanti sulla sedia e mi premetti le mani sugli occhi per alleviare la pressione che si addensava nella testa.

Desisti dall'ira e deponi lo sdegno, non irritarti: faresti del male, poiché i malvagi saranno sterminati, ma chi spera nel Signore possiederà la terra.

Ma il suo viso. I suoi lividi.

Ho molti nemici.

Di sicuro essere mia moglie non poteva essere peggio. Lì con me sarebbe stata al sicuro. Protetta. Trattata meglio di quanto meritasse. Eppure… una vocetta cupa dal fondo del mio cervello mormorò che forse era un bene che se ne fosse andata. Forse così si risolveva un problema. Forse…

No. Avevo fatto un giuramento a quella donna. A Dio. Non avrei mancato alla parola data. Se non fosse tornata nel giro di un'altra ora sarei uscito a cercarla: avrei messo a fuoco e fiamme la città intera, se necessario. Se non avevo più il mio onore, non avevo nulla. Non le avrei permesso di portarmelo via.

«Be', questa sì che è una bella sorpresa.»

Alzai la testa di scatto sentendo quella voce familiare. Un sollievo inaspettato si impadronì di me. Perché vidi mia moglie, sorridente e appoggiata allo stipite. Stava a braccia conserte e sotto il mantello indossava… indossava…

«Cos'hai addosso?» Scattai in piedi. Mi assicurai di guardarla in volto e non… altrove.

Lei abbassò lo sguardo sulle sue cosce – cosce molto visibili, molto tornite – e scostò il mantello con un gesto disinvolto. Come se non sapesse cosa faceva. «Penso che si chiamino pantaloni. Ne avrai certamente sentito parlare…»

«Io…» Scossi il capo, mi sforzai di guardare ovunque tranne che verso le sue gambe. «Aspetta, quale sorpresa?»

Entrò nella stanza, facendomi scorrere un dito sul braccio mentre mi passava accanto. «Adesso sei mio marito, caro. Che moglie sarei se non parlassi la tua lingua?»

«La mia lingua?»

«Il silenzio. Sei un esperto.» Si tolse il mantello, si buttò sul letto e sollevò una gamba per esaminarla. Io guardai a terra. «Imparo in fretta. Ti conosco da pochi giorni, eppure so già interpretare il silenzio molto arrabbiato, un po' dubbioso e sinceramente preoccupato in cui ti trinceri da stamattina. Sono lusingata.»

Desisti dall'ira. Allentai i muscoli del mento. «Dove sei stata?»

«Sono uscita a prendere un panino.»

Deponi lo sdegno. Strinsi lo schienale della sedia. Con troppa forza. Il legno mi graffiò i polpastrelli, le nocche si sbiancarono. «Un panino?»

«Sì, un panino.» Si sfilò gli scarponi. Atterrarono sul pavimento con due tonfi sordi. «Ho dormito troppo e mi sono persa la matinée… probabilmente perché qualche cretino mi ha svegliata…»

«Bada a come parli…»

«… alle prime luci dell'alba.» Si stiracchiò pigramente e si appoggiò ai cuscini. Le dita che serravano la sedia iniziarono a farmi male; trassi un respiro profondo e le rilassai. «Un paggio mi ha portato un vestito davvero inguardabile – apparteneva a una delle cameriere, il colletto mi arrivava alle orecchie – da indossare finché qualcuno non riusciva ad andare al mercato. Nessuno sembrava impaziente di andarci, quindi ho convinto il ragazzo a darmi la moneta lasciata dall'arcivescovo per il mio guardaroba e mi sono presa la libertà di comprarmelo da sola. Il resto sarà consegnato stasera.»

Vestiti. Per comprare vestiti, non quel completo indecente. Quel paio di pantaloni non somigliava affatto a quello che portava prima, vecchio e sporco. Era evidente che se li era fatti cucire con i soldi dell'arcivescovo. Le aderivano al corpo come una seconda pelle.

Mi schiarii la voce. Tenni gli occhi fissi sulla scrivania. «E le guardie… ti hanno permesso…?»

«Di uscire? Ma certo. Eravamo tutti convinti che questa non fosse una prigione.»

Desisti dall'ira. Mi girai piano. «Ti ho detto di restare nella Torre.»

A quel punto arrischiai un'occhiata. Errore. Aveva piegato le ginocchia e accavallato le gambe. Mettendo in mostra tutte le curve della metà inferiore del corpo. Deglutii e mi costrinsi a guardare il pavimento.

Sapeva benissimo che effetto mi faceva. Demonio.

«E ti aspettavi che ti dessi retta?» Rise. No: sghignazzò. «Francamente, Chass, è stato troppo facile uscire. Le guardie alla porta mi hanno quasi supplicata di andarmene. Avresti dovuto vedere le loro facce quando sono tornata…»

«Perché sei tornata?» Le parole uscirono prima che potessi fermarle. Rabbrividii. Non che mi importasse. E comunque non cambiava niente. L'importante era che mi aveva disobbedito. Quanto ai miei confratelli… dovevo scambiare due parole con loro. Quello era chiaro. Nessuno aborriva più di me la presenza della miscredente, ma l'arcivescovo aveva dato ordini precisi.

Doveva restare. In ricchezza e in povertà. In salute e in malattia.

«Te l'ho detto, Chass.» La sua voce era stranamente bassa; arrischiai un'altra occhiata. Si era girata sul fianco e mi guardava dritto negli occhi. Il mento appoggiato sulla mano. Il braccio posato sul fianco. «Ho molti nemici.»

Il suo sguardo non vacillò. Il volto rimase impassibile. Per la prima volta da quando la conoscevo, le emozioni non si irradiavano dalla profondità del suo essere. Era... inespressiva. Attentamente, abilmente inespressiva. Inarcò un sopracciglio vedendo che la osservavo. Una domanda silenziosa.

Ma non c'era bisogno di chiedere conferma di ciò che sospettavo già. Per quanto fosse stupido fidarsi di una ladra, non c'era una spiegazione migliore del motivo per cui fosse tornata. Non volevo ammetterlo, però era furba. Maestra nell'arte della fuga. Probabilmente introvabile, se si nascondeva.

Quindi era lì perché voleva esserci. Perché ne aveva bisogno. Chiunque fossero i suoi nemici, dovevano essere pericolosi.

Staccai gli occhi dai suoi per osservare il pomello del letto. *Concentrati.* «Mi hai disobbedito» ripetei. «Ti avevo detto di restare nella Torre e tu non l'hai fatto. Hai tradito la mia fiducia.» La vidi alzare gli occhi al cielo: la maschera si incrinava. Cercai di far risorgere la collera di poco prima, ma non bruciava più con tanto ardore. «Le guardie saranno più vigili, soprattutto dopo che l'arcivescovo avrà saputo delle tue malefatte. Non sarà contento...»

«Un inatteso risvolto positivo...»

«E resterai confinata ai piani inferiori» conclusi a denti stretti. «I dormitori e lo spaccio.»

Scattò a sedere, con un lampo di curiosità negli occhi verdeazzurri. «Ripetimi cosa c'è ai piani superiori?»

«Non sono affari tuoi.» Andai alla porta senza girarmi e sospirai di sollievo nel veder passare una cameriera. «Bridgette! Mia moglie potrebbe... ehm, avere un abito in prestito? Te lo restituisco domattina presto.» La ragazza annuì, arrossendo, e filò via. «Dovrai cambiarti. Andiamo nella sala del consiglio, non puoi mostrarti così ai miei confratelli» dissi a Louise.

Non si mosse. «I tuoi confratelli? E cosa vogliono da me?»

Quella donna sembrava fisicamente impossibilitata a sottomettersi a suo marito. «Vogliono rivolgerti alcune domande sulla tua amica strega.»

«Non sono interessata.»

«Non era una proposta. Appena sarai vestita in modo appropriato, andremo.»

«No.»

La fulminai con un'occhiata per un altro momento – aspettando che cedesse, aspettando che desse prova della mitezza che si addice a una donna – prima di capire chi avevo davanti.

Lou. Una ladra con un nome da uomo. Girai sui tacchi. «E va bene. Andiamo.»

Non attesi che mi seguisse. A essere sincero non sapevo come avrei reagito se non l'avesse fatto. Mi tornò in mente quando l'arcivescovo l'aveva schiaffeggiata, e il calore che sentivo in corpo divenne più bruciante. Non sarebbe successo mai più. Anche se avesse bestemmiato, anche se non avesse mai ascoltato una mia parola, non avrei mai alzato le mani su di lei.

Mai.

Perciò sperai vivamente che mi seguisse.

Dopo qualche secondo udii echeggiare passi leggeri nel corridoio dietro di me. Grazie a Dio. Rallentai l'andatura per lasciarmi raggiungere. «Da questa parte» mormorai, conducendola giù per le scale. Attento a non toccarla. «Verso i sotterranei.»

Mi guardò allarmata. «I sotterranei?»

Mi venne quasi da ridere. Quasi. «La sala del consiglio è là.»

La condussi in un altro corridoio. Giù per scale più strette, più ripide. Sentimmo voci brusche provenire da laggiù. Spinsi la porta di legno ruvido in fondo alle scale e le feci cenno di entrare.

Una dozzina di miei confratelli discutevano intorno a un enorme tavolo rotondo al centro della stanza, ingombro di pergamene. Ritagli di giornale. Schizzi al carboncino. Sotto si stendeva una gigantesca mappa di Belterra. Ogni catena montuosa, ogni palude, foresta, lago era disegnato con cura e precisione. Ogni città, ogni strada.

«Bene, bene, bene. Guarda chi c'è, la ladruncola.» Jean Luc la scrutò con grande interesse. Girò intorno al tavolo ad ampie falcate per osservarla meglio. «Finalmente è venuta a onorarci della sua presenza.»

Gli altri lo seguirono, ignorandomi. Strinsi le labbra con un'irritazione che sorprese anche me. Non sapevo chi mi infastidisse di più: mia moglie perché indossava i pantaloni, i confratelli perché la fissavano, o me stesso perché permettevo a quelle cose di turbarmi.

«Pace, Jean Luc.» Mi avvicinai, torreggiando dietro di lei. «È qui per aiutarci.»

«Ah, davvero? Pensavo che i ladri dessero valore alla lealtà.»

«È così» ribatté lei in tono asciutto.

«Quindi ti rifiuti di aiutarci?» domandò Jean Luc.

Comportati bene, pregai in silenzio. *Collabora*.

Ovviamente non collaborò. Invece si avvicinò piano al tavolo, studiando i fogli. Anche senza guardare sapevo cosa stava vedendo. Uno stesso volto disegnato decine di volte. In decine di modi. Che ci prendeva in giro.

La Dame des Sorcières. La Signora delle Streghe.

Persino il nome era irritante. Non somigliava affatto alla megera della parata. E neanche alla madre dai capelli corvini. Nella sua forma originale non era neppure mora, bensì di una strana sfumatura di biondo. Quasi bianco. O argento.

Jean Luc seguì il suo sguardo. «Conosci Morgane le Blanc?»

«Tutti la conoscono.» Sollevò la testa e gli scoccò un'occhiataccia. «Anche le piccole straccione.»

«Se tu ci aiutassi a mandarla sul rogo, saresti perdonata» disse Jean Luc.

«Perdonata?» Si sporse in avanti a posare le dita bendate sul naso di Morgane le Blanc. «Per cosa, di preciso?»

«Per aver umiliato pubblicamente Reid.» Jean Luc imitò il gesto di Louise e la sua espressione si indurì. «Per averlo costretto a sporcare il suo nome, il suo onore di chasseur.»

I miei fratelli annuirono e fecero mormorii d'assenso.

«Basta.» Mi accorsi inorridito che le avevo appoggiato una mano sulla spalla. Era grande ed estranea sulla sua figura esile. Battei le palpebre. Le battei di nuovo. Poi tirai via la mano e cercai di ignorare il modo in cui Jean Luc ci fissava. Mi schiarii la voce. «Mia moglie è qui per testimoniare contro la strega che era a casa di Tremblay. Nient'altro.»

Jean Luc inarcò le sopracciglia – un educato scetticismo,

forse pure un po' divertito – e poi le porse la mano. «In tal caso, Madame Diggory, vi prego di illuminarci.»

Madame Diggory.

Non avevo ancora sentito quel titolo a voce alta. Quelle parole... mi parvero strane. Reali.

Lei lo guardò storto. «Mi chiamo Lou.»

Ed ecco che ricominciava. Tentai invano di ignorare i bisbigli indignati dei miei confratelli.

«Cosa sai delle streghe?» le chiese Jean Luc.

«Non molto.» Passò un dito sulle X e i cerchi tracciati sulla mappa. La maggior parte di quei segni si trovava su La Forêt des Yeux. Un cerchio per ogni soffiata che avevamo ricevuto sulle streghe che vivevano nelle caverne in quella zona. Una X per ogni missione di ricognizione che era stata un buco nell'acqua.

Un sorriso cupo piegò le labbra di Jean Luc. «Sarebbe nel vostro interesse collaborare, *madame.* In effetti è soltanto grazie all'intervento dell'arcivescovo se oggi siete qui, incolume, anziché sparsa per tutto il regno sotto forma di cenere. Il favoreggiamento in stregoneria è un reato.»

Un silenzio teso calò nella sala, mentre lei spostava lo sguardo da un volto all'altro: stava chiaramente cercando di decidere se era d'accordo o no. Avevo appena aperto la bocca per spingerla nella direzione giusta quando lei sospirò. «Cosa volete sapere?»

Sgranai gli occhi, stupito da quella prudenza improvvisa, ma Jean Luc non si fermò a godersi il momento. Si gettò sulla preda.

«Dove si trovano?»

«Pensi che l'avrebbe detto a me?»

«Chi è lei?»

Fece un sorrisetto. «Una strega.»

«Il suo nome.»

«Alexandra.»

«Il cognome?»

«Non lo so. Operiamo in segreto nel Rione Est, anche tra amici.»

A quella parola mi ritrassi disgustato. «Tu... davvero consideri la strega un'amica?»

«Sì.»

«Cos'è successo?» la incalzò Jean Luc.

Lei diventò improvvisamente ostile. «Siete successi *voi.*»

«Spiegati.»

«Quando avete fatto irruzione da Tremblay, siamo fuggiti. Non so dove sia andata. Non so se la rivedrò mai più.»

Io e Jean Luc ci scambiammo un'occhiata. Se diceva la verità, eravamo a un punto morto. Dal poco tempo che avevo trascorso con lei, tuttavia, sapevo che non diceva la verità. Probabilmente non ne era proprio capace. Ma forse c'era un'altra maniera per procurarci le informazioni di cui avevamo bisogno. Sapevo che non era il caso di chiedere dell'uomo che completava il loro trio: quello che era fuggito, quello che i gendarmi stavano ancora cercando. Ma quei suoi nemici...

Se conoscevano mia moglie, forse conoscevano anche la strega. E valeva la pena di interrogare chiunque la conoscesse.

«I tuoi nemici» dissi lentamente. «Sono anche suoi nemici?»

«Può darsi.»

«E chi sono?»

Guardò la mappa. «Non sanno che è una strega, se è questo che pensi.»

«Vorrei comunque avere i loro nomi.»

«E va bene.» Fece spallucce – immediatamente annoiata – e iniziò a snocciolare nomi contando sulle punte delle dita. «Ci sono Andre e Grue, Madame Labelle...»

«Madame Labelle?» Rammentai la confidenza di quella donna con Tremblay la sera della rapina. Aveva affermato di trovarsi lì per caso, ma... All'improvviso capii.

Il sigillo sulla soffiata all'arcivescovo – la lettera che lui aveva gettato nel fuoco – era a forma di rosa. E la descrizione dell'informatrice che Ansel aveva balbettato era chiara: «Aveva i capelli rossi ed era molto... molto bella».

Forse la presenza di Madame Labelle non era una coincidenza. Forse sapeva che la strega si sarebbe trovata lì. E se era così...

Scambiai un'occhiata con Jean Luc, che strinse le labbra e annuì: anche lui aveva intuito il collegamento. Dovevamo parlare quanto prima con Madame Labelle.

«Sì.» La miscredente graffiò gli occhi di Morgane le Blanc con un'unghia. Mi stupii che non disegnasse un paio di baffi sul ritratto a carboncino. «Ogni due o tre settimane prova a metterci sotto contratto al Bellerose. E noi rifiutiamo sempre. La fa impazzire.»

Jean Luc ruppe il silenzio sconcertato, parlando in tono divertito. «Allora sei davvero una prostituta.»

«Non dire così» ringhiai a bassa voce. «Non dare della prostituta a mia moglie.»

Lui alzò le mani in segno di scuse. «Certo. Che volgarità da parte mia. Continuate pure l'interrogatorio, capitano... a meno che non pensiate che serviranno gli strumenti di tortura?»

Lei gli rivolse un sorriso gelido. «Non saranno necessari.»

La scrutai con aria interrogativa. «Davvero?»

Mi accarezzò la guancia. «Sarò ben lieta di continuare... purché tu me lo chieda per favore.»

Se non avessi saputo la verità, quel gesto mi sarebbe parso affettuoso. Ma la sapevo. E quello non era affetto. Era condiscendenza. Anche lì, anche in quel momento, circondato dai confratelli, osava provocarmi. Umiliarmi. Mia moglie.

No... Lou. Non potevo più negare che il nome le stesse bene. Un nome da uomo. Breve. Forte. Ridicolo.

Le afferrai la mano e la strinsi forte: un avvertimento minato dal rossore delle mie guance. «Manderemo degli uomini a interrogare questi nemici, ma prima dobbiamo essere informati di tutto ciò che è successo quella notte.» Dovetti interrompermi, ignorando i mormorii furibondi dei miei confratelli. «Per favore.»

Un sorriso spaventoso le squarciò il viso.

L'INFERMERIA PROIBITA

Lou

Quando il mio *caro* marito mi riaccompagnò nella nostra stanza, mi faceva male la lingua per aver parlato troppo. Avevo fornito loro una versione condensata della storia: come io e Coco avevamo origliato Tremblay e Madame Labelle, come avevamo progettato di rapinarlo quella sera. Come avevamo rubato dalla sua cassaforte, ma Bas – non mi ero scomodata a cambiargli nome, dato che quell'idiota non si era scomodato a cambiare il mio – si era intascato tutto, e a quel punto erano arrivati gli chasseur. Come Andre e Grue mi avevano sorpresa in quel vicolo. Mi avevano quasi uccisa.

Avevo insistito molto su quel punto.

Non avevo raccontato dell'anello di Angelica. Né dell'interesse di Madame Labelle per l'anello. Né dei traffici di Tremblay. Né di alcunché potesse collegarmi ulteriormente alle streghe. Già così rischiavo parecchio, quindi non vedevo perché dar loro un'altra ragione per mettermi al rogo.

Sapevo che Madame Labelle e Tremblay non avrebbero rischiato di incriminarsi da soli menzionando l'anello. Speravo che Andre e Grue fossero abbastanza svegli da imitarli. E anche se non lo erano, sarebbe stata la loro parola contro la nostra. L'onore di Monsieur Tremblay, il *vicomte* del re, valeva più dell'onore di un paio di criminali.

Inoltre non nuoceva che mio marito fosse innamorato di sua figlia.

In ogni caso, a giudicare dal lampo di furia negli occhi del suddetto marito, Andre e Grue non l'avrebbero passata liscia.

Ora sei mia moglie, che ci piaccia o no. Nessun uomo ti toccherà mai più in quel modo.

Mi venne quasi da ridere. Tutto considerato, non era stato un brutto pomeriggio. Mio marito era il peggior pallone gonfiato in una torre piena di palloni gonfiati, ma lì nei sotterranei era stato facile non pensarci. Mi aveva realmente... difesa. O almeno ci era arrivato molto vicino senza lasciar implodere la sua virtù.

Giunti nella nostra stanza mi diressi subito alla vasca, perché volevo stare da sola per riflettere. Per fare progetti. Se i miei sospetti erano fondati – e di solito lo erano – l'uomo-albero che avevo visto il giorno prima doveva essersi dileguato ai piani superiori, quelli proibiti. Forse c'era un'infermeria? Un laboratorio? Una caldaia?

No. Gli chasseur non avrebbero mai ucciso degli innocenti, nonostante bruciassero sul rogo donne e bambini senza colpa. Ma avevo già ascoltato la loro classica obiezione: che c'era una differenza tra l'omicidio e l'esecuzione. L'omicidio era ingiustificato, mentre ciò che loro facevano alle streghe... be', ce lo meritavamo.

Aprii il rubinetto e mi sedetti sul bordo della vasca. A parte il fanatismo, non avevo mai pensato a dove finissero le vittime delle streghe, e perché non ci fossero cadaveri nelle strade dopo ogni attacco. Tutti quegli attacchi. Tutte quelle vittime...

Se un posto simile esisteva, doveva essere imbevuto di magia.

Proprio la copertura di cui avevo bisogno.

«Aspetta.» I suoi passi pesanti si fermarono alle mie spalle. «Abbiamo cose di cui parlare.»

Cose. Quella parola non mi era mai sembrata tanto noiosa. Non mi voltai. «Del tipo?»

«La tua nuova sistemazione.»

«Sistemazione?» Mi girai, con una stretta allo stomaco. «Intendi il mio nuovo secondino.»

Piegò la testa di lato. «Se preferisci. Mi hai disobbedito, stamattina. Ti avevo detto di non lasciare la Torre.»

Oh, accidenti. Essere osservata… non faceva per me. Neanche un po'. Avevo progetti per quella sera – cioè un giretto proibito ai piani superiori – e di certo non me lo avrebbe impedito un altro pallone gonfiato. Se avevo ragione io, se la Torre conteneva magia, era una visita che dovevo fare da sola.

Mi concessi del tempo per formulare una risposta, slacciandomi lentamente gli scarponi e posandoli accanto alla porta del bagno. Mi raccolsi i capelli sopra la testa. Slegai la benda sul braccio. Lui aspettò con pazienza che finissi. Quando non ebbi più nulla da fare, mi voltai. Forse potevo… dissuaderlo. Di sicuro non vorrà che la sua nuova moglie trascorra troppo tempo con un altro uomo, no? Non mi illudevo di piacergli, ma gli uomini di chiesa tendevano a essere possessivi con le loro cose.

«Fa' pure, allora.» Gli rivolsi un sorriso garbato. «Portalo qui. Spero per il tuo bene che sia un bell'uomo.»

Il suo sguardo si indurì. Mi girò intorno per chiudere il rubinetto. «Perché dovrebbe essere bello?»

Raggiunsi il letto e mi ci buttai all'indietro, mi girai a

pancia in sotto e mi sistemai un cuscino sotto il mento. Lo guardai battendo le ciglia. «Be', dovremo passare un bel po' di tempo insieme… senza un accompagnatore.»

Serrò la mascella con tanta forza da rischiare di spezzarla. «È lui il tuo accompagnatore.»

«Va bene, va bene.» Agitai una mano. «Va' avanti.»

«Si chiama Ansel. Ha sedici anni…»

«Oooh. Un po' giovane, no?»

«È perfettamente in grado…»

«Mi piacciono giovani, comunque.» Ignorai il suo rossore e mi picchiettai le labbra con aria pensierosa. «Sono più facili da addestrare.»

«E sembra molto promettente…»

«Magari gli darò il suo primo bacio» riflettei. «No, farò di meglio: gli darò la sua prima scopata.»

Mio marito si strozzò con le parole che stava per pronunciare e strabuzzò gli occhi. «C-cos'hai detto?»

Problemi di udito. Iniziavo a preoccuparmi.

«Oh, Chass, non essere moralista.» Saltai su e attraversai la stanza, aprii il cassetto della scrivania e tirai fuori il quaderno di pelle: un diario, pieno di lettere d'amore scritte da Mademoiselle Célie Tremblay in persona. Proprio una bella coincidenza: non c'era da stupirsi che lui mi disprezzasse. «*Dodici febbraio: Dio ha profuso particolare cura nella creazione di Célie.*»

Sbarrò gli occhi e si avventò sul diario. Lo schivai – ridacchiando – e corsi a chiudermi in bagno. Lui batté i pugni sulla porta. «Ridammelo!»

Sghignazzai e continuai a leggere. «*Cosa darei per rivedere il suo volto. Non c'è al mondo niente di più bello del suo sorriso… tranne, ovviamente, i suoi occhi. O la sua risata. O le sue labbra.* Santo cielo, Chass. Pensare alla bocca di una donna è sconveniente, non ti pare? Cosa direbbe il nostro caro arcivescovo?»

«Apri questa porta.» Il legno tremò sotto i suoi pugni. «Apri subito!»

«Ma ho paura di essere egoista. Célie ha detto chiaramente che il mio posto è con la confraternita.»

«APRI QUESTA PORTA…»

«Pur ammirando la sua abnegazione, non riesco a essere d'accordo con lei. Ogni soluzione che ci obblighi a restare lontani non è affatto una soluzione.»

«TI AVVERTO…»

«Mi avverti? E cosa pensi di fare? Buttare giù la porta?» Risi più forte. «Anzi, fallo. Ti sfido.» Ripresi a leggere. *«Devo confessare che il suo pensiero mi tormenta ancora. Giorni e notti si fondono tra loro e non riesco a concentrarmi su nient'altro. L'addestramento ne soffre. Non riesco a mangiare. Non riesco a dormire. C'è soltanto lei.* Buon Dio, Chass, inizi a diventare deprimente. Romantico, certo, ma un po' melodrammatico per i miei gusti…»

Qualcosa di pesante si abbatté sul battente e il legno si spezzò. Il braccio del mio infuriato marito lo colpì ripetutamente fino a lasciare un grosso buco che rivelava il suo viso paonazzo. Risi e gli lanciai il diario attraverso il foro prima che mi acciuffasse per il collo. Gli rimbalzò sul naso e cadde a terra.

Se non fosse stato così insopportabilmente virtuoso, credo che avrebbe imprecato. Dopo aver infilato il braccio per aprire la porta da dentro, si tuffò in bagno per raccogliere il diario.

«Prendilo.» Rischiai di incrinarmi una costola per lo sforzo di non ridere. «Ho già letto abbastanza. È roba molto toccante, sul serio. Se possibile, le sue lettere erano ancora peggio.»

Venne verso di me con un ringhio. «Tu... hai letto cose personali... private...»

«E che altro modo avevo per conoscerti?» chiesi in tono dolce, girando intorno alla vasca mentre lui si avvicinava. Gli si dilatarono le narici, e parve sul punto di sputare fuoco più di ogni altro essere umano che avessi mai conosciuto. E di personaggi "dragheschi" ne avevo conosciuti parecchi.

«Tu... tu...»

Sembrava a corto di parole. Mi preparai all'inevitabile.

«Tu... sei un demonio.»

Ed eccolo lì. Il peggiore insulto possibile per uno come il mio irreprensibile marito. Il *demonio.* Non trattenni un sorriso.

«Vedi? Hai imparato a conoscermi da solo.» Gli feci l'occhiolino. «Sei molto più intelligente di quanto sembri.» Piegai la testa di lato e strinsi le labbra, pensierosa. «Però sei stato abbastanza stupido da lasciare la tua corrispondenza più intima in giro, dove chiunque poteva leggerla... e come se non bastasse, tieni un diario. Forse non sei tanto intelligente.»

Mi guardò male, ansimando. Dopo qualche altro secondo chiuse gli occhi. Osservai affascinata le sue labbra che formavano le parole *uno, due, tre...*

Oh mio Dio.

Non resistevo più. Davvero, era impossibile. Scoppiai a ridere.

Lui riaprì gli occhi di scatto e strinse il diario talmente forte da strapparlo quasi a metà. Si voltò e tornò in camera. «Ansel arriverà da un momento all'altro. Riparerà lui la porta.»

«Aspetta... cosa?» Smisi subito di ridere e gli corsi dietro, attenta alle schegge. «Vuoi ancora lasciarmi con un guardiano? Lo corromperò!»

Prese la giacca e se la infilò. «Te l'ho detto» ringhiò. «Hai tradito la mia fiducia. Non posso controllarti in ogni istante. Ansel lo farà al posto mio.» Aprì di schianto la porta sul corridoio e gridò: «Ansel!».

Pochi secondi dopo, un giovane chasseur si affacciò con la testa dall'uscio. Folti riccioli castani gli ricadevano sugli occhi e il suo corpo dava come l'impressione di essersi stirato, come se fosse cresciuto troppo in fretta. Al di là di quell'aria allampanata, però, era molto carino: quasi androgino, con un incarnato olivastro e liscio e lunghe ciglia ricurve. Stranamente indossava una giacca celeste, anziché il blu scuro tipico degli chasseur. «Sì, capitano?»

«Ora sei di guardia.» Il mio insopportabile marito mi rivolse un'occhiata affilata come una lama. «Non perderla mai di vista.»

Ansel lo guardò con aria di supplica. «Ma gli interrogatori?»

«C'è bisogno di te qui.» Quelle parole non ammettevano replica. Quasi mi dispiacque per il ragazzino… o mi sarebbe dispiaciuto, se la sua presenza non mi avesse guastato i piani per la serata. «Torno tra qualche ora. Non ascoltare quello che dice e assicurati che resti dov'è.»

Lo osservammo chiudere la porta in un silenzio cupo.

E va bene. Ero una persona molto adattabile. Mi buttai sul letto con un sospiro teatrale e borbottai: «Sarà divertente».

Ansel drizzò le spalle. «Non parlarmi.»

Sbuffai. «Sarà davvero noioso se non ho il permesso di parlare.»

«Be', non ce l'hai, quindi… zitta.»

Affascinante.

Tra di noi calò il silenzio. Battei i talloni sul legno del letto. Lui guardò in tutte le direzioni tranne la mia. Dopo alcuni lunghi momenti, chiesi: «C'è qualcosa da fare qui?».

Strinse le labbra. «Ho detto che devi smettere di parlare.»

«Magari una biblioteca?»

«Smetti di parlare!»

«Mi piacerebbe uscire. Una boccata d'aria fresca, un raggio di sole.» Indicai la sua carnagione. «Forse però ti conviene mettere un cappello.»

«Come se volessi portarti fuori» ghignò. «Non sono stupido, sai.»

Scattai a sedere. «Neanch'io. Sta' a sentire, so che non potrei mai sfuggirti. Sei troppo... ehm, alto. Quelle belle gambe lunghe mi raggiungerebbero in un istante.» Si accigliò, però io gli rivolsi un sorriso vincente. «Se non vuoi portarmi fuori, perché non mi fai fare un giro della Torre?»

Stava già scuotendo la testa. «Reid mi aveva avvertito che eri piena di trucchi.»

«Chiedere di fare un giro non è un trucco, Ansel...»

«No» ribadì con fermezza. «Non andiamo da nessuna parte. E devi chiamarmi Iniziato Diggory.»

Il mio sorriso svanì. «Siamo cugini alla lontana, quindi?»

Aggrottò le sopracciglia. «No.»

«Hai appena detto che il tuo cognome è Diggory. È lo stesso cognome di mio marito. Siete parenti?»

«No.» Spostò subito lo sguardo sui suoi stivali. «È il cognome che viene dato a tutti i bambini indesiderati.»

«Indesiderati?» domandai, incuriosita mio malgrado.

«Orfani.»

Per qualche motivo incomprensibile, sentii stringere il

petto. «Oh.» Mi soffermai a cercare le parole giuste, ma non le trovai, tranne... «Ti aiuterebbe se ti raccontassi che non sono in ottimi rapporti con mia madre?»

Il suo cipiglio aumentò. «Almeno tu ce l'hai, una madre.»

«Vorrei non averla.»

«Non puoi dire sul serio.»

«Sì, invece.» Era la pura verità. Ogni giorno degli ultimi due anni – ogni momento, ogni secondo – ho desiderato che non esistesse. Avrei voluto essere un'altra persona. Chiunque tranne che sua figlia. Accennai un sorriso. «Farei a cambio con te in un istante, Ansel: solo la parentela, non quei vestiti orribili. Quella tonalità di azzurro non è proprio il mio colore.»

Si sistemò la giacca offeso. «Ti ho detto che devi smettere di parlare.»

Mi buttai sul letto, rassegnata. Ora che avevo ascoltato la sua confessione, la parte successiva del mio piano – la parte... astuta – mi lasciava l'amaro in bocca. Ma non importava.

Cominciai a canticchiare sottovoce, con grande fastidio di Ansel.

«Non puoi neanche canticchiare.»

Lo ignorai. «*Liddy la Tettona non era una bellezza, ma il suo seno era come una fortezza...*» cantai. «*Agli uomini il suo bianco petto faceva un grande effetto, ma lei non lo sapeva...*»

«Basta!» Era paonazzo da far invidia a mio marito. «Che roba è? È... indecente!»

«Certo, è una canzone da pub!»

«Sei stata in un pub?» domandò, sconcertato. «Ma sei una donna.»

Ci volle tutta la mia forza di volontà per non guardarlo male. Chiunque avesse parlato delle donne a quegli uomini era totalmente privo di contatto con la realtà. Sembrava quasi che non avessero mai conosciuto una donna. Una donna vera, non un sogno ridicolo come Célie.

Mi sentivo responsabile nei confronti di quel povero ragazzo.

«I pub sono pieni di donne, Ansel. Non siamo come pensi tu. Possiamo fare tutto quello che fate voi, e probabilmente meglio. C'è un mondo fuori da questa chiesa, sai. Potrei fartelo conoscere, se tu volessi.»

La sua espressione si indurì, però le guance erano ancora tinte di rosa. «No. Basta parlare. Basta cantare. Basta... essere te, per un po' di tempo, eh?»

«Non posso prometterti niente» ribattei seria. «Ma se tu mi portassi a fare un giro...»

«Non succederà.»

E va bene.

«*Willy il Cazzone non era una cima*» intonai strillando, «*ma aveva una verga più lunga di un...*»

«Basta, BASTA.» Ansel agitò le mani, di nuovo paonazzo. «Ti porterò a fare un giro, ma ti prego, ti prego, smetti di parlare di... quello!»

Mi alzai in piedi, battei le mani e sorrisi.

Voilà.

Purtroppo, Ansel fece partire il nostro tour dalle ampie navate di Saint-Cécile. Peggio ancora: sapeva un mucchio di cose su ogni caratteristica architettonica della cattedrale, oltre alla storia di ogni reliquia ed effigie e vetrata istoriata. Dopo averlo ascoltato per i primi quindici minuti, ero rimasta piuttosto impressionata. Quel ragazzo era dotato di una spiccata intelligenza. Tuttavia, dopo averlo ascoltato per le successive quattro ore, gli avrei volentieri spaccato l'ostensorio sulla testa. Era stato un sollievo quando il tour si era concluso per la cena, con la promessa di ricominciare l'indomani.

Era sembrato quasi... speranzoso. Come se a un certo punto durante il giro avesse iniziato a divertirsi. Come se non fosse abituato ad avere la completa attenzione di qualcuno, o forse a essere ascoltato. Quella speranza nei suoi occhioni da cerbiatto mi aveva dissuasa dall'infliggergli dolore fisico.

Non potevo però lasciarmi distrarre dal mio progetto.

Quando Ansel bussò alla mia porta la mattina seguente, mio marito ci lasciò senza una parola e sparì diretto a fare quel che faceva durante la giornata, qualsiasi cosa fosse. Quando era stato consegnato il resto del mio guardaroba avevamo trascorso insieme una serata tesa e silenziosa, al termine della quale mi ero ritirata nella vasca da bagno. Il suo diario e le lettere di Célie erano misteriosamente scomparsi.

Ansel mi guardò esitante. «Vuoi ancora finire il tour?»

«Ecco, a proposito.» Drizzai le spalle, decisa a non sprecare un'altra giornata a sentire la storia di un osso forse appartenuto a san Costantino. «Per quanto entusiasmante sia stata la nostra escursione di ieri, voglio visitare la Torre.»

«La Torre?» Batté le palpebre, perplesso. «Ma non c'è niente qui che tu non abbia già visto. I dormitori, i sotterranei, lo spaccio...»

«Sciocchezze. Sono sicura di non aver visto tutto.»

Ignorando la sua espressione confusa, lo spinsi fuori dalla porta prima che potesse protestare.

Ci volle un'altra ora – dopo aver finto interesse per le scuderie della Torre, il cortile di addestramento e i ventitré sgabuzzini delle pulizie – per trascinare Ansel alla scala a chiocciola di metallo.

«Cosa c'è lassù?» chiesi, piantando i piedi appena lui cercò di riportarmi verso i dormitori.

«Niente» si affrettò a rispondere.

«Sei un pessimo bugiardo.»

Mi strattonò per un braccio. «Non puoi andare lassù.»

«Perché?»

«Perché no.»

«Ansel.» Strinsi il suo bicipite troppo magro, misi il broncio e battei le ciglia. «Farò la brava, lo prometto.»

«Non ti credo.»

Gli lasciai andare il braccio, accigliata. Non avevo certo sprecato un'ora a girare per la Torre con un ragazzino – per quanto adorabile – per inciampare proprio sulla linea di arrivo. «E va bene. Allora non mi dai scelta.»

Mi guardò insospettito. «Cosa pensi di...»

Si interruppe quando mi voltai e mi precipitai su per la scala. Benché fosse più alto di me, avevo indovinato: non era ancora abituato alla sua statura, quindi aveva le membra goffe e un'andatura dinoccolata. Provò a corrermi dietro, ma avevo già salito diverse rampe prima che lui capisse come usare le gambe.

Frenai di colpo arrivata in cima e fissai sconfortata lo chasseur di guardia fuori dalla porta... no, addormentato fuori dalla porta. Sprofondato su una sedia traballante, russava piano, con il mento sul petto e un filo di saliva che colava sulla giacca celeste. Gli girai subito intorno per raggiungere la porta e il cuore mi balzò in gola nell'attimo in cui la maniglia si abbassò. Mi ritrovai in un corridoio su cui si aprivano alcune porte a intervalli regolari, ma non furono quelle a farmi bloccare.

No. Era l'aria. Mi vorticava intorno, mi solleticava il naso. Dolce e familiare... con un accenno di qualcosa di più oscuro. Qualcosa di marcio.

Sei qui sei qui sei qui, ansimava.

Sorrisi. Magia.

Il mio sorriso, però, si spense immediatamente. Se avevo pensato che i dormitori fossero freddi, mi ero sbagliata. Quel posto era peggio. Molto peggio. Quasi... minaccioso. Quell'aria dolciastra e immobile.

Due serie di goffi passi ruppero quel silenzio inquietante.

«Ferma!» Ansel si precipitò alle mie spalle, perse l'equilibrio e mi travolse. Il guardiano fuori dall'uscio – finalmente sveglio, e molto più giovane di quanto mi fosse sembrato all'inizio – lo seguì. Cademmo l'uno sopra l'altra, imprecando, in un intrico di arti.

«Togliti di dosso, Ansel...»

«Ci sto provando...»

«Chi sei? Non dovresti essere quassù...»

«Scusate!» Alzammo la testa tutti insieme verso quella vocetta metallica. Apparteneva a un vecchietto dall'aria fragile con un saio bianco e occhiali dalle lenti spesse. Aveva una Bibbia in una mano e nell'altra uno strano apparecchio: piccolo e metallico, con un lungo ago all'estremità di un cilindro.

Li spinsi via entrambi, mi rimisi in piedi e cercai disperatamente qualcosa da dire, una spiegazione ragionevole del perché stessimo lottando nel bel mezzo di... quel posto, ma il guardiano mi batté sul tempo.

«Mi dispiace, Eminenza.» Il ragazzo scoccò un'occhiata livorosa a ciascuno di noi. Il colletto gli aveva lasciato il segno sulla guancia durante il pisolino e un po' di bava gli si era asciugata sul mento. «Non ho idea di chi sia questa ragazza. L'ha fatta entrare Ansel.»

«Non è vero!» Ansel arrossì per l'indignazione, ancora con il fiato corto. «Tu dormivi!»

«Oh, cielo.» Il vecchio si spinse gli occhiali sul naso per studiarci meglio. «Così non va bene. Non va affatto bene.»

Gettai al vento la cautela e aprii la bocca per spiegare, ma fui interrotta da una voce suadente e familiare.

«Sono venuti per vedere me, padre.»

Mi raggelai per la sorpresa. Conoscevo quella voce. La conoscevo meglio della mia. Ma non avrebbe dovuto trovarsi lì, nel cuore della Torre degli Chasseur, bensì a centinaia di chilometri di distanza.

Occhi scuri e perspicaci si posarono su di me. «Ciao, Louise.»

Sorrisi e scossi la testa, incredula. Coco.

«È estremamente insolito, Mademoiselle Perrot» ansimò il prete, corrucciato. «I privati cittadini non possono entrare nell'infermeria senza preavviso.»

Coco mi fece cenno di avanzare. «Louise non è un privato cittadino, padre Orville. È la moglie del capitano Reid Diggory.»

Si girò verso la guardia, che la fissava a bocca aperta. Ansel aveva un'espressione simile, con gli occhi sbarrati e la mandibola che penzolava. Sbigottito. Ebbi la tentazione di rimettergli la lingua in bocca. Non potevano neanche immaginare le sue forme sotto quell'enorme tunica bianca. La stoffa inamidata del colletto arrivava fin sotto il mento e le maniche coprivano quasi la punta delle dita, dove guanti bianchi nascondevano il resto. Un'uniforme scomoda, certo: ma un travestimento comodissimo.

«Come potete vedere» continuò, trapassando il guardiano con un'occhiataccia, «la vostra presenza non è più necessaria. Posso suggerirvi di tornare al vostro posto? Non vogliamo certo che gli chasseur vengano a sapere di questo terribile fraintendimento, vero?»

Il guardiano non se lo fece ripetere due volte. Filò via, fermandosi soltanto dopo aver varcato la soglia. «Solo… assicuratevi che firmi il registro.» Poi richiuse il battente con un clic che trasudava sollievo.

«Capitano Reid Diggory, avete detto?» Il prete si avvicinò, tirando indietro la testa per osservarmi attraverso gli occhiali che gli ingrandivano a dismisura gli occhi. «Ah, sì, ho sentito molto parlare di Reid Diggory e della sua nuova sposa. Dovreste vergognarvi, *madame.* Ingannare un sant'uomo per costringerlo al matrimonio! È un'empietà…»

«Padre.» Coco gli mise una mano sul braccio e gli rivolse un sorriso severo. «Louise è qui per aiutarmi oggi… come penitenza.»

«Penitenza?»

«Oh sì» intervenni io, stando al gioco, e annuii entusiasta. Ansel ci guardava sconcertato. Gli pestai un piede. Padre Orville non batté ciglio, quel vecchio pipistrello cieco. «Dovete permettermi di espiare i miei peccati. Mi sento molto in colpa per il mio comportamento, e ho pregato a lungo per sapere quale fosse la punizione più appropriata da infliggere a me stessa.»

Trassi di tasca l'ultima moneta dell'arcivescovo. Per fortuna padre Orville non aveva ancora notato i miei pantaloni, altrimenti a quell'ora sarebbe già morto per lo spavento. Gli posai la moneta sul palmo. «Spero che accetterete questa indulgenza per accelerare la mia espiazione.»

Sbuffò ma se la infilò in tasca. «Suppongo che prendersi cura degli ammalati sia un atto meritorio…»

«Fantastico.» Coco sorrise e mi trascinò via prima che padre Orville potesse cambiare idea. Ansel ci seguì, come incerto su dove andare. «Leggeremo loro il Libro dei Proverbi.»

«Badate a seguire il protocollo.» L'anziano indicò il bagno vicino all'uscita, accanto al quale due fogli di pergamena erano affissi alla parete. Il primo era chiaramente un registro di nomi. Mi avvicinai per leggere la grafia minuta del secondo.

PROCEDURE DELL'INFERMERIA – INGRESSO OVEST

Come decretato da SUA EMINENZA L'ARCIVESCOVO DI BELTERRA, tutti gli ospiti dell'infermeria della cattedrale devono identificarsi per nome all'iniziato di guardia. Chi non lo farà verrà allontanato dalla struttura e sarà passibile di denuncia.

Rappresentanti del manicomio di Feuillemort:
Si prega di presentarsi all'ufficio di padre Orville. I pacchi sono distribuiti all'ingresso est.
Chierici e guaritori:
Si prega di utilizzare il registro e il modulo di ispezione che si trovano all'ingresso est.

Le seguenti procedure devono essere sempre osservate:

1. *L'infermeria deve restare pulita e libera da detriti.*
2. *Non sono tollerati comportamenti e linguaggio irriverenti.*
3. *Tutti gli ospiti devono essere accompagnati da un membro del personale. Gli ospiti non accompagnati verranno allontanati dalla struttura. Potranno essere adottate le necessarie misure legali.*
4. *Tutti gli ospiti devono essere abbigliati in modo appropriato. All'ingresso, i guaritori distribuiranno tuniche bianche*

da indossare sopra gli abiti. Queste tuniche vanno restituite a un membro del personale prima di uscire dalla struttura. Le tuniche aiutano a moderare la diffusione degli odori nella Cathédral Saint-Cécile d'Cesarine e nella Torre degli Chasseur. Il loro uso è obbligatorio. Chi non la indossa sarà allontanato in via definitiva dalla struttura.

5. *Tutti gli ospiti devono lavarsi accuratamente prima di uscire dall'infermeria. Il modulo di ispezione per gli ospiti è nel bagno accanto all'ingresso ovest. Chi non passa l'ispezione verrà allontanato definitivamente.*

Porca miseria. Quel posto era una prigione.

«Certo, padre Orville.» Coco mi afferrò la mano e mi tirò nella direzione opposta. «Non vi staremo tra i piedi. Non vi accorgerete neppure della nostra presenza. E tu...» Si girò a guardare Ansel. «Va' a giocare con gli altri bambini. Non abbiamo bisogno di altro.»

«Ma Reid...»

«Vieni, Ansel.» Padre Orville cercò di prendere Ansel per la spalla ma trovò il suo gomito. «Lasciamo le signorine a occuparsi dei malati. Io e te pregheremo insieme. Per stamattina ho fatto il possibile con quelle povere anime. Purtroppo due di loro saranno trasferite a Feuillemort, perché le loro anime non rispondono ai miei tentativi di guarigione...»

La sua voce si perse nel corridoio. Ansel si girò a scoccarci un'occhiata supplicante prima di sparire dietro l'angolo.

«Feuillemort?» chiesi, incuriosita.

«Ssstt... non ancora» bisbigliò Coco.

Aprì una porta a caso e mi spinse dentro. Sentendoci entrare, l'uomo girò la testa verso di noi e continuò... a girarla. Lo fissammo inorridite, raggelate, mentre scendeva dal letto su arti invertiti, articolazioni che si piegavano e uscivano dalla propria sede in maniera innaturale. Una scintilla ferina gli brillava negli occhi, e sibilava, zampettando verso di noi come un ragno.

«Ma cosa…?»

«Fuori, fuori, *fuori!*» Coco mi trascinò via dalla stanza e richiuse subito la porta. L'uomo si abbatté sul battente con un guaito inquietante. Coco trasse un respiro profondo e si lisciò la tonaca da guaritrice. «Riproviamo.»

Guardai l'uscio con apprensione. «Dobbiamo proprio?»

Schiuse leggermente un'altra porta e sbirciò all'interno. «Questa dovrebbe andar bene.»

Spiai da sopra la sua spalla e vidi una donna che leggeva in silenzio. Quando alzò la testa balzai all'indietro e mi portai il pugno alla bocca. La sua pelle si muoveva: come se migliaia di piccoli insetti brulicassero sotto la superficie.

«No.» Scossi il capo e arretrai precipitosamente. «Gli insetti proprio no.»

La donna sollevò una mano in un gesto di supplica. «Restate, vi prego…» Un nugolo di locuste le uscì dalla bocca, strozzandola, e lacrime di sangue le scorsero sulle guance.

Sbattemmo l'uscio sui suoi singhiozzi.

«La prossima porta la scelgo io.» Con il respiro affannoso, riflettei sulle opzioni a mia disposizione, ma le porte erano tutte identiche. Chi poteva sapere quali orrori nascondevano? Udimmo voci maschili da una porta in fondo al corridoio, insieme a un lieve tintinnio metallico. Presa da una curiosità morbosa, mi incamminai in quella direzione; però Coco mi fermò con un cenno secco del capo. «In che razza di posto siamo?» domandai.

«All'inferno.» Mi guidò in corridoio, lanciandosi un'occhiata furtiva alle spalle. «Non ti conviene andare laggiù. È lì che i preti fanno... i loro esperimenti.»

«Esperimenti?»

«Ci sono capitata per caso ieri sera mentre stavano dissezionando il cervello di un paziente.» Aprì un'altra porta ed esaminò con attenzione la stanza prima di spalancarla completamente. «Stanno cercando di capire da dove viene la magia.»

Dentro, un signore anziano giaceva incatenato a un letto in ferro battuto. Guardava il soffitto con aria inespressiva.

Tic.

Pausa.

Tic.

Pausa.

Tic.

Guardai meglio e rimasi di stucco. Le punte delle dita dell'uomo erano nere, le unghie lunghe e affilate come artigli. Si picchiettava ritmicamente l'avambraccio con l'indice dell'altra mano. Con ogni colpetto, spuntava una goccia di sangue nero: troppo scuro per essere naturale. Velenoso. Centinaia di altri segni gli ricoprivano il corpo, e pure la faccia. Nessuna di quelle punture era guarita. Tutte lasciavano uscire sangue nero.

Un puzzo metallico si mescolava all'odore dolciastro della magia nell'aria.

Tic.

Pausa.

Tic.

Sentii risalire la bile in gola. Non pareva più un uomo, bensì una creatura di incubi e ombre.

Coco richiuse l'uscio alle nostre spalle e gli occhi lattiginosi dell'uomo trovarono i miei. Mi si rizzarono i peli sulla nuca.

«È Monsieur Bernard.» Coco attraversò la stanza e raccolse una delle manette. «Dev'essere riuscito di nuovo a sfilarsi le catene.»

«Porca miseria.» Mi avvicinai, mentre Coco rimetteva delicatamente la manetta sul polso dell'uomo, che continuava a fissarmi con quegli occhi vuoti. Senza battere le palpebre. «Cosa gli è successo?»

«La stessa cosa che è successa a tutti gli altri quassù.» Gli scostò i capelli sporchi dal viso. «Streghe.»

Mi avvicinai al letto, accanto al quale c'era una sedia di ferro con sopra una Bibbia. Scoccai un'occhiata alla porta e abbassai la voce. «Forse potremmo aiutarlo.»

Coco sospirò. «È inutile. Gli chasseur l'hanno portato qui stamattina presto. L'hanno trovato che vagava fuori dalla Forêt des Yeux.» Toccò il sangue sulla mano di Monsieur Bernard e lo annusò. «Le unghie sono avvelenate. Morirà presto. Ecco perché i preti l'hanno tenuto qui invece di mandarlo in manicomio.»

Alla vista del moribondo avvertii un peso nel petto. «E... e cos'era quello strumento di tortura che padre Orville aveva con sé?»

Sorrise. «La Bibbia, intendi?»

«Molto divertente. No, quell'oggetto di metallo. Sembrava... affilato.»

Il suo sorriso si spense. «Lo è. Si chiama siringa. I preti le usano per fare le iniezioni.»

«Iniezioni?»

Coco si appoggiò alla parete e incrociò le braccia. Il bianco della sua tunica quasi si fondeva con la parete, creando l'illusione di una testa galleggiante che mi fissava da sopra il corpo di Monsieur Bernard. Tremai. Quel posto mi dava i brividi.

«È così che le chiamano.» Il suo sguardo s'incupì. «Ho visto di cosa sono capaci. I preti lavorano con i veleni. La cicuta, per la precisione. La sperimentano sui pazienti per trovare il dosaggio giusto. Penso che stiano sviluppando un'arma da usare contro le streghe.»

Il terrore mi percorse la schiena. «Ma la Chiesa pensa che solo le fiamme possano davvero uccidere una strega.»

«Ci chiamano demoni, però sanno che siamo mortali. Sanguiniamo come gli umani. Sentiamo dolore come gli umani. Ma le iniezioni non servono a ucciderci. Provocano la paralisi. Gli chasseur dovranno soltanto avvicinarsi a sufficienza per iniettarci quella sostanza, e saremo praticamente già morte.»

Impiegai un momento per assorbire quell'orribile notizia. Abbassai lo sguardo su Monsieur Bernard e sentii un cattivo sapore in bocca. Ricordai gli insetti che brulicavano sotto la pelle di una donna a pochi passi da lì, le lacrime di sangue sulle sue guance. Forse i preti non erano gli unici colpevoli.

La paralisi – e anche il rogo – era preferibile a certi destini.

«Cosa ci fai qui, Mademoiselle Perrot?» domandai infine. Almeno non aveva usato il suo vero nome. La famiglia Monvoisin aveva una certa… notorietà. «Credevo che ti fossi nascosta da tua zia.»

Ebbe la sfrontatezza di fare il broncio. «Potrei rivolgerti la stessa domanda. Come hai potuto non invitarmi al tuo matrimonio?»

Scoppiai a ridere. Un suono inquietante in quel silenzio. Ora l'unghia di Monsieur Bernard picchiettava la manetta.

Tic.

Tic.

Tic.

Lo ignorai. «Credimi, se avessi potuto decidere la lista degli invitati, ci sarebbe stato un posto per te.»

«Damigella d'onore?»

«Certo.»

Soddisfatta, Coco scosse la testa. «Sposata con uno chasseur… quando ho sentito la notizia non ci potevo credere.» Accennò un sorriso. «Hai due palle grosse come macigni.»

Risi, più forte stavolta. «Sei così depravata, Coco…»

«E che mi dici di quelle di tuo marito?» Inarcò le sopracciglia con aria diabolica. «Sono meglio o peggio di quelle di Bas?»

«E tu che ne sai delle palle di Bas?» Mi dolevano le guance a furia di sorridere. Sapevo che era sbagliato – con il disperato e moribondo Monsieur Bernard sdraiato lì accanto – ma la pesantezza nel mio cuore si alleggerì gradualmente a mano a mano che io e Coco riprendevamo a punzecchiarci come sempre. Era bello rivedere una faccia amica dopo aver vagato in un mare di volti ostili per due giorni interi… e sapere che era sana e salva. Per adesso.

Con un gran sospiro, rimboccò le coperte a Monsieur Bernard, che non smetteva più di picchiettare con l'unghia. «Parli nel sonno. Ho appreso informazioni mio malgrado.» Quando mi guardò smise di sorridere e indicò con il capo i miei lividi. «Te li ha fatti tuo marito?»

«È stato Andre, purtroppo.»

«Mi chiedo come se la caverebbe Andre senza le palle. Forse gli farò una visitina.»

«Non perdere tempo. Ho già sguinzagliato gli chasseur dietro a entrambi.»

«Cosa?» Sgranò gli occhi per la gioia mentre le raccontavo dell'interrogatorio. «Perfida strega!» ridacchiò alla fine.

«Ssstt!» Corsi a posare l'orecchio sulla porta, per sentire se c'era qualcuno. «Vuoi che ci scoprano? A proposito...» Appena fui sicura che nessuno era appostato fuori mi girai verso di lei. «Che ci fai qui?»

«Sono venuta a salvarti, ovviamente.»

Alzai gli occhi al cielo. «Ma certo.»

«Una delle guaritrici ha dato le dimissioni per sposarsi la settimana scorsa. I Padri cercavano una sostituta.»

Le scoccai un'occhiataccia. «Come facevi a saperlo?»

«Facile.» Si buttò a sedere sul fondo del letto. Monsieur Bernard continuava a picchiettare con l'unghia, ma per fortuna ora puntava su Coco il suo sguardo inquietante. «Ho aspettato che arrivasse la sostituta, ieri mattina presto, e l'ho convinta che ero io la candidata migliore.»

«Eh? Come?»

«Gliel'ho chiesto gentilmente.» Mi rivolse un'occhiata eloquente. «Come ho fatto, secondo te? Ho rubato la sua lettera di raccomandazione e l'ho stregata per farle dimenticare il suo nome. La vera Brie Perrot si trova in villeggiatura ad Amaris, e nessuno scoprirà mai la differenza.»

«Coco! Che rischio stupido...»

«È tutto il giorno che cerco un modo per parlarti, ma i preti sono inflessibili. Sono stata addestrata.» Serrò le labbra con aria di disapprovazione e poi tirò fuori dalla tunica una pergamena stropicciata. Non riconobbi la grafia appuntita, però riconobbi la macchia di sangue scuro. L'odore acre della magia di sangue. «Ho scritto una lettera a mia zia, che ha accettato di proteggerti. Puoi tornare lì con me. La congrega è accampata nei pressi della città, ma non ci resterà ancora a lungo. Sono dirette verso nord entro un paio di settimane. Possiamo fuggire di qui senza che se ne accorgano.»

Mi si strinse lo stomaco. «Coco, io...» Sospirai e mi guardai intorno, alla ricerca di una spiegazione in quella stanza spartana. Non potevo dirle che non mi fidavo di sua zia... e di nessun altro tranne lei, se era per quello. Non potevo proprio. «Penso che al momento sia questo il posto più sicuro per me. Uno chasseur ha giurato di proteggermi.»

«Non mi piace.» Scosse la testa con decisione e si alzò in piedi. «Stai giocando con il fuoco, qui, Lou. Presto o tardi ti brucerai.»

Abbozzai un sorriso. «Speriamo tardi, allora.»

«Non c'è niente da ridere. Stai delegando la tua sicurezza – la tua sopravvivenza – a uomini che ti bruceranno se scoprono cosa sei.»

Il mio sorriso svanì. «No, non è quello che sto facendo.» Vedendo che stava per ribattere, la precedetti. «Non è così, te lo assicuro. È per questo che oggi sono salita quassù: è per questo che continuerò a salirci ogni giorno finché lei non viene a prendermi. Perché lei verrà, Coco. Non riuscirò a nascondermi per sempre.»

Tacqui e inspirai a fondo.

«E quando arriverà mi troverà pronta. Non farò più affidamento su trucchi e costumi. O sugli occhi aperti di Babette o sulla stirpe di Bas. O su di te.» Le rivolsi un sorriso di scuse e rigirai sul dito l'anello di Angelica. «È tempo di darmi da fare. Se non avessi trovato quest'anello nella cassaforte di Tremblay, sarei stata nei guai fino al collo. Mi sono concessa di indebolirmi. Il rischio di essere scoperta fuori da questo corridoio è alto, ma qui... qui posso esercitarmi, e nessuno lo saprà mai.»

Sorrise, un sorriso lento e largo, e mi prese a braccetto.

«Ecco, ora ci intendiamo. Ma ti sbagli su un punto. Continuerai assolutamente a dipendere da me, perché non vado da nessuna parte. Ci eserciteremo insieme.»

Ero perplessa, non sapevo se scongiurarla di restare o obbligarla ad andarsene. Tuttavia la decisione non spettava a me, e sapevo già cosa mi avrebbe detto se avessi tentato di costringerla a fare qualsiasi cosa. Dopotutto avevo imparato da lei le mie parolacce preferite. «Sarà pericoloso. Anche se l'odore nasconde la magia, gli chasseur potrebbero ancora scoprirci.»

«Nel qual caso avrai bisogno di me qui, per prosciugare tutto il sangue dal loro corpo.»

La fissai. «Puoi farlo?»

«Non ne sono sicura.» Mi strizzò l'occhio e si accomiatò da Monsieur Bernard. «Forse dovremmo scoprirlo.»

LA FUGA

Lou

Ero immersa fino alle costole nell'acqua calda con la schiuma al profumo di lavanda quando mio marito tornò, quel pomeriggio. Udii la sua voce dall'altra stanza. «È lì dentro?»

«Sì, ma…»

Quella *tête carrée* non si fermò, non si chiese perché Ansel fosse in corridoio e non in camera. Sorrisi, impaziente. Mi avrebbe rovinato il bagno, ma la vista della sua faccia avrebbe compensato la scocciatura.

Effettivamente, un istante dopo si precipitò nella stanza da letto. Notai che la perlustrava con lo sguardo, per cercare me.

Ansel aveva rimosso la porta del bagno per cercare di riparare il buco lasciato dal pugno di mio marito, ma non avevo aspettato che finisse il lavoro. Ora l'uscio era vuoto: la cornice perfetta per la mia pelle nuda e insaponata. E per la sua umiliazione. Non impiegò molto a trovarmi. Sgranò gli occhi e gli uscì di gola quel fantastico suono strozzato.

Lo salutai con la mano. «Ehilà!»

«Ma… cosa stai… Ansel!» Nella fretta di fuggire rischiò di urtare lo stipite. «Ti avevo chiesto di riparare la porta!»

La voce di Ansel divenne isterica. «Non c'è stato tempo…»

Con un ringhio di impazienza, mio marito sbatté la porta della camera.

Immaginai il suo viso in una bolla di sapone e la feci scoppiare. E un'altra. E un'altra. «Sei molto scortese con lui, sai.»

Non parlò. Probabilmente cercava di frenare il sangue che gli scaldava le guance. Ma il rossore si vedeva lo stesso. Gli risaliva lungo il collo e si fondeva con il rame dei capelli. Mi appoggiai con le braccia sul bordo della vasca. «Dove sei stato?»

Drizzò la schiena, però non si voltò. «Non li abbiamo presi.»

«Andre e Grue?»

Annuì.

«Quindi ora che succede?»

«Abbiamo mandato un distaccamento di chasseur a perlustrare il Rione Est. Con un po' di fortuna li arresteremo presto e passeranno diversi anni in galera per aggressione.»

«Dopo che ti avranno dato informazioni sulla mia amica.»

«Dopo che mi avranno dato informazioni sulla strega.»

Sbuffai e gli schizzai un po' d'acqua sulla nuca. Gli bagnò i capelli e gli colò nel colletto della camicia. Si girò indignato, serrando i pugni… e poi si fermò di colpo e chiuse gli occhi.

«Puoi metterti qualcosa addosso?» Agitò una mano nella mia direzione, premendosi l'altra sugli occhi. «Non posso parlarti finché te ne stai seduta lì… seduta lì…»

«Nuda?»

«Sì.»

«Scusa, ma no. Non ho ancora finito di lavarmi i capelli.» Tornai a immergermi tra le bollicine con un sospiro irritato. L'acqua mi arrivava alle clavicole. «Ora puoi guardare. Tutte le parti migliori sono coperte.»

Sollevò una palpebra. Vedendomi al sicuro sotto la schiuma, si rilassò... per quanto ne fosse capace uno come lui. Certo che quel mio maritino sembrava proprio avere una scopa nel culo.

Si avvicinò con cautela e si appoggiò allo stipite vuoto della porta. Lo ignorai e mi versai sulla mano altro sapone alla lavanda. Restammo in silenzio mentre mi insaponavo i capelli e lui mi guardava.

«Dove ti sei procurata quelle cicatrici?» mi chiese.

Le mie erano ben poca cosa rispetto a quelle di Coco e di Babette. Un rischio del mestiere, per chi vive in strada. «Quali?»

«Tutte.»

Mi arrischiai a osservarlo e mi si strinse il cuore quando mi accorsi che mi fissava la gola. Lo distrassi rivelandogli la lunga cicatrice dai bordi irregolari che avevo sulla spalla. «Sono finita contro il lato sbagliato di un coltello.» Alzai il gomito per mostrargliene un'altra serie. «Ho litigato con il filo spinato.» Indicai un punto sul petto. «Un altro coltello. Questo mi ha fatto un male cane, lo stronzo.»

Ignorò il mio turpiloquio e continuò a guardarmi con occhi inscrutabili. «Chi è stato?»

«Andre.» Gettai la testa all'indietro per bagnare i capelli. Dopo averli lavati, mi cinsi le gambe con le braccia e posai il mento sulle ginocchia. «Mi ha aggredita quando ero appena arrivata in città.»

Fece un gran sospiro, come se fosse improvvisamente stanco. «Mi dispiace che non li abbiamo trovati.»

«Li troverete.»

«Ah sì?»

«Non sono molto intelligenti. Probabilmente verranno qui domattina a chiedere perché gli date la caccia.»

Ridacchiò e si massaggiò il collo, mettendo in mostra la curva del bicipite. Dopo l'interrogatorio si era rimboccato le maniche. Non riuscii a non seguire con gli occhi la linea che andava dall'avambraccio alla mano. Alle dita callose. Alla sottile peluria rossiccia.

Si schiarì la voce e abbassò subito il braccio. «Ora devo andare. Presto interrogheremo Madame Labelle. Poi l'altro, il ladro di casa Tremblay. Bastien St. Pierre.»

Mi si fermò il cuore. Scattai in avanti, schizzando acqua e schiuma in tutte le direzioni. «Non Bas?» Lo vidi annuire e stringere gli occhi. «Ma… è scappato!»

«L'abbiamo trovato appostato fuori da un ingresso sul retro del Soleil et Lune» spiegò, con aria di marcata disapprovazione. «Meglio così. I gendarmi l'avrebbero arrestato comunque, prima o poi. Ha ucciso una delle guardie di Tremblay.»

Oh, accidenti. Con il panico che mi serrava il petto, tornai ad appoggiarmi alla parete della vasca e cercai di placare i respiri. «Cosa ne sarà di lui?»

Alzò le sopracciglia, sorpreso. «Lo impiccheremo.»

Merda.

Merda, merda, merda.

Certo che Bas si era fatto arrestare. Certo che aveva ammazzato un guardiano anziché tramortirlo con una botta in testa. Che ci faceva al Soleil et Lune, quell'idiota? Sapeva di essere ricercato. Lo sapeva. Perché non era scappato? Perché a quell'ora non era in mezzo al mare? Perché non si era comportato… be', come Bas?

L'acqua del bagno era ancora calda, eppure avevo la pelle d'oca. Era possibile che… fosse tornato a cercare me? La speranza e la disperazione si davano battaglia nel mio cuore, ma ben presto il terrore le sconfisse entrambe.

«Devi permettermi di vederlo.»

«È fuori questione.»

«Ti prego.» Odiavo doverlo scongiurare, però se rifiutava – se le suppliche non funzionavano – mi restava una sola opzione. Praticare la magia all'esterno dell'infermeria era un rischio enorme, ma avrei dovuto correrlo.

Perché Bas sapeva di Coco, sì... ma sapeva anche di me.

Mi chiesi quanto valessero le informazioni su due streghe. La sua vita? La condanna al carcere? Uno scambio equo agli occhi degli chasseur, e che Bas avrebbe accettato senza dubbio. Anche se fosse davvero tornato per me, non avrebbe esitato se la sua vita fosse stata in pericolo.

Mi maledissi per essermi confidata con lui. Conoscevo il suo carattere. Sapevo chi era, eppure mi ero permessa di rilassarmi, di tirar fuori i miei segreti più oscuri. Be'... uno, quantomeno. E ora ne avrei pagato il prezzo, e pure Coco.

Che stupida. Così stupida.

«Ti prego» ripetei.

Mio marito batté le palpebre, sconcertato. Ma subito dopo si insospettì. «Perché ti preoccupi tanto per lui?»

«È un amico.» Non mi importava di sembrare disperata. «Un caro amico.»

«Certo che lo è.» Vedendo la mia espressione sofferente aggiunse, quasi a malincuore: «Avrà una possibilità di salvarsi».

«E come?»

Pur conoscendo già la risposta, trattenni il fiato in fremente attesa.

«La strega è ancora la nostra priorità» confermò lui. «Se

ci dà informazioni utili a catturarla, la sua sentenza sarà rivalutata.»

Mi sorressi al bordo della vasca e mi costrinsi a restare calma. L'altra mano si sollevò ad accarezzare la cicatrice sulla gola: un gesto nervoso, istintivo.

Dopo un lungo momento la sua voce mi raggiunse in un sussurro. «Ti senti bene? Mi sembri… pallida.»

Dato che non replicavo attraversò la stanza e si accovacciò accanto alla vasca. Non mi importava che la schiuma si stesse diradando. Pareva che non importasse neanche a lui. Allungò una mano e mi sfiorò una ciocca di capelli vicino all'orecchio. «C'è un punto che non hai lavato.»

Restai in silenzio mentre si riempiva d'acqua il palmo e poi la lasciava gocciolare sui miei capelli, ma mi si mozzò il fiato quando le sue dita si fermarono davanti alla mia gola. «Come te la sei fatta, questa?»

Deglutii, cercai una bugia e non la trovai. «Te lo racconterò un altro giorno, Chass.»

Si appoggiò sui talloni e i suoi occhi azzurri mi scrutarono.

D'istinto mi coprii la cicatrice e mi guardai riflessa nell'acqua insaponata. Dopo tutto quello che avevo passato – dopo tutte le sofferenze che avevo patito – non avrei bruciato per Bas. Non ero il sacrificio di nessuno. Non allora. Non ora. Né mai.

C'era un'unica cosa da fare.

Dovevo salvarlo.

Qualche minuto dopo, mio marito tornò alla sala del consiglio. Uscii subito dalla vasca e andai a cercare la candela che avevo nascosto nell'armadio delle lenzuola. L'avevo rubata dalla cattedrale il giorno prima, durante il giro con Ansel. Con gesti rapidi la accesi e la posai sulla scrivania. La stanza si riempì subito di una nube di fumo all'aroma di erbe: sospirai di sollievo. Non era proprio l'odore giusto, ma poteva bastare. Al ritorno di mio marito la magia si sarebbe già dissipata. O così speravo.

Dopo aver camminato freneticamente avanti e indietro per alcuni minuti, mi sedetti sul letto. Aspettai impaziente l'arrivo di Ansel.

Era giovane. Facile da traviare, forse. O almeno così mi dicevo.

Dopo un'eternità e un giorno, bussò alla porta.

«Avanti!»

Entrò nella stanza con aria guardinga, scoccando un'occhiata verso il bagno. Evidentemente voleva assicurarsi che fossi vestita di tutto punto.

Mi alzai e trassi un respiro profondo, preparandomi a quel che stava per succedere. Potevo solo sperare che Ansel non avesse con sé la sua Balisarda.

Con un sorriso schivo, lo guardai negli occhi mentre veniva verso di me. Sentii formicolare la pelle. «Mi sei mancato.»

Sembrò perplesso per quella mia voce insolita. Mi avvicinai lentamente e gli posai una mano sull'avambraccio. Stava per scostarlo, ma all'ultimo secondo si fermò. Batté le palpebre.

Mi appoggiai al suo petto e inspirai il suo profumo... la sua essenza. La mia pelle brillava contro il tessuto celeste della sua giacca. Osservammo insieme quella luminescenza, a bocca aperta. «Così forte» mormorai. La mia voce era profonda, sonora. «Così nobile. Hanno sbagliato a sottovalutarti.»

A quelle parole – al mio tocco – gli passò sul volto una serie di emozioni.

Confusione. Panico. Desiderio.

Gli feci correre un dito sulla guancia. Non si tirò indietro da quel contatto. «Vedo in te la grandezza, Ansel. Ucciderai molte streghe.»

Gli fremettero le ciglia e poi… più nulla. Era mio. Gli abbracciai il torace magro; la mia pelle era sempre più luminosa. «Vuoi aiutarmi?» Annuì, fissandomi con gli occhi sbarrati. Gli baciai il palmo della mano e abbassai le palpebre, inspirando a fondo. «Grazie, Ansel.»

Il resto fu facile.

Gli permisi di condurmi nei sotterranei. Invece di scendere le strette scale che conducevano alla sala del consiglio, però, svoltammo a destra, verso le celle dov'era rinchiuso Bas. Gli chasseur – compreso mio marito – stavano ancora interrogando Madame Labelle e le celle erano presidiate solo da due guardiani. Indossavano giacche celesti come quella di Ansel.

Quando ci videro ci guardarono sconcertati e misero subito mano alle armi… che però non erano Balisarde. Sorrisi quando apparvero disegni d'oro lucente nello spazio tra noi. Quelli pensavano di essere al sicuro nella loro Torre. Che sciocchi. Che incoscienti.

Afferrai un reticolo di figure, strinsi i pugni e sospirai mentre i miei più cari ricordi di Bas – l'amore che un tempo avevo provato per lui, il calore che mi aveva donato – svanivano nell'oblio. I guardiani si accasciarono a terra e le corde sfumarono in una nube di polvere scintillante. *Ricordo per ricordo*, cantò la voce nella mia testa. *Un prezzo equo. È meglio così.*

Appena Bas mi vide, gli si accese negli occhi un lampo di trionfo. Raggiunsi cella e piegai il capo di lato per osservarlo. Gli avevano rasato la testa e la barba per evitare che prendesse i pidocchi. Quell'acconciatura non gli donava.

«Lou!» Premette il viso tra due sbarre. Aveva il panico nello sguardo. «Grazie a Dio sei qui. Mio cugino ha cercato di farmi uscire su cauzione, ma non gli danno retta. Mi impiccheranno, Lou, se non gli racconto di Coco…» Si interruppe, i lineamenti distorti dal terrore alla vista della mia espressione persa nel vuoto. La mia pelle era sempre più luminosa. Ansel cadde in ginocchio dietro di me.

«Che stai facendo?» Bas si premette le mani sugli occhi nel tentativo di sfuggire alla magia che emanavo. «Non farlo. Mi… mi dispiace di averti lasciata da Tremblay. Sai che non sono coraggioso come te… o intelligente come te e Coco. Ho sbagliato. Avrei dovuto restare… avrei dovuto aiutarti…»

Fu scosso da un brivido mentre mi avvicinavo, e io sorrisi, un sorrisetto freddo. «Lou, ti prego!» supplicò. Un altro brivido, più forte. «Non avrei detto niente su di te. Lo sai! No, per favore, no!»

Incurvò le spalle, e nell'istante in cui le mani gli ricaddero lungo i fianchi il suo viso era meravigliosamente inespressivo.

«Così furbo, Bas. Così astuto. Hai sempre saputo usare bene le parole.» Gli posai una mano sulla guancia attraverso le sbarre. «Ora ti darò qualcosa, Bas, e in cambio tu darai qualcosa a me. Che te ne pare?» Annuì e sorrise. Lo baciai sulle labbra. Assaporai il suo respiro. Gli sfuggì un sospiro di gioia. «Ti libererò. In cambio chiedo soltanto i tuoi ricordi.»

Strinsi le dita sulla sua guancia, sulle spirali d'oro che vorticavano intorno al suo bel volto. Non oppose resistenza quando le mie unghie gli affondarono nella pelle, gli graffiarono la piccola cicatrice argentea sul mento. Per un attimo mi domandai come se la fosse procurata.

Una volta finito – appena la foschia dorata ebbe rubato ogni ricordo del mio viso e di quello di Coco dalla sua mente – Bas crollò a terra. La faccia sanguinava per colpa delle mie unghie, si sarebbe ripreso. Mi chinai a staccare le chiavi dalla cintura del guardiano e le lasciai cadere accanto a lui. Poi mi girai verso Ansel.

«Tocca a te, dolcezza.» Mi inginocchiai vicino a lui, gli afferrai le spalle e gli sfiorai la guancia con le labbra. «Potrebbe fare un po' male.»

Concentrandomi sulla scena davanti a noi, rubai il ricordo dalla mente di Ansel. Impiegai pochi secondi, al termine dei quali anche lui stramazzò al suolo.

Mi sforzai di restare cosciente, ma la periferia del mio campo visivo si tinse di nero mentre ripetevo l'operazione sui guardiani. Dovevo pagare il prezzo. Avevo preso e ora dovevo dare. La natura pretendeva equilibrio.

Barcollai, caddi sopra Ansel e mi arresi alle tenebre.

Mi svegliai poco dopo. Avevo mal di testa, ma non ci badai e mi rialzai subito. La porta della cella era aperta e Bas se n'era andato. Ansel, però, non dava segno di volersi svegliare.

Mi morsi il labbro e riflettei. Sarebbe stato punito se l'avessero trovato fuori dalla cella vuota di un prigioniero, soprattutto con due guardiani privi di sensi ai suoi piedi. Peggio ancora, non avrebbe ricordato come fosse finito lì e non avrebbe avuto modo di difendersi.

Irritata, mi massaggiai le tempie e cercai di formulare un piano. Dovevo sbrigarmi – dovevo lavar via in qualche maniera l'odore della magia dalla pelle prima che gli chasseur mi trovassero – ma non potevo mollarlo lì. Non avendo alternative, lo tirai su per le ascelle e lo trascinai via. Avevamo fatto pochi passi quando sentii cedere le ginocchia. Era più pesante di quanto mi aspettassi.

Avvicinandomi alle scale udii delle voci concitate. Ansel iniziava finalmente a svegliarsi, però non avevo la forza di portarlo su per quei gradini. Le voci adesso erano più vicine. Imprecando tra me e me, lo spinsi dentro la prima porta che trovai e la richiusi alle nostre spalle.

Feci un gran sospiro di sollievo appena mi guardai intorno. Una biblioteca. Eravamo in una biblioteca. Piccola e disadorna – come tutto il resto, in quel posto orribile – ma pur sempre una biblioteca.

Passi affrettati percorrevano il corridoio e altre voci si aggiunsero alla cacofonia.

«È sparito!»

«Perquisite la Torre!»

Ma la porta della biblioteca restò miracolosamente chiusa. Pregando che la situazione non cambiasse, trascinai Ansel fino a una delle poltrone da lettura. Mi fissò battendo le palpebre, cercò di mettermi a fuoco e poi biascicò: «Dove siamo?».

«In biblioteca.» Mi buttai sull'altra poltrona e presi un libro a caso da uno scaffale. *Dodici trattati sullo sterminio dell'occulto.* Ma certo. Mi tremavano le mani per lo sforzo di non strappare via quelle orrende pagine dalla rilegatura. «Eravamo in infermeria con padre Orville e Co… cioè, Mademoiselle Perrot. Mi hai portata quaggiù per… per…» Gettai i *Dodici trattati* sul tavolo più vicino e afferrai la Bibbia rilegata in pelle che era lì accanto. «Per istruirmi. Ecco.»

«C-cosa?»

Emisi un gemito quando la porta si aprì di schianto lasciando entrare mio marito e Jean Luc.

«Sei stata tu, vero?» Jean Luc si diresse verso di me con uno sguardo assassino.

Ansel ondeggiava un po', ma gli si schiarì la visuale appena Jean Luc gli si avvicinò. «Di che parli? Cos'è successo?»

«Il prigioniero è evaso» ringhiò Jean Luc. Accanto a lui mio marito si bloccò di colpo, dilatando le narici. Merda. L'odore. Io e Ansel ce lo portavamo addosso come una seconda pelle, in una scia che andava dalla cella deserta fino a noi. «La cella è vuota. Le guardie sono state tramortite.»

Ero spacciata. Spacciata davvero, stavolta. Strinsi più forte la Bibbia affinché non mi tremassero le mani e incrociai i loro sguardi costringendomi a restare calma. Almeno gli chasseur mi avrebbero bruciata sul rogo. Non sarebbe stata versata una sola goccia del mio sangue. Apprezzai quella piccola vittoria.

Mio marito mi squadrò con gli occhi a fessura. «Cos'è... quell'odore?»

Altri passi risuonarono fuori dalla porta, e prima di poter rispondere entrò Coco a tutta velocità. Il suo arrivo fu accompagnato da un'altra ondata di quell'aroma dolciastro: il cuore mi balzò in gola.

«Ho sentito i preti che parlavano dell'evasione del prigioniero!» Ansimava e si teneva il fianco. Quando però i suoi occhi trovarono i miei annuì rassicurante. «Sono venuta a vedere se potevo rendermi utile.»

Jean Luc storse il naso, disgustato dal puzzo che emanava. «Chi sei?»

«Brie Perrot.» Si produsse in una riverenza, di nuovo padrona di sé. «Sono la nuova guaritrice dell'infermeria.»

Jean Luc non pareva convinto. «Allora saprai che i guaritori non possono girare a piacimento nella Torre. Non dovresti essere quaggiù, soprattutto adesso che c'è un prigioniero a piede libero.»

Coco lo fulminò con un'occhiataccia e si rivolse a mio marito. «Capitano Diggory, oggi vostra moglie mi ha accompagnata a leggere il Libro dei Proverbi ai pazienti. Ansel l'ha scortata. Non è vero, Ansel?»

Dio, era fantastica.

Ansel ci guardò confuso. «Io… sì.» Aggrottò le sopracciglia e scosse la testa, evidentemente tentando di colmare la lacuna della sua memoria. «Ti sei fatta un bagno, ma poi… siamo andati in infermeria. Io ho… ho pregato con padre Orville.»

Sospirai di sollievo, sperando che i ricordi di Ansel restassero vaghi.

«Padre Orville può confermare?» chiese mio marito.

«Sissignore.»

«Splendido. Tuttavia ciò non spiega perché la cella puzzasse di magia.» Irritato per essere stato liquidato da Coco, Jean Luc ci guardava storto tutti e tre. «E non spiega neppure perché i guardiani fossero svenuti.»

Coco gli puntò addosso un sorriso affilato come un rasoio. «Purtroppo sono stata chiamata ad assistere un paziente prima di poter insegnare a Madame Diggory la corretta procedura di lavaggio. Lei e Ansel se ne sono andati poco dopo.»

Gli occhi di mio marito minacciavano di carbonizzarmi la faccia. «E naturalmente sei venuta qui anziché tornare nella nostra stanza.»

Mi sforzai di apparire contrita e poggiai la Bibbia sul tavolo da cui l'avevo presa. Con un po' di fortuna, forse saremmo riuscite a sopravvivere a quel guaio. «Ansel voleva insegnarmi alcuni versetti, e io... sono andata a trovarlo nella sua cella. Bas.» Giocherellai con una ciocca di capelli e lo fissai da sotto le ciglia. «Hai detto che forse l'avrebbero impiccato, e io volevo parlare con lui... prima. Un'ultima volta. Mi dispiace.»

Non ribatté nulla. Mi guardò male e basta.

«E i guardiani?» chiese Jean Luc.

Mi alzai in piedi e indicai il mio fisico minuto. «Pensi davvero che potrei tramortire due uomini adulti?»

La riposta di mio marito fu istantanea. «Sì.»

In circostanze diverse mi sarei sentita lusingata. In quel momento, però, la sua fede incrollabile nelle mie capacità era molto pericolosa.

«Erano già svenuti al mio arrivo» dissimulai. «E Bas se n'era andato.»

«Perché non ci hai avvertiti? Perché mentire?» Jean Luc serrò gli occhi chiari e si fece avanti finché fui costretta a piegare la testa all'indietro per continuare a guardarlo.

E va bene. Se il suo obiettivo era l'intimidazione, potevo stare al gioco.

Lasciai che mi tremasse il mento. «Devo... confessare che a volte sono inibita dalle debolezze del mio sesso, *monsieur.* Quando ho visto che Bas era fuggito, sono stata assalita dal panico. So che non è una giustificazione.»

«Buon Dio.» Jean Luc vide che piangevo e scoccò un'occhiata esasperata a mio marito. «Puoi spiegarla tu questa faccenda a Sua Eminenza, capitano. Sono certo che sarà felicissimo di questo nuovo insuccesso.» Si avviò a lunghi passi verso la porta, congedandoci. «Tornate all'infermeria, Mademoiselle Perrot, e in futuro ricordate qual è il vostro posto. I guaritori hanno accesso solo a certe parti dell'edificio: l'infermeria, i suoi dormitori e le scale sul retro. Se desiderate visitare altre parti della Torre, dovete prima lavarvi e passare l'ispezione. Poiché siete nuova, posso soprassedere per questa volta: ma lo riferirò ai preti. Si assicureranno che non ripetiamo questa piccola avventura.»

Se Coco avesse potuto, sono certa che l'avrebbe ucciso per dissanguamento. Mi affrettai a intervenire. «La colpa è mia, non sua.»

Jean Luc inarcò un sopracciglio scuro e piegò il capo di lato. «Che sciocco, naturalmente avete ragione voi. Se non aveste disobbedito a Reid, tutto ciò si sarebbe potuto evitare.»

Avevo chiesto io di assumermi la colpa, eppure trovai comunque offensivo quel rimprovero. Forse mio marito non era poi il più gonfiato di tutti i palloni gonfiati: quel titolo spettava di diritto a Jean Luc. Avevo appena aperto la bocca per dirglielo quando fui interrotta dal mio inopportuno consorte.

«Vieni qui, Ansel.»

Intimorito, il giovane si fece avanti con le mani giunte dietro la schiena per celare il tremore. Provai un disagio improvviso.

«Perché le hai permesso di entrare nell'infermeria?»

«Ve l'ho detto, l'ho invitata...» iniziò a rispondere Coco, ma tacque di colpo nel vedere la faccia di mio marito.

Ansel arrossì e mi guardò con aria di supplica. «Ho solo... portato quassù Madame Diggory perché... perché...»

«Perché siamo responsabili di quelle povere anime. I guaritori hanno troppo lavoro, sono talmente pochi. Non hanno tempo di star dietro ai bisogni primari dei pazienti, figurarsi se riescono a garantire il loro benessere spirituale.» Mi accorsi che non l'avevo convinto, quindi soggiunsi:

«Inoltre, ho cominciato a cantare una canzone volgare e mi sono rifiutata di smettere finché lui non mi avesse portata all'infermeria». Snudai i denti nel tentativo di sorridere. «Vi andrebbe di sentirla? Parla di una splendida donna di nome Liddy la Tettona...»

«Basta così.» La rabbia gli lampeggiava negli occhi: rabbia vera, stavolta. Non umiliazione. Non irritazione. Rabbia. Spostò lentamente lo sguardo dall'uno all'altro di noi tre. «Se scopro che uno di voi mente, non avrò pietà. Sarete tutti puniti con il massimo della pena consentita dalla legge.»

«Signore, giuro che...»

«Ti avevo detto che l'infermeria era vietata.» La sua voce era dura e inflessibile. «Mi aspettavo disobbedienza da mia moglie, ma non da te. Sei congedato.»

Ansel chinò il capo. «Sì, signore.»

Lo osservai strisciare i piedi avvilito verso la porta e mi infuriai. Cercai di seguirlo – volevo abbracciarlo, consolarlo in qualche modo – ma il mio cocciuto marito mi afferrò per un braccio. «Resta. Voglio parlarti.»

Mi divincolai e persi la pazienza. «E io voglio parlare con te. Come osi incolpare Ansel? Come se avesse la minima colpa in tutto questo!»

Jean Luc emise un gran sospiro. «Vi accompagno all'infermeria, Mademoiselle Perrot.» Le porse il braccio, palesemente annoiato dalla piega che stava prendendo la conversazione. Per tutta risposta lei lo incenerì con un'occhiata. Lui si girò, rassegnato ad andarsene senza di lei, ma Ansel si era fermato sulla soglia e gli sbarrava il passo. Fissava me, con le lacrime agli occhi: era scioccato dal fatto che qualcuno avesse alzato la voce per difenderlo. Jean Luc lo spintonò con impazienza, borbottando qualcosa che non riuscii a sentire. Mi ribolliva il sangue.

«Aveva l'incarico di farti la guardia.» Mio marito era furioso e prestava attenzione solo a me. «Non ha fatto il suo dovere.»

«Oh, *ta gueule!*» Incrociai le braccia per resistere alla tentazione di strozzarlo. «Sono una donna adulta e sono perfettamente in grado di fare le mie scelte. Non è colpa di nessuno, soltanto mia. Se vuoi fare il prepotente con qualcuno prenditela con me, non con Ansel. Quel povero ragazzo non ha un momento di pace, con te...»

Diventò quasi viola. «Non è un bambino! Sta seguendo l'addestramento per diventare uno chasseur, e qualora dovesse accadere, deve imparare ad assumersi la responsabilità...»

«Ansel, spostati» intervenne in tono secco Jean Luc, interrompendo la scenata. Finalmente riuscì a spingere Ansel fuori dalla porta. «Per quanto divertente sia questo spettacolo, alcuni di noi hanno del lavoro da sbrigare, prigionieri da ritrovare, streghe da bruciare... quel genere di cose. Mademoiselle Perrot, siete attesa in infermeria tra dieci minuti. Verrò a controllare.» Ci scoccò un ultimo sguardo irritato prima di uscire dalla stanza. Coco fece per seguirlo, ma esitò sull'uscio. Nei suoi occhi c'era una domanda inespressa.

«Va tutto bene» mormorai.

Annuì e, dopo un ultimo sguardo stizzito a mio marito, se ne andò chiudendo la porta.

Il silenzio tra noi era rovente. Temevo che prendessero fuoco i libri. Sarebbe stato un bene, perché in quel posto d'inferno tutti i libri erano malvagi. Occhieggiai con rinnovato interesse il volumetto dei *Dodici trattati sullo sterminio dell'occulto,* e quando lo presi in mano vidi formarsi disegni d'oro lucente nell'aria intorno a me. Mi sarei sorpresa, se non fossi stata così arrabbiata. Era tanto tempo che non mi apparivano più alla mente quei disegni. Sentivo già risvegliarsi la magia, impaziente di liberarsi dopo anni di repressione.

Basterebbe una sola scintilla, cercava di convincermi. *Deponi la collera. Da' fuoco alla pagina.*

Ma io non volevo deporla. Volevo usarla per strozzare mio marito.

«Ci hai mentito.» La sua voce fendette il silenzio. Continuai a guardare il libro, ma immaginavo bene la vena sul suo collo, i muscoli tesi della mascella. «Madame Labelle ci ha detto che la strega si chiama Cosette Monvoisin, non Alexandra.»

Sì, e in questo momento sta cercando di decidere come prosciugarti tutto il sangue dal corpo. Forse dovrei aiutarla. Invece gli tirai in testa i *Dodici trattati sullo sterminio dell'occulto.* «Sapevi già che ero un serpente quando mi hai catturata.»

Afferrò il libro al volo prima che potesse rompergli il naso e me lo tirò indietro. Lo schivai e lo lasciai cadere a terra, al posto che gli spettava. «Non è un gioco!» gridò. «Siamo incaricati di garantire la sicurezza di questo regno. Hai visto l'infermeria! Le streghe sono pericolose...»

Strinsi i pugni e i disegni intorno a me lampeggiarono sempre più forte. «Come se gli chasseur non lo fossero.»

«Cerchiamo di proteggerti!»

«Non chiedermi di scusarmi, perché non lo farò!» Iniziai a sentire un ronzio nelle orecchie mentre avanzavo verso di lui, gli mettevo le mani sul petto e spingevo. Vedendo che non si spostava, mi uscì di gola un ringhio. «Proteggerò sempre le persone che mi sono care. Hai capito? Sempre.»

Lo spintonai di nuovo, più forte, ma lui mi immobilizzò le mani sul suo torace. Si chinò su di me, alzando un sopracciglio rossiccio. «Ah, davvero?» Parlava ancora a voce bassa. Pericolosa. «È per questo che hai aiutato il tuo amante a fuggire?»

Amante? «Non so di cosa parli.»

«Quindi lo neghi? Neghi che sia il tuo amante?»

«Ho detto» ripetei, fissando le sue mani che cingevano le mie, «che non so di cosa parli. Bas non è il mio amante e non lo è mai stato. Ora lasciami andare.»

Con mia sorpresa, mi mollò – di scatto, come se fosse sorpreso di avermi toccato – e fece un passo indietro. «Non posso proteggerti se mi menti.»

Corsi alla porta senza guardarlo. «*Va au diable.*»

Va' al diavolo.

SIGNORE, PIETÀ

Lou

Voci sommesse provenivano dalla cattedrale, le candele gettavano ombre sui volti delle icone intorno a me. Sbadigliando, guardai quella più vicina: una donna brutta che sembrava annoiata a morte. La capivo.

«Ricordo ancora il mio primo tentativo. Colpii subito il centro del bersaglio.» L'arcivescovo ridacchiò, con l'energia tipica dei vecchi che rivivono i ricordi del passato. «Certo, venivo dritto dalla strada – avevo appena compiuto sette anni – e non avevo una *couronne* in tasca né la minima esperienza. Non avevo mai tenuto in mano un arco. Il vecchio vescovo lo definì un miracolo.»

Le labbra di mio marito si piegarono verso l'alto. «Ci credo.»

Sbadigliai di nuovo. Nell'oratorio si soffocava e il mio abito di lana – castigato, triste e deliziosamente caldo – non era d'aiuto. Sentivo calare le palpebre.

Sarebbe stato un miracolo se fossi arrivata alla fine della cerimonia senza russare.

Dopo il fiasco in biblioteca, mi era parso... be', prudente accettare l'invito di mio marito alla messa della sera. Non sapevo se avesse creduto alla storiella di me e Ansel che studiavamo le Scritture, ma l'idea gli era piaciuta, quindi avevo trascorso il resto della giornata a memorizzare versetti. La più diabolica delle punizioni.

«"Il gocciolar continuo in tempo di pioggia e una moglie litigiosa si rassomigliano"» aveva recitato, guardandomi con irritazione e aspettando che ripetessi il versetto. Ancora irritato dal nostro precedente litigio.

«La pioggia e gli uomini sono rotture di scatole.»

Mi aveva guardato male, ma aveva continuato: «"Chi la vuol trattenere, trattiene il vento e raccoglie l'olio con la mano destra"».

«Chi la trattiene... qualcosa sull'olio e la mano...» Avevo inarcato le sopracciglia, insinuante. «*Quel risque!* Che razza di libro è?»

Mi aveva interrotta prima che potessi offendere ulteriormente il suo onore. «"Il ferro si aguzza con il ferro e l'uomo aguzza l'ingegno del suo compagno."»

«Il ferro si aguzza con il ferro, ma anch'io sono di ferro e quindi peggio per te.»

E avanti così, all'infinito.

A essere onesta, l'invito a messa mi era sembrato un piacevole diversivo.

L'arcivescovo gli diede una pacca sulla spalla e sghignazzò. «Naturalmente, al secondo tentativo ho mancato del tutto il bersaglio.»

«Avete comunque fatto meglio di me. Ho impiegato una settimana a colpire il bersaglio.»

«Sciocchezze!» L'arcivescovo scrollò la testa, sorridendo al ricordo. «Non ho dimenticato il tuo talento naturale. Anzi, eri molto più abile degli altri iniziati.»

Il suono delle campane mi salvò dal dovermi buttare nel fuoco del caminetto.

«Ah.» L'arcivescovo parve riscuotersi, abbassò la mano,

si sistemò i paramenti sul collo. «La funzione sta per cominciare. Se volete scusarmi, devo raggiungere gli altri celebranti.» Si fermò sulla soglia e si girò, con un'espressione più dura. «E ricordate di cosa abbiamo parlato oggi pomeriggio, capitano Diggory. È necessario un controllo più stretto.»

Mio marito annuì, arrossendo. «Sissignore.»

Appena l'arcivescovo se ne fu andato, gli fui addosso.

«Un controllo più stretto? Che accidenti significa?»

«Niente.» Si schiarì la voce e mi porse il braccio. «Andiamo?»

Lo oltrepassai per entrare nella cattedrale. «Un controllo più stretto, col cavolo.»

Illuminata da centinaia di candele, la cattedrale di Saint-Cécile sembrava uscita da un sogno… o da un incubo. Più di mezza città si era radunata nell'ampia sala per ascoltare il sermone dell'arcivescovo. Chi era abbastanza ricco per procurarsi posti a sedere indossava abiti eleganti nei colori delle gemme preziose: vestiti e completi nelle sfumature del borgogna, dell'ametista e del verde smeraldo, con bordature d'oro e maniche di pizzo, manicotti di pelliccia e fazzoletti di seta. Sui loro lobi brillavano le perle, sulle gole e sui polsi rilucevano i diamanti.

In fondo stava in piedi la parte più povera della congregazione: volti solenni e sporchi, mani giunte. Anche alcuni chasseur erano in piedi, con le loro giacche blu, e tra loro Jean Luc, che ci fece cenno di raggiungerlo.

Imprecai sottovoce quando mio marito gli diede retta. «Dobbiamo stare in piedi per tutto il tempo?»

Mi guardò sospettoso. «Sei mai stata a messa?»

«Certo che sì» mentii, puntando i piedi mentre lui mi trascinava avanti. Mi pentii di non aver indossato un mantello con il cappuccio. Non pensavo che ci sarebbe stata tutta quella gente. Presumibilmente nessuno di loro era una strega, però non si poteva mai sapere… dopotutto io c'ero. «Una o due volte.»

Vedendo la sua espressione incredula, indicai me stessa. «Criminale, ricordi? Scusa se non ho memorizzato tutti i proverbi e non ho imparato tutte le regole.»

Alzò gli occhi al cielo e mi spintonò per gli ultimi passi. «Gli chasseur restano in piedi come atto di umiltà.»

«Ma io non sono uno chasseur…»

«E grazie a Dio.» Jean Luc si fece da parte per lasciarci spazio, e il mio prepotente marito mi costrinse a sedermi tra loro. Si strinsero l'avambraccio con un sorriso teso. «Non sapevo se saresti venuto, dopo il guaio di oggi pomeriggio. Come ha accolto la notizia Sua Eminenza?»

«Non ha incolpato noi.»

«E chi?»

Gli occhi di mio marito saettarono su di me per un brevissimo istante prima di tornare a posarsi su Jean Luc. «Gli iniziati che erano di turno. Sono stati sollevati dai loro incarichi.»

«Mi sembra giusto.»

Sapevo che era bene non correggerlo. Per fortuna la loro conversazione terminò quando tutti si alzarono e intonarono un canto. Mio marito e Jean Luc si unirono al coro in perfetta armonia mentre l'arcivescovo e i suoi assistenti entravano nella cattedrale, percorrevano la navata e si inchinavano all'altare. Confusa e incapace di comprendere una sola parola di quella deprimente ballata, mi inventai un testo alternativo.

Che forse, chissà, riguardava una locandiera di nome Liddy.

Mio marito mi diede di gomito con aria severa appena tornò il silenzio. Non ne ero sicura, ma mi parve che le labbra di Jean Luc vibrassero come per lo sforzo di trattenere le risa.

L'arcivescovo si girò per accogliere la congregazione. «Che il Signore sia con tutti voi.»

«E con il tuo spirito» risposero all'unisono.

Guardai con un interesse morboso l'arcivescovo che allargava le braccia. «Fratelli, per celebrare degnamente i santi misteri, riconosciamo i nostri peccati.»

Un prete accanto a lui alzò la voce. «Signore, pietà!»

«Signore, mandato dal Padre a salvare i contriti di cuore» proseguì l'arcivescovo. «Signore, pietà!»

La congregazione gli rispose. «Signore, pietà!»

«Sei venuto per radunare i popoli nella pace del regno di Dio. Signore, pietà!»

La pace del regno di Dio? Mi venne da ridere. Mio marito mi tirò un'altra gomitata e mimò con le labbra: *Smettila.* I suoi occhi azzurri fissarono i miei. *Dico sul serio.* Ora Jean Luc stava decisamente sorridendo.

«Signore, pietà!»

«Sei venuto con la parola e il sacramento per rafforzarci nella santità. Signore, pietà!»

«Signore, pietà!»

«Tornerai nella gloria a portare la salvezza al tuo popolo, Signore, pietà!»

«Signore, pietà!»

Non mi trattenni e mormorai: «Ipocrita».

Mio marito sembrava in punto di morte. Era paonazzo e gli pulsava una vena sul collo. Gli chasseur intorno a noi ridacchiavano o mi guardavano storto. Le spalle di Jean Luc tremavano scosse da una risata silenziosa, però io non trovavo più la situazione divertente quanto prima. Dov'era la salvezza per quelle come me? Dov'era per noi la pietà?

«Dio onnipotente abbia misericordia di noi, perdoni i nostri peccati e ci conduca alla vita eterna.»

«Amen.»

La congregazione attaccò subito un altro canto, ma io smisi di ascoltare. Guardai invece l'arcivescovo che levava le braccia verso il cielo, chiudeva gli occhi e si smarriva nella musica. Guardai Jean Luc che sorrideva e dava di gomito a mio marito quando entrambi cantavano le parole sbagliate. Guardai mio marito che rideva controvoglia e lo spintonava via.

«Tu che togli i peccati del mondo, abbi pietà di noi» intonava il bambino davanti a noi. Teneva il padre per mano e si dondolava al ritmo delle loro voci. «Tu che togli i peccati del mondo, abbi pietà di noi. Tu che togli i peccati del mondo, accogli la nostra supplica.»

Abbi pietà di noi.

Accogli la nostra supplica.

Alla fine della mia sessione di tortura con il Libro dei Proverbi, c'era un versetto che non avevo capito.

Come il viso si riflette nell'acqua, così il cuore dell'uomo si riflette nell'uomo.

«Cosa significa?»

«Significa che… l'acqua è come uno specchio» aveva risposto mio marito, aggrottando leggermente la fronte. «Riflette il nostro volto. E così la nostra vita – il modo in cui viviamo, le cose che facciamo…» Improvvisamente non era più in grado di guardarmi negli occhi. «Riflettono il nostro cuore.»

Spiegata così aveva senso. Eppure… osservai i fedeli intorno a me, gli uomini e le donne che supplicavano pietà e con lo stesso respiro chiedevano il mio sangue. Com'era possibile che entrambe quelle cose fossero nel loro cuore?

«Lou, mi...» Si era schiarito la gola e si era sforzato di guardarmi. In quegli occhi azzurri brillava la sincerità. Il rimpianto. «Non avrei dovuto gridare, prima. In biblioteca. Mi... mi dispiace.»

La nostra vita riflette il nostro cuore.

Sì, spiegata in quel modo aveva senso, eppure ancora non capivo. Non capivo mio marito. Non capivo l'arcivescovo. Né il bambino che cantava. Né suo padre. Né Jean Luc né gli chasseur né le streghe né lei. Non capivo nessuno di loro.

Sentendomi addosso lo sguardo degli chasseur, feci un sorrisetto e colpii con l'anca il fianco di mio marito, fingendo che fosse tutto uno scherzo. Che volessi soltanto stuzzicarlo per innervosirlo. Che non fossi una strega a messa, attorniata dai miei nemici, intenta a pregare il dio di qualcun altro.

La nostra vita riflette il nostro cuore.

Forse erano tutti ipocriti, ma io ero la più grande di tutti.

MADAME LABELLE

Reid

La sera dell'indomani cadde la prima neve dell'anno.

Mi sedetti sul pavimento, scostai dal viso i capelli sudati e guardai scendere i fiocchi fuori dalla finestra. Solo la ginnastica riusciva a sgranchirmi la schiena. Dopo essere inciampata su di me la sera prima, Lou si era presa il letto. Non mi aveva invitato a raggiungerla.

Non mi lamentavo. La schiena mi doleva ancora, ma l'esercizio fisico teneva a bada l'irritazione. Avevo imparato in fretta che contare non funzionava con Lou… da quando aveva cominciato a farlo insieme a me.

Sbatté sulla scrivania il libro che stava leggendo. «Che cumulo di fesserie.»

«Cos'è?»

«L'unico libro che sono riuscita a trovare in quell'orribile biblioteca senza le parole *santo* o *sterminio* nel titolo.» Mi mostrò la copertina. *Il pastore.* Mi venne quasi da ridere. Era stato uno dei primi volumi che l'arcivescovo mi aveva permesso di leggere: una raccolta di poemi pastorali sull'arte di Dio nella natura.

Era andata al mio letto – il suo letto – con un'espressione stizzita. «Come si possa scrivere dell'erba per dodici pagine, non lo capisco proprio. È quello il vero peccato.»

Mi alzai e mi avvicinai. Lei mi guardò sospettosa. «Che stai facendo?»

«Ti mostro un segreto.»

«No, no, no.» Arretrò di scatto. «Non mi interessa il tuo segreto...»

«Per favore.» Mi rabbuiai e scrollai la testa, la superai per raggiungere la testiera. «Smetti di parlare.»

Incredibilmente mi obbedì, e mi fissò scettica mentre scostavo il letto dalla parete. Si sporse in avanti, incuriosita, appena rivelai il piccolo buco dai contorni irregolari lì dietro. La mia cassaforte. A sedici anni – quando io e Jean Luc dividevamo quella stanza, quando eravamo più che fratelli – avevo scavato quel foro nella parete, perché volevo un posto tutto mio. Un nascondiglio per le parti di me che non volevo trovasse.

Forse, dopotutto, non eravamo mai stati più che fratelli.

Lou allungò il collo per sbirciare, ma io le bloccai la visuale, frugando all'interno fino a trovare il libro. Il dorso aveva iniziato a spaccarsi per il troppo uso, ma il filo d'argento del titolo restava intatto. Intonso. Glielo porsi. «Ecco.»

Lo accettò titubante, tenendolo tra due dita come se temesse di essere morsa. «Be', questo non me l'aspettavo. *La Vie Éphémère...*» Distolse lo sguardo dalla copertina. «*La vita effimera.* Di che parla?»

«È... una storia d'amore.»

Alzò le sopracciglia ed esaminò il libro con rinnovato interesse. «Oh?»

«Oh.» Annuii, sforzandomi di non sorridere. «Nulla di volgare. I protagonisti provengono da due regni in guerra tra loro, ma sono costretti a collaborare quando scoprono l'esistenza di un complotto per distruggere il mondo.

All'inizio si detestano, però con il tempo riescono a mettere da parte le differenze e…»

«È un romanzo erotico, vero?» domandò in modo allusivo e sfogliò il libro fino alle ultime pagine. «Di solito le scene piccanti sono verso la fine…»

«Cosa?» Il sorriso mi morì sulle labbra. Le strappai il volume dalle mani. Se lo riprese. «Certo che no» sbottai, cercando di riacciuffarlo. «È una storia che analizza il costrutto sociale dell'umanità, interpreta le sfumature della lotta del bene contro il male, esplora le passioni della guerra, dell'amore, dell'amicizia, della morte…»

«La morte?»

«Sì. Alla fine gli innamorati muoiono.» La vidi ritrarsi e ne approfittai per riprendermi il libro. Sentivo le guance in fiamme. Avevo sbagliato a mostrarglielo. Dovevo immaginare che non l'avrebbe apprezzato. Non apprezzava mai niente. «È stato un errore.»

«Come puoi amare un libro che termina con la morte?»

«Non finisce con la morte. Gli innamorati muoiono, sì, ma i due regni depongono le armi e forgiano un'alleanza. Finisce con la speranza.»

Non sembrava convinta. «Non c'è nessuna speranza nella morte. La morte è la morte.»

Sospirai e mi girai per rimettere il libro in cassaforte. «E va bene. Non lo leggere. Non mi importa.»

«Non ho mai detto di non volerlo fare.» Allungò una mano con impazienza. «Solo non ti aspettare che io maturi il tuo stesso strambo zelo evangelico. La trama sembra orribile, ma non potrà essere peggio del *Pastore*.»

Strinsi *La Vie Éphémère* tra le mani, esitante. «Non descrive l'erba.»

«Decisamente un punto a suo favore.»

Controvoglia, glielo porsi. Stavolta lo accettò con gesti cauti, esaminò il titolo con occhi nuovi. Sentii sbocciare la speranza nel petto. Mi schiarii la voce e guardai alle sue spalle, verso un'ammaccatura della testiera. «E... c'è una scena d'amore.»

Scoppiò a ridere e si mise a sfogliare le pagine con interesse.

Non mi trattenni. Sorrisi anch'io.

Un'ora dopo bussarono alla porta. Ero in bagno e mi fermai nell'atto di sfilarmi la camicia, con la vasca mezza piena. Lou fece un verso esasperato dalla camera. Mi rimisi la camicia e aprii la porta del bagno appena riparata, mentre lei gettava *La Vie Éphémère* sulla coperta e tirava giù le gambe dal letto. I piedi non le arrivavano a terra. «Chi è?»

«Sono Ansel.»

Lou scese dal materasso borbottando un'imprecazione. Raggiunsi la porta prima di lei e la aprii. «Che c'è?»

Lou lo guardò storto. «Mi piaci, Ansel, ma spero che sia qualcosa di importante. Emilie e Alexandre hanno appena vissuto un *momento,* e giuro che se non si baciano subito morirò di crepacuore.»

Notando la confusione di Ansel scossi la testa, trattenendo a stento un sorriso. «Ignorala.»

Lui annuì, ancora perplesso, e poi si inchinò. «Madame Labelle è al piano di sotto, capitano. Pretende di... di parlare con Madame Diggory.»

Lou si insinuò sotto il mio braccio. Mi scostai prima che mi pestasse un piede. O mi mordesse. Avevo imparato da quella volta al fiume. «Cosa vuole?»

Lou incrociò le braccia e si appoggiò allo stipite. «Le hai già detto di andare al diavolo?»

«Lou» la ammonii.

«Si rifiuta di andarsene.» Ansel era visibilmente a disagio. «Sostiene che è importante.»

«Be', in tal caso... suppongo che Emilie e Alexandre dovranno aspettare. Che tragedia.» Mi superò facendosi largo a gomitate e prese il suo mantello. Poi si fermò di scatto, storcendo il naso. «Ah, e poi, Chass... puzzi.»

Le sbarrai il passo. Resistetti alla tentazione di ribattere. O di annusarmi. «Tu non vai da nessuna parte.»

«Certo che vado.» Mi schivò, facendo una smorfia e agitando una mano davanti al naso. Mi irritai. Di sicuro non puzzavo così tanto. «Ansel ha appena detto che non se ne andrà prima di avermi vista.»

Con gesti lenti mi allungai dietro di lei, sfiorandole la guancia con la pelle sudata, e afferrai la giacca. Mentre i nostri visi erano a pochi centimetri di distanza, mi sforzai di non sporgermi ad annusare. Non me, ma lei. Di solito odorava di... buono. Come di cannella.

Mi schiarii la voce e infilai le maniche della giacca. La camicia sudata mi si appiccicava addosso. Scomoda. «Non dovrebbe essere qui. Abbiamo finito l'interrogatorio ieri.»

Ed era stato inutile. Madame Labelle era sfuggente quanto Lou. Dopo aver rivelato per errore il vero nome della strega, si era cucita la bocca. Era guardinga. L'arcivescovo era furioso. Era fortunata ad aver scampato il rogo. Come Lou.

«Forse vuole farvi un'altra offerta» disse Lou, ignara della precarietà della sua situazione.

«Un'altra offerta?»

«Di comprarmi per il Bellerose.»

Aggrottai la fronte. «L'acquisto di esseri umani come proprietà è illegale.»

«Non ti dirà che vuole comprare me. Ti dirà che vuol comprare un vincolo di servitù: per addestrarmi, farmi bella, darmi vitto e alloggio. È così che le persone come lei riescono a passare inosservate. Il Rione Est è interamente fondato sui contratti di servitù.» Tacque per un momento, piegando la testa di lato. «Ma probabilmente ora non potrebbe più farlo, perché siamo sposati. A meno che non ti dispiaccia dividermi...»

Mi abbottonai la giacca in un silenzio teso. «Non vuole comprarti.»

Mi passò accanto con un sorrisetto malizioso, asciugandomi una goccia di sudore dalla fronte. «Andiamo a scoprirlo?»

Madame Labelle ci aspettava nell'atrio. Di fianco a lei stazionavano due confratelli con aria circospetta, come incerti che fosse la benvenuta a quell'ora. La Torre – come tutto il regno – aveva coprifuochi rigidi. Lei però era perfettamente calma, in piedi tra loro a testa alta. Il suo viso – che forse un tempo era stato molto bello, adesso era invecchiato, con un reticolo di rughette intorno agli occhi e alla bocca – si schiuse in un largo sorriso appena vide Lou.

«Louise!» Allungò le braccia come se si aspettasse un abbraccio. Mi venne quasi da ridere. «Che meraviglia vederti così in buona salute... però quei lividi che hai in faccia sono orribili. Spero che non sia colpa dei nostri gentili ospiti?»

La risata mi morì in gola. «Non le faremmo mai del male.»

Posò lo sguardo su di me e batté le mani fingendo gioia. «Che bello rivedervi, capitano Diggory! Certo, certo. Avrei dovuto saperlo. Siete troppo nobile, vero?» Sorrise, rivelando i denti innaturalmente bianchi. «Chiedo scusa per l'ora tarda, ma devo parlare immediatamente con Louise. Spero che non vi dispiacerà se ve la rubo per un istante.»

Lou non si mosse. «Cosa volete?»

«Speravo di farlo in privato, cara. Sono informazioni piuttosto... sensibili. Ho provato anche ieri dopo l'interrogatorio, ma io e la mia scorta ti abbiamo vista indaffarata in altro, in biblioteca.» Spostò lo sguardo tra noi due con un sorrisetto allusivo, si sporse in avanti e bisbigliò: «Non interrompo mai un litigio tra innamorati. È una delle poche regole che mi do nella vita».

Lou strabuzzò gli occhi. «Non era un litigio tra innamorati.»

«Ah no? Allora forse ti andrebbe di riprendere in considerazione la mia offerta?»

Resistetti alla tentazione di intromettermi fra loro. «Dovete andarvene.»

«State tranquillo, capitano. Non voglio portarvi via la moglie... non ancora.» Vedendo la mia espressione, mi fece l'occhiolino e rise. «Tuttavia insisto per parlare privatamente con lei. C'è una stanza che io e Madame Diggory potremmo usare? Un ambiente un po' meno...» indicò gli chasseur che stavano sull'attenti intorno a noi, «congestionato?»

In quel momento, però, l'arcivescovo si precipitò nell'atrio con il berretto da notte in testa. «Cos'è questo fracasso? Non avete tutti dei doveri da svolgere...?» Sbarrò gli occhi nel vedere Madame Labelle. «Helene. Che spiacevole sorpresa.»

Lei fece una riverenza. «È lo stesso per me, Eminenza.»

Mi affrettai a inchinarmi e mi portai il pugno sul cuore. «Madame Labelle è qui per parlare con mia moglie, signore.»

«Ah, sì?» Il suo sguardo non vacillò. Fissava Madame Labelle con bruciante intensità, le labbra strette in una linea sottile. «Che peccato, allora, che la chiesa chiuda tra circa…» tirò fuori dalla tasca un orologio, «tre minuti.»

Lei rispose con un sorriso gelido. «La chiesa non dovrebbe mai chiudere le sue porte, non vi pare?»

«Viviamo in tempi pericolosi, *madame*. Dobbiamo fare il necessario per sopravvivere.»

«Già.» Madame Labelle scoccò un'occhiata a Lou. «Dobbiamo.»

Calò il silenzio e ci scrutammo l'un l'altro con un senso di tensione, imbarazzo. Lou sembrava a disagio; valutai l'idea di mandare via Madame Labelle con la forza. Checché ne dicesse, quella donna aveva chiarito benissimo il suo obiettivo, e io avrei raso al suolo il Bellerose prima di accettare che Lou diventasse una cortigiana. Che le piacesse o no, mi aveva fatto un giuramento.

«Due minuti» disse brusco l'arcivescovo.

Madame Labelle contorse il viso in una smorfia. «Non me ne vado.»

L'arcivescovo rivolse un cenno del capo ai miei confratelli, che si avvicinarono. Turbati. Combattuti tra l'obbedienza agli ordini e il pensiero di cacciare una donna dall'edificio. Quanto a me, non avevo di quegli scrupoli. Anch'io mi feci avanti, coprendo alla vista Lou. «Sì che ve ne andate.»

Quando mi guardò, qualcosa le si accese negli occhi. Quell'aria di superiorità sembrò vacillare. Prima che riuscissi a cacciarla dalla Torre, Lou mi toccò un braccio e mormorò: «Andiamo».

Poi accaddero varie cose al contempo.

Quando Madame Labelle udì le parole di Lou, le scoccò

nello sguardo una scintilla di follia. Si gettò in avanti più lesta di un serpente e avvinghiò Lou con le braccia. Le disse qualcosa all'orecchio.

Furioso, la strattonai nello stesso istante in cui Ansel saltava per immobilizzare Madame Labelle. I miei confratelli si unirono a lui. Le tirarono le braccia dietro la schiena, ma lei cercò di tornare da Lou.

«Aspettate!» Lou si dibatteva tra le mie braccia, girandosi verso di lei. Occhi spiritati. Pallida. «Stava dicendo qualcosa… Aspettate!»

Ma ormai era il caos. Madame Labelle strillò appena gli chasseur cercarono di buttarla fuori. L'arcivescovo indicò Lou. «Portala via di qui.»

Obbedii, cingendola in vita e trascinandola all'indietro. Lontano da quella pazza. Lontano dal panico e dalla confusione di quella stanza, dei miei pensieri.

«Fermo!» Lou iniziò a scalciare e a dimenarsi, ma io la strinsi più forte. «Ho cambiato idea! Lasciami parlare con lei! Lasciami andare!»

Ma aveva pronunciato un giuramento.

E non sarebbe andata da nessuna parte.

IL GELO NELLE OSSA

Lou

La mia gola piange.

Non sono lacrime. Qualcosa di più denso, più oscuro. Qualcosa che mi bagna la pelle di scarlatto, scivola giù sul petto e mi inzuppa i capelli, il vestito, le mani. Le mani. Cercano, frugano, graffiano, stringono: un disperato tentativo di frenare il flusso, di farlo smettere, smettere, smettere…

Le grida riecheggiano intorno a me fra i pini. Mi disorientano. Non riesco a pensare. Ma ho bisogno di pensare, di fuggire. E lei è dietro di me, da qualche parte: mi insegue. Sento la sua voce, la sua risata. Mi chiama, e il mio nome sulle sue labbra risuona più forte di tutto il resto.

Louise… Sto venendo a prenderti, tesoro.

Vengo a prenderti, tesoro.

Vengo a prenderti, tesoro… tesoro… tesoro…

Terrore cieco. Qui non può trovarmi. Non posso tornare indietro, altrimenti… succederà qualcosa di orribile. L'oro riluce ancora. Indugia sugli alberi, sulla terra, nel cielo, sparpagliando i miei pensieri come il sangue sui pini. Mi avverte. *Vattene, vattene, vattene. Non puoi tornare qui. Mai più.*

Ora mi tuffo nel fiume, mi sfrego la pelle, lavo via la scia di sangue che mi segue. Concitata, febbrile. La ferita sulla gola si rimargina, il dolore diminuisce quanto più mi allontano da casa. Dalle mie amiche. Dalla mia famiglia.

Da lei.

Mai più mai più mai più.

Non posso rivedere nessuna di loro, mai più.

Una vita per una vita.

Altrimenti morirò.

Mi svegliai di soprassalto e guardai subito la finestra. Accaldata e agitata, la sera prima l'avevo lasciata aperta. Una neve finissima copriva il davanzale e ogni tanto un colpo di vento faceva entrare i fiocchi nella nostra stanza. Li guardai volteggiare in aria, cercando di ignorare la paura gelida che mi serrava lo stomaco. Le coperte non bastavano a scacciare il freddo che avevo nelle ossa. Battevo i denti.

Non avevo udito tutte le parole concitate di Madame Labelle, ma il suo avvertimento era stato chiaro.

Lei sta arrivando.

Mi misi a sedere, strofinandomi le braccia. Chi era davvero Madame Labelle? E come faceva a sapere di me? Ero stata ingenua a credere di poter sparire davvero. Avevo mentito a me stessa quando avevo indossato i miei travestimenti, quando avevo sposato uno chasseur.

Non sarei mai stata al sicuro.

Mia madre mi avrebbe trovata.

Anche se quella mattina mi ero esercitata di nuovo, non bastava. Dovevo farlo di più. Ogni giorno. Due volte al giorno. Dovevo essere più forte in previsione del suo arrivo, per poter lottare. Un'arma mi sarebbe tornata utile. L'indomani ne avrei cercata una. Un coltello, una spada. Qualsiasi cosa.

Non riuscendo più a tollerare i miei pensieri, mi alzai e mi sdraiai a terra accanto a mio marito. I suoi respiri erano lenti e ritmici. Pacifici. Non soffriva di incubi, lui. Mi infilai sotto le coperte e mi strinsi a lui. Posai la guancia sulla sua schiena e provai un piacevole tepore sulla pelle. Mi si chiusero gli occhi, il respiro rallentò fino a sincronizzarsi con il suo.

Al mattino. Avrei risolto tutto al mattino.

Il suo respiro esitò per un momento mentre mi addormentavo.

UNA PICCOLA FATTUCCHIERA

Lou

Il piccolo specchio sopra il catino non fu magnanimo, l'indomani mattina. Osservai con disappunto il mio riflesso. Guance pallide, occhi gonfi. Labbra screpolate. Sembravo morta. Mi sentivo morta.

La porta della camera si aprì, ma io continuai a guardarmi, smarrita nei pensieri. Avevo sempre avuto gli incubi, ma quella notte… quella notte era stato peggio. Mi accarezzai la cicatrice sulla gola, ricordando.

Era il giorno del mio sedicesimo compleanno. A sedici anni una strega diventava adulta. Le mie coetanee aspettavano con impazienza che arrivasse il loro momento, ansiose di ricevere i riti e diventare Dames Blanches.

Per me era diverso. Avevo sempre saputo che il mio sedicesimo compleanno sarebbe stato il giorno della mia morte. L'avevo accettato; me n'ero rallegrata, persino, quando le mie sorelle mi avevano coperta di elogi e d'amore. Dal giorno della mia nascita, il mio traguardo era stata la morte. Solo la mia morte poteva salvare il mio popolo.

Ma nell'attimo in cui mi ero sdraiata su quell'altare, e mentre la lama mi premeva sulla gola, qualcosa era cambiato.

Io ero cambiata.

«Lou?» chiamò mio marito da dietro la porta. «Sei vestita?»

Non gli risposi. L'umiliazione mi bruciava nel ventre dopo la debolezza di quella notte. Strinsi il catino, guardai il mio riflesso con odio. Avevo dormito per terra per stargli vicino. Debole.

«Lou?» Dato che non rispondevo, schiuse leggermente la porta. «Sto per entrare.»

Dietro di lui indugiava Ansel, teso e preoccupato. Alzai gli occhi al cielo, indispettita.

«Cos'hai?» Mio marito cercava una risposta sul mio viso. «È successo qualcosa?»

Mi sforzai di sorridere. «Sto bene, grazie.»

Si scambiarono uno sguardo e Reid accennò alla porta. Finsi di non notare che Ansel se ne andava, ma poi calò un silenzio imbarazzato.

«Stavo pensando» disse infine.

«Un passatempo pericoloso.»

Mi ignorò. Aveva l'aria di chi sta per strapparsi un cerotto: determinato e terrorizzato in parti uguali. «Stasera c'è uno spettacolo al Soleil et Lune. Magari potremmo andarci.»

«Che spettacolo è?»

«*La Vie Éphémère.*»

Certo, dovevo immaginarlo. Feci una risatina amara, fissandomi le occhiaie nello specchio. Dopo la visita di Madame Labelle ero rimasta sveglia fino a tardi per finire la storia di Emilie e Alexandre, per distrarmi. Avevano vissuto, si erano amati ed erano morti insieme, e per cosa?

Non finisce con la morte. Finisce con la speranza.

La speranza.

Una speranza che loro non avrebbero mai visto, mai

sentito, mai toccato. Impalpabile come il fumo. Come le fiamme che tremolano.

La storia era più appropriata di quanto mio marito sospettasse. L'universo – o Dio, o la Dea, o chiunque – sembrava prendersi gioco di me. Eppure... mi guardai intorno, vidi le mura di pietra. La mia gabbia. Sarebbe stato bello andarmene da quel postaccio, anche solo per un po'.

«Va bene.»

Cercai di superarlo per entrare in camera, ma lui mi sbarrò il passo. «Qualcosa ti turba?»

«Niente di cui tu debba preoccuparti.»

«Be', mi preoccupo. Non sembri più tu.»

Provai a fare un sorrisetto ironico, ma invano. Allora sbadigliai. «Non fingere di conoscermi.»

«So che se non dici parolacce e non canti di locandiere formose, significa che qualcosa non va.» Piegò un angolo della bocca verso l'alto e mi posò una mano sulla spalla, piano. I suoi occhi azzurri brillavano come il sole sull'oceano. Irritata, scacciai quel pensiero. «Che c'è? A me puoi dirlo.»

No, non posso. Mi ritrassi dal suo tocco. «Ho detto che sto bene.»

Abbassò la mano e chiuse gli occhi. «E va bene. Allora ti lascio sola.»

Lo guardai andare via con una strana sensazione che somigliava parecchio al rimpianto.

Dopo qualche momento sporsi la testa fuori, sperando di trovarlo ancora lì, ma se n'era andato. Il mio malumore non fece che peggiorare quando vidi Ansel seduto alla scrivania. Mi fissava con apprensione, come se si aspettasse che mi spuntassero le corna e iniziassi a sputare fuoco... e in quell'istante era proprio ciò che avrei voluto fare.

Avanzai a lunghi passi nella sua direzione e lui scattò in piedi. Notando che l'avevo intimorito mi assalì una specie di violenta soddisfazione, subito seguita dal senso di colpa. Nessuno dei miei guai era colpa di Ansel, eppure... non riuscivo a risollevarmi lo spirito. Il sogno era ancora lì con me. E purtroppo anche Ansel.

«P-posso aiutarti con qualcosa?»

Lo ignorai, oltrepassai la sua sagoma dinoccolata e aprii il cassetto della scrivania. Il diario e le lettere non c'erano, restava solo una vecchia Bibbia. Nessun coltello. Accidenti. Sapevo che era improbabile, ma l'irritazione – o forse la paura – mi rendeva irrazionale. Mi girai e tornai verso il letto.

Ansel mi seguiva sconcertato. «Che stai facendo?»

«Cerco un'arma.» Grattai la testiera del letto, tentando invano di staccarla dalla parete.

«Un'arma?» disse incredulo, con voce stridula. «C-cosa ci devi fare?»

Mi scagliai su quella maledetta testiera con tutto il peso del corpo, ma era troppo pesante. «Nel caso Madame Labelle o... be', qualcun altro torni qui. Aiutami con questo.»

Non si mosse. «Qualcun altro?»

Trattenni a stento un ringhio impaziente. Non importava. Probabilmente non avrebbe nascosto un coltello in quel pertugio. Non dopo avermene rivelato l'esistenza.

Mi buttai a terra e frugai sotto il letto. Le assi di legno erano pulitissime. Ci avrei potuto mangiare sopra. Mi chiesi se fosse merito delle cameriere o di mio marito e delle sue tendenze ossessive. Probabilmente mio marito. Sembrava il tipo. Autoritario. Fissato con l'ordine.

Ansel ripeté la domanda, stavolta più da vicino, ma lo ignorai e continuai a cercare un'asse irregolare o una botola nascosta. Non c'era niente. Imperterrita, cominciai a bussare a intervalli regolari, sperando di sentir suonare a vuoto.

Ansel infilò la testa sotto il letto. «Non ci sono armi qua.»

«È esattamente quel che mi aspettavo dicessi.»

«Madame Diggory...»

«Lou.»

Fece una smorfia, un'imitazione perfetta di mio marito. «Louise, allora...»

«No.» Girai la testa di scatto per guardarlo male, e nel farlo la sbattei contro la struttura del letto e imprecai con violenza. «Non Louise. Ora spostati. Sto per uscire.»

Batté le palpebre, perplesso da quel rimprovero, ma si tolse di mezzo. Uscii carponi da sotto il letto.

Ci fu un momento di silenzio imbarazzato.

«Non so perché tu abbia così paura di Madame Labelle» disse lui infine, «ma ti assicuro...»

Pfff. «Non ho paura di Madame Labelle.»

«Di... di quel qualcun altro, allora?» Aggrottò le sopracciglia cercando di comprendere il mio umore. La mia espressione accigliata si addolcì, ma solo di un millimetro. Ansel aveva provato a tenersi alla larga dopo il disastro in biblioteca di due giorni prima, però i suoi sforzi si erano dimostrati inutili. Principalmente perché io non glielo permettevo. A parte Coco, era l'unica persona che mi stesse simpatica in quella maledetta Torre.

Bugiarda.

Sta' zitta.

«Non c'è nessun altro» mentii. «Ma la prudenza non è mai troppa. Non che non mi fidi delle tue straordinarie doti di combattente, Ansel, però preferirei non affidare la mia incolumità a... be', a te.»

La sua confusione si tramutò in avvilimento e poi in rabbia. «So cavarmela da solo.»

«Se lo dici tu.»

«Non puoi avere un'arma.»

Mi alzai in piedi e mi scrollai dai pantaloni un bruscolino immaginario. «Questo lo vedremo. Dove se n'è andato il mio – purtroppo – marito? Devo parlargli.»

«Neanche lui ti darà un'arma. È stato lui a nasconderle.»

«Aha!» Sollevai in aria un dito trionfante e avanzai verso di lui, che sbarrò gli occhi. «Quindi le ha nascoste davvero! Dove sono, Ansel?» Gli puntai il dito sul petto. «Dimmelo!»

Scacciò la mia mano e barcollò all'indietro. «Non lo so, perciò non mi *pungolare*...» Invece lo pungolai di nuovo, soltanto per il gusto di farlo. «Ahia!» Si massaggiò la parte dolorante, seccato. «Ho detto che non lo so! Va bene? Non lo so!»

Abbassai la mano; all'improvviso mi sentivo molto meglio. Ridacchiai. «E va bene. Ora ti credo. Andiamo a cercare mio marito.»

Senza un'altra parola, girai sui tacchi e uscii. Ansel sospirò rassegnato e poi mi seguì.

«A Reid non piacerà, questa storia» borbottò. «E poi non ho idea di dove sia.»

«Be', cos'è che fate di solito durante il giorno?» Andai ad aprire la porta delle scale, ma Ansel mi anticipò e me la tenne aperta. Okay, non solo mi stava simpatico: lo adoravo. «Suppongo che prendiate a calci dei poveri cuccioli, o che rubiate l'anima dei bambini.»

Ansel si guardò intorno con aria ansiosa. «Non puoi dire cose del genere. È inappropriato. Adesso sei la moglie di uno chasseur.»

«Oh, per favore.» Alzai gli occhi al cielo in modo teatrale. «Mi sembrava di averti già detto chiaro e tondo che non me ne frega niente di essere appropriata. Devo rinfrescarti la memoria? Ci sono altre due strofe in *Liddy la Tettona*.»

Sbiancò. «Ti prego, no.»

«Allora dimmi dove posso trovare mio marito.»

Seguì una breve pausa, durante la quale Ansel si domandò se la mia minaccia di riprendere a cantare fosse credibile. Evidentemente si rispose di sì, perché ben presto scosse la testa e bofonchiò: «Probabilmente sarà nella sala del consiglio».

«Eccellente.» Lo presi a braccetto e gli diedi un colpetto con l'anca. A quel contatto lo sentii tendere tutti i muscoli. «Fammi strada.»

Con mia grande irritazione, scoprii che mio marito non era nella sala del consiglio. Trovai invece un altro chasseur che venne ad accogliermi. I suoi capelli neri e corti brillavano alla luce delle candele, e gli occhi verde chiaro – in contrasto con un viso molto abbronzato – si strinsero appena incrociarono i miei. Mi sforzai di non apparire perplessa.

Jean Luc.

«Buongiorno, ladra.» Ritrovò subito il controllo di sé e si produsse in un profondo inchino. «Cosa posso fare per te?»

Jean Luc non si curava di nascondere le emozioni, quindi era stato facile riconoscere la sua debolezza. Sapevo distinguere l'invidia quando la vedevo, anche se era mascherata sotto il pretesto dell'amicizia. Soprattutto quel tipo di invidia che tende a covare e infettarsi.

Purtroppo, quel giorno non avevo tempo di giocare.

«Sto cercando mio marito» dissi, già indietreggiando per uscire dalla stanza, «ma vedo che qui non c'è. Se vuoi scusarmi...»

«Sciocchezze.» Spinse via i documenti che stava consultando e iniziò a stiracchiarsi. «Resta un po' qui. Tanto ho bisogno di una pausa.»

«E in che modo posso aiutarti, esattamente?»

Si appoggiò al tavolo e incrociò le braccia. «Cosa ti serve dal nostro caro capitano?»

«Un coltello.»

Ridacchiò e si passò una mano sul mento. «Nonostante le tue capacità persuasive, è improbabile che persino tu riesca a procurarti un'arma qui. L'arcivescovo sembra considerarti pericolosa. Reid, come sempre, interpreta l'opinione di Sua Eminenza come la parola di Dio.»

Ansel si inoltrò nella stanza. Strinse gli occhi. «Non dovresti parlare in questa maniera del capitano Diggory.»

Jean Luc piegò la testa di lato con un sorriso impertinente. «È la verità, Ansel. Reid è il mio più caro amico. Ed è anche il cocco dell'arcivescovo.» Alzò gli occhi al cielo e storse le labbra come se quella parola gli lasciasse un saporaccio in bocca. «Il livello di nepotismo è sconcertante.»

«Nepotismo?» Inarcai un sopracciglio e spostai lo sguardo dall'uno all'altro. «Credevo che mio marito fosse orfano.»

«Lo è.» Ansel fulminò Jean Luc con lo sguardo. Non mi ero resa conto che fosse capace di tanto... antagonismo. «L'arcivescovo l'ha trovato nel...»

«Risparmiaci la storiella strappalacrime, va bene? Tutti ne abbiamo una.» Jean Luc abbassò la mano e si spinse via dal tavolo. Si girò a guardarmi prima di tornare ai suoi documenti. «L'arcivescovo pensa di vedere se stesso in Reid. Entrambi orfani, entrambi scalmanati da bambini. Ma è qui che le somiglianze finiscono. L'arcivescovo si è fatto da zero. Le sue opere, il suo titolo, la sua influenza...

ha combattuto per ottenerli. Ha sanguinato per ottenerli.» Fece un ghigno, appallottolò uno dei documenti e lo lanciò nel cestino. «E progetta di donare tutto a Reid.»

«Jean Luc» mi venne in mente di chiedere, «anche tu sei un orfano?»

Mi puntò addosso uno sguardo affilato. «Perché?»

«Be'… per nessun motivo. Non importa.»

E davvero non importava. Non me ne fregava niente dei problemi di Jean Luc. Ma che una persona potesse essere così completamente cieca alle sue emozioni… non c'era da stupirsi che fosse tanto acido. Mi rimproverai per la mia curiosità e tornai a concentrarmi sul lavoro da svolgere. Procurarmi un'arma era più importante – e anche più interessante – di quel contorto triangolo sentimentale.

«Hai ragione, a proposito.» Mi strinsi nelle spalle con aria annoiata, poi passai un dito sulla mappa. Lui mi scrutò insospettito. «Mio marito non merita tutto questo. È patetico, davvero, il modo in cui pende dalle labbra dell'arcivescovo.» Ansel era sconcertato, ma io lo ignorai e continuai a osservare la polvere che avevo su un dito. «Come un bravo bambino che mendica le briciole.»

Jean Luc sorrise, un sorriso cupo. «Sei subdola, eh?» Dato che non rispondevo, sghignazzò. «Comprendo le vostre preoccupazioni, Madame Diggory, però non sono così facile da manipolare.»

«Ah no? Ne sei proprio sicuro?» Lo fissai inclinando la testa.

«Sicuro. Pur con tutti i suoi difetti, Reid fa bene a voler nascondere le armi da te. Sei una criminale.»

«Certo. Naturale. È solo che… pensavo che potesse tornare utile anche a te.»

Ansel mi posò una mano sul braccio. «Lou…»

«Ti ascolto.» Ora negli occhi di Jean Luc brillava una scintilla divertita. «Vuoi un coltello. E io cosa ci guadagno?»

Mi scrollai di dosso le dita di Ansel e ricambiai il sorriso. «È semplice. Darmi un coltello servirebbe a irritare profondamente mio marito.»

Jean Luc scoppiò a ridere. Gettò la testa all'indietro e sferrò una manata sul tavolo, facendo volare tutti i fogli. «Sei proprio una piccola fattucchiera!»

Mi irrigidii, il mio sorriso si restrinse di pochissimo, e poi risi un secondo troppo tardi. Ansel non sembrò accorgersene, ma Jean Luc, con i suoi occhi penetranti, smise subito di ridere. Mi studiò piegando la testa da una parte, come un segugio che trova la pista olfattiva del coniglio. Maledizione. Mi girai per andarmene. «Ti ho già fatto perdere troppo tempo, chasseur Toussaint. Se vuoi scusarmi, devo andare in cerca del mio sfuggente marito.»

«Reid non è qui.» Jean Luc continuò a puntarmi addosso quello sguardo indagatore. «Se n'è andato un po' di tempo fa con l'arcivescovo. Da fuori città è giunta notizia di un'infestazione di lutin.» Scambiando la mia perplessità per preoccupazione, soggiunse: «Tornerà tra poche ore. I lutin non sono pericolosi, ma i gendarmi non sono attrezzati per gestire il soprannaturale».

Immaginai i piccoli folletti con cui giocavo da bambina. «Non sono affatto pericolosi.» Le parole mi uscirono di bocca prima che potessi fermarle. «Voglio dire… cosa gli farà?»

Jean Luc inarcò un sopracciglio. «Li sterminerà, naturalmente.»

«Perché?» Ignorai Ansel, che mi strattonava per il braccio, e mi sentii avvampare. Sapevo di dover tacere. Riconoscevo la scintilla negli occhi di Jean Luc: un sospetto. Un istinto. Un'idea che presto sarebbe potuta diventare altro, se non tenevo la bocca chiusa. «Sono innocui.»

«Danno fastidio agli agricoltori, e sono innaturali. È nostro dovere eliminarli.»

«Pensavo che il vostro dovere fosse proteggere gli innocenti.»

«E i lutin sono innocenti?»

«Sono innocui» ripetei.

«Non dovrebbero esistere. Nascono dall'argilla rianimata con la stregoneria.»

«Adamo non è stato forse plasmato dalla terra?»

«Sì… dalla mano di Dio. Stai forse dicendo che le streghe possiedono la stessa autorità?»

Esitai, e finalmente mi resi conto delle mie parole e di dove mi trovavo. Jean Luc e Ansel mi fissavano aspettando una risposta. «Ovvio che no.» Mi sforzai di sostenere lo sguardo curioso di Jean Luc, con il sangue che mi ruggiva nelle orecchie. «Non è affatto quello che intendevo.»

«Bene.» Mi rivolse un sorrisetto inquietante mentre Ansel mi trascinava alla porta. «Allora siamo d'accordo.»

Ansel continuava a scoccarmi occhiate nervose mentre camminavamo verso l'infermeria, ma io non gli badai. Quando finalmente aprì la bocca per interrogarmi, feci quel che mi riusciva meglio: svicolai.

«Penso che stamattina sarà qui Mademoiselle Perrot.»

Si illuminò in volto. «Ah sì?»

Sorrisi e gli assestai un colpetto con la spalla. Stavolta non tese i muscoli. «Ci sono buone probabilità.»

«E… e mi permetterà di visitare i pazienti con te, oggi?»

«Meno probabile.»

Si rabbuiò per il resto delle scale. Non riuscii a trattenere una risatina.

Il familiare, rilassante odore della magia ci accolse all'ingresso dell'infermeria.

Vieni a giocare vieni a giocare vieni a giocare.

Ma non ero lì per giocare. Una verità che Coco confermò venendoci incontro sulla porta. «Ciao, Ansel» disse in tono allegro, prendendomi a braccetto e conducendomi verso la stanza di Monsieur Bernard.

«Buongiorno, Mademoiselle Perr...»

«Arrivederci, Ansel.» Sbatté la porta sulla sua faccia innamorata.

La guardai male. «Gli piaci, sai. Dovresti essere più gentile con lui.»

Sprofondò sulla sedia di ferro. «È per questo che non lo incoraggio. Quel povero ragazzo è troppo buono per me.»

«Forse dovresti lasciarlo decidere a lui.»

«Mmm...» Esaminò una cicatrice particolarmente profonda sul polso e poi si tirò giù la manica. «Forse dovrei.»

Andai a salutare Monsieur Bernard.

Erano passati due giorni, ma il pover'uomo non era ancora morto. Non dormiva. Non mangiava. Padre Orville e i guaritori non sapevano proprio come potesse essere ancora vivo. In ogni caso, ne ero felice. Mi ero affezionata al suo inquietante sguardo fisso.

«Ho sentito di Madame Labelle» disse Coco. Jean Luc aveva mantenuto la parola ed era andato a parlare con i preti, che a loro volta avevano tenuto d'occhio la nostra nuova guaritrice dopo che si era impicciata dei loro affari, quel giorno in biblioteca. Non aveva più osato uscire dall'infermeria. «Cosa voleva?»

Scivolai a terra accanto al letto di Bernie e incrociai le

gambe. I suoi occhi bianchi e rotondi mi seguirono fin laggiù, mentre il dito continuava a picchiettare le catene.

Tic.

Tic.

Tic.

«Per avvertirmi. Dice che mia madre sta arrivando.»

«Ha detto così?»

Le riferii rapidamente gli eventi della sera prima. Al termine vidi che iniziava a camminare avanti e indietro per la stanza. «Non vuol dire niente. Sappiamo che ti cerca. Certo che sta arrivando. Non significa che sappia che sei qui...»

«Hai ragione. Non è detto. Ma voglio comunque tenermi pronta.»

«Giusto.» Annuì convinta, facendo dondolare i boccoli. «Iniziamo, allora. Lancia un incantesimo alla porta. Un disegno che non hai mai usato prima.»

Mi alzai e andai verso la porta, stropicciandomi le mani per scacciare il freddo. Io e Coco avevamo deciso di incantare la porta perché nessuno origliasse. Non era proprio il caso che qualcuno ascoltasse i nostri bisbigli sulla magia.

Avvicinandomi, evocai i familiari disegni dorati. Si materializzarono, sfocati e indistinti. Sulla mia pelle. Nella mia mente. Li esaminai alla ricerca di qualcosa di nuovo. Qualcosa di diverso. Dopo vari minuti di ricerca infruttuosa, sbuffai per la frustrazione. «Non c'è niente di nuovo.»

Coco mi raggiunse. Essendo una Dame Rouge, non poteva vedere i miei disegni; ma ci provò lo stesso. «Non ci stai pensando nel modo giusto. Vaglia ogni possibilità.»

Chiusi gli occhi e mi sforzai di trarre un respiro profondo. Un tempo, ideare e manipolare i disegni era facile come respirare. Ora non più. Vivevo nascosta da troppo tempo. Reprimevo la magia da troppo tempo. Troppi pericoli si annidavano in città: streghe, chasseur e persino i normali cittadini sapevano riconoscere l'odore tipico della magia. Benché fosse impossibile identificare una strega dall'aspetto fisico, le donne sole attiravano sempre il sospetto. Quanto tempo sarebbe passato prima che qualcuno mi annusasse dopo un incantesimo? Prima che qualcuno mi vedesse agitare le dita e mi pedinasse fino a casa?

Avevo praticato un incantesimo a casa di Tremblay, e guarda dov'ero finita.

No. La cosa più sicura era smettere completamente.

Spiegai a Coco che era come esercitare un muscolo. Se la usavo spesso i disegni arrivavano in fretta, ben visibili, spesso di loro spontanea volontà. Altrimenti quella parte del mio corpo – la parte connessa alle mie antenate, alle loro ceneri nella terra – si indeboliva. E in ogni secondo che serviva per districare una spirale, una strega poteva colpire.

Madame Labelle era stata chiara. Mia madre era in quella città. Forse sapeva dov'ero, o forse no. In ogni caso non potevo permettermi debolezze.

Come se udisse i miei pensieri, la polvere dorata sembrò avvicinarsi e le streghe alla parata riapparvero davanti agli occhi della mia mente. I loro sorrisi folli. I corpi che galleggiavano a mezz'aria sopra di loro. Trattenni un brivido e mi sentii sopraffatta da un profondo senso di impotenza.

Non importava quanto spesso mi allenassi, quanto diventassi brava: non sarei mai stata potente come alcune di loro. Perché le streghe come quelle alla parata – streghe disposte a sacrificare tutto per la loro causa – non erano soltanto potenti.

Erano pericolose.

Una strega non poteva vedere i disegni di un'altra, ma per annegare una persona o per bruciarla viva servivano enormi offerte di riequilibrio: magari un'emozione specifica, o un anno intero di ricordi. Il colore dei propri occhi. La capacità di percepire il tocco altrui.

Quelle perdite potevano… cambiare una persona. Distorcerla, renderla più oscura e bizzarra di prima. L'avevo visto accadere una volta.

Ma era trascorso molto tempo.

Anche se non potevo sperare di diventare più potente di mia madre, non potevo arrendermi e non fare niente.

«Se limito la capacità dei guaritori e dei preti di sentirci, li danneggio. Sottraggo loro qualcosa.» Spazzai via l'oro che mi si attaccava alla pelle e drizzai le spalle. «Devo danneggiare anche me stessa, in qualche maniera. Uno dei miei sensi… l'udito sarebbe lo scambio più ovvio, però l'ho già fatto. Potrei rinunciare al tatto o alla vista o al gusto.»

Mi fermai a studiare i disegni. «Il gusto non basta, la situazione sarebbe ancora squilibrata in mio favore. La vista è troppo, perché non potrei più agire. Quindi… dev'essere il tatto. O magari l'olfatto?» Mi concentrai sul mio naso, ma non emersero nuovi disegni.

Tic.

Tic.

Tic.

Scoccai un'occhiataccia a Bernie e persi la concentrazione. I disegni svanirono. «Ti adoro, Bernie, ma puoi stare un po' zitto? Mi stai complicando le cose.»

Tic.

Coco mi pungolò sulla guancia, per riportare la mia attenzione verso la porta. «Va' avanti. Prova una prospettiva diversa.»

Le scacciai via la mano. «Facile a dirsi, per te.» Digrignai i denti e fissai l'uscio così intensamente da temere che mi esplodessero gli occhi. Forse quello sarebbe stato l'equilibrio giusto. «Forse… non sottraggo qualcosa a loro. Ma sono loro che danno qualcosa a me.»

«Come la segretezza?» indovinò Coco.

«Già. Il che significa… il che significa…»

«Magari puoi provare a raccontare un segreto.»

«Non dire stupidaggini. Non è così che…»

Un sottile filo d'oro si staccò dalla mia lingua e andò verso il suo orecchio. Merda.

Era quello il problema della magia. Era soggettiva. Per ogni possibilità che prendevo in considerazione, un'altra strega ne avrebbe valutate altre cento. Come non ci sono due menti che funzionino allo stesso modo, così non c'erano due streghe la cui magia agisse allo stesso modo. Tutte vedevamo il mondo in maniera diversa.

Però non era necessario riferirlo a Coco.

Lei sorrise compiaciuta e inarcò un sopracciglio, come se mi avesse letto nel pensiero. «Mi pare che questa tua magia non abbia delle regole precise. È intuitiva.» Si picchiettò il mento con aria meditabonda. «Sinceramente mi ricorda quella di sangue.»

Udimmo dei passi nel corridoio lì fuori e ci immobilizzammo. Dato che si fermarono davanti alla porta, Coco si ritrasse nell'angolo e io raggiunsi la sedia di ferro al capezzale di Bernie, aprii la Bibbia e iniziai a leggere un versetto a caso.

Padre Orville entrò zoppicando.

«Oh!» Quando ci vide si portò le mani al petto e gli occhi gli diventarono due cerchi perfetti dietro le lenti degli occhiali. «Santo cielo! Mi avete spaventato.»

Con un sorriso, mi alzai mentre Ansel si precipitava nella stanza, con briciole di biscotto sulle labbra. Evidentemente era entrato senza permesso nella cucina dei guaritori. «Va tutto bene?»

«Sì, certo.» Riportai la mia attenzione su padre Orville. «Vi chiedo scusa, padre. Non volevo spaventarvi.»

«Nessun problema, figliola. Sono soltanto un po' nervoso, stamattina. Abbiamo passato una strana notte. I nostri pazienti sono insolitamente… agitati.» Sollevò una mano, rivelando una siringa di metallo, e mi raggiunse al capezzale di Bernie. Il sorriso mi si congelò sulla bocca. «Anche tu sei preoccupata per il nostro Monsieur Bernard. Stanotte uno dei miei guaritori l'ha sorpreso a tentare di buttarsi da una finestra!»

«Cosa?» Guardai negli occhi Bernie, perplessa, tuttavia il suo volto mutilato non lasciava trasparire nulla. Neppure un lampo. Restava… inespressivo. Scossi la testa. Doveva soffrire moltissimo.

Padre Orville mi posò una mano sulla spalla. «Non preoccuparti, figliola. Non succederà di nuovo.» Mi mostrò la siringa. «Stavolta abbiamo trovato la dose giusta. Ne sono certo. Questa iniezione placherà i suoi nervi finché non tornerà al suo Creatore.»

Estrasse dalla tonaca uno stiletto e praticò una piccola incisione sul braccio di Bernie. Coco si fece avanti mentre dal taglio sgorgava sangue nero. «È peggiorato.»

Padre Orville trafficò con la siringa. Dubitavo che riuscisse a vedere il braccio di Bernie, ma alla fine infilò l'ago in profondità nella ferita nera. Rabbrividii nell'istante in cui premette lo stantuffo per iniettare il veleno, ma Bernie non si mosse. Continuò a fissarmi.

«Ecco fatto.» Padre Orville sfilò l'ago. «Tra poco dovrebbe addormentarsi. Posso suggerire di lasciarlo in pace?»

«Sì, padre» convenne Coco, chinando il capo. Mi scoccò un'occhiata eloquente. «Vieni, Lou. Andiamo a leggere un po' il Libro dei Proverbi.»

LA VIE ÉPHÉMÈRE

Lou

C'era un capannello di gente davanti all'entrata del Soleil et Lune. Gli aristocratici chiacchieravano fuori dalla biglietteria e le loro mogli si salutavano con sorrisi zuccherosi. Carrozze all'ultima moda andavano e venivano. Le maschere cercavano di accompagnare gli spettatori ai loro posti, ma era quello il vero intrattenimento della serata. Era per quello che i ricchi e i nobili venivano a teatro: per vantarsi e per perorare i propri interessi in una complessa danza sociale.

Mi aveva sempre ricordato il rituale di accoppiamento dei pavoni.

Io e mio marito non sfiguravamo di certo. Non indossavo più quel vestito sporco di sangue o quei pantaloni. Quando lui era tornato nella nostra stanza con un nuovo abito da sera – pieno di orgoglio e impazienza – non ero riuscita a dirgli di no. L'abito era del colore dell'oro brunito, con un corpetto attillato e maniche che si restringevano verso il polso, ricamate a fiorellini in filo metallico. Brillavano nel tramonto fondendosi con uno strascico di seta color champagne. All'infermeria mi ero fatta sparire alcuni lividi con la magia. La cipria aveva coperto il resto.

Mio marito portava la sua giacca più bella. Sempre color blu chasseur, ma con filigrana d'oro sul colletto e i polsi. Mi sforzai di non sorridere, immaginando l'impressione che dovevamo fare mentre salivamo i gradini del teatro. Aveva fatto in modo che i nostri vestiti fossero intonati. Avrei dovuto indignarmi, però in quel momento, con la sua mano stretta intorno alla mia, non riuscivo a provare altro che entusiasmo.

Avevo insistito per tenere alzato il cappuccio del mantello. E un bel nastro di pizzo per nascondere la cicatrice. Se mio marito l'aveva notato, non ne fece parola.

Forse non era poi così cattivo.

Quando entrammo nel foyer le persone si spostarono per lasciarci passare. Dubitavo che qualcuno si ricordasse di noi, ma la gente tendeva a sentirsi a disagio – altri avrebbero parlato di atteggiamento deferente – in presenza degli chasseur. Nessuno meglio di uno chasseur sapeva rovinare una bella festa. Soprattutto se era un bigotto come mio marito.

Mi accompagnò al mio posto. Per una volta non trovai fastidiosa la sua mano sulla schiena. Era... piacevole. Calda. Solida. Finché non tentò di togliermi il mantello. Quando glielo strappai dalle mani, lui si schiarì la voce, imbarazzato. «Non ti ho più chiesto se ti è piaciuto il libro.»

Il signore accanto a me mi prese la mano prima che potessi rispondere.

«*Enchanté, mademoiselle*» disse suadente, e mi baciò le dita.

Non trattenni una risatina. Quell'uomo a modo suo era bello, un po' viscido, con i capelli scuri e lucidati e baffi sottili.

Mio marito avvampò. «La pregherei di togliere le mani da mia moglie, *monsieur.*»

L'uomo sbarrò gli occhi e guardò il mio anulare nudo.

Risi più forte. Avevo iniziato a portare l'anello di Angelica sulla destra, solo per infastidire mio marito. «Vostra moglie?» L'uomo mollò la mia mano come se fosse un ragno velenoso. «Non pensavo che gli chasseur fossero soliti contrarre matrimonio.»

«Questo lo è.» Si alzò e mi rivolse un cenno del capo. «Scambiati di posto con me.»

«Non intendevo mancarvi di rispetto, *monsieur,* è naturale.» L'uomo untuoso mi scoccò un'occhiata piena di rammarico mentre mi allontanavo da lui. «Tuttavia siete un uomo molto fortunato.»

Mio marito lo fulminò con lo sguardo e lo mise a tacere per il resto della serata.

Le luci si abbassarono e finalmente potei abbassarmi il cappuccio. «Sei un po' possessivo, non ti sembra?» bisbigliai. Era un troglodita. Un adorabile, presuntuoso troglodita.

«Lo spettacolo sta iniziando.»

Partì la sinfonia, e sul palco apparve un gruppo di uomini e donne. Riconobbi subito Naso Aquilino, e risi al ricordo di come aveva umiliato l'arcivescovo davanti ai suoi fedeli ammiratori. Ingegnosa. E lanciare un incantesimo simile, sotto il naso di mio marito e dell'arcivescovo...

Naso Aquilino era una Dame Blanche senza paura.

Benché avesse solo una piccola parte nel coro, la osservai con interesse mentre danzava accanto agli attori che interpretavano Emilie e Alexandre.

Tuttavia il mio entusiasmo si affievolì con il progredire della canzone. C'era qualcosa di familiare nella postura di quella donna, qualcosa che non avevo notato al nostro primo incontro. Mi sentii progressivamente più a disagio mentre lei piroettava e ballava, sparendo dietro il sipario.

Quando attaccò il secondo brano mio marito si sporse verso di me. Il suo fiato mi solleticò il collo. «Jean Luc mi ha detto che mi cercavi, stamattina.»

«È maleducazione parlare durante lo spettacolo.»

Strinse gli occhi, imperterrito. «Cosa volevi?»

Naso Aquilino era appena riapparsa, con i capelli biondi sciolti sulle spalle. Quel movimento evocò un ricordo, ma quando cercai di afferrarlo scivolò via come acqua tra le dita.

«Lou?» Mi sfiorò la mano. La sua era calda, grande e piena di calli, e non riuscii a tirare indietro la mia.

«Un coltello» ammisi, senza mai staccare gli occhi dal palco.

Lo sentii inspirare di scatto. «Cosa?»

«Volevo un coltello.»

«Non puoi dire sul serio.»

Gli lanciai un'occhiata fugace. «Sono serissima. Hai visto anche tu Madame Labelle, ieri. Ho bisogno di proteggermi.»

«Non ti toccherà.» L'uomo untuoso accanto a noi tossì in modo eloquente, ma lo ignorammo. «Non la faremo più entrare nella Torre degli Chasseur. L'arcivescovo mi ha dato la sua parola.»

Mi rabbuiai. «E questo dovrebbe farmi sentire meglio?»

La sua espressione si indurì e la mascella si serrò. «Sì che dovrebbe. L'arcivescovo è un uomo potente e ha promesso di proteggerti.»

«La sua parola non significa nulla per me.»

«E la mia? Anch'io ho promesso di proteggerti.»

Era ridicolo, davvero, lo zelo con cui voleva difendere una strega. Se avesse saputo come stavano le cose in realtà sarebbe uscito di senno.

Inarcai un sopracciglio. «Proprio come io ho promesso di obbedirti?»

Adesso l'uomo untuoso non era più l'unico a guardarci male. Mi appoggiai allo schienale scuotendo i capelli, soddisfatta. Era troppo beneducato per litigare in pubblico.

«Questa conversazione non è finita» mormorò, ma poi anche lui si mise a guardare lo spettacolo con aria scocciata. Con mia sorpresa – e riluttante piacere – mi tenne immobilizzata la mano sotto la sua. Dopo alcuni secondi mi sfiorò distrattamente le dita con il pollice. Mi agitai sulla poltrona. Lui mi ignorò e continuò a fissare il palco, dove proseguiva la rappresentazione. Ma il suo pollice non smetteva di muoversi, disegnando piccoli motivi sul dorso della mia mano, girando intorno alle nocche, seguendo le punte delle unghie.

Mi sforzai di concentrarmi sullo spettacolo. Un formicolio delizioso si spandeva sulla mia pelle a ogni tocco del suo pollice... finché gradualmente, pian piano, le sue dita si spostarono verso l'alto, mi sfiorarono le vene del polso, l'interno del gomito. Accarezzarono la cicatrice che avevo lì e io rabbrividii, sprofondai sulla poltrona e cercai di prestare attenzione a ciò che succedeva sul palco. Il mantello mi scivolò giù dalle spalle.

Il primo atto finì troppo presto. Iniziò l'intervallo e noi restammo seduti, a toccarci in silenzio – senza quasi respirare – mentre gli altri spettatori sciamavano intorno a noi. Quando la luce delle candele si abbassò di nuovo mi girai a guardarlo, e sentii il calore risalire dalla pancia alle guance.

«Reid» sussurrai.

Lui mi guardò con il viso arrossato e un'espressione spaventata come doveva essere la mia. Mi avvicinai e abbassai lo sguardo sulle sue labbra dischiuse. La sua lingua le inumidì, e mi si contrassero i muscoli del ventre.

«Sì?»

«Io...»

Con la coda dell'occhio notai Naso Aquilino che faceva una piroetta e i capelli che le volavano intorno alla testa. In quell'istante qualcosa scattò nella mia memoria. Una festa per il solstizio. Capelli biondi come seta di granturco, intrecciati con i fiori. L'albero di maggio.

Merda.

Estelle. Si chiamava Estelle, e l'avevo incontrata durante la mia infanzia a Chateau le Blanc. Evidentemente non mi aveva riconosciuta prima, con la faccia piena di lividi, ma se mi avesse rivista, se in qualche modo si fosse ricordata...

Il calore che avvertivo nella pancia si tramutò in gelo.

Dovevo andarmene da lì.

«Lou?» La voce di Reid riecheggiò da lontano, come se mi chiamasse dal fondo di un tunnel e non dalla poltrona accanto. «Ti senti bene?»

Inspirai a fondo, ordinai al cuore di calmarsi. Temevo che Reid potesse udirlo. Mi rintronava in tutto il corpo, condannandomi con ogni battito traditore. La sua mano si bloccò sul mio polso. Merda. Tirai via il braccio e mi torsi le dita in grembo. «Sto bene.»

Si appoggiò allo schienale con aria confusa e ferita.

Appena terminò l'ultima canzone scattai in piedi e mi rimisi il mantello. Assicurandomi che il cappuccio mi coprisse i capelli e mi nascondesse il viso. «Pronto?»

Reid si guardò intorno sorpreso. Gli altri spettatori restavano seduti – alcuni sorpresi, altri in lacrime per la morte tragica di Emilie e Alexandre – mentre calava il sipario. Non erano ancora cominciati gli applausi. «Qualcosa non va?»

«No!» esclamai, troppo in fretta per risultare convincente. Mi schiarii la voce, mi costrinsi a sorridere e riprovai. «Sono solo stanca.»

Non aspettai la sua risposta. Lo presi per mano e lo condussi fuori dalla fila di poltrone, oltre gli spettatori che finalmente si stavano alzando e applaudivano, e fino nel foyer… e mi bloccai di colpo. Gli attori e le attrici erano già in fila accanto alle porte. Prima che potessi cambiare direzione, lo sguardo di Estelle si posò su Reid. Con aria imbronciata, Estelle osservò il mio mantello e cercò di sbirciare sotto il cappuccio. Mi riconobbe. Strattonai la mano di Reid in un disperato tentativo di fuga, ma lui non si mosse mentre Estelle avanzava verso di noi.

«Come stai?» I suoi occhi erano gentili, sinceri, mentre mi tirava indietro il cappuccio per esaminare le ferite. Ero come paralizzata e non riuscivo a fermarla. Mi sorrise. «Si direbbe che tu stia guarendo bene.»

Deglutii il groppo che avevo in gola. «Sto bene, grazie. Divinamente.»

«Davvero?» Inarcò un sopracciglio con aria incredula e il suo sguardo dolce s'indurì guardando Reid, che sembrava ben poco felice di quell'incontro. Storse le labbra. «E tu come stai? Ti nascondi ancora dietro quella giacca blu?»

Era molto coraggioso da parte sua, prendere in giro uno chasseur in pubblico. Gli spettatori intorno a noi mugugnarono la loro disapprovazione. Reid si scurì in volto e strinse più forte le mie dita tremanti. «Andiamo, Lou.»

A quel nome rabbrividii, mi sentii stringere il cuore, ma il danno era fatto.

«Lou?» Estelle tese ogni muscolo del corpo e mi fissò con occhi sempre più sgranati. «Come… Louise?»

«Piacere di rivederti!» Prima che potesse rispondermi

trascinai Reid verso l'uscita. Lui mi seguì senza opporre resistenza, ma percepii le sue domande silenziose.

Ci inoltrammo tra la folla fuori dal teatro. Lui si piazzò davanti a me. Forse perché era così alto o forse per via della giacca blu, ma la gente iniziò subito a farsi da parte e a levarsi il cappello. La nostra carrozza ci aspettava a diversi isolati da lì, oltre la ressa degli spettatori, quindi lo strattonai, allontanandomi dal teatro il più in fretta possibile.

Quando finalmente ci lasciammo alle spalle la folla, mi guidò verso un vicolo deserto.

«Cos'è successo?»

Ridacchiai nervosa, dondolandomi sui piedi. Dovevamo allontanarci ancora. «Niente di che, solo...» Qualcosa si mosse dietro di lui, e con una stretta allo stomaco notai Estelle prendere forma tra le ombre.

«Non ci credo, sei davvero tu» ansimò, fissandomi meravigliata. «Non ti avevo riconosciuta l'altra volta, con i lividi. Sei... diversa.»

Era vero. A parte le ferite, avevo i capelli più lunghi e più chiari rispetto a quando mi aveva conosciuto, la pelle più scura e piena di lentiggini per le troppe giornate al sole.

«Voi due vi conoscete?» chiese Reid, perplesso.

«Certo che no» mi affrettai a rispondere. «Solo... solo dal teatro. Andiamo, Reid.» Mi girai verso di lui che mi cinse in vita con fare rassicurante, spostandosi leggermente per mettersi davanti a me.

Estelle sgranò gli occhi. «Non puoi andartene! Non ora che...»

«Sì che può» replicò Reid. Era chiaro che non capiva la situazione, ma il suo desiderio di proteggermi sembrava avere la meglio sulla confusione... e la sua profonda repulsione per Estelle. Mi condusse via con il palmo posato con delicatezza sulla parte bassa della mia schiena. «Buona serata, *mademoiselle.*»

Estelle non batté neppure ciglio. Si limitò a ruotare il polso, come per scacciare una mosca, e l'insegna del negozio sopra di noi si staccò dai cardini e si abbatté sulla nuca di Reid. L'odore intenso della magia invase il vicolo mentre Reid crollava in ginocchio e tentava di estrarre la Balisarda.

«No!» Lo agguantai per la giacca, cercando di tirarlo in piedi – di fargli scudo con il mio corpo, in qualche maniera – ma Estelle girò le dita senza lasciarci il tempo di reagire.

Quando l'insegna lo centrò la seconda volta, lo scaraventò all'indietro. Colpì con la testa la parete del vicolo, producendo un rumore spaventoso, e si accasciò al suolo immobile.

Un ringhio mi uscì di gola e mi piazzai tra loro due, alzando le mani.

«Non complicarmi le cose, Louise.» Si avvicinò, con una scintilla di follia negli occhi, e mi assalì il panico. Pur vedendo danzare l'oro, non ero in grado di concentrarmi su un disegno... non ero in grado di concentrarmi su niente. Era come se il mondo tacesse all'improvviso, in attesa.

Tranne che...

Reid si mosse dietro di me.

«Non vengo con te.» Arretrai appena, sollevando di più le mani per attirare il suo sguardo. «Ti prego, smettila.»

«Non capisci? È un onore...»

Un lampo blu mi sfrecciò accanto.

Estelle non reagì abbastanza in fretta e Reid si tuffò tra le sue braccia aperte. Per un momento sembrò un disgustoso abbraccio. Poi Reid la fece voltare fino a premerle il petto sulla schiena – stritolandole le mani – e le cinse il collo con un braccio. Inorridita, la osservai dibattersi. Il suo viso si tinse lentamente di viola.

«Aiuto… aiutami…» Si dimenava terrorizzata, i suoi occhi cercavano i miei. «Ti prego…»

Restai al mio posto.

Fu tutto finito in meno di un minuto. Con un ultimo fremito il corpo di Estelle si accasciò tra le braccia di Reid, che allentò la presa.

«È… morta?» sussurrai.

«No.» Era pallido, gli tremavano le mani mentre la lasciava cadere a terra. Quando finalmente mi guardò, barcollai sotto la ferocia dei suoi occhi. «Cosa voleva da te?»

Incapace di reggere quello sguardo, mi girai dall'altra parte: lontano da lui, lontano da Estelle, lontano da quella scena da incubo; e guardai le stelle. Erano fioche, quella sera, si rifiutavano di brillare per me. Mi accusavano.

Dopo un lungo momento mi sforzai di rispondergli. Le lacrime mi rilucevano sulle guance. «Mi voleva morta.»

Mi scrutò per un altro lungo istante prima di mettersi in spalla il corpo esanime di Estelle.

«Cosa ne farai di lei?» chiesi, impaurita.

«È una strega.» Si avviò senza guardarsi alle spalle, ignorando le occhiate allarmate dei passanti. «Brucerà in terra e poi all'inferno.»

L'ASSASSINA DI STREGHE

Lou

Reid non mi rivolse la parola per tutta la strada fino alla Torre degli Chasseur. Faticavo a stargli dietro, e ogni passo era una pugnalata al cuore.

Assassina di streghe assassina di streghe assassina di streghe.

Non riuscivo a guardare Estelle, non riuscivo a comprendere il modo in cui la sua testa ciondolava sulla schiena di Reid. I suoi capelli color seta di granturco che ondeggiavano.

Assassina di streghe.

Quando Reid si precipitò nella Torre, i guardiani esitarono per un istante, scioccati, prima di entrare in azione. Li odiavo. Odiavo che si fossero preparati tutta la vita per quel momento. Con gli occhi lucidi per l'entusiasmo, consegnarono a Reid una siringa di metallo.

Un'iniezione.

Mi si restrinse il campo visivo. La nausea mi artigliò lo stomaco.

«I Padri erano ansiosi di sperimentarlo su una strega.» Lo chasseur più vicino a Reid si sporse in avanti infervorato. «Oggi è il loro giorno fortunato.»

Reid non esitò. Affondò con forza l'ago sulla gola di Estelle. Il sangue stillò sulla spalla macchiando il vestito bianco.

Avrebbe potuto essere la mia anima.

Cadde dalle braccia di Reid come un sasso. Nessuno si curò di sorreggerla, quindi batté la faccia sulle pietre del pavimento. Rimase immobile. Il petto saliva e scendeva a malapena. Un secondo chasseur ridacchiò, dandole un colpetto sulla guancia con lo stivale. Non si mosse. «Ecco la risposta alla domanda. I preti saranno contenti.»

Poi arrivarono le manette: spesse e incrostate di sangue. Gliele chiusero sui polsi e sulle caviglie, dopodiché la tirarono su per i capelli e la trascinarono verso le scale. Le catene urtavano ogni gradino mentre spariva giù, giù, giù, nella bocca dell'inferno.

Reid li seguì senza degnarmi di uno sguardo.

Rimasta sola con una siringa vuota e il sangue di Estelle a ricordarmi cos'avevo fatto, mi odiai profondamente.

Assassina di streghe.

Piansi amaramente.

Come se percepisse il mio tradimento, l'indomani il sole non sorse del tutto. Il cielo restò scuro e minaccioso, il mondo intero avvolto in una spessa coltre nera e grigia. In lontananza rimbombava il tuono. Guardavo dalla finestra della mia stanza con gli occhi cerchiati di rosso e persi nel vuoto.

L'arcivescovo non perse tempo a spalancare le porte della chiesa per gridare al cielo i peccati di Estelle. La portò fuori in catene e la gettò a terra ai suoi piedi. La folla urlò oscenità, le lanciò fango e sassi. Lei girava la testa di qua e di là, frenetica, in cerca di qualcuno.

In cerca di me.

Come attratta dal mio sguardo, sollevò la testa di scatto e i suoi occhi azzurri incontrarono i miei. Non ebbi bisogno di udire le parole per vedere la forma che assumevano le sue labbra... per vedere il veleno che si riversava dalla sua stessa anima.

Assassina di streghe.

Era il peggior disonore possibile.

Reid si fermò davanti alla calca, con i capelli sferzati dal vento. Durante la notte era stata costruita una pedana rialzata. Il rozzo palo di legno fendeva il cielo, richiamando le prime gocce di una pioggia gelida.

A quel palo legarono mia sorella. Indossava ancora il costume del coro – un semplice abito bianco che le sfiorava le caviglie – ma insanguinato e sporco dei misteriosi orrori che gli chasseur le avevano inflitto nei sotterranei. La sera prima cantava e danzava al Soleil et Lune. Ora affrontava la morte.

Ed era colpa mia.

Ero stata una codarda, avevo troppa paura di morire per salvare Estelle. Per salvare la mia gente. Centinaia di streghe... morte. Mi strinsi la gola, dov'era la cicatrice, e ricacciai indietro un singhiozzo.

Ansel si agitava dietro di me, a disagio. «È difficile guardare, la prima volta» disse con voce tirata. «Non devi farlo per forza.»

«Sì che devo.» Mi si mozzò il fiato quando Ansel mi raggiunse accanto alla mia torre di mobili. Le lacrime scorrevano sulle mie guance, formando una piccola pozza sul davanzale. «È colpa mia.»

«È una strega» mormorò Ansel.

«Nessuno merita di morire in questo modo.»

Restò sorpreso dalla mia veemenza. «Le streghe sì.»

«Dimmi, Ansel.» Mi girai verso di lui, con un'urgenza improvvisa, un bisogno disperato di fargli capire. «Ne hai mai conosciuta una?»

«Certo che no.»

«Sì, invece. Sono ovunque, in tutta la città. La donna che ti ha rattoppato il cappotto la scorsa settimana potrebbe essere una di loro, o la cameriera al piano di sotto che arrossisce ogni volta che la guardi. La tua stessa madre poteva essere una di loro, e tu non l'avresti mai saputo.» Ansel scosse la testa e sgranò gli occhi. «Non sono tutte malvagie, Ansel. Alcune sono gentili, premurose e buone.»

«No» insistette lui. «Sono perfide.»

«Non lo siamo tutti? Non è questo che insegna il tuo dio?»

Si rabbuiò. «È diverso. Loro sono… contro natura.»

Contro natura. Premetti le mani sugli occhi per fermare le lacrime. «Hai ragione.» Indicai la folla lì sotto, che vociava sempre più rumorosa. Una donna dai capelli grigi, in disparte, singhiozzava. «Guardalo, l'ordine naturale delle cose.»

Ansel si accigliò mentre Reid porgeva una torcia all'arcivescovo.

Estelle tremò. Tenne gli occhi fissi al cielo intanto che l'arcivescovo descriveva un grande arco in aria con la torcia e appiccava il fuoco alla paglia sotto di lei. La folla ruggì la sua approvazione.

Ricordai un coltello che scendeva verso la mia gola. Sentii il bacio della lama sulla pelle.

Conobbi il terrore nel cuore di Estelle.

Il fuoco si propagò in fretta. Anche se avevo la vista offuscata dalle lacrime, mi sforzai di guardare le fiamme che lambivano il vestito di Estelle. Mi obbligai ad ascoltare le sue grida. Una dopo l'altra mi squarciarono il cuore, e ben presto mi aggrappai al davanzale per sostenermi.

Non lo sopportavo più. Volevo morire. Meritavo di morire: di avvizzire e ardere in un lago infinito di fuoco nero.

Sapevo cosa dovevo fare.

Senza pensare – senza riflettere sulle conseguenze – strinsi i pugni.

Il mondo andò a fuoco.

Urlai e caddi a terra. Ansel accorse subito, ma le sue mani non riuscirono a bloccare le mie convulsioni. Scossa da quei tremiti, mi morsi la lingua per non gridare mentre il fuoco mi correva dentro, mi bruciava la pelle e staccava i muscoli dalle ossa. Non riuscivo a respirare. Non riuscivo a pensare. C'era soltanto dolore.

Lì sotto, le grida di Estelle si interruppero all'improvviso. Il suo corpo si abbandonò tra le fiamme e un sorriso beato le si disegnò sul volto mentre scivolava serenamente nell'aldilà.

IL MAL D'ANIMA

Lou

Mi svegliai con un panno freddo sulla fronte. Battei le palpebre e controvoglia lasciai che gli occhi si abituassero alla penombra. Il chiaro di luna illuminava la stanza di una luce argentea, rischiarando una figura ricurva sulla sedia accanto al mio letto. La luna gli sbiadiva il colore ramato dei capelli, ma era inconfondibile lo stesso.

Reid.

Poggiava la testa sul bordo del materasso, senza arrivare a toccare il mio fianco. Le sue dita erano a pochi centimetri dalle mie. Sentii una stretta dolorosa al cuore. Doveva avermi tenuto la mano prima di addormentarsi.

Non sapevo cosa pensare.

Gli sfiorai i capelli, lottando contro la disperazione che avevo nel petto. Aveva bruciato Estelle. No… *io* avevo bruciato Estelle. Sapevo cosa avrebbe fatto Reid se avessi aspettato che si svegliasse in quel vicolo. Sapevo che l'avrebbe uccisa.

Era quello che volevo.

Tirai indietro la mano, disgustata da me stessa. Disgustata da Reid. Per un istante avevo dimenticato il motivo per cui ero lì. Chi ero. Chi era lui.

Una strega e un cacciatore di streghe legati nel sacro

vincolo del matrimonio. Quella storia poteva andare a finire in un unico modo: un palo e un fiammifero. Mi rimproverai per essere stata così stupida, per essermi concessa di avvicinarmi troppo.

Una mano mi toccò il braccio. Mi girai e vidi Reid che mi fissava. Aveva un'ombra di barba e le occhiaie, come se non dormisse da molto tempo.

«Sei sveglia» mormorò.

«Sì.»

Sospirò di sollievo. «Grazie a Dio.»

«Cos'è successo?»

«Hai perso i sensi» disse con voce strozzata. Aveva uno sguardo sofferente. «Ansel è corso a cercare Mademoiselle Perrot. Non sapeva cosa fare. Ha detto... ha detto che gridavi. Non riusciva a farti smettere. Neanche Mademoiselle Perrot è stata in grado di calmarti.» Mi accarezzò distrattamente il palmo, guardandolo ma senza vederlo davvero.

«Quando sono arrivato, stavi... male. Molto male. Gridavi appena ti toccavano. Hai smesso solo quando io...» Si schiarì la voce e distolse lo sguardo, con un groppo in gola. «Poi ti sei... fermata. Pensavamo che fossi morta. Invece no.»

Guardai la sua mano nella mia. «No.»

«Ti ho imboccata con scaglie di ghiaccio, e le cameriere ti cambiavano le lenzuola ogni ora per farti sentire a tuo agio.»

A quelle parole notai che le lenzuola e la mia camicia da notte erano umide. Anche la pelle era madida di sudore. Dovevo avere un aspetto orribile. «Per quanto tempo sono rimasta priva di sensi?»

«Tre giorni.»

Con un lamento mi alzai a sedere, stropicciandomi il viso sudato. «Merda.»

«Ti era mai successo prima?» Mi scrutò mentre spingevo via le coperte e rabbrividivo nell'aria fredda della notte.

«Certo che no.» Lo dissi con più enfasi di quanto volessi, e la sua espressione si indurì.

«Ansel pensa che sia stato il rogo a provocarlo. Dice che ti aveva raccomandato di non guardare.»

Il rogo. Non era altro, per Reid. Il suo mondo non era andato in fiamme insieme a quel palo. Lui non aveva tradito la sua gente. La collera mi si riaccese nella pancia. Probabilmente non conosceva neppure il nome di Estelle.

Andai verso il bagno. «Raramente faccio quello che mi dicono.»

La mia rabbia aumentò quando Reid mi seguì. «Perché? Perché guardare, se ti fa soffrire così?»

Aprii il rubinetto e fissai l'acqua fumante che riempiva la vasca. «Perché l'abbiamo uccisa noi. Era il minimo che potessimo fare, guardarlo accadere. Lo meritava.»

«Ansel sostiene che piangevi.»

«È vero.»

«Era una strega, Lou.»

«Era una persona» ringhiai, girandomi di scatto verso di lui. «Si chiamava Estelle, e noi l'abbiamo bruciata.»

«Le streghe non sono persone» ribatté lui, impaziente. «È una fantasia infantile. E non sono neanche creaturine magiche con i fiori tra i capelli che danzano sotto la luna piena. Sono demoni. Hai visto l'infermeria. Sono malvagie. Se gliene lasci la possibilità ti fanno del male.» Si passò una mano tremante tra i capelli e mi lanciò un'occhiataccia. «Meritano il rogo.»

Strinsi i bordi della vasca per non fare qualcosa di cui avrei potuto pentirmi. Volevo… no, *avevo bisogno* di sfogarmi su di lui. Avevo bisogno di prenderlo per il collo e scuoterlo: di fargli capire. Ero quasi tentata di ferirmi di nuovo il braccio, per mostrargli il sangue. Il sangue dello stesso colore del suo.

«E se io fossi una strega, Reid?» chiesi a bassa voce. «Meriterei il rogo?»

Chiusi il rubinetto e nella stanza calò un silenzio assoluto. Sentivo il suo sguardo sulla schiena... cauto, indagatore. «Sì» replicò piano. «Se tu lo fossi.»

La domanda aleggiava inespressa nell'aria tra noi. Voltai la testa per guardarlo negli occhi, sfidandolo a pronunciarla. Pregando che non lo facesse. Incerta su come avrei risposto.

Ci scrutammo per un lungo momento. Alla fine, quando fu chiaro che lui non mi avrebbe rivolto la domanda – o forse che non ci riusciva – tornai a girarmi verso la vasca e bisbigliai: «Meritiamo entrambi il rogo per ciò che le abbiamo fatto».

Si schiarì la voce, palesemente a disagio con la nuova piega che aveva assunto la conversazione. «Lou...»

«Lasciami sola. Ho bisogno di tempo.»

Non ribatté, e io non lo guardai andare via. Appena la porta si chiuse, entrai lentamente nell'acqua calda. Fumava, era quasi bollente, ma era una carezza fresca rispetto al rogo. Mi immersi sotto la superficie, ricordando il dolore delle fiamme sulla pelle.

Avevo trascorso anni a nascondermi dalla Dame des Sorcières. Mia madre. Avevo fatto cose terribili per proteggermi, per sopravvivere. Perché più di ogni altra cosa, era quello che facevo: sopravvivere.

Ma a quale costo?

Avevo reagito d'istinto con Estelle. Si trattava della sua vita o della mia. La strada da imboccare mi era sembrata chiara. C'era un'unica scelta possibile. Eppure… Estelle era una di noi. Una strega. Non mi voleva morta: voleva soltanto liberarsi dalla persecuzione che tormenta la nostra gente.

Purtroppo, adesso quei due obiettivi si escludevano a vicenda.

Pensai al suo corpo, al vento che portava via le sue ceneri… e a tutte le altre ceneri portate via negli anni.

Pensai a Monsieur Bernard, che marciva su un letto al piano di sopra, e a gli altri che aspettavano di morire tra i tormenti.

Streghe e persone. Era la stessa cosa. Tutti innocenti. Tutti colpevoli.

Tutti morti.

Tranne me.

Quando avevo sedici anni, mia madre aveva tentato di sacrificarmi: io, la sua unica figlia. Ancora prima del mio concepimento, Morgane aveva visto un disegno che nessun'altra Dame des Sorcières aveva mai visto prima, ed era disposta a compiere ciò che nessuno dei suoi predecessori aveva mai neanche sognato: uccidere la sua discendenza. Con la mia morte si sarebbe estinta anche la stirpe del re. I suoi eredi, legittimi e bastardi, avrebbero smesso di respirare con me. Una vita per estinguere cent'anni di persecuzione. Una vita per porre fine al regno di tirannia dei Lyon.

Ma mia madre non voleva solo eliminare il sovrano. Voleva fargli male. Voleva distruggerlo. Riuscivo ancora a immaginare il suo disegno sopra l'altare, che mi riluceva intorno al cuore e si spandeva nell'oscurità. Verso i figli del re. Le streghe progettavano di colpire nel momento del suo lutto. Progettavano di sventrare quel che restava della famiglia reale… e i loro seguaci.

Tirai la testa fuori dall'acqua, boccheggiando.

Per tutti quegli anni avevo mentito a me stessa, convinta di essere fuggita da quell'altare perché non potevo togliere la vita agli innocenti. Eppure eccomi qua, con il sangue di un'innocente sulle mani.

Ero una codarda.

Il dolore di quella consapevolezza andava oltre la mia pelle sensibile, oltre la sofferenza inflitta dalle fiamme. Stavolta avevo danneggiato qualcosa di importante. Qualcosa di irrevocabile. Mi doleva in profondità.

Assassina di streghe.

Per la prima volta, dubitai di aver fatto la scelta giusta.

Qualche ora dopo Coco venne a vedere come stavo. Con il volto tirato, si sedette sul letto accanto a me. Ansel maturò un interesse improvviso e totalizzante per i bottoni della sua giacca.

«Come ti senti?» Alzò una mano per accarezzarmi i capelli. A quel tocco tutte le emozioni negative risalirono in superficie. Una lacrima mi stillò sulla guancia. La asciugai, avvilita.

«Malissimo.»

«Pensavamo che tu fossi spacciata.»

«Mi sarebbe piaciuto.»

La sua mano si fermò. «Non dire così. Hai solo il mal d'anima, tutto qui. Niente che un po' di brioche alla crema non possa risolvere.»

Aprii gli occhi di scatto. «Il mal d'anima?»

«Come il mal di testa o il mal di pancia, però molto peggio. Mi veniva in continuazione quando abitavo con mia zia.» Mi scostò i capelli dal viso e si chinò ad asciugarmi un'altra lacrima. «Non è stata colpa tua, Lou. Hai fatto quello che dovevi.»

Mi guardai le mani per un lungo istante. «Allora perché ci sto così di merda?»

«Perché sei una brava persona. So che non è mai bello spegnere una vita, ma Estelle ti ha costretta. Nessuno può biasimarti.»

«Sono sicura che Estelle la penserebbe diversamente.»

«Estelle ha compiuto la sua scelta il giorno in cui ha deciso di fidarsi di tua madre. Ha scelto male. Ora l'unica cosa che puoi fare è voltare pagina. Non ti sembra?» chiese ad Ansel, che era nell'angolo, paonazzo.

Adesso lo sapeva, certo. Doveva aver sentito l'odore della magia. Eppure ero ancora lì... viva. Mi salirono altre lacrime agli occhi. *Smettila,* mi rimproverai. *Certo che non ha fatto la spia. È l'unico brav'uomo in tutta questa torre. Vergognati di aver dubitato.*

Con la gola serrata, giocherellai con l'anello di Angelica senza riuscire a guardare nessuno negli occhi.

«Devo avvisarti» proseguì Coco, «Reid è considerato un eroe in tutto il regno. È stato il primo rogo da mesi, e con il clima attuale, be'... è stata una festa. Re Auguste ha invitato Reid a cena, ieri sera, ma lui ha rifiutato.» Davanti al mio sguardo interrogativo, strinse le labbra con aria di disapprovazione. «Non voleva allontanarsi da te.»

All'improvviso sentii un gran caldo e scalciai via le coperte. «Non c'era niente di eroico in quel che ha fatto.»

Scambiò un'occhiata con Ansel. «Essendo sua moglie, ci si aspetta che tu la pensi diversamente.»

La fissai.

«Ascoltami, Lou.» Si appoggiò allo schienale con un sospiro impaziente. «Provo solo a proteggerti. La gente ti ha sentita urlare durante l'esecuzione. Varie persone sono molto curiose di capire perché il rogo di una strega ti abbia causato un attacco isterico; tra di loro c'è il re. Per tranquillizzarlo, Reid ha accettato il suo invito a cena per stasera. Devi stare attenta. Ora tutti ti terranno d'occhio.» Spostò lo sguardo su Ansel. «E tu sai che non rischiano solo le streghe. Anche i simpatizzanti possono subire lo stesso destino.»

Mi si strinse il cuore. «Oddio. Ma voi due...»

«Noi tre» mormorò Ansel. «Dimentichi Reid. Brucerà pure lui.»

«Ha assassinato Estelle.»

Ansel si guardò i piedi. «È convinto che Estelle fosse un demone. Tutti ne sono convinti. Voleva... proteggerti, Lou.»

Scossi la testa, trattenendo nuove lacrime di rabbia. «Si sbaglia. Non tutte le streghe sono malvagie.»

«So che lo pensi» disse piano Ansel, «però non puoi costringere Reid a vederla come te.» Finalmente alzò lo sguardo, e nei suoi occhi bruni notai una tristezza profonda: una tristezza che qualcuno della sua età non avrebbe dovuto conoscere. «Ci sono cose che non si possono cambiare con le parole. Ci sono cose che devono essere viste. Devono essere sentite.»

Si avvicinò alla porta, ma esitò e si girò a guardarmi. «Spero che riuscirete a trovare la strada insieme. È una brava persona, e... lo sei pure tu.»

Lo osservai andare via in silenzio, con un bisogno disperato di chiedere come... come potevano una strega e uno chasseur trovare la strada insieme? Come potevo fidarmi di un uomo che voleva bruciarmi? Come sarei mai riuscita ad amarlo?

Ansel aveva ragione su una cosa, però. Non potevo incolpare solo Reid di ciò che era successo a Estelle. Lui credeva davvero che le streghe fossero malvagie. Era una parte di lui, tanto quanto i capelli ramati e la statura altissima.

No, la morte di Estelle non era colpa di Reid.

Era colpa mia.

Prima che Reid tornasse, quella sera, mi trascinai fuori dal letto e alla sua scrivania. La pelle mi prudeva e mi bruciava per la convalescenza – un ricordo costante delle fiamme – ma gli arti erano un'altra storia. I muscoli e le ossa erano più rigidi, più pesanti. Ogni passo verso la scrivania fu una sofferenza. Avevo goccioline di sudore sulla fronte, i capelli madidi sulla nuca.

Coco aveva detto che la febbre sarebbe rimasta alta. Speravo che passasse presto.

Mi lasciai cadere sulla sedia e con le ultime forze che mi restavano aprii il cassetto. Dentro c'era ancora la vecchia Bibbia sbiadita di Reid. Con mani tremanti la aprii e iniziai a leggere, o almeno ci provai. La sua grafia minuta riempiva ogni centimetro degli stretti margini. Avvicinai il naso alle pagine di carta sottile, eppure non riuscii a mettere a fuoco la scrittura.

Rimisi il libro nel cassetto con un sospiro seccato.

Dimostrare che le streghe non erano cattive di natura rischiava di essere più difficile del previsto.

Tuttavia avevo escogitato un piano quel pomeriggio, dopo che Coco e Ansel se n'erano andati. Se era stato possibile convincere Ansel che non eravamo cattive, forse potevamo farcela anche con Reid. Perciò dovevo comprendere la sua ideologia. Dovevo comprendere lui. Imprecando sottovoce, mi alzai di nuovo e mi preparai per la discesa all'inferno.

Dovevo andare in biblioteca.

Quasi mezz'ora dopo, aprii la porta del sotterraneo. Un piacevole spiffero d'aria fredda mi accarezzò la pelle sudata e mi strappò un gemito di sollievo. Il corridoio era immerso nel silenzio. Quasi tutti gli chasseur erano andati a dormire, e gli altri erano occupati in... chissà cosa. Fare la guardia alla famiglia reale. Proteggere i colpevoli. Bruciare gli innocenti.

Arrivata alla biblioteca, però, la porta della sala del consiglio si spalancò e ne uscì l'arcivescovo, che si stava leccando una specie di glassa dalle dita. Nell'altra mano reggeva una brioche alla crema mezza mangiata.

Merda. Prima che potessi infilarmi in bocca l'anello di Angelica per sparire, lui si girò e mi vide. Ci raggelammo entrambi con la mano a metà strada verso la bocca, ma lui si riprese per primo, nascondendo la brioche dietro la schiena. Aveva ancora un po' di glassa sulla punta del naso.

«Louise! Cosa... cosa ci fai quaggiù?» Scosse la testa davanti alla mia espressione sconcertata, e si schiarì la voce prima di drizzarsi in tutta la sua scarsa statura. «Questa è un'area riservata. Devo chiederti di andartene subito.»

«Mi spiace, ero...» Distolsi lo sguardo dal suo naso. «Volevo prendere una Bibbia in prestito.»

Mi guardò come se mi fossero spuntate le corna: paradossale, data la mia richiesta. «Una... cosa?»

«Quella è una brioche?» Inspirai a fondo l'aroma di cannella e vaniglia, scostandomi dalla fronte una ciocca di capelli sudati. Nonostante la febbre, avevo l'acquolina in bocca. Avrei riconosciuto ovunque quell'odore. Era il mio odore. Che diavolo ci faceva lì con lui? Quel luogo cupo, orribile non era il suo posto.

«Basta con le domande impertinenti» ordinò, pulendosi le dita sul retro della tonaca. «Se davvero vuoi procurarti una Bibbia – e ne dubito – ovviamente te ne fornirò una, purché torni subito nella tua stanza.» Controvoglia, i suoi occhi mi esaminarono il viso: la carnagione pallida, la fronte sudata, le occhiaie. La sua espressione si addolcì. «Dovresti essere a letto, Louise. Il tuo corpo ha bisogno di tempo per...» Scosse di nuovo la testa, per riscuotersi, come se non sapesse bene cosa gli fosse preso. Lo capivo. «Non muoverti di qui.»

Mi superò per entrare nella biblioteca e tornò un attimo dopo. «Ecco.» Mi mise in mano un tomo polveroso e vecchissimo. Il dorso e la copertina erano sporchi di glassa. «Abbine cura. Questa è la parola di Dio.»

Passai la mano sulla rilegatura in pelle, tracciando linee nella polvere e sulla glassa. «Grazie. Ve la restituirò appena avrò finito.»

«Non ce n'è bisogno.» Giunse le mani dietro la schiena. Pareva a disagio quanto me. «È per te. È un regalo, se vogliamo.»

Un regalo. Quelle parole mi fecero correre in corpo una scossa di disappunto, e rimasi colpita dalla stranezza di quella situazione. L'arcivescovo che nascondeva la glassa sulle dita. Io che mi stringevo una Bibbia al petto. «Bene. Be', allora andrei...»

«Certo. Anch'io devo tornare a letto...»

Ci accomiatammo con cenni del capo imbarazzati.

Reid aprì la porta della camera da letto senza far rumore, quella sera. Buttai la Bibbia sotto il letto e lo salutai con aria colpevole: «Ciao!».

«Lou!» Sobbalzò per lo spavento. Con gli occhi sbarrati, gettò la giacca sulla scrivania e si avvicinò cauto. «È tardi. Cosa ci fai sveglia?»

«Non riuscivo a dormire.» Battevo i denti; sprofondai nella coperta in cui mi ero avvolta come in un bozzolo.

Mi posò una mano sulla fronte. «Scotti. Sei stata in infermeria?»

«Brie ha detto che la febbre sarebbe durata qualche giorno.»

Quando fece per sedersi con me sul letto balzai in piedi, abbandonando la coperta. I miei muscoli protestarono per quel movimento improvviso e feci una smorfia di dolore, accompagnata da altri brividi. Lui sospirò. «Mi dispiace. Siediti, ti prego. Hai bisogno di riposare.»

«No, ho bisogno di togliermi questi capelli dal collo. Mi stanno facendo impazzire.» Inspiegabilmente furiosa, scostai le ciocche dalla pelle ipersensibile. «Ma ho le braccia così... pesanti...» Uno sbadiglio eclissò il resto delle mie parole, e le braccia mi ricaddero. Mi buttai di nuovo sul letto. «Non riesco a tenerle sollevate.»

Ridacchiò. «C'è qualcosa che posso fare per aiutarti?»

«Sì, le trecce.»

La risata gli morì sulle labbra. «Vuoi che faccia... cosa?»

«Le trecce. Per favore.» Mi fissò. Lo fissai. «Posso insegnarti. È facile.»

«Ne dubito.»

«Per favore. Non riesco a dormire se i capelli mi toccano la pelle.»

Era vero. Tra le Scritture, la febbre e la carenza di sonno, i pensieri mi vorticavano deliranti in testa. Ogni volta che i capelli mi sfioravano la pelle era un'agonia: qualcosa a metà tra freddo e dolore, solletico e fitta.

Reid mi girò intorno. Un piacevole brivido mi corse giù per la schiena nel sentirlo così vicino. Così caldo. Gli sfuggì un sospiro rassegnato. «Dimmi cosa devo fare.»

Resistetti alla tentazione di appoggiarmi a lui. «Dividi i capelli in tre sezioni.»

Indugiò un momento prima di prendere i miei capelli tra le mani. Mi venne la pelle d'oca quando ci passò in mezzo le dita. «E adesso?»

«Adesso prendi la sezione esterna e passala sopra quella centrale.»

«Cosa?»

«Devo ripetere ogni cosa che dico?»

«È impossibile» borbottò, tentando invano di tenere separate le ciocche. Dopo qualche secondo si arrese e ricominciò da capo. «I tuoi capelli sono più spessi della coda di un cavallo.»

«Mmm. È un complimento, Chass?»

Dopo vari tentativi riuscì a completare il primo passo. «E ora?»

«Ora fai l'altro lato. Incrocia verso il centro. Assicurati che sia ben stretta.»

Emise un ringhio basso, gutturale, e mi venne un altro tipo di brivido. «È orribile.»

Chinai la testa in avanti per godermi la sensazione delle sue dita sul collo. La mia pelle non protestava più come prima. Anzi, sembrava scaldarsi al suo tocco. Fondersi. Gli occhi mi si chiusero. «Parlami.»

«Di cosa?»

«Come sei diventato capitano?»

«Sei sicura di volerlo sapere?»

«Sì.»

«Qualche mese dopo essere entrato negli chasseur, ho trovato un branco di *loups garous* fuori città. Li abbiamo uccisi.»

Nessuna strega avrebbe mai stretto amicizia con un

licantropo, ma a udire quel pragmatismo mi si strinse il cuore. Nel suo tono non c'era rimorso, non c'era nessuna emozione: un semplice dato di fatto. Freddo, sterile e inverosimile come un mare ghiacciato. Jean Luc l'avrebbe chiamata verità.

Non trovando le energie per proseguire la conversazione, sospirai e lasciai calare il silenzio. Lui continuò a intrecciarmi i capelli, con movimenti più rapidi via via che ci prendeva la mano. Aveva dita agili. Abili. Ma sembrava percepire la tensione nelle mie spalle, perché parlò a voce molto più bassa quando chiese: «Come finisco?».

«C'è un cordino di pelle sul comodino.»

Avvolse ripetutamente il cordino intorno alla treccia prima di legarlo con un nodo accurato. O almeno immaginai che fosse simmetrico. Ogni cosa che faceva Reid era precisa, certo, ogni colore era al suo posto. Non si lasciava distrarre dall'indecisione, vedeva il mondo in bianco e nero senza curarsi delle sfumature. I colori della cenere e del fumo. Della paura e del dubbio.

I miei colori.

«Lou, io...» Fece correre le dita lungo la treccia e altri brividi mi percorsero la pelle. Quando mi girai a guardarlo, lui abbassò la mano e indietreggiò. «Me l'hai chiesto tu.»

«Lo so.»

Senza un'altra parola andò a chiudersi in bagno.

TEMPO DI VOLTARE PAGINA

Reid

«Andiamo da qualche parte» propose Lou.

Alzai gli occhi dalla Bibbia. Quella mattina era andata di nuovo in infermeria. Da quando era tornata da quel postaccio, era rimasta seduta sul letto a fissare il vuoto. Ma i suoi occhi non erano immobili. No, saettavano avanti e indietro come se seguissero il percorso di qualcosa, e anche le labbra si muovevano impercettibilmente. Le dita fremevano.

Non dissi nulla, ma temevo che i pazienti avessero iniziato a contagiarla. Uno in particolare mi preoccupava, un tale Monsieur Bernard. Qualche giorno prima, padre Orville mi aveva preso da parte per informarmi che quell'uomo veniva tenuto sotto sedazione costante – e in catene – per prevenirne il suicidio. Padre Orville sembrava convinto che Lou avrebbe avuto uno shock quando fosse accaduto l'inevitabile.

Forse, andarcene per un po' avrebbe fatto bene a entrambi.

Posai la Bibbia. «Dove vuoi andare?»

«Voglio una brioche alla crema. Ricordi la pasticceria in cui ci siamo conosciuti? Quella nel Rione Est? Ci andavo sempre, prima... be', prima di tutto questo.»

La scrutai con sospetto. «Prometti di comportarti bene?»

«Ovvio che no. Mi rovinerei il divertimento.» Saltò giù dal materasso. Afferrò il mantello dall'attaccapanni. «Vieni o no?»

Aveva negli occhi una scintilla che non avevo più rivisto dopo quel giorno al teatro. Prima del rogo. Prima di... be', tutto questo. La guardai con attenzione, cercando un segno della donna che avevo conosciuto nell'ultima settimana. La febbre era scesa in fretta, ma i nervi erano ancora all'erta. Pareva in equilibrio sulla punta di un coltello: una mossa falsa e avrebbe impalato qualcuno. Probabilmente me.

O se stessa.

Però quel giorno sembrava diversa. Forse stava migliorando. «Ti senti... meglio?» chiesi, esitante.

Smise di allacciarsi il mantello. «Forse.»

Seppure a malincuore, annuii e andai a prendere la giacca... ma lei me la tirò via da sotto le mani.

«No.» Mi agitò un dito davanti al naso. «Vorrei trascorrere la giornata con Reid, non con lo chasseur.»

Reid.

Non mi ero ancora abituato a sentirmi chiamare per nome da lei. Ogni volta ero percorso da un piccolo, assurdo brivido. Anche stavolta. Mi schiarii la voce e incrociai le braccia, sforzandomi di restare impassibile. «Sono la stessa persona.»

Fece una smorfia e mi tenne la porta aperta. «Staremo a vedere. Andiamo?»

Era una giornata ventosa. Freddissima. Impietosa. Ai lati delle strade restava ancora un po' dell'ultima neve, mezza sciolta e sporca. Infilai le mani nelle tasche dei pantaloni. Battei le palpebre, abbagliato dal sole del pomeriggio. «Si gela, qui fuori.»

Lou girò il viso verso il vento e sorrise. Chiuse gli occhi e allargò le braccia, la punta del naso già rossa. «Il freddo toglie un po' di questa puzza di pesce. È splendido.»

«Facile, per te. Hai un mantello, tu.»

Alcune ciocche di capelli sfuggirono dal cappuccio e le danzarono intorno al viso. «Posso rubartene uno, se preferisci. C'è un sarto vicino alla pasticceria...»

«Non pensarci neppure.»

«E va bene.» Si strinse ancor di più nel mantello. Color carbone. Macchiato. Con l'orlo sdrucito. «Come preferisci.»

Irritato, mi avviai dietro di lei. Ogni muscolo del mio corpo era contratto per il gelo, ma non mi permisi di rabbrividire. Non potevo dare a Lou la soddisfazione di...

«Oh, santo cielo» disse, ridendo. «Non ti si può guardare. Ecco, tieni.»

Mi lanciò addosso un lato del mantello. Mi copriva a malapena, però non mi lamentai; soprattutto quando si sistemò sotto il mio braccio. Sorpreso, le circondai le spalle. Rise ancora di più. «Siamo ridicoli.»

Abbassai lo sguardo su di noi e sorrisi. Era vero. Ero troppo alto per quel mantello, quindi per restare coperti eravamo costretti a camminare a passettini. Tentammo di sincronizzare l'andatura, ma ben presto feci un passo falso e... finimmo gambe all'aria nella neve. Un vero spettacolo. I passanti ci guardarono male, ma per la prima volta da chissà quanto tempo non mi importava.

Risi anch'io.

Quando entrammo in pasticceria avevamo le guance e il naso rossi. Ci faceva male la gola per il troppo ridere. La osservai mentre mi tirava giù il mantello dalle spalle. Le sorrideva tutto il viso. Non avevo mai assistito a una trasformazione simile. Era... contagiosa.

«Pan!» Lou spalancò le braccia. Seguii il suo sguardo verso l'uomo che era dietro il bancone, e che mi apparve familiare. Basso, robusto. Occhietti porcini che si accesero di entusiasmo vedendo Lou.

«Lucida! Figliola cara, dove sei stata?» Girò a fatica intorno al bancone, alla massima velocità che le gambe gli consentivano. «Iniziavo a pensare che ti fossi dimenticata del tuo amico Pan! E poi...» sgranò gli occhi in un'espressione ridicola, e abbassò la voce fino a un bisbiglio, «cosa ti sei fatta ai capelli?»

Lou si portò una mano alla testa. Senza badarle, Pan la abbracciò per un secondo in più del dovuto. Lei ridacchiò, un po' a disagio. «Sentivo il bisogno di cambiare. Qualcosa di più scuro per l'inverno. Ti piacciono?»

«Certo, certo. Ma sei troppo magra, bambina, troppo magra. Ecco, ora ti ingrassiamo con una ciambella.» Tornò a voltarsi verso il bancone, ma si bloccò appena mi vide. Inarcò le sopracciglia. «E questo chi è?»

Lou sfoderò un sorrisetto perfido. Cercai di prepararmi a qualsiasi piano diabolico avesse escogitato, sperando che non fosse nulla di illegale. Sapendo che probabilmente lo era.

«Pan.» Mi prese per un braccio e mi trascinò in avanti. «Vorrei presentarti... Bas.»

Bas? La guardai sorpreso.

«*Quel* Bas?» Pan la fissò sconcertato.

Lei mi strizzò l'occhio. «In carne e ossa.»

Pan si rabbuiò. Poi – incredibile a dirsi – mi puntò un dito sul petto. Sorpreso, feci un passo indietro, ma l'uomo mi seguì. Senza smettere di pungolarmi.

«Ora ascoltami bene, giovanotto... Sì, ho sentito parlare di te! Non sai quanto sei fortunato ad avere con te questa *cherie.* È una vera perla, e tu la tratterai come tale da oggi in poi, hai capito? Se mi giunge voce che non l'hai fatto, dovrai risponderne a me, e non ti conviene farti nemico Pan, oh no!»

Scoccai un'occhiataccia indignata a Lou, che però era scossa da una risata silenziosa. Inutile. Indietreggiai rapidamente. Troppo in fretta perché l'uomo potesse starmi dietro. «Io... sì, signore.»

«Molto bene.» Continuò a scrutarmi con sospetto mentre prendeva due brioche alla crema dal bancone. Ne porse una a Lou e mi tirò in faccia l'altra. Riuscii a prenderla prima che mi scivolasse giù sulla camicia. «Ecco qui, cara. Tu invece devi pagare» soggiunse, guardandomi male.

Incredulo, mi pulii il naso dalla glassa. Quell'uomo era un pazzo furioso. E anche mia moglie.

Quando Pan tornò dietro il bancone, le chiesi: «Chi è Lucida? E perché gli hai detto che mi chiamo... in quel modo?».

Impiegò diversi secondi a rispondere: doveva prima masticare l'enorme boccone che aveva in bocca. Aveva le guance gonfie. Però dovevo darle atto che riusciva a farlo a bocca chiusa. E anch'io.

Alla fine deglutì. Si leccò le dita con un riguardo che sarebbe stato più consono in chiesa. No, anzi: con un riguardo che sicuramente non sarebbe stato consono in chiesa. Guardai ovunque tranne che verso la sua lingua. «Mmm... hai un istinto territoriale così forte, Chass.»

«Be'?» ribattei, senza riuscire a celare la mia gelosia. «Perché gli hai detto che sono il ladro?»

Mi sorrise e continuò a leccarsi il pollice. «Se proprio vuoi saperlo, lo uso per far sentire in colpa Pan e convincerlo a regalarmi i dolci. Appena il mese scorso, quel farabutto di Bas mi ha proposto di fuggire con lui e poi mi ha piantata in asso sul molo. Pan mi ha dato brioche gratis per una settimana.»

«Sei deplorevole.»

Le brillavano gli occhi. Sapeva esattamente cosa faceva. «Sì che lo sono. La mangi, quella?» Indicò il mio piatto. Lo spinsi verso di lei, che addentò la mia brioche con un sospiro sommesso. «Come la manna dal cielo.»

Mi sorpresi. «Non sapevo che conoscessi la Bibbia.»

«Probabilmente non sai molte cose sul mio conto, Chass.» Si strinse nelle spalle e si infilò in bocca mezza brioche. «D'altronde è l'unico libro che si trova nella Torre a parte *La Vie Éphémère, Il pastore* e i *Dodici trattati sullo sterminio dell'occulto,* che è uno schifo, tra parentesi. Non lo consiglio.»

Non avevo ascoltato una sola parola. «Non chiamarmi così. Il mio nome è Reid.»

Inarcò un sopracciglio. «Pensavo che fossero la stessa persona.»

Mi appoggiai allo schienale e la osservai mentre finiva di mangiare. Aveva un po' di glassa sulle labbra. Il naso ancora rosso per il freddo, i capelli spettinati dal vento. La mia piccola miscredente. «Non ti piacciono gli chasseur.»

Mi fissò. «E mi sono sforzata parecchio per nasconderlo.»

«Perché?»

«Non credo che tu sia pronto a sentire la risposta, Chass.»

«E va bene. Perché sei voluta uscire oggi?»

«Perché era ora.»

«Sarebbe a dire…?»

«Sarebbe a dire che c'è un tempo per il dolore e un tempo per voltare pagina.»

Era sempre lo stesso, con lei. Svicolava sempre. Come se mi avesse letto nel pensiero, incrociò le braccia e si appoggiò al tavolo con un'espressione imperscrutabile. «Okay. Forse sei pronto a sentire un po' di risposte. Facciamo un gioco, ti va? Un gioco con le domande, per conoscerci meglio.»

Mi sporsi in avanti anch'io. Raccolsi la sfida. «Facciamolo.»

«Bene. Qual è il tuo colore preferito?»

«Il blu.»

Alzò gli occhi al cielo. «Noioso. Il mio è l'oro, o il turchese. O lo smeraldo.»

«Perché la cosa non mi stupisce?»

«Perché non sei stupido come sembri.» Non sapevo se offendermi o essere lusingato. Non mi lasciò il tempo di decidere. «Qual è la cosa più imbarazzante che hai mai fatto?»

«Be'...» A quel ricordo arrossii. Tossii e guardai il piatto vuoto. «Una volta l'arcivescovo mi ha sorpreso... in una posizione compromettente. Con una ragazza.»

«Oddio!» Batté le mani sul tavolo, sgranando gli occhi. «Ti ha scoperto a fare sesso con Célie?»

Le persone al tavolo accanto si girarono verso di noi. Chinai la testa, grato – per la prima volta in vita mia – di non essere in divisa. La fulminai con lo sguardo. «Ssstt! Certo che no. Mi ha baciato, va bene? Era solo un bacio!»

«Solo un bacio? Ma non è divertente. Non c'è niente di imbarazzante.»

Ma lo era stato. La faccia dell'arcivescovo... scacciai subito il ricordo. «Qual è la tua, allora? Hai ballato nuda la *bourrée*?»

Sbottò in una risatina. «Ti piacerebbe. No, ho cantato a

una festa quando ero bambina. Non ho beccato una sola nota. Hanno riso tutti. Canto di merda.»

I nostri vicini di tavolo schioccarono la lingua in segno di disapprovazione. «Sì, lo so.»

«Già. Qual è la cosa che ti dà più fastidio al mondo?»

«Le parolacce.»

«Guastafeste.» Sorrise. «Piatto preferito?»

«Carne di cervo.»

Indicò il piatto vuoto. «Brioche alla crema. Migliore amico?»

«Jean Luc. Tu?»

«Davvero?» Il suo sorriso si spense, e mi fissò con quella che mi parve… pietà. Ma era impossibile. «È… un peccato. La mia è Brie.»

Ignorando quella frecciatina, quello sguardo, la interruppi prima che potesse fare un'altra domanda. «Difetto fatale?»

Esitò e seguì con il dito un nodo del legno. «L'egoismo.»

«L'ira. Paura più grande?»

«La morte.»

Le presi la mano. «Non c'è niente da temere nella morte, Lou.»

Mi fissò con un'espressione indefinibile negli occhi verdeazzurri. «Ah no?»

«No. Non se sai dove stai andando.»

Rise con amarezza e mi lasciò la mano. «È quello il problema, no?»

«Lou…»

Si alzò e mi zittì con un dito sulle labbra. Battei rapidamente le palpebre, cercando di non pensare troppo alla dolcezza della sua pelle.

«Non parliamone più.» Abbassò il dito. «Andiamo a vedere l'albero di Mezz'inverno. Lo stavano issando.»

«L'albero di Natale» la corressi automaticamente.

Continuò come se non mi avesse sentito. «Prima però dobbiamo trovarti un cappotto. Sei sicuro di non volere che te ne rubi uno? Sarebbe facile. Ti lascio anche scegliere il colore.»

«Non ti permetterò di rubare niente. *Comprerò* un cappotto.» Accettai l'angolo di mantello che mi offriva e mi strinsi a lei. «E posso comprare a te un mantello nuovo.»

«Questo me l'ha regalato Bas!»

«Appunto.» La condussi in strada, verso il negozio di abbigliamento. «A maggior ragione va buttato nella spazzatura, nel posto che gli spetta.»

Un'ora dopo uscimmo dal negozio con gli abiti nuovi. Un cappotto di lana blu con fibbie d'argento per me, un mantello di velluto bianco per Lou. Aveva protestato vedendo il prezzo, ma io avevo insistito. Quel bianco donava moltissimo alla sua carnagione dorata, e per una volta aveva lasciato abbassato il cappuccio. I capelli scuri erano sferzati dalla brezza. Era bellissima.

Non le avevo detto quell'ultima parte, però.

Una colomba tubava sopra di noi mentre camminavamo verso il centro del paese, e i fiocchi di neve cadevano fitti, si impigliavano tra i capelli di Lou, sulle sue ciglia. Mi fece l'occhiolino e ne prese uno con la lingua. Poi un altro. E un altro. Si mise a girare sul posto cercando di acciuffarli tutti insieme. La guardavo, divertito mio malgrado.

«Coraggio, Chass! Assaggiali! Sono divini!»

Scossi la testa e sorrisi. Più la gente mormorava intorno a noi, più lei alzava la voce. Più ampi diventavano i suoi movimenti. Più si allargava il suo sorriso. Si beava della loro disapprovazione.

Sentii svanire il sorriso. «Non posso.»

Si voltò verso di me e mi prese le mani. Aveva le dita

gelide, dieci piccoli ghiaccioli. «Non ti ammazzerà vivere un po', sai.»

«Sono uno chasseur, Lou.» La allontanai da me con una fitta di rimpianto. «Noi non… folleggiamo.»

Neanche se volessimo.

«Ci hai mai provato?»

«Certo che no.»

«Forse dovresti.»

«Si sta facendo tardi. Vuoi vedere l'albero di Natale o no?»

Mi fece la linguaccia. «Non ci si diverte con te, Chass. Quattro salti nella neve ci vorrebbero proprio, per te e per quegli altri chasseur. È un buon modo per togliersi la scopa dal culo.»

Mi guardai intorno nervosamente. Due passanti mi incenerirono con un'occhiata. Afferrai la mano di Lou mentre piroettava all'indietro verso di me. «Per favore, comportati bene.»

«D'accordo.» Mi spazzò via la neve dai capelli, lisciando le rughe tra le sopracciglia. «Mi asterrò dall'usare la parola culo. Contento?»

«Lou!»

Scoppiò a ridere. «Signore, è troppo facile con voi. Andiamo a vedere quest'albero di Mezz'inverno.»

«Albero di Natale.»

«Dettagli. Andiamo?» Anche se non dividevamo più il mantello, mi cinse in vita con entrambe le braccia. La tirai a me, scrollando la testa esasperato, ma non riuscii a trattenere un sorriso.

Quella sera Mademoiselle Perrot ci accolse nell'atrio della chiesa con il volto tirato. Turbata. Mi ignorò come al solito e andò dritta da Lou.

«Che succede?» Lou si rabbuiò e le prese le mani guantate. «Cos'è successo?»

«È Bernie» mormorò Mademoiselle Perrot. Lou la scrutò.

«Chi è Bernie?» domandai.

Mademoiselle Perrot non mi degnò di un'occhiata. Invece Lou sì. «Monsieur Bernard» disse. Ah. Il paziente aspirante suicida. Poi tornò a rivolgere la sua attenzione a Mademoiselle Perrot. «È… è morto?»

Gli occhi di Mademoiselle Perrot brillavano troppo alla luce delle candele. Erano troppo umidi. Pieni di lacrime. Mi preparai per l'inevitabile. «Non lo sappiamo. Se n'è andato.»

Quelle parole richiamarono la mia attenzione. Mi feci avanti. «In che senso, andato?»

La ragazza sbuffò e finalmente guardò. «Andato nel senso di andato, capitano Diggory. Letto vuoto. Catene strappate. Nessuna traccia di un cadavere.»

«Nessuna traccia di un cadavere?» Lou sgranò gli occhi. «Quindi… questo significa che non si è suicidato!»

Mademoiselle Perrot scosse la testa con aria lugubre. «Non significa niente. Potrebbe essersi trascinato da qualche parte per farlo. Finché non troviamo il corpo non possiamo saperlo.»

Aveva ragione. «I miei confratelli sono stati avvertiti?»

«Sì. Stanno cercando nella chiesa e nella Torre. Un'unità è stata inviata a pattugliare la città.»

Bene. L'ultima cosa che volevamo era che qualcuno si imbattesse in un cadavere imbevuto di magia. La gente sarebbe andata nel panico. Annuii e strinsi la spalla di Lou. «Lo troveranno, Lou. In un modo o nell'altro. Non c'è bisogno che ti preoccupi.»

Era ancora tesa in volto. «Ma se è morto?»

La feci girare verso di me, con grande irritazione di Mademoiselle Perrot. «Allora significa che ha smesso di soffrire.» Mi chinai per parlarle all'orecchio, lontano dagli occhi indiscreti di Mademoiselle Perrot. I suoi capelli mi solleticavano le labbra. «Sapeva dove stava andando, Lou. Non aveva nulla da temere.»

Si tirò indietro per guardarmi. «Credevo che il suicidio fosse un peccato mortale.»

Le ravviai una ciocca di capelli dietro l'orecchio. «Solo Dio può giudicarci. Solo Dio può scrutare le profondità della nostra anima. E penso che tenga conto delle circostanze, che comprenda il potere... della paura.» Mi schiarii la voce. Mi costrinsi a parlare prima di poter cambiare idea. «Penso che a questo mondo ci siano poche verità assolute. Soltanto perché la Chiesa pensa che Monsieur Bernard soffrirà in eterno per la sua malattia mentale... non vuol dire che sia davvero così.»

A quelle parole vidi brillare qualcosa negli occhi di Lou. All'inizio non lo riconobbi. Non lo riconobbi fino ad alcune ore dopo, quando mi addormentai sul pavimento della mia camera.

Speranza. Era speranza.

L'OSPITE D'ONORE

Lou

Alla vigilia del giorno di san Nicola, Re Auguste diede un ballo che doveva inaugurare un fine settimana di festeggiamenti. E lo diede in onore di Reid. A quanto sembrava, il sovrano si sentiva in debito con lui per aver salvato la pelle alla sua famiglia in occasione dell'attacco delle streghe. Non ero rimasta a guardare mentre scoppiava il caos, ma non dubitavo che mio marito avesse agito in modo… eroico.

Eppure mi sembrava strano celebrare la vittoria di Reid, visto che un suo insuccesso avrebbe risolto i miei problemi. Se il re e i suoi figli fossero stati già morti, non ci sarebbe stato bisogno che morissi anch'io. Sì, il mio collo avrebbe molto gradito un suo insuccesso.

Reid scrollò la testa esasperato quando Coco si precipitò nella stanza senza bussare, con un leggero abito bianco posato sul braccio. Sospirando, indossò la sua migliore giacca da chasseur e si chinò a ravviarmi i capelli dietro l'orecchio a mo' di saluto.

«Devo incontrare l'arcivescovo.» Si fermò sulla soglia, con un angolo delle labbra piegato in un sorriso sghembo. Nei suoi occhi azzurri come il mare danzava una strana impazienza. Nonostante le mie riserve, non trattenni un sorriso a mia volta. «Torno presto.»

Appena se ne fu andato, Coco sollevò l'abito per mostrarmelo. «Sarai divina con questo addosso.»

«Sono divina con qualsiasi cosa addosso.»

Mi fece l'occhiolino. «Ecco lo spirito giusto.» Gettò l'abito sul letto e mi fece sedere alla scrivania, passandomi le dita tra i capelli. Rabbrividii al ricordo di quelle di Reid. «I preti mi hanno permesso di partecipare al ballo perché sono un'amica così stretta di tuo marito e te.» Tirò fuori una spazzola dalla tunica, con una scintilla determinata negli occhi. «Ora è il momento di pettinarti.»

La guardai storto e mi scostai. «Non penso proprio.»

Non mi spazzolavo mai i capelli. Era una delle poche regole che seguissi nella vita, e certamente non vedevo il motivo di violarla proprio adesso. D'altronde, a Reid piacevano i miei capelli. Da quando gli avevo chiesto di farmi le trecce, pareva convinto di poter continuare a toccarli ogni volta che voleva.

Non lo contraddicevo perché... be', non lo facevo e basta.

«Oh, ma io sì, invece.» Mi spinse all'indietro sulla sedia e aggredì la mia chioma come se l'avesse offesa personalmente. Nel tentativo di divincolarmi, mi tirò un colpo in testa con la spazzola. «Sta' ferma! Questi nodi devono venire via!»

Quasi due ore dopo, mi guardai allo specchio. Il davanti del vestito – in sottile seta bianca – mi aderiva al torace per poi allargarsi verso le ginocchia, morbido e semplice. La stoffa velata sulla schiena era decorata con petali delicati e cristalli d'argento, e per mettere in risalto quelle decorazioni Coco mi aveva raccolto i capelli sulla nuca. Inoltre aveva insistito perché mi cancellassi i lividi. Un altro nastro di velluto mi copriva la cicatrice.

Nel complesso... non ero male.

Si piazzò dietro di me per guardarsi allo specchio da sopra la mia spalla. Un abito nero attillato accentuava le sue curve – il collo alto e le maniche strette esaltavano il suo fascino – e aveva legato i riccioli in un elegante chignon sulla sommità della testa. La osservai con una familiare punta d'invidia. Non ero prosperosa quanto lei.

Si sistemò il rossetto con la punta di un dito e strinse le labbra. «Sembriamo uscite dal Bellerose. Babette sarebbe fiera di noi.»

«Dovrebbe essere un insulto?» Infilai le mani nell'abito per sollevare un seno alla volta e guardai perplessa il risultato. «Quelle cortigiane sono così belle che la gente paga per stare con loro.»

Un momento dopo Ansel entrò nella stanza. Si era dato una spuntata ai riccioli e li aveva scostati dal viso, mettendo in risalto gli zigomi alti e l'incarnato perfetto. Quella nuova acconciatura lo faceva sembrare… più adulto. Sbirciai con rinnovato interesse il suo fisico longilineo, la linea netta della mandibola, la curva morbida delle labbra.

Lui sgranò gli occhi nel vedere Coco. Non lo biasimavo. Il suo abito era molto diverso dall'ampia tunica da guaritrice che indossava di solito. «Mademoiselle Perrot! Siete… ehm, vi trovo… molto… molto bene.» Lei inarcò le sopracciglia, divertita. «Insomma, voglio dire che…» Ansel scrollò la testa e ricominciò. «Reid… cioè, il capitano Diggory… mi chiede di riferirvi… cioè, non a voi, ma a Lou… che, ehm…»

«Buon Dio, Ansel.» Sorrisi appena lui distolse lo sguardo da Coco. Batté più volte le palpebre, confuso, come se avesse preso una botta in testa. «Mi offendo, sai.»

Ma era chiaro che non mi ascoltava. I suoi occhi puntavano già di nuovo su Coco, che avanzava nella sua direzione con un sorriso da gatta. Piegò la testa di lato come per osservare un topo particolarmente succoso. Ansel deglutì.

«Anche tu stai benissimo.» Coco gli girò intorno con aria di apprezzamento e gli fece correre un dito sul petto. Lui si irrigidì. «Non avevo idea che tu fossi tanto carino, sotto tutti quei capelli.»

«Avevi bisogno di qualcosa, Ansel?» Indicai la stanza con un ampio movimento del braccio, che includeva anche la notevole scollatura di Coco. «Oppure sei qui solo per ammirare l'arredamento?»

Lui si schiarì la voce, con una scintilla determinata negli occhi. «Il capitano Diggory mi ha chiesto di accompagnarti al castello. L'arcivescovo ha insistito perché il capitano andasse con lui. Posso scortare anche voi, Mademoiselle Perrot.»

«Volentieri.» Coco lo prese a braccetto e io scoppiai a ridere vedendolo così allarmato. Ogni muscolo del suo corpo era in tensione, persino le palpebre. Era straordinario. «E ti prego, chiamami Brie.»

Ansel si sforzò di toccare il meno possibile il corpo di Coco mentre scendevamo le scale, ma lei si impegnò per complicargli le cose. Gli chasseur a cui era stato ordinato di restare lì al nostro passaggio ci fissarono. Coco strizzò loro l'occhio.

«Tanto vale regalare loro uno spettacolo» sussurrai.

Coco sfoderò un gran sorriso e diede un pizzicotto sul fondoschiena di Ansel, che fece un salto e scattò in avanti, e poi si girò infuriato quando i guardiani dietro di noi ridacchiarono. «Non è divertente.»

Non ero d'accordo con lui.

Antico e disadorno, il castello di Cesarine era una fortezza adeguata alla città in cui sorgeva. Non vantava grossi torrioni o alte guglie, né finestre, né archi. Incombeva su di noi mentre ci univamo alla fila di carrozze in attesa di essere ricevute e il sole tramontava tingendo le pietre di rosso sangue. I cipressi nel cortile – alti e stretti, come due lance che ferivano il cielo – non facevano che rendere più cupa l'atmosfera.

Aspettammo per quelle che ci parvero ore prima che un valletto con la livrea dei Lyon si avvicinasse al nostro veicolo. Ansel scese a salutarlo e gli bisbigliò qualcosa all'orecchio, e l'uomo sbarrò gli occhi. Venne subito a offrirmi la mano. «Madame Diggory! Il capitano vi aspettava con ansia.»

«Com'è giusto che sia.» Coco non aspettò che il valletto la aiutasse a scendere. Ansel tentò di prenderle il gomito, ma lei lo scacciò. «Sono impaziente di scoprire se questo tuo chasseur è premuroso in pubblico come lo è in privato.»

Il valletto sembrò sorpreso, ma restò in silenzio. Ansel emise un lamento sommesso.

«Vi prego, *mesdames,* procedete verso l'anticamera» disse il valletto. «L'araldo si assicurerà che veniate annunciata nel modo più appropriato.»

Mi fermai di scatto. «Annunciata? Ma non ho nessun titolo.»

«Sì, *madame,* però vostro marito è l'ospite d'onore. Il re insiste per trattarlo come un membro della famiglia reale, questa sera.»

«Potenzialmente problematico» mormorò Coco mentre Ansel ci spingeva avanti.

Sicuramente problematico. E per nulla divertente.

Non avevo intenzione di farmi annunciare a una sala piena di estranei. Non potevo sapere chi si nascondesse lì dentro per spiare. Avevo imparato la lezione con Estelle. Non c'era bisogno di ripetere l'esperienza.

Mi guardai intorno alla ricerca di un ingresso discreto. Ma non immaginavo proprio come avrei potuto mantenere l'anonimato a un ballo in onore di mio marito, tanto più in quell'assurdo vestito così trasparente. Imprecai tra me e me quando tutti gli occhi si girarono verso di noi al nostro passaggio. Le curve peccaminose di Coco non ci furono d'aiuto.

L'anticamera era affollata di aristocratici in abiti sontuosi, ma era buia e deprimente come l'esterno della fortezza. Sembrava una prigione. Una prigione con candelabri d'oro e festoni di sempreverdi e agrifoglio sopra le porte. Mi parve persino di vedere del vischio.

Ansel allungò il collo per cercare l'araldo. «Eccolo lì.» Indicò un uomo basso e tarchiato con una parrucca e un rotolo di pergamena, che stazionava accanto a un grande arco. Dalla stanza accanto provenivano musica e risate. Arrivò un altro servo a prendere i nostri mantelli. Tenni stretto il mio per un secondo di troppo, ma poi il domestico riuscì a togliermelo dalle mani. Mi sentii nuda e lo guardai sparire con un senso di impotenza.

Quando però Ansel mi spinse verso l'araldo, puntai i piedi. «Mi rifiuto di farmi annunciare.»

«Ma il valletto dice…»

Liberai il braccio dalla sua stretta. «Non mi importa di cosa dice il valletto!»

«Lou, il re ha insistito…»

«Miei cari.» Coco fece un gran sorriso e ci prese a braccetto. «Non diamo spettacolo, vi va?»

Trassi un respiro profondo e mi sforzai di sorridere e salutare con cenni del capo gli aristocratici che origliavano la nostra conversazione. «Entrerò da laggiù» informai Ansel a denti stretti, indicando una porta secondaria più piccola da cui i servi entravano e uscivano.

«Lou» iniziò a ribattere lui, ma ero già quasi arrivata all'uscio. Coco si affrettò a seguirmi, lasciando indietro Ansel.

La sala da ballo era ben più grande e imponente dell'anticamera. Lampadari di ferro pendevano dalle travi del soffitto e il parquet brillava alla luce delle candele. I musici suonavano un motivetto festoso nell'angolo, accanto a un enorme sempreverde. Alcuni ospiti avevano già cominciato a ballare, ma la maggior parte preferiva passeggiare lungo il perimetro del salone, bevendo champagne e ingraziandosi la famiglia reale. A giudicare dal volume delle voci e da come biascicavano, i nobili vicino a me bevevano ormai da ore.

«Sì, le Vecchie Sorelle, così ho sentito dire…»

«Sono venute fin qui da Amandine per esibirsi! Mio cugino sostiene che sono fantastiche.»

«Domenica, hai detto?»

«Dopo la messa. Che splendido modo di concludere il fine settimana. L'arcivescovo merita gli onori…»

Sbuffando, li superai per entrare nella stanza. Chiunque scegliesse di mettere insieme le parole *l'arcivescovo merita gli onori* non valeva la mia attenzione. Mi guardai intorno in quel mare di giacche blu e abiti luccicanti in cerca di Reid, e vidi i suoi capelli ramati all'altro capo della sala da ballo. Era circondato da un gruppo di ammiratrici, ma a catturare il mio interesse fu soprattutto la giovane donna che gli stava aggrappata al braccio. Mi si strinse il cuore.

Mi aspettava con ansia, eh? Come no.

Anche da laggiù si capiva che la donna era molto bella:

delicata e femminile, con un incarnato di porcellana e i capelli corvini che brillavano illuminati dalle candele. Stava ridendo per qualcosa che Reid le aveva detto. Sentii un disagio improvviso.

Poteva essere una sola persona.

Un sogno irrealizzabile tristemente scomodo, noioso e docile.

Coco seguì il mio sguardo e storse il naso nel vedere Reid con quella bellezza mora. «Ti prego, dimmi che non è chi penso io.»

«Vengo a cercarti più tardi.» Non staccai gli occhi dal viso di Reid.

All'improvviso un uomo mi sbarrò il passo. Non l'avevo mai visto così da vicino, ma riconobbi subito la carnagione bruna e gli occhi con le palpebre pesanti. Capelli neri pettinati alla perfezione, più gioielli sulla corona di quanti ne contenesse l'intera cassaforte di Tremblay.

Beauregard Lyon.

Maledizione. Non avevo tempo per quelle stronzate. Quella stupida oca stava affondando gli artigli su mio marito, gli stava ricordando l'esistenza delle sue splendide labbra, e il suo sorriso, e i suoi occhi, e la sua risata...

«Gran bel vestito.» Mi rivolse un'occhiata pigra, dal basso verso l'alto, poi sorrise e inarcò un sopracciglio.

«Vostra Altezza.» Feci una riverenza, trattenendo una serie di appellativi che sarebbero stati più appropriati. Lui sbirciò nella mia scollatura mentre mi chinavo, quindi mi tirai su di scatto. Maledetto pervertito.

«Il tuo nome.» Non era una domanda.

«Madame Diggory, Altezza.»

Il sorriso si allargò. «Madame Diggory? Vale a dire... Madame Reid Diggory?»

«Proprio lei.»

Gettò la testa all'indietro e rise. Gli aristocratici accanto a noi si fermarono a guardarmi con rinnovato interesse. «Oh, ho sentito molto parlare di te.» Nei suoi occhi dorati riluceva la soddisfazione. «Raccontami come hai fatto a ingannare il nostro caro capitano per convincerlo a sposarti. Qui ognuno ha le sue teorie.»

Mi sarei volentieri spezzata un dito pur di rompere un'altra delle sue appendici.

«Nessun trucco, Altezza» risposi in tono dolce. «Siamo innamorati.»

Il suo sorriso sbiadì. «Che orrore.»

In quel momento la folla si aprì rivelando Reid e le sue tante ammiratrici. La donna dai capelli corvini alzò una mano per togliergli un bruscolino dai capelli. Mi ribollì il sangue.

Il principe seguì il mio sguardo. «Siete innamorati, dicevi?» Si sporse verso di me, avvertii il suo fiato caldo sull'orecchio. «Vogliamo ingelosirlo?»

«No, grazie» sbottai. «Vostra Altezza.»

«Chiamami Beau.» Si scostò con un sorriso malizioso. Gli passai accanto in tutta fretta, ma all'ultimo istante lui mi afferrò la mano e mi sfiorò il palmo con un bacio. Resistetti alla tentazione di spezzargli le dita. «Vieni a cercarmi se cambi idea. Ci divertiremmo insieme, io e te.»

Dopo un ultimo lungo sguardo se ne andò, facendo l'occhiolino a una delle donne lì vicino. Lo guardai andare via per un momento prima di voltarmi verso Reid.

Ma lui e Célie non c'erano più.

UN GIOCO PERICOLOSO

Lou

Non impiegai molto a ritrovarli, perché Reid era la persona più alta in tutto il salone. Quella *connasse* di Célie gli stava ancora aggrappata al braccio ed erano diretti verso una porta parzialmente nascosta da due sempreverdi.

Li seguii. Insopportabilmente persi l'uno nello sguardo dell'altra, varcarono la soglia senza guardarsi alle spalle. Qualcuno mi agguantò per il braccio.

Mi girai e vidi l'arcivescovo.

«Fossi in te non lo farei.» Lasciò la presa come se temesse un contagio. «L'invidia è un peccato mortale, figliola.»

«Anche l'adulterio.»

Mi ignorò e fissò la porta. Era più pallido del solito, il volto tirato, e sembrava dimagrito dall'ultima volta che l'avevo incontrato. «Gli abbiamo rubato il futuro, io e te. Célie è tutto ciò che una donna dovrebbe essere. Reid sarebbe stato felice con lei.» Strinse le labbra. «Invece paga per i nostri peccati.»

«Di che parlate?»

«Non ti biasimo per l'educazione che hai ricevuto, Louise, però sei una miscredente.» Nei suoi occhi ardeva la convinzione. «Forse, se ci fosse stato qualcuno – se qualcuno fosse intervenuto – tutto questo si sarebbe potuto evitare.»

Restai immobile, paralizzata come gli alberi intorno a noi, mentre lui iniziava a camminare avanti e indietro. «Ormai è tardi. Permetti a Reid di concedersi questo piccolo piacere al riparo dalla tua corruzione.»

La mia incredulità si trasformò in una sensazione di freddo. Quindi ero io la corruttrice. Ero io quella che si doveva vergognare.

Alzai la testa e mi feci avanti, fino a ritrovarmi disgustosamente vicino al suo volto pallido. «Non so di che diavolo parliate, ma dovreste guardarvi allo specchio. C'è un girone speciale all'inferno per i bugiardi e gli ipocriti, Eminenza. Forse vi rivedrò lì.»

Mi fissò a bocca aperta, ma quando girai sui tacchi non accennò a seguirmi. La soddisfazione che mi bruciava dentro si dissipò in fretta appena entrai in quella che doveva essere una cucina.

Era vuota.

Subito però sentii una brezza fredda e mi accorsi che la porta sul lato opposto era rimasta socchiusa. Il vento soffiava dalla stretta apertura. La scostai un po' e vidi Reid e Célie in un orticello ormai secco. Uno strato di neve copriva i bruni rimasugli di salvia e rosmarino.

Mi sporsi in avanti e riuscii a malapena a udire le loro voci sopra il vento.

«Mi dispiace, Célie.» Reid prese le mani della donna tra le sue. Lei aveva le spalle tese: era arrabbiata.

Non dovresti essere qui, mi avvertì una vocetta nella mia testa, in tono di disapprovazione. *È sbagliato. È privato. Stai violando la fiducia.*

È lui a violare la fiducia.

«Deve pur esserci qualcosa che possiamo fare» disse con amarezza Célie. «Non è giusto. L'arcivescovo sa che sei innocente. Potremmo andare da lui, chiedergli un annullamento. Ti ama come un figlio. Non vorrà tenerti prigioniero in un matrimonio senza amore.»

Reid le accarezzò le dita con il pollice. «È stato l'arcivescovo a suggerirlo.»

«Il re, allora. Mio padre è il *vicomte*. Sono certa che potrei organizzare un incontro...»

«Célie» mormorò lui.

Lei tirò su con il naso, e non per il freddo. «La odio.»

«Célie, tu... tu non mi volevi.»

Mi si serrò lo stomaco a sentire quella voce, così carica di emozione. Quel dolore.

«Ti ho sempre voluto» replicò lei fieramente. «Non doveva andare così. Ero arrabbiata, avevo il cuore a pezzi, e... avevo soltanto bisogno di tempo. Volevo essere altruista per lei. Per Pip.» Gli gettò le braccia al collo e per la prima volta la vidi bene in faccia. Aveva gli zigomi alti, grandi occhi da cerbiatta e labbra carnose. «Ma non mi importa più, Reid. Non mi importa se sono egoista. Voglio stare con te.»

Non c'è al mondo niente di più bello del suo sorriso... tranne, ovviamente, i suoi occhi. O la sua risata. O le sue labbra.

La osservai posare quelle labbra sulla guancia di Reid e fui travolta da un senso di nausea. All'improvviso le loro lettere d'amore non mi sembravano più spassose.

Lui si tirò indietro per impedirle di spostarsi sulla bocca. «Célie, non farlo. Ti prego. Non rendere tutto più difficile.»

Lei tacque per un momento, le tremava il labbro. Le parole che pronunciò dopo furono un colpo in pieno petto per me. «Ti amo, Reid.» Si aggrappò a lui, supplicante. «Mi dispiace tanto di averti allontanato, ma possiamo ancora stare insieme. Possiamo risolvere questo problema. Non avete consumato il matrimonio. Parla con l'arcivescovo, chiedi un annullamento. Manderà quella puttana in prigione, al posto che le spetta, e...»

«Non è una puttana.»

«Era una ladra, Reid, e ti ha incastrato. Non... non ti merita.»

Reid si districò con delicatezza dal suo abbraccio. «Célie, non possiamo andare avanti in questo modo.» Parlava a voce bassa, rassegnata. «Che lei ti piaccia o no, ho fatto una promessa. E la onorerò.»

«E a te piace?» chiese Célie, gli occhi a fessura.

«Non è importante.»

«Lo è per me!»

E per me.

«Cosa vuoi che ti dica, Célie? È mia moglie. Certo che mi piace.»

Lei indietreggiò come se lui l'avesse schiaffeggiata. «Cosa ti è successo, Reid?»

«Niente...»

«Il Reid che conoscevo avrebbe detestato quella donna. Rappresenta tutto ciò contro cui ti batti...»

«Tu non la conosci.»

«Evidentemente non conosco neanche te!»

«Célie, ti prego...»

«La ami?»

Trattenni il respiro, affondando le dita sullo stipite della porta. Ci fu una lunga pausa. Poi...

«No.» Espirò con forza, guardando a terra. «Ma penso... penso che forse potrei...»

«Hai detto che amavi me.» Célie arretrò piano, gli occhi sbarrati per la sorpresa e il dolore. Le lacrime le scivolavano lungo le guance. «Hai chiesto di sposare me! Me, non lei!»

«Sì, Célie, è vero. Ma Lou...» Sospirò e scosse la testa. «Non voglio farla soffrire.»

«Non vuoi far soffrire lei?» Ora piangeva a dirotto, l'emozione le aveva tinto di rosso le guance. «E io, Reid? Ci conosciamo da quando eravamo bambini!» Le lacrime le bagnarono il corpetto, rovinando la seta nera dell'abito. «E Pip? E il tuo giuramento?»

Reid abbassò le mani lungo i fianchi. «Mi dispiace. Non volevo che andasse così.»

«Dispiace anche a me, Reid» singhiozzò. «Mi dispiace di averti conosciuto.»

Indietreggiai dalla porta, mentre una sensazione di intorpidimento mi invadeva gli arti. Non avrei dovuto essere lì. Quel momento non era destinato ai miei occhi.

Tornai nel salone affollato, però mi tenni in disparte. Avevo la testa piena di domande.

Reid l'aveva amata.

Scrollai il capo, disgustata da me stessa. Ovvio che l'aveva amata. L'aveva scritto chiaro e tondo nel suo stupido diario – che non avrei mai dovuto leggere – e anche se non fosse così, era un uomo giovane e bello. Avrebbe potuto scegliere qualsiasi donna se non avesse dedicato la vita agli chasseur. Quel pensiero mi dava più fastidio di quanto avrebbe dovuto. Come pure il pensiero delle labbra di Célie – delle labbra di chiunque – premute sulla sua guancia.

Célie riapparve qualche minuto dopo, asciugandosi il viso con discrezione. Chinò la testa prima che qualcuno potesse rivolgerle la parola e andò dritta nell'anticamera. Deglutii il groppo che avevo in gola quando riapparve anche Reid. Vedendo che mi cercava, mi domandai se fosse il caso di seguire Célie.

Come potevo affrontarlo dopo ciò che avevo ascoltato? Dopo aver scoperto a cosa aveva rinunciato?

La ami?

No. Ma penso… penso che forse potrei…

Potrebbe? Amarmi?

Il panico mi serrò la gola. Mentre stavo già sollevando la gonna per correre verso la carrozza, Reid mi vide tra la gente. Lo salutai con un gesto imbarazzato – mi odiai per quell'insicurezza improvvisa – quando i suoi occhi azzurri incontrarono i miei e si sgranarono. Venne verso di me, scusandosi con i tanti aristocratici che provavano a fermarlo per congratularsi.

Spostai il peso del corpo da un piede all'altro, intensamente e orribilmente consapevole del cuore che mi martellava in petto, del formicolio negli arti, della pelle arrossata – finché lui non mi raggiunse.

Mi prese per mano. «Sei bellissima.»

Arrossii ancora di più sotto il suo sguardo. A differenza del principe con i suoi apprezzamenti volgari, Reid era rispettoso, quasi… riverente. Nessuno mi aveva mai guardata in quel modo.

«Grazie.» Mi si mozzò il fiato e lui mi scrutò con aria interrogativa, con una domanda inespressa. Distolsi lo sguardo, a disagio, ma Coco scelse proprio quel momento per piombarci addosso.

Non badò ai convenevoli. Non lo faceva mai, con Reid. «Dimmi, chasseur Diggory, chi è quella bella donna che era con te poco fa? Tua sorella, per caso?»

Le scoccai un'occhiata eloquente, eppure lei mi ignorò. La discrezione non era mai stata il suo forte.

«Oh, ehm, no» disse lui. «Era la figlia del *vicomte*, Mademoiselle Tremblay.»

«Amica stretta?» incalzò Coco. «Del tipo suo-padre-è-amico-di-tuo-padre?»

«Non ho mai conosciuto mio padre» rispose lui, asciutto.

«Allora come vi siete conosciuti?» insistette Coco.

«Brie.» Mi costrinsi a sorridere e le presi la mano, stritolandola senza pietà. «Credo che mi piacerebbe stare un po' sola con mio marito. Dov'è Ansel?»

Agitò distrattamente la mano dietro di noi. «Si starà battendo il petto come un gorilla per sfidare a duello l'altro chasseur.»

Guardai nella direzione che indicava. «Quale altro chasseur?»

«Quello presuntuoso. Il cretino.» Strinse le labbra e si concentrò, ma non ce n'era bisogno. Sapevo esattamente a chi si riferiva. «Jean Luc.»

«Cos'è successo?»

«Oh, la classica malattia maschile. Ansel non voleva cedere a Jean Luc il suo giocattolo nuovo.» Alzò gli occhi al cielo. «Ti giuro, le mie conquiste femminili non danno mai tutti questi problemi.»

Adesso il mio sorriso era sincero. Povero Ansel. Non aveva chance contro Jean Luc… e neppure contro Coco. «Forse dovresti andare ad arbitrare l'incontro.»

Coco guardò la mia mano in quella di Reid e il rossore sulle mie guance. Il fatto che lui mi stesse così vicino. Troppo vicino. «Forse dovrei» convenne.

Fece per abbracciarmi, ma Reid non mi lasciò la mano. Lei lo guardò storto e mi abbracciò lo stesso: goffa, ma feroce. «Ci vediamo dopo» mi sussurrò all'orecchio. «Fammi sapere se devo dissanguarlo.»

«Dobbiamo parlare» disse Reid appena Coco si fu allontanata. «In privato.»

Lo seguii in silenziosa apprensione fino all'orto in cui aveva spezzato il cuore a Célie. Stavolta mi assicurai di richiudere la porta della cucina dietro di noi. Qualsiasi cosa volesse confessarmi – e avevo il sospetto che fosse qualcosa di dolorosissimo – non volevo che qualcun altro la udisse.

Si passò una mano tra i capelli ramati, nervoso. «Lou, la donna con cui tu e Mademoiselle Perrot mi avete visto era...»

«No.» Mi abbracciai per non tremare. Non potevo. Non potevo rivivere quell'orribile conversazione. Mi era bastato sentirla la prima volta. «Non devi spiegare niente. Capisco.»

«Sì che devo spiegare. Ascolta, so che ci siamo sposati in circostanze tutt'altro che ideali. Ma Lou, io... voglio che funzioni. Voglio essere tuo marito. So che non posso costringerti a desiderare lo stesso, però...»

«Voglio lo stesso» sussurrai.

Sgranò gli occhi e azzardò un passo avanti. «Davvero?»

«Sì.»

Allora sorrise, un sorriso sincero, che tuttavia vacillò subito. «Allora non possono esserci segreti tra di noi.» Esitò, come per cercare le parole giuste. «La donna che hai visto era Célie. Hai letto le mie lettere, quindi sai che la amavo. Ma... non è successo niente. Te lo giuro. È venuta da me quando sono arrivato con l'arcivescovo e... si è rifiutata di andarsene. L'ho portata qui fuori pochi minuti fa per spiegarle la nostra relazione. Le ho detto che non...»

«Lo so.»

Trassi un respiro profondo, per prepararmi ai momenti spiacevoli in arrivo. Lui sembrò perplesso. «Come fai a saperlo?»

Perché sono una persona orribile. Perché non mi sono fidata di te. Perché lei è tutto ciò che meriti, mentre io sono il tuo nemico.

«Vi ho seguiti qui fuori» ammisi a bassa voce. «E… ho ascoltato tutto.»

«Ci hai spiati?» L'incredulità gli traspariva dalla voce.

Tremavo. Forse per il freddo, forse per la vergogna. «Le vecchie abitudini sono dure a morire.»

Aggrottò le sopracciglia e indietreggiò leggermente. «Non è così che avrei voluto fartelo scoprire.»

Feci spallucce, provando a riassumere un po' della mia vecchia strafottenza, ma non funzionò. «Così è più facile, però.»

Mi fissò per un lungo istante, talmente lungo che non sapevo più se avrebbe parlato oppure no. Con un'intensità che mi sconcertò. «Basta segreti, Lou» disse infine. «Basta con le bugie.»

Mi rimproverai perché non potevo dargli la risposta che voleva. La risposta che volevo anch'io. Perché era lì davanti e mi fissava.

Non volevo più mentirgli.

«Ci… ci proverò» sussurrai.

Era il meglio che potessi dargli.

Annuì piano, comprensivo. «Torniamo dentro. Tremi dal freddo.»

«Aspetta.» Con il cuore in gola, gli afferrai la mano prima che potesse girarsi. «Voglio…»

Rendermi perfettamente ridicola. Scossi la testa, imprecando in silenzio. Non ero brava in quelle cose. Onestà, sincerità… di solito erano troppo faticose. Ma ora… con Reid… gliele dovevo entrambe.

«Volevo ringraziarti… di tutto quanto.» Gli strinsi le dita con le mie, intirizzite. «Célie aveva ragione. Non ti merito. Sono entrata nella tua vita e l'ho rovinata.»

L'altra sua mano si posò sopra la mia. Tiepida e salda.

Mi stupii di vederlo sorridere. «Mi fa piacere che tu ci sia entrata.»

Il sangue mi tinse le guance gelide e d'un tratto non riuscii più a guardarlo. «Be', allora... rientriamo. Mi sto congelando le chiappe, qua fuori.»

Il ballo era ancora in pieno svolgimento. Presi una coppa di champagne da un cameriere di passaggio e la buttai giù in un solo sorso.

Reid mi fissò incredulo. «Bevi come un uomo.»

«Magari gli uomini possono imparare qualcosa dalle donne.»

Richiamai il cameriere e presi altre due coppe, per darne una a Reid. Non la volle. «Rilassati, Chass. Divertiti un po'. È lo champagne migliore che i soldi possano comprare. Non berlo è un insulto a Sua Maestà.» Guardai la gente fingendomi annoiata. «Dov'è Re Auguste, a proposito? Non dovrebbe essere qui?»

«Infatti c'è. Mi ha presentato alla corte, prima.»

«Com'è?»

«Più o meno come te l'aspetteresti.»

«Quindi è un bastardo viscido come il figlio?» Gli agitai sotto il naso la coppa di champagne, ma lui si limitò a scuotere la testa. Quindi bevvi anche la sua e ridacchiai della sua espressione.

Dopo qualche istante sentii diffondersi in corpo un tepore delizioso. La musica – che prima era un valzer lento, insipido – era migliorata. Più vivace. Bevvi il terzo bicchiere. «Balla con me» dissi d'impulso.

Reid mi fissò sconcertato. «Cosa?»

«Balla con me!» Mi alzai in punta di piedi e gli gettai le braccia al collo. Lui si irrigidì e si guardò intorno, ma io lo tirai verso di me con determinazione. Alla fine si rassegnò e, chinandosi, mi cinse in vita. Scoppiai a ridere.

Eravamo ridicoli, lui piegato in due e io in punta di piedi, ma non volevo proprio lasciarlo andare.

«Questo… non è il modo giusto di ballare.»

Sollevai la testa per guardarlo negli occhi. «Certo che lo è. Sei l'ospite d'onore. Puoi ballare come ti pare.»

«N-non sono abituato…»

«Reid, se non balli con me andrò a cercarmi qualcuno che lo faccia.»

Mi strinse più forte i fianchi. «No che non ci andrai.»

«Allora il da farsi è chiaro. Balliamo.»

Sbuffò e chiuse gli occhi. «E va bene.»

Nonostante il nervosismo, si dimostrò subito capace: si muoveva con una grazia insolita per una persona così alta. Anch'io inciampai più di una volta. Avrei incolpato lo stupido strascico del mio vestito, ma in realtà dipendeva da me. Non ero in grado di concentrarmi. Le sue mani mi stringevano e non riuscivo a non immaginarle… altrove. A quel pensiero mi si scaldava il sangue.

La canzone finì troppo presto.

«Dobbiamo andare» disse lui, con voce roca. «È tardi.»

Annuii e indietreggiai. Non me la sentivo di parlare.

Non ci misi molto a trovare Coco. Era appoggiata alla parete vicino all'anticamera e stava chiacchierando con Beauregard Lyon in persona, che posava un braccio sul muro sopra la sua testa. Anche da quella distanza era chiaro che stavano civettando senza ritegno.

Mi fissarono entrambi quando mi avvicinai con Reid.

«Bene, bene, bene… guarda chi c'è, Madame Diggory.» Negli occhi del principe brillava una scintilla divertita. «Vedo che tuo marito ha fatto la scelta giusta.»

Lo ignorai, ma Reid si irrigidì. «Brie, siamo pronti per andare. Vieni anche tu?»

Coco guardò il principe, che fece un sorrisetto. «Questa adorabile creatura non si allontanerà da me per il resto della serata. Spiacente, cara» mi bisbigliò con aria complice. «Dovrò rinviare quell'offerta… a meno che tu o tuo marito vogliate unirvi a noi?»

Lo incenerii con un'occhiata. Che cretino.

Reid strinse gli occhi. «Quale offerta?»

Lo tirai per il braccio. «Andiamo a cercare Ansel.»

«Se n'è già andato.» Coco cinse in vita il principe. Le passò un lampo perfido negli occhi scuri. «Sarete solo voi due nel viaggio verso casa. Spero non vi dispiaccia.»

Digrignai i denti nel tentativo di sorridere. «Posso parlarti in privato per un momento, Brie?»

La vidi sorpresa. «Certo.»

Smisi di sorridere e la trascinai nell'anticamera. «Che stai facendo?»

«Provo a farti stare un po' da sola con tuo marito. La pista da ballo non sembrava sufficiente.»

«Voglio dire con il principe.»

«Ah.» Inarcò un sopracciglio e sorrise. «Probabilmente la stessa cosa che farai tu con Reid.»

«Sei pazza? Ti vedrà le cicatrici!»

Scrollò le spalle e si abbassò la manica nera. «Gli dirò che ho avuto un incidente. Perché dovrebbe sospettare? Non è che tutti conoscano le Dames Rouges, e qui pensano che io sia Brie Perrot, guaritrice e amica intima del capitano Reid Diggory. Inoltre, non sei un po' ipocrita? Io e Beau facciamo soltanto sesso, ma tu e Reid… non fingerò di capire che diavolo succede tra voi due, ma qualcosa succede di sicuro.»

Sbuffai, ma le mie guance traditrici arrossirono. «Sei davvero pazza.»

«Ah sì?» Mi guardò attentamente. «Non voglio impicciarmi, Lou, però per favore… sta' attenta. Stai facendo un gioco pericoloso. Reid è ancora uno chasseur e tu una strega. Sai che prima o poi dovrete separarvi. Non voglio che tu ti faccia male.»

Vedendola così preoccupata, la mia collera svanì. «So quel che faccio, Coco.»

Ma sapevo anch'io che era una bugia. Con Reid non avevo idea di cosa facevo.

«E va bene. Allora ti lascio in pace, così voi due potrete proseguire con questa stupidaggine.»

Mentre la osservavo andare via provai un'inspiegabile stretta allo stomaco. Non mi piaceva litigare con Coco, ma stavolta non potevo farci niente.

Un attimo dopo Reid riapparve al mio fianco, mi prese a braccetto e mi accompagnò alla carrozza: la carrozza che improvvisamente era troppo piccola, troppo calda, con lui seduto accanto a me. Le sue dita mi sfiorarono la coscia in un gesto che sembrava innocente, e subito ricordai la sensazione di quelle dita sui miei fianchi. Rabbrividii e chiusi gli occhi.

Quando li riaprii un momento dopo, Reid mi stava fissando. Deglutii, e il suo sguardo corse alle mie labbra. Avrei voluto che si sporgesse in avanti, che annullasse la distanza tra di noi, ma all'ultimo istante si tirò indietro.

La delusione mi travolse, rimpiazzata da una fitta cocente di umiliazione.

È meglio così. Avvilita, guardai fuori dal finestrino. Coco aveva ragione: Reid era ancora uno chasseur e io una strega. Comunque andassero le cose tra di noi, qualsiasi cosa fosse cambiata, sarebbe rimasto quell'ostacolo insormontabile. Eppure… osservai il suo profilo rigido, il modo in cui i suoi occhi continuavano a saettare verso di me.

Era stupido imboccare quella strada. Poteva andare a finire soltanto in un modo. Ma saperlo non impediva al mio cuore di battere più forte quando lui era vicino, e non smorzava la mia scintilla di speranza. La speranza che, forse, la nostra storia potesse andare diversamente.

Tuttavia… Coco aveva ragione.

Era un gioco pericoloso, il mio.

UNA QUESTIONE D'ORGOGLIO

Reid

La tensione nella nostra stanza, quella sera, era fisicamente dolorosa.

Lou era sdraiata sul mio letto. La udivo muoversi al buio, i suoi respiri sempre più leggeri. Si rotolò lentamente sul fianco. Sulla schiena. Sul fianco. Cercando di non fare rumore. Di passare inosservata.

Ma non ci riusciva, e io la sentivo. Ogni volta.

Quella donna mi stava facendo impazzire.

Alla fine si sporse dal letto, i suoi occhi verdeazzurri incontrarono i miei nell'oscurità. I suoi capelli ricaddero fino a terra.

Mi tirai su e mi appoggiai sui gomiti, troppo velocemente, e il suo sguardo mi si posò sul petto dove la camicia da notte si era aperta. Avvertii un calore improvviso allo stomaco. «Cosa c'è?»

«È una stupidaggine.» Non capivo perché fosse lei quella irritata. «Non devi dormire per terra.»

La guardai sospettoso. «Ne sei sicura?»

«Okay, per prima cosa smettila di fissarmi in quel modo. Non è poi così terribile.» Alzò gli occhi al cielo e si spostò per lasciarmi spazio. «E poi si gela qui dentro. Ho bisogno di tutto il calore che sprigioni.» Poiché non mi muovevo, iniziò a battere la mano sul materasso accanto a lei. «Oh, coraggio, Chass. Non mordo… più di tanto.»

Mi si serrò la gola, scacciai l'immagine della sua bocca sulla mia pelle. Con cautela – dandole la possibilità di cambiare idea – mi sdraiai sul letto. Passarono alcuni secondi di silenzio teso.

«Rilassati» bisbigliò infine, anche lei però era rigida come un'asse. «Basta imbarazzi.»

Mi venne quasi da ridere. Quasi. Come se fosse possibile rilassarmi, con lei così… vicina. Il letto era singolo, come tutti quelli del dormitorio. Metà del mio corpo era sospesa nel vuoto. L'altra metà premuta contro di lei.

Non mi lamentavo.

Dopo un altro momento di tormentoso silenzio si girò verso di me, e sentii il suo seno strusciarmi sul braccio. I battiti del cuore accelerarono e strinsi i denti per tenere a freno i pensieri impazziti.

«Parlami dei tuoi genitori.»

Ogni idea di intimità svanì all'improvviso. «Non c'è niente da dire.»

«C'è sempre qualcosa da dire.»

Fissai il soffitto. Tornò a calare il silenzio, ma lei continuò a osservarmi. Non riuscii a non scoccarle un'occhiata. Vidi la sua espressione interessata, gli occhi sgranati. Scrollai la testa e sospirai. «Sono stato abbandonato. Una cameriera mi ha trovato nella spazzatura quando ero neonato.»

Mi guardò sgomenta.

«L'arcivescovo mi ha preso con sé. A lungo sono stato un paggio. Poi sono cresciuto di colpo.» Le mie labbra si piegarono in un sorrisetto. «Poco tempo dopo ha avviato il mio addestramento per gli chasseur. Ho conquistato il mio posto a sedici anni. Non ho mai conosciuto altro.»

Posò la testa sulla mia spalla. «Hai conquistato il tuo posto?»

Chiusi gli occhi, posai il mento sul suo capo e inspirai. A fondo. «Esistono solo cento Balisarde: ciascuna contiene una goccia della reliquia di san Costantino. Questo limita i posti disponibili. Quasi tutti restano in servizio a vita. Quando uno chasseur si ritira o muore, si svolge un torneo. Soltanto il vincitore può unirsi ai nostri ranghi.»

«Aspetta.» Si alzò a sedere e io aprii gli occhi di colpo. Mi sorrise, mentre i suoi capelli mi solleticavano il petto. «Mi stai dicendo che Ansel ha battuto tutti gli altri contendenti?»

«Ansel non è uno chasseur.»

«Ah no?»

«No. Si sta preparando a diventarlo. Competerà nel prossimo torneo, insieme agli altri iniziati.»

«Oh.» Si accigliò, arrotolandosi una ciocca intorno al dito. «Questo spiega parecchie cose.»

«Davvero?»

Si appoggiò a me con un sospiro. «Ansel è diverso dagli altri qui. È... tollerante. Ha la mente aperta.»

Mi irritai per quell'insinuazione. «Non è un crimine avere dei princìpi, Lou.»

Mi ignorò. Seguì con le dita il colletto della mia camicia. «Raccontami del tuo torneo.»

Mi schiarii la voce, cercando di ignorare quel movimento delicato. Ma le sue dita erano molto calde. E la mia camicia era molto sottile. «Avevo più o meno l'età di Ansel.» Mi venne quasi da ridere a quel ricordo: come mi tremavano le ginocchia, quando avevo vomitato sporcandomi la giacca pochi minuti prima dell'inizio della prova. L'arcivescovo me ne aveva dovuta procurare un'altra. Erano trascorsi pochi anni, eppure sembrava un ricordo lontanissimo. Un'altra epoca. Un'altra vita. In cui il mio unico scopo era assicurarmi un futuro nel mondo del mio patriarca. «Gli altri erano più grossi di me. E più forti. Non so perché l'ho fatto.»

«Sì che lo sai.»

«Hai ragione.» Un'altra risata mi risalì in gola, inaspettata. «È vero. Non erano poi tanto più grossi di me, e ogni giorno mi esercitavo per diventare più potente. L'arcivescovo mi addestrava personalmente. Non mi importava di nient'altro che di diventare uno chasseur.» Sentii sbiadire il sorriso intanto che i ricordi riaffioravano, l'uno dopo l'altro, con dolorosa chiarezza. Il pubblico. Le grida. Il clangore metallico e il puzzo del sudore nell'aria. E… e Célie. Che tifava per me. «Ho sfidato Jean Luc nel torneo.»

«E l'hai battuto.»

«Sì.»

«E per questo ti serba rancore.»

«Lo so. Quindi batterlo è stato ancora più bello.»

Mi pungolò con un dito sulla pancia. «Sei uno stronzo.»

«Probabile. Lui però è peggio. Le cose… sono cambiate tra noi da quell'anno. Jean Luc era ancora un iniziato il giorno in cui l'arcivescovo mi ha promosso capitano. Ha dovuto aspettare il torneo successivo per vincere il suo posto. Penso che non mi abbia perdonato.»

Tacque per un lungo momento. Quando riprese a parlare, avrei preferito che non lo facesse. «E… e Célie? Hai continuato a vederla dopo aver preso i voti?»

Ogni traccia di ironia mi morì sulla lingua. Osservai il soffitto. Lei non disse nulla, ma ricominciò a seguire con le dita il contorno del mio colletto, in attesa. Sospirai. «Hai visto le lettere. Abbiamo… proseguito il corteggiamento.»

«Perché?»

Mi irrigidii, subito insospettito. «In che senso, perché?»

«Perché andare avanti con il corteggiamento dopo aver giurato fedeltà agli chasseur? Non avevo mai sentito di uno chasseur sposato prima di te. Non ci sono altre mogli nella Torre.»

Avrei dato la mia Balisarda per mettere fine a quella conversazione. Quanto aveva ascoltato del dialogo tra me e Célie? Sapeva... santo cielo, sapeva che Célie mi aveva respinto? «Non è la prima volta. Pochi anni fa il capitano Barre si è sposato.»

Non precisai che l'anno seguente aveva abbandonato la compagnia.

Lou mi fissò con il suo sguardo penetrante. «Tu volevi sposare Célie.»

«Sì.» Un fiocco di neve entrò dalla finestra. «Io e Célie... eravamo fidanzatini già da piccoli. Ho sempre amato la sua dolcezza. Ero un bambino pieno di rabbia, e lei mi tranquillizzava. Mi pregava di non lanciare sassi ai gendarmi. Mi costringeva a confessare quando rubavo il vino della comunione.» Quel ricordo mi strappò un sorriso. «Ero pieno di risentimento. L'arcivescovo ha dovuto scacciarlo a forza di botte.»

A quelle parole strinse gli occhi, ma saggiamente non aprì bocca. Tornò ad appoggiare la testa sul mio petto e mi accarezzò il profilo della clavicola. La mia pelle bruciava... e non solo. Mi scostai con i fianchi, imprecando in silenzio.

«Quante streghe hai ucciso?»

Con un lamento, affondai il viso nel cuscino. Quella donna sarebbe riuscita a far ghiacciare l'inferno. «Tre.»

«Davvero?»

Quel tono giudicante mi irritava. Annuii, cercando

di non apparire offeso. «È difficile catturare una strega, però senza la magia sono vulnerabili. Comunque quella nel teatro era più furba di tante altre. Non mi ha aggredito con la magia, ma l'ha usata per aggredirmi. C'è una differenza.»

Mi stava accarezzando il braccio. Pigramente, su e giù con un dito. Trattenni un brivido. «Quindi sai come funziona la magia?»

Mi schiarii la voce e mi sforzai di concentrarmi sulla conversazione. Sulle sue parole. Non sul suo tocco. «Sappiamo quello che l'arcivescovo ci ha insegnato durante l'addestramento.»

«Ovvero?»

Non mi spiegavo l'infatuazione di Lou per l'occulto. Mi aveva detto un'infinità di volte che non condivideva la nostra ideologia. Ma continuava a parlarne, come se volesse litigare. Come se volesse farmi arrabbiare.

Emisi un gran sospiro. «Che le streghe traggono la magia dall'inferno.»

Sbottò in una risata. «È ridicolo. Ovvio che non è così. La traggono dalle loro antenate.»

La guardai incredulo. «Come fai a saperlo?»

«Me l'ha raccontato la mia amica.»

Ma certo. La strega di casa Tremblay. Quella che non avevamo ancora rintracciato. Resistetti alla tentazione di risponderle male. Nessun maltrattamento l'aveva convinta a rivelarci informazioni. Mi stupivo che l'arcivescovo non avesse minacciato di spedirla al rogo.

Tuttavia non avevo mai udito niente del genere. «Le loro antenate?»

Il suo dito non smise di scorrermi sul braccio. Mi sfiorò i peli sulle nocche delle dita. «Mm-mmm.»

Aspettai che proseguisse, ma sembrava smarrita nei pensieri. «Be', una strega è un animale che...»

«Una persona.» Alzò la testa di scatto. «Una strega è pur sempre una persona, Reid. Non un animale.»

Ero tentato di chiudere lì la conversazione. Amica strega o no, Lou non poteva proferire simili bestemmie nella Torre, altrimenti sarebbe finita davvero sul rogo. E non avrei potuto impedirlo.

Dovevo porre subito termine a quell'infatuazione. Prima che ci sfuggisse di mano. «So che la pensi così...»

«So che è così.»

«... ma soltanto perché una strega somiglia a una donna e si comporta come una donna...»

«Se sembra un'anatra e starnazza come un'anatra...»

«... non significa che sia un'anatra. Cioè, voglio dire... una donna.»

«Le streghe possono partorire, Reid.» Mi diede un pizzicotto sul naso. Battei le palpebre per la sorpresa e le labbra mi si piegarono verso l'alto. «Quindi sono femmine.»

«Ma danno alla luce soltanto femmine.» Mi sporsi verso di lei. Lei indietreggiò e rischiò di cadere dal letto. Inarcai un sopracciglio, blandamente divertito. «Mi pare una forma di riproduzione asessuata.»

Si rabbuiò e divenne paonazza. Se non avessi saputo la verità, avrei immaginato che fosse in imbarazzo. Il mio sorriso si allargò, e mi domandai cosa avesse potuto causare quel cambiamento improvviso. La mia vicinanza? La parola riproduzione? Entrambe le cose?

«Non essere stupido.» Sprimacciò il cuscino e tornò a sdraiarsi. Attenta a non toccarmi, stavolta. «Certo che le streghe hanno figli maschi.»

«Non abbiamo mai trovato una strega maschio.»

«Perché non ne esistono. La magia viene trasmessa solo alle femmine. I maschi vengono mandati via subito dopo la nascita.»

«Ti ha spiegato lei tutto questo?»

«Certo.» Sollevò la testa e mi guardò dall'alto in basso, come per sfidarmi a contraddirlo. «Dovresti veramente farti una cultura, Chass. Una ladruncola qualunque conosce i tuoi nemici meglio di te. Che vergogna.»

Ero profondamente irritato. Lou si strinse nelle coperte mentre fuori si levava il vento.

«Hai freddo?»

«Un po'.»

Mi avvicinai. «Accetteresti un ramoscello d'ulivo?»

Deglutì e annuì.

La tirai a me, la strinsi al petto e poggiai le mani sulla parte bassa della sua schiena. Lei tornò a essere un pezzo di legno. Piccola. Tesa. Inflessibile. Senza più le sue domande indiscrete e le sue battute volgari, pareva quasi che fosse… nervosa.

«Rilassati» mormorai sui suoi capelli. «Non mordo… più di tanto.» Una risata sommessa mi rimbombò nel petto. Lei si irrigidì ancora di più, sempre che fosse possibile. Non aveva di che preoccuparsi: aveva certamente percepito il battito del mio cuore e aveva capito di essere in vantaggio.

«Era una battuta, Chass?»

La strinsi più forte. «Può darsi.» Dato che non rispondeva, mi tirai indietro per guardarla. Un altro sorriso mi spuntò sulle labbra.

E di colpo ricordai la nostra prima notte insieme.

«Non essere nervosa, Lou.» Le accarezzai la schiena, costringendomi a restare fermo mentre lei mi si strusciava addosso. «Non ho intenzione di fare nulla.»

Le sfuggì un mugolio di protesta. «Perché no?»

«Mi sembra di ricordare che tu avessi minacciato di aprirmi in due se ti toccavo senza permesso.» Le feci sollevare il capo e mi maledissi e mi congratulai al contempo quando chiuse gli occhi. Quando le si mozzò il respiro. Mi avvicinai fin quasi a sfiorarle le labbra. «Non ti toccherò finché non me lo chiedi.»

Aprì gli occhi e mi spinse via con un ringhio. «Non sei serio.»

«Oh sì, invece.» Con un altro sorrisetto, mi abbandonai sui cuscini. «È tardi. Dobbiamo dormire.»

Nei suoi occhi brillava la rabbia. La consapevolezza.

A malincuore, mi ammirava.

Trionfante, la osservai fare ordine tra i pensieri: vidi susseguirsi le emozioni sul suo viso coperto di lentiggini. Mi guardò storto. «A quanto pare ti ho sottovalutato.»

«Ti basta dirlo. Chiedimelo.»

«Sei uno stronzo.»

«Fa' come credi.» Con un movimento fluido alzai l'orlo della camicia e me la sfilai dalla testa. Lei sbarrò gli occhi, incredula.

«Che stai facendo?» Afferrò la camicia e me la lanciò.

La presi al volo. La gettai a terra. «Sento caldo.»

«Sei… sei un… Fuori dal mio letto! Fuori!» Mi spintonò, probabilmente con tutta la forza che aveva, ma non mi mossi. Sorrisi e basta.

«Questo è il mio letto.»

«No, qui è dove dormo io. Tu dormi sul…»

«Letto.» Intrecciai le mani dietro la testa. Lei mi fissò a bocca aperta: le braccia, il petto. Sorrisi ancora e resistetti alla tentazione di contrarre i muscoli. «Ho male alla schiena da due settimane. Non ne posso più di dormire per terra. Questo è il mio letto e d'ora in poi ci dormirò. Se vuoi unirti a me sei la benvenuta, altrimenti la vasca da bagno è disponibile.»

Aprì la bocca per insultarmi. La richiuse. «È... È un... Mi rifiuto di dormire nella...» Fece saettare lo sguardo per la stanza, evidentemente alla ricerca di qualcosa con cui impalarmi. Poi vide un cuscino.

Sciaff.

Lo afferrai prima che potesse colpire di nuovo e me lo strinsi al petto. Serrai le labbra per non ridere. «Lou, sdraiati. Dormi. Non è cambiato niente. A meno che tu non voglia chiedermi qualcosa...»

«Non perderci il sonno.» Mi strappò di mano il cuscino. «Anzi, sì: perdilo.»

Ridacchiai e mi voltai dall'altra parte. «Buonanotte, Lou.»

Si addormentò molto prima di me.

SANGUE, ACQUA E FUMO

Lou

L'indomani mattina mi svegliai con il viso sul petto di Reid. Le sue braccia mi cingevano in vita e le sue mani erano sulla mia schiena. Ancora assonnata, inarcai la schiena per andargli incontro, assaporai la piacevole sensazione della sua pelle sulla mia… e poi mi raggelai. Durante il sonno la mia camicia da notte era risalita fin sopra l'ombelico, e le gambe e la pancia erano nude contro di lui.

Merda, merda, merda.

Cercai di abbassarla, ma quel movimento lo svegliò. Subito lucido, spostò lo sguardo dalla mia espressione atterrita alla stanza vuota. Piegò gli angoli della bocca verso l'alto e il rossore gli risalì lungo il collo. «Buongiorno.»

«Lo è?» Mi spinsi via da lui, temendo di essere arrossita a mia volta. Lui sorrise, raccolse la camicia da terra e si diresse verso il bagno. «Dove stai andando?» gli chiesi.

«Agli allenamenti.»

«Ma… ma è il giorno di san Nicola. Dobbiamo festeggiare.»

Si sporse dalla porta con un'espressione perplessa. «Oh?»

«Oh» affermai, scendendo dal letto per raggiungerlo. Si fece da parte per lasciarmi passare, ma allungò la mano per afferrare una ciocca dei miei capelli. «Andiamo alla festa.»

«Ah sì?»

«Sì. Si mangia benissimo. Ci sono certi macaron allo zenzero...» Mi interruppi, già con l'acquolina in bocca, e scossi la testa. «Non so descriverli appieno. Vanno assaggiati. E poi devo comprarti un regalo.»

Lasciò andare a malincuore i miei capelli e si diresse verso l'armadio. «Non sei tenuta a comprarmi niente, Lou.»

«Sciocchezze. Fare regali mi piace quasi quanto riceverli.»

Un'ora dopo passeggiavamo mano nella mano nel Rione Est.

Ero stata a quella festa l'anno prima, ma non perché mi interessasse decorare sempreverdi con frutti e dolcetti, o aggiungere un ceppo al falò che ardeva al centro del villaggio. No, mi interessavano di più i banchi del gioco dei dadi e i venditori di cianfrusaglie... e il cibo, naturalmente.

L'aroma speziato della cannella riempiva l'aria, misto al puzzo onnipresente di pesce e fumo. Guardai con desiderio il carretto che vendeva biscotti accanto a noi. C'erano biscotti di ogni tipo: *sablé, madeleine, palmier.* Quando allungai una mano per prenderne uno (o tre), Reid si indispettì e mi trascinò via. Il mio stomaco protestò con un brontolio.

«Come fai ad avere ancora fame?» mi domandò, incredulo. «Stamattina a colazione hai mangiato tre portate!»

Feci una smorfia. «Era tonno. Ho un secondo stomaco riservato al dessert.»

Le strade erano zeppe di gente, tutti avvolti in cappotti e sciarpe, e un sottile strato di neve copriva ogni cosa: i negozi, le bancarelle, le carrozze. A quasi ogni porta erano appesi festoni con fiocchi rossi. Il vento faceva danzare le estremità dei nastri.

Per essere Cesarine, era bellissima.

Gli antipatici volantini affissi su ogni muro, invece, non erano belli:

LA COMPAGNIA ITINERANTE

LE VECCHIE SORELLE

Vi invita a onorare il nostro patriarca

SUA EMINENZA, FLORIN CARDINALE CLÉMENT,

ARCIVESCOVO DI BELTERRA

Assistendo allo spettacolo del secolo, domattina,
il 7 dicembre,
alla Cathédral Saint-Cécile d'Cesarine.

Joyeux Noël!

Ne presi uno e lo schiaffai sotto il naso di Reid, ridendo. «Florin? Che nome orribile! Ci credo che non lo usa mai.»

Mi guardò perplesso. «Florin è il mio secondo nome.»

Appallottolai il volantino e lo gettai in un secchio dei rifiuti. «Una vera tragedia.» Quando tentò di trascinarmi via, sfilai il braccio da sotto il suo e mi tirai su il cappuccio del mantello. «Bene, è ora di dividerci.»

Ancora stizzito, si guardò intorno nella piazza gremita di gente. «Non mi sembra una buona idea.»

«Puoi fidarti di me. Non scapperò. D'altronde, un regalo dev'essere una sorpresa.»

«Lou...»

«Ci vediamo da Pan tra un'ora. Prendimi qualcosa di buono.»

Ignorando le sue proteste, mi girai e mi inoltrai tra gli avventori delle bancarelle verso la bottega del fabbro che sorgeva in fondo alla via. Abe era sempre stato amico degli abitanti dei bassifondi del Rione Est. Avevo comprato parecchi coltelli da lui, e ne avevo anche rubati un paio. Prima di casa Tremblay, Abe mi aveva mostrato uno splendido pugnale con l'impugnatura in rame. L'esatto colore dei capelli di Reid. Sperai che non l'avesse venduto.

Abbassai il cappuccio ed entrai, cercando di ritrovare il passo spavaldo di un tempo. Nella fucina dal pavimento sterrato c'erano le braci accese, ma a parte un barile d'acqua e un sacco di sabbia non c'era nient'altro. Nessuna spada. Nessun coltello. Nessun cliente. Ero perplessa. Del fabbro non c'era traccia. «Abe? Sei qui?»

Sorrisi vedendo sbucare dall'ingresso laterale un uomo robusto e barbuto. «Eccoti, vecchio mio! Per un attimo credevo che ti fossi dato alla macchia.» Il mio sorriso vacillò di fronte alla sua espressione accigliata, e mi guardai intorno. «Gli affari vanno bene?»

«Hai un bel coraggio a tornare qui, Lou.»

«Di cosa parli?»

«Gira voce che hai venduto Andre e Grue. Il Rione Est pullula di gendarmi, grazie a te.» Avanzò di un passo, stringendo i pugni. «Sono stati qui due volte, a rivolgermi domande che non avrebbero dovuto neanche venir loro in mente. I miei clienti hanno paura. Nessuno vuol fare affari mentre i gendarmi ficcano il naso in giro.»

Accidenti. Forse non avrei dovuto spifferare tutto agli chasseur.

Con un gesto teatrale, estrassi un borsellino da sotto il mantello. «Ah, ma ho portato un ramoscello d'ulivo. Vedi?» Lo scossi e le monete all'interno tintinnarono in un allegro motivetto. I suoi occhi scuri restarono sospettosi.

«Quanto?»

Lanciai in aria il borsellino con nonchalance. «Quanto

basta per comprare uno splendido pugnale di rame. Un regalo per mio marito.»

Sputò a terra, disgustato. «Sposare uno sbirro blu. Pensavo che neppure tu potessi abbassarti a tanto.»

Sentii vibrare la rabbia nel petto, ma non era il tempo né il luogo per litigare sull'onore di mio marito. «Ho fatto ciò che dovevo. Non mi aspetto che tu capisca.»

«È qui che ti sbagli. Capisco.»

«Ah sì?»

«Tutti facciamo quello che dobbiamo.» Guardò con avidità il mio portamonete. «Ricordo il pugnale di rame. Preferirei amputarmi le dita che vederlo in mano a uno chasseur, ma l'oro è oro. Resta lì. Vado a prenderlo.»

Rimasi da sola, a disagio, ad accarezzare il borsellino nel silenzio che seguì.

Sposare uno sbirro blu. Pensavo che neppure tu potessi abbassarti a tanto.

Avrei voluto mandare Abe a quel paese, però una parte di me ricordava cosa significava odiare gli chasseur. Odiare Reid. Quando me la davo a gambe al loro passaggio, quando correvo a nascondermi alla vista di una giacca blu.

La paura c'era ancora, ma con mia grande sorpresa... l'odio no.

Sobbalzai sentendo un lieve rumore provenire dalla porta. Probabilmente un topo. Mi riscossi e drizzai le spalle. Non detestavo più gli chasseur, ma mi avevano indotta ad abbassare la guardia. E quello era imperdonabile.

Mentre ero lì nel mio vecchio rifugio a trasalire al minimo suono, mi resi conto di come mi ero ridotta. E dove diavolo era finito Abe?

All'improvviso furiosa – con Abe, con Reid, con l'arcivescovo e con ogni altro stramaledetto uomo che avesse mai ostacolato i miei piani – mi diressi a lunghi passi verso la porta laterale da cui era sparito.

Quindici minuti erano troppi. Abe poteva prendersi le mie *couronnes* e ficcarsele nel didietro, per quanto mi importava. Stavo per aprire la porta e dirgli proprio quelle parole, ma mi fermai di scatto appena posai la mano sulla maniglia. Sentii il cuore stringersi.

Era chiusa a chiave.

Merda.

Trassi un respiro profondo. Poi un altro. Forse Abe non voleva che lo seguissi nelle sale interne del laboratorio. Forse aveva chiuso a chiave per impedirmi di rubare qualcosa di prezioso. Era già successo in passato. Forse era soltanto cautela da parte sua.

Eppure un brivido mi corse lungo la schiena quando mi voltai per provare ad aprire la porta principale. Non si vedeva nulla dalla finestra sporca di fuliggine, però sapevo che pochi passanti si avventuravano fin lì. Girai la maniglia.

Chiusa a chiave.

Indietreggiai, cercando di valutare le opzioni a mia disposizione. La finestra. Potevo rompere il vetro e arrampicarmi, prima che…

La porta laterale si aprì con un clic, e per un breve, felice istante mi illusi che fosse la sagoma imponente di Abe a stagliarsi sulla soglia.

«Ciao, Lou Lou.» Grue avanzò, scrocchiandosi le nocche. «Sei una cagna difficile da accalappiare.»

Mi assalì il panico quando Andre apparve dietro di lui, estraendo un pugnale dal mantello. Gli occhi scuri di Abe spuntarono da sopra le loro spalle. «Avevi ragione,

Lou.» Piegò le labbra. «Ciascuno di noi fa quello che deve fare.» Poi si voltò e sparì nella stanza accanto, sbattendo l'uscio.

«Ben ritrovato, Grue. Andre, il tuo occhio è guarito bene.» Sforzandomi di sembrare calma malgrado l'isteria crescente, cercai qualcosa da poter usare come arma: il barile d'acqua, il sacco di sabbia, le tenaglie arrugginite accanto alla fucina. Oppure... oppure potevo...

Vidi lampeggiare l'oro alle estremità del mio campo visivo. Guardai l'acqua, il mantice collegato alla fucina. Ci trovavamo in uno spazio chiuso. Nessuno mi avrebbe vista. Nessuno avrebbe saputo che ero lì. Me ne sarei andata prima del ritorno di Abe, e le probabilità che lui avvertisse della mia presenza i gendarmi o gli chasseur erano minime. Avrebbe rischiato di incriminarsi da solo. Avrebbe dovuto spiegare perché due uomini erano stati assassinati nella sua fonderia.

Perché li avrei uccisi, se mi avessero sfiorata con un dito. In un modo o nell'altro.

«Ci hai traditi» ringhiò Andre. Mi spostai lentamente verso la fucina, spostando lo sguardo sul suo coltello. «Non possiamo nasconderci da nessuna parte. Quei bastardi conoscono tutti i nostri rifugi. Ieri ci hanno quasi ammazzato. Ora noi ammazzeremo te.»

Aveva negli occhi una scintilla di follia, quindi preferii restare in silenzio. Avevo le mani sudate. Bastava una mossa falsa – un passo sbagliato, un unico errore – ed ero morta. L'oro riluceva sempre più forte, più impaziente, e scivolava verso i tizzoni ardenti.

Fiamma per fiamma. Conosci questo dolore. Sai che poi passa. Brucialo, bisbigliò la voce.

Mi ritrassi istintivamente, ricordando il dolore di Estelle, e afferrai un altro disegno d'oro. Uno che brillava innocente sulla sabbia, aleggiava accanto agli occhi di Andre… e ai miei. Mi accecava.

Occhio per occhio.

Ma non potevo rinunciare alla vista in cambio di quella di Andre. Perché loro erano in due.

Pensa. Pensa, pensa, pensa.

Continuai ad arretrare piano, nel frattempo i disegni d'oro apparivano e sparivano così veloci che non riuscivo a seguirli. L'anello di Angelica si arroventò quando mi avvicinai alla fucina. *Ma certo.* Maledicendomi per non essermene ricordata prima, feci scivolare l'anello sul dito. Andre si accorse di quel movimento e socchiuse gli occhi nel vedere il borsellino ancora stretto nella mia mano. Bastardo avido.

Con una lieve spinta del pollice, feci passare l'anello di Angelica sopra la nocca… ma poi scivolò sulla pelle bagnata e cadde a terra, dove rimbalzò.

Una volta.

Due volte.

Tre volte.

Guardai inorridita il piede di Grue che ci si posava sopra. Gli scintillavano gli occhi mentre si piegava a raccoglierlo, e un sorriso perfido gli squarciava il viso. Mi si seccò la bocca.

«Perciò è questo il tuo anello magico. Tutta questa fatica per una briciola d'oro.» Se lo infilò in tasca con un ghigno e si avvicinò, seguito come un'ombra da Andre. «Non mi sei mai piaciuta, Lou. Ti sei sempre creduta migliore di noi, più furba di noi, ma non è così. E ci hai fatto arrabbiare una volta di troppo.»

Si lanciò verso di me, ma io fui più rapida. Afferrai le tenaglie – ignorando il bruciore alle mani – e gliele scaraventai in faccia. La stanza si riempì del tanfo disgustoso della carne cotta, e Grue barcollò all'indietro. Andre si tuffò in avanti, ma colpii anche lui con le tenaglie. Si fermò appena in tempo, i lineamenti contorti dalla rabbia.

«Sta' indietro! Non ti avvicinare!»

«Ti faccio a pezzi, stronza.» Grue mi si buttò addosso però lo schivai, continuando a brandire le tenaglie. Il coltello di Andre sferzò l'aria a poca distanza dal mio viso. Saltai all'indietro, ma Grue era già lì. Afferrò l'estremità delle tenaglie e me le strappò con forza.

Allungai una mano verso il sacco di sabbia, guidando disperatamente il disegno d'oro verso i suoi occhi… e lontano dai miei.

Andre lanciò un grido nell'istante in cui la sabbia si levò in un'onda e gli si abbatté addosso. Barcollò all'indietro, portandosi le mani al viso, cercando di spazzarla via, di togliersi dagli occhi quei mille piccoli coltelli. Lo osservai affascinata – i miei occhi erano intatti – finché Grue non si avvicinò. Una nube dai contorni indistinti. Mi girai, sollevando le mani per autodifesa, ma la mia mente si era intorpidita. Lui caricò il pugno. Non riuscivo a comprendere cosa volesse fare. Non riuscivo ad anticipare la sua mossa successiva. Poi lui colpì.

La tua vista per la sua.

Sentii un dolore improvviso al naso e arretrai barcollando. Grue sorrise, mi agguantò per la gola e mi sollevò da terra. Ansimai, gli artigliai la mano facendola sanguinare, però la sua stretta non si allentò.

«Non avevo mai ucciso una strega prima d'ora. Avrei dovuto saperlo. Sei sempre stata uno scherzo della natura.» Si sporse verso di me, annusai il suo alito caldo e puzzolente sulla guancia. «Dopo che ti avrò fatta a pezzi, ti rispedirò dal tuo sbirro in giacca blu, un pezzo per volta.»

Cercai di divincolarmi, iniziai a vedere lampi di luce.

«Non ammazzarla troppo in fretta.» Lacrime e sangue colavano dagli occhi feriti di Andre. La sabbia si era mescolata con la polvere dorata ai suoi piedi. L'oro lampeggiò ancora prima di svanire. Andre si chinò a raccogliere il pugnale. «Voglio godermi il momento.»

Grue rilassò la presa. Tossii mentre la sua mano si spostava tra i miei capelli e mi strattonava la testa all'indietro esponendo la gola.

Il coltello di Andre trovò la cicatrice. «Si direbbe che qualcun altro sia arrivato prima di noi.»

Vedevo puntini bianchi, continuavo a dibattermi.

«Ah, ah, ah.» Grue mi tirò per i capelli e avvertii una fitta di dolore al cuoio capelluto. «Non di nuovo, Lou Lou.» Indicò con un cenno del capo il coltello sulla mia gola. «Non lì. Troppo rapido. Inizia dalla faccia. Taglia via un orecchio… no, aspetta.» Mi sorrise, con un odio profondo nello sguardo. «Tagliamole via il cuore, invece. Sarà il primo pezzo che spediremo allo sbirro.»

Andre trascinò il coltello dalla mia gola al petto. Fissai la sua faccia orribile, evocando un altro disegno d'oro. Uno qualunque.

E il disegno arrivò, più luminoso di prima.

Non esitai. Strinsi le dita, strattonai la corda e notai che i tizzoni della fucina spiccavano il volo, diretti verso di noi. Mi preparai al dolore, sferrai una gomitata allo stomaco di Grue e ruotai su me stessa. Appena i tizzoni li colpirono in faccia, sentii bruciare anche la mia pelle. Ma conoscevo quel male. Potevo sopportarlo. L'avevo già sopportato.

Digrignando i denti, afferrai il coltello di Andre e glielo

affondai nel collo, tagliando pelle, tendini e ossa. Il suo grido si perse in un gorgoglio. Grue si scagliò su di me, accecato, urlando di rabbia, ma ne approfittai per spingergli la lama nel petto… e nello stomaco, e sulla spalla, e sulla gola. Il suo sangue mi schizzò sulla guancia.

Quando i loro corpi crollarono a terra, perquisii il cadavere di Grue in cerca dell'anello di Angelica. Me lo infilai al dito e in quel momento sentii bussare alla porta.

«Va tutto bene lì dentro?»

Mi raggelai, ancora tremante e con il fiatone, nell'udire quella voce sconosciuta. La maniglia vibrò e una seconda voce si unì all'altra. «La chiave è rotta dentro la serratura.»

«Ho sentito delle grida.» Bussarono di nuovo, più forte di prima. «C'è qualcuno lì dentro?»

Quella voce la conoscevo, invece. Decisa. Sicura di sé. Maledettamente inopportuna.

Barcollai fino al barile dell'acqua, pregando che l'uscio reggesse alla forza di Reid. Imprecai sottovoce. Era arrivato nel momento peggiore, con l'aria che puzzava di magia e due cadaveri che bruciavano sul pavimento. Scivolai sul loro sangue mentre rovesciavo il barile. L'acqua si riversò su di loro, diluendo un po' la puzza. I tizzoni ardenti sfrigolarono, producendo fumo, e il locale si riempì di un forte odore di bruciato. Mi buttai dell'acqua addosso.

Le voci si zittirono quando il barile mi scivolò dalle mani e si schiantò a terra. Poi…

«C'è qualcuno lì dentro.» Senza attendere conferma, Reid tirò un calcio al battente. Il legno si piegò sotto il suo peso. Con un altro colpo produsse una crepa. Corsi verso la fucina e azionai il mantice. Il fumo del carbone investì la stanza con una densa nube nera. La porta si ruppe, ma io continuai a pompare. Continuai finché non mi vennero le lacrime agli occhi e non mi bruciò la gola. Finché non smisi di sentire l'odore della magia. Finché non sentii più nessun odore.

Lasciai il mantice mentre la porta saltava via dai cardini.

Entrò la luce del sole, che fece stagliare in controluce la sagoma di Reid tra le volute di fumo. Gigantesco. Teso. Pronto all'azione. Aveva sguainato la Balisarda, e lo zaffiro riluceva nella coltre di fumo. Dietro di lui c'erano due cittadini preoccupati. Appena il fumo si dissipò riuscii a distinguere meglio la sua faccia. Passò rapidamente in rassegna la scena, stringendo gli occhi alla vista del sangue e dei cadaveri, e poi il suo sguardo si posò su di me. Sbiancò. «Lou?»

Annuii, non avendo il coraggio di parlare. Mi cedettero le ginocchia.

Lui venne subito da me, ignorando il sangue, l'acqua e il fumo, e si inginocchiò. «Stai bene?» Mi prese per le spalle, costringendomi a guardarlo. Mi scostò i capelli bagnati, mi sollevò il mento, toccò i segni che avevo sulla gola. Le sue dita si fermarono sulla sottile cicatrice. La maschera fredda dell'ira si incrinò lasciando intravedere un uomo spaventato. «Ti… ti hanno fatto del male?»

Trasalii e gli afferrai i polsi, per fargli interrompere quell'esame. Mi tremavano le mani. «Sto bene, Reid.»

«Cos'è successo?»

Raccontai quell'orribile esperienza, omettendo ogni riferimento alla magia. L'acqua e il fumo avevano fatto il loro dovere, insieme alla carne carbonizzata. A ogni parola la sua espressione diventava più cupa, e al termine del mio resoconto tremava di rabbia. Espirò con forza e posò la fronte sulle nostre mani intrecciate. «Voglio ucciderli perché ti hanno toccata.»

«Troppo tardi» dissi debolmente.

«Lou... se ti avessero fatto del male, io...» Alzò lo sguardo su di me, e anche stavolta vi lessi una vulnerabilità che mi spezzò il cuore.

«Come... come sapevi che ero qui?»

«Non lo sapevo. Sono venuto a comprare uno dei tuoi regali di Natale.» Si bloccò e scacciò i due cittadini con un cenno del capo. Terrorizzati, filarono via senza una parola. «Un coltello.»

Lo fissai. Forse era l'adrenalina che ancora mi correva in corpo. O il fatto che lui avesse disobbedito all'arcivescovo. O il fatto che mi fossi resa conto di avere paura. Paura davvero, stavolta.

E avevo bisogno di aiuto.

No. Avevo bisogno di lui.

Qualsiasi fosse il motivo, non mi importava.

Un attimo prima eravamo inginocchiati insieme su quel pavimento sporco di sangue, e un attimo dopo gli gettai le braccia al collo e lo baciai. Lui si tirò indietro per una frazione di secondo, per la sorpresa, ma poi mi afferrò il mantello sulla schiena e si avventò su di me con un bacio intenso e implacabile.

Persi il controllo. Reid mi stringeva forte, ma io avrei voluto stargli ancora più vicino. Volevo sentire ogni centimetro di lui. Feci aderire il mio corpo ai contorni sodi del suo: al torace largo, allo stomaco, alle gambe.

Con un gemito, lui mi mise le mani dietro le cosce e mi sollevò appoggiandomi a sé. Gli cinsi la vita con le gambe e lui mi fece sdraiare a terra, approfondendo il bacio.

Qualcosa di caldo mi colava dal retro dell'abito. Mi staccai all'improvviso, mi irrigidii. Lanciai uno sguardo ad Andre e Grue.

Sangue.

Ero sdraiata sul loro sangue.

Reid se ne accorse nello stesso istante, e balzò in piedi, tirandomi su con lui. Aveva le guance arrossate e il respiro affannoso. «Dobbiamo andare.»

Battei le palpebre, un po' rattristata perché il calore tra noi si era dissipato lasciando spazio alla gelida realtà. Avevo ucciso. Di nuovo. Mi appoggiai al suo petto e mi girai a guardare Andre e Grue. Osservai i loro occhi freddi, rivolti al soffitto.

Il disgusto mi attanagliò lo stomaco.

Mentre Reid si scioglieva dall'abbraccio, mi guardai il mantello. Il velluto bianco era rovinato: macchiato irrimediabilmente di rosso.

Altre due morti. Altri due cadaveri che mi ero lasciata indietro. Quante altre ne avrei provocate?

«Ecco.» Reid mi mise qualcosa in mano e io lo strinsi. «Un regalo di Natale in anticipo.»

Era il coltello di Andre, ancora sporco del sangue del suo proprietario.

DI CASA MIA

Lou

Il sole stava tramontando quando tornammo alla Torre degli Chasseur. Reid aveva insistito per denunciare ai gendarmi l'orribile vicenda. Mi avevano subissata di domande, finché ero sbottata.

«Vedete la mia gola?» Mi ero abbassata il colletto e avevo mostrato i lividi per l'ennesima volta. «Pensate che me li sia fatti da sola?»

A quel punto Reid era impaziente di andarsene.

Probabilmente dovevo ringraziare la sua reputazione, altrimenti i gendarmi ne avrebbero approfittato per arrestarmi per omicidio.

Quando uscimmo girai il viso verso il sole morente, inspirai a fondo e cercai di calmarmi. Andre e Grue erano morti. Gli chasseur non avevano ancora trovato Monsieur Bernard, quindi probabilmente era morto anche lui. Non avevo visto Coco né le avevo parlato dopo la nostra discussione al ballo, e io e Reid... avevamo appena...

Si fermò accanto a me senza dire una parola e mi prese per mano. Chiusi gli occhi e tastai i calli sul suo palmo, la ruvidezza della pelle. Anche il vento che mi sferzava le guance non era intollerabile con lui accanto. Ci soffiava intorno e mi portava il suo profumo: mi ricordava i boschi, l'aria fresca e i pini di montagna, ma con un accenno di qualcosa di più ricco, più profondo, che era interamente suo.

«Voglio mostrarti qualcosa, Reid.»

Piegò le labbra nel mio sorriso sghembo preferito. «Che cosa?»

«Un segreto.»

Lo tirai per la mano, ma lui puntò i piedi, sospettoso. «Non è qualcosa di illegale, vero?»

«Certo che no.» Tirai più forte, ma Reid non cedette. Cercare di spostarlo era come cercare di spostare una montagna. Assistette perplesso, ma divertito, ai miei futili tentativi. Alla fine mi arresi e lo colpii sul petto. «Insomma, sei davvero insopportabile! Non è illegale, okay? Ora muoviti, o giuro su Dio che mi spoglio nuda qui davanti a tutti e ballo la *bourrée*!»

Mi posai le mani sui fianchi e lo guardai in attesa.

Non degnò di uno sguardo le persone intorno a noi. Non arrossì. E Reid arrossiva sempre.

Invece tenne gli occhi puntati su di me e lentamente gli si disegnò un sorrisetto sulle labbra.

«Fallo.»

Strinsi gli occhi e drizzai le spalle, ergendomi in tutta la mia – scarsa – altezza. «Lo farò. Non credere che non lo farò. Lo farò subito.»

Inarcò le sopracciglia, senza smettere di sorridere. «Sto aspettando.»

Sollevai le mani verso la fibbia d'argento del mantello. Mi costrinsi a non guardare i passanti, che invece di sicuro guardavano noi. Un mantello bianco imbrattato di sangue non passava inosservato. «Non ho paura di dare spettacolo. Pensavo che lo sapessi già.»

Fece spallucce e si infilò le mani in tasca. «La prima volta è finita abbastanza bene per me.» Il mio mantello cadde a terra e lui lo osservò con aria soddisfatta. «Credo che finirà bene anche questa.»

Il mio stomaco – traditore che non era altro – si contrasse a quelle parole, al modo in cui i suoi occhi seguivano ogni mio movimento. «Sei un porco.»

«Sei stata tu a offrirti volontaria.» Accennò con il capo alla pasticceria di Pan mentre iniziavo a slacciarmi il vestito. «Ma devi sapere che abbiamo un pubblico.»

Effettivamente Pan era davanti alla vetrina del suo negozio e ci guardava con interesse. Sussultò quando mi girai e lo salutai con la mano, in maniera un po' troppo rapida per essere naturale. Fermai le dita sui lacci.

«Ti è andata bene.» Raccolsi il mantello da terra e me lo gettai di nuovo sulle spalle, al rovescio per nascondere il sangue.

«Se lo dici tu.»

«Sei davvero un porco!» Mi voltai per dirigermi verso la Torre degli Chasseur, ma lui mi afferrò la mano.

«Fermati, per favore.» Alzò l'altra in un gesto conciliatore, ma aveva un sorriso arrogante. «Voglio vedere il tuo segreto. Mostramelo.»

«Che peccato, ho cambiato idea. Non voglio più.»

Mi fece girare verso di lui, prendendomi per le braccia. «Lou. Fammelo vedere. So che lo vuoi.»

«Non mi conosci per niente.»

«So che spogliarti in pubblico è eccessivo pure per te.» Rise. Era un suono così bello, così raro. «E che non ammetterai mai che non l'avresti fatto.»

Il suo sguardo divertito si scurì pian piano mentre mi abbracciava, e mi resi conto che non eravamo più stati tanto vicini dopo il bacio di quella mattina. Fissava il suo pollice che mi sfiorava il labbro inferiore.

«So che hai la lingua lunga e dici molte parolacce.» Premette con forza sul mio labbro per sottolineare la cosa. Rabbrividii. «E sei abituata a fare di testa tua. So che sei sboccata, disonesta e manipolatrice...»

Mi scostai e arricciai il naso, ma lui mi strinse più forte.

«... ma hai un cuore, e uno spirito libero, e coraggio.» Mi ravviò i capelli dietro l'orecchio. «Non avevo mai conosciuto una come te, Lou.»

A giudicare dalla sua espressione accigliata, quel pensiero lo metteva a disagio. Preferivo anch'io non esaminare a fondo le mie emozioni.

Sposare uno sbirro blu. Pensavo che neppure tu potessi abbassarti a tanto.

Qualsiasi cosa fosse, Reid non era uno sbirro blu. Ma era pur sempre uno chasseur. Credeva in determinate cose. Non ero tanto stupida da pensare di potergli far cambiare idea. Mi avrebbe guardata in modo diverso se avesse saputo chi ero. Le sue mani – che adesso mi sfioravano con tanta delicatezza – mi avrebbero toccata in un'altra maniera.

Mi tornò in mente il viso di Estelle. Le mani di Reid intorno alla sua gola. Alla *mia* gola.

No. Arretrai barcollando, con gli occhi sgranati. Lui aggrottò le sopracciglia, confuso.

Calò un silenzio imbarazzato, e io ridacchiai nervosamente e mi asciugai le mani sulla gonna. «Ho cambiato di nuovo idea. Voglio mostrarti quel segreto.»

Ben presto spuntò all'orizzonte il Soleil et Lune.

«Il teatro?» Reid si guardò intorno nella strada deserta. «Un po' banale per te, no? Mi aspettavo una distilleria clandestina...»

«Non essere ridicolo, Chass.» Mi fermai davanti alla porta che conduceva al palco, mi tirai su la gonna e mi arrampicai sul coperchio di un bidone. «Non bevo quella robaccia.»

Inspirò di colpo appena capì le mie intenzioni. «Questa è violazione di proprietà privata, Lou!»

Gli sorrisi da sopra la spalla. «Lo è solo se ci prendono.» Poi mi issai lungo le tubature, gli feci l'occhiolino e sparii.

Sibilò il mio nome nelle ombre sempre più fitte, però lo ignorai, mi pulii gli scarponcini dal fango e aspettai.

Un attimo dopo apparvero due mani: si stava issando dietro di me.

Vedendo la sua espressione mi venne da ridere. «Ce ne hai messo di tempo. Di questo passo ci vorrà tutta la notte.»

«Sono uno chasseur, Lou. È assolutamente inappropriato!»

«Sempre con quella scopa in culo...»

«Lou!» Lanciò un'occhiata al tetto. «Mi rifiuto di arrampicarmi su questo palazzo.»

«Oh, Chass» esclamai, appena capii. «Ti prego, dimmi che non soffri di vertigini.»

«Certo che no.» Strinse forte la pietra. «È una questione di principio. Non posso violare la legge.»

Annuii fingendomi convinta e trattenni un sorriso. Quella potevo dargliela vinta. Potevo resistere alla tentazione di prenderlo in giro, soltanto per questa volta. «Be', per fortuna a me non frega niente della legge. Andrò su in ogni caso. Sentiti libero di sguinzagliarmi dietro i gendarmi.»

«Lou!» Cercò di afferrarmi la caviglia, ma ero già qualche metro sopra di lui. «Scendi!»

«Vieni a prendermi tu, invece! E per l'amor del cielo, Chass, piantala di guardarmi sotto la gonna!»

«Non ti sto guardando sotto la gonna!»

Ridacchiai e continuai ad arrampicarmi, felice di sentire l'aria fredda sul viso. Dopo l'incubo alla fonderia, era bello… lasciarsi andare. Ridere. Mi sarebbe piaciuto che lo facesse anche Reid. Mi piaceva molto la sua risata.

Mi voltai a guardarlo e mi concessi di ammirare le sue possenti spalle in azione, solo per un istante, e poi mi sforzai di salire più in fretta di lui. Non potevo permettergli di arrivare prima di me.

Sussultò nel vedermi entrare dalla finestra rotta della soffitta, e sibilò il mio nome con voce sempre più allarmata. Un momento dopo entrò anche lui. «Questa è violazione di domicilio, Lou!»

Feci spallucce e raggiunsi il mucchio di costumi che un tempo era stato il mio letto. «Non puoi violare un domicilio che è casa tua.»

«Qui… è dove vivevi?»

Annuii, inspirando a fondo. Era proprio l'odore che ricordavo: il profumo dei vecchi costumi misto a cedro, polvere e un accenno di fumo delle lampade a olio. Passai le dita sul baule che io e Coco avevamo diviso, e alla fine mi rivolsi a Reid. «Per due anni.»

Restò impassibile come al solito e non disse nulla. Ma sapevo dove guardare per sentirlo: nella tensione delle spalle, le labbra strette. Disapprovava. Com'era logico che fosse.

«Be'» dissi, allargando le braccia, «il segreto è questo. Non è una grande avventura romantica, ma… benvenuto nella mia umile dimora.»

«Questa non è più casa tua.»

Mi buttai sul letto e mi portai le ginocchia fin sotto al mento. «Questa soffitta sarà sempre casa mia. È il primo posto in cui mi sia mai sentita al sicuro.» Quelle parole mi uscirono di bocca senza che me ne accorgessi.

Mi scrutò con più attenzione. «Cos'è successo due anni fa?»

Con la gola serrata, osservai il mantello di velluto blu che avevo usato come cuscino. «Non voglio parlarne.»

Si accovacciò accanto a me e mi sollevò delicatamente il viso. Mi fissò negli occhi con un'intensità inattesa. «Io sì.»

Non avevo mai udito due parole più odiose di quelle. O più minacciose. Schiacciando il velluto nel pugno, mi sforzai di fare una risatina e mi spremetti le meningi in cerca di un modo per distrarlo. «Sono finita dalla parte sbagliata di un altro coltello, tutto qui. Uno più grosso.»

Emise un sospiro e mi lasciò il viso, senza allontanarsi però. «Mi impedisci di conoscerti.»

«Mi conosci già così bene.» Gli scoccai quello che sperai fosse un sorriso vincente, sempre nel tentativo di sviare la sua attenzione. «Amante del turpiloquio, manipolatrice, bacia benissimo…»

«Non so niente del tuo passato. La tua infanzia. Perché sei diventata una ladra. Chi eri prima di… tutto questo.»

Il mio sorriso vacillò, ma mi costrinsi a restare allegra. «Non c'è niente da sapere.»

«C'è sempre qualcosa da sapere.»

Accidenti, usava le mie parole contro di me. La conversazione restò in stallo: lui mi fissava pieno di aspettativa, io fissavo il velluto blu. Giocherellai con finta disinvoltura con i buchi delle tarme su quel tessuto sontuoso.

Alla fine mi fece voltare verso di lui. «Allora?»

«Non ne voglio parlare.»

«Lou, per favore. Desidero solo saperne di più su di te. È così orribile?»

«Sì, lo è.» Le parole uscirono con più veemenza di quanto avrei voluto, e rabbrividii vedendo la sua espressione ferita. Se dovevo prenderlo a morsi pur di scoraggiarlo da quell'orrenda conversazione, però, ero disposta a farlo. «Quella merda è nel passato per un motivo, e ho detto che non ne voglio parlare con nessuno, tantomeno con te. Non ti è bastato vedere la mia casa? Il mio segreto?»

Si ritrasse espirando con forza. «Ti ho raccontato che mi hanno trovato nella spazzatura. Pensi sia stato facile parlarne?»

«E allora perché lo hai fatto?» Strappai con violenza un buco nel velluto. «Non ti ho mica costretto.»

Mi studiò con rabbia. «Perché me l'hai chiesto. Perché sei mia moglie, e se qualcuno merita di conoscere le parti peggiori di me, quella sei tu.»

«Oh, non ti preoccupare, le conosco già tutte…»

«Idem.»

«Mi hai chiesto tu di non mentirti.» Serrai la mascella e scattai in piedi, incrociando le braccia sul petto. «Non fare domande sul mio passato e non sarò tenuta a mentirti.»

Si alzò anche lui, lentamente, e torreggiò su di me con un'espressione livida. Serrava e allentava i muscoli della mandibola, e intanto mi guardava la gola. «Cosa nascondi, Lou?»

Il cuore mi rintronò improvvisamente nelle orecchie. Non potevo dirglielo. Non poteva chiedermelo. Avrebbe rovinato tutto.

Eppure… prima o poi avrei dovuto raccontarglielo. Quel gioco non poteva durare per sempre. Con grande fatica, sollevai la testa. Forse, dopo tutto quello che avevamo passato, sarebbe riuscito ad accettarlo. Forse poteva cambiare… per me. Per noi. Forse anch'io potevo cambiare.

«Non nascondo niente, Reid. Domandami tutto quel che vuoi.»

Sospirò sentendo come mi tremava la voce, mi tirò a sé e mi accarezzò i capelli. «Non ti costringerò. Se non ce la fai, è colpa mia, non tua.»

Ovvio che la pensasse così. Ovvio che pensasse il peggio di sé anziché vedere la verità: che il peggio invece era in me. Gli affondai il viso nel petto. Anche nel pieno della frustrazione, Reid era più gentile con me di chiunque altro avessi mai conosciuto. Non lo meritavo.

«Non sei tu.» Lo strinsi forte nella penombra, annusai il suo profumo. Si intonava perfettamente all'odore confortante della soffitta. Di casa mia. «Sono io. Ma… posso provarci. Posso provare a dirtelo.»

«No. Non dobbiamo per forza parlarne adesso.»

Scossi la testa con determinazione. «Ti prego… chiedimelo.»

La sua mano si fermò sui miei capelli e il mondo si fermò con lei: non era tanto diversa dalla calma inquietante che precedeva la magia. Anche l'aria che entrava dalla finestra sembrò andare in pausa, indugiando tra i miei capelli e tra le sue dita. In attesa. Dimenticai come si faceva a respirare.

Ma la domanda non arrivò mai.

«Sei originaria di Cesarine?» La sua mano scivolò fino in fondo alla mia schiena, e il vento riprese a soffiare, insoddisfatto. Mi concentrai su quel movimento lieve, mentre la delusione e un orribile sollievo si davano battaglia nel mio cuore.

«No. Sono cresciuta in una piccola comunità a nord di Amandine.» Appoggiata al suo petto, sorrisi malinconica a quella mezza verità. «Circondata dalle montagne e dal mare.»

«E i tuoi genitori?»

Adesso le parole scorrevano meglio, la stretta al cuore si era allentata ora che il pericolo era passato. «Non ho mai conosciuto mio padre. Io e mia madre… non siamo in contatto.»

La sua mano si bloccò di nuovo. «Quindi è viva?»

«Fin troppo.»

«Cos'è successo tra voi due?» Si tirò indietro, scrutandomi in volto con rinnovato interesse. «È qui a Cesarine?»

«Spero di no. Però preferirei non parlare di quel che è successo. Non ancora.»

Ancora una codarda.

«Capisco.»

Ancora un gentiluomo.

Gli cadde lo sguardo sulla mia cicatrice e si chinò a sfiorarla con un bacio. Mi venne la pelle d'oca. «Come te la sei fatta, questa?»

«Mia madre.»

Si ritrasse come se quella linea argentata l'avesse morso; l'orrore gli offuscava gli occhi. «Cosa?»

«Prossima domanda.»

«Io… Lou, è…»

«Prossima domanda. Per favore.»

Preoccupato, mi tirò di nuovo a sé. «Perché sei diventata una ladra?» La sua voce divenne più dura, più ruvida di prima. Lo abbracciai in vita e lo strinsi forte.

«Per allontanarmi da lei.»

Si irrigidì. «Non vuoi darmi altri dettagli, vero?»

Posai la guancia sul suo petto e sospirai. «No.»

«Hai avuto un'infanzia difficile.»

Mi venne da ridere. «Niente affatto. Mia madre mi viziava, a dire il vero. Mi ha dato tutto ciò che una bambina poteva desiderare.»

«Ma ha cercato di ucciderti» disse, incredulo. Dato che non rispondevo, scosse la testa e fece un passo indietro. Le braccia mi ricaddero lungo i fianchi. «Dev'essere una storia incredibile. Un inferno. Mi piacerebbe ascoltarla, un giorno.»

«Reid!» Gli schiaffeggiai il braccio, senza più pensare agli altari e ai rituali di sangue, e sorrisi, disarmata. All'improvviso sembrava imbarazzato. «Hai appena detto inferno?»

«Non è una parolaccia.» Non riusciva a guardarmi negli occhi, fissava invece i costumi appesi alle mie spalle. «È un luogo.»

«Certo che lo è.» Tornai alla finestra, con il sorriso sulle labbra. «A proposito di luoghi divertenti… voglio rivelarti un altro segreto.»

DOVE VAI

Lou

Pochi minuti dopo si abbandonò sul tetto, pallido e ansimante, gli occhi chiusi contro il cielo. Lo pungolai tra le costole. «Ti stai perdendo il panorama.»

Serrò la mascella e deglutì come se stesse per vomitare. «Dammi un minuto.»

«Ti rendi conto di quant'è ironico, vero? L'uomo più alto di Cesarine soffre di vertigini!»

«Mi fa piacere che tu ti diverta.»

Gli sollevai una palpebra e gli sorrisi. «Apri gli occhi. Ti giuro che non te ne pentirai.»

Obbedì, per quanto a malincuore, e li sbarrò nel vedere le migliaia di stelle sopra di noi.

Mi portai le ginocchia al petto e guardai con nostalgia il cielo stellato. «Non sono belle?»

Il Soleil et Lune era l'edificio più alto di Cesarine e offriva l'unica vista ininterrotta del cielo in tutta la città. Sopra il fumo. Sopra la puzza. La volta celeste era una distesa di ossidiana e diamanti. Infinita. Eterna.

C'era solo un altro posto con un panorama simile… ma non sarei mai più tornata a Chateau.

«Sì, lo sono» rispose a bassa voce.

Sospirai e mi strinsi negli abiti per ripararmi dal freddo.

«Mi piace pensare che Dio dipinga il cielo solo per me, in notti come queste.»

Distolse lo sguardo dalle stelle, incredulo. «Credi in Dio?»

Che domanda complicata.

Posai il mento sulle ginocchia. «Penso di sì.»

Si alzò a sedere. «Ma raramente vai a messa. Festeggi… il Mezz'inverno, non il Natale.»

Feci spallucce e raccolsi una foglia morta nella neve. Mi scricchiolò tra le dita. «Non ho mai detto che fosse il tuo dio. Il tuo dio odia le donne. Ci ha create dopo, siamo un ripensamento.»

«Non è vero.»

«Ah no? Ho letto la vostra Bibbia, sai. In quanto tua moglie, non sono forse considerata una tua proprietà? Non hai il diritto legale di fare quel che vuoi di me?» Feci una smorfia: il ricordo delle parole dell'arcivescovo mi lasciava l'amaro in bocca. «Chiudermi in uno sgabuzzino e dimenticarti di me?»

«Non ti ho mai considerata una mia proprietà.»

«L'arcivescovo sì.»

«L'arcivescovo… si sbaglia.»

Inarcai le sopracciglia. «Cosa odono le mie fosche orecchie? Hai appena sparlato del tuo prezioso patriarca?»

Si passò una mano tra i capelli ramati, frustrato. «Non… non dire così, Lou. Ti prego. Checché tu ne pensi, quell'uomo mi ha dato tutto. Mi ha dato una vita, un obiettivo.» Esitò, mi guardò con una sincerità che mi fece saltare un battito del cuore. «Mi ha dato te.»

Buttai via la foglia e mi girai a guardarlo.

Reid era sinceramente convinto che lo scopo della sua vita fosse uccidere le streghe. Credeva che l'arcivescovo gli avesse fatto un dono, che l'arcivescovo fosse buono. Gli presi la mano. «Non è stato l'arcivescovo a darmi a te, Reid.» Alzai gli occhi al cielo con un sorrisetto. «È stato Lui… o Lei.»

Ci fissammo in silenzio per un lungo momento.

«Ho un regalo per te.» Si sporse in avanti e i suoi occhi azzurri mi entrarono nell'anima. Trattenni il respiro, sperando che colmasse la distanza tra le nostre labbra.

«Un altro? Ma non è ancora Mezz'inverno.»

«Lo so.» Mi sfiorò l'anulare con il pollice. «È… una fede nuziale.»

Ansimai quando la sfilò dalla tasca della giacca. Era d'oro, sottile e montata con un ovale di madreperla al centro. Era molto vecchia. Ed era la cosa più bella che avessi mai visto.

«Posso?»

Annuii, e lui mi tolse dal dito l'anello di Angelica e ci mise il suo. Lo osservammo entrambi per un istante.

«Era di mia madre… o almeno credo. Quando mi hanno trovato lo stringevo in pugno.» Esitò. «Mi ricorda il mare… e te. Erano giorni che volevo dartelo.»

Aprii la bocca per dire qualcosa – per dirgli che era un regalo bellissimo, che era un onore per me poter indossare un oggetto così prezioso, portare sempre con me quel pezzetto di lui – ma le parole mi restarono in gola. Lui mi guardava con aria rapita.

«Grazie.» Provavo un'emozione sconosciuta che minacciava di strozzarmi. «Mi… mi piace moltissimo.»

Ed era vero. Lo adoravo.

Ma non quanto adoravo lui.

Mi abbracciò cingendomi in vita e io mi appoggiai al suo petto, e tremai per quella consapevolezza.

Lo amavo.

Merda. Lo amavo.

Respirare era sempre più doloroso: ogni respiro mi scuoteva e mi scaldava allo stesso tempo. Ero in iperventilazione. Dovevo riprendermi. Dovevo fare ordine tra i pensieri...

Reid mi scostò delicatamente i capelli, e quel tocco leggero fu la mia rovina. Le sue labbra mi sfiorarono la curva del collo. Il sangue mi ruggì nelle orecchie.

«"Non insistere con me perché ti abbandoni e torni indietro senza di te."» Le sue dita mi scorrevano sul braccio in una carezza lenta, sofferta. Gli posai la testa sulla spalla e gli occhi mi si chiusero da soli, mentre le sue labbra continuavano a muoversi sul mio collo. «"Dove andrai tu andrò anch'io; dove ti fermerai mi fermerò."»

Mi sfuggì un mugolio basso, un suono così in contrasto con le parole devote che aveva pronunciato. Le sue dita si fermarono subito e il suo sguardo si posò sul mio petto, che si alzava e abbassava rapidamente.

«Non ti fermare» ansimai. Scongiurai.

Il suo corpo si tese e le sue mani strinsero le mie braccia in una morsa. «Chiedimelo, Lou.» La sua voce divenne bassa, insistente. Ruvida. Nel mio ventre si propagò il calore.

Aprii la bocca. Il tempo dei giochi era finito. Era mio marito e io sua moglie. Era sciocco fingere che non volessi più quella relazione. Fingere di non volere la sua attenzione, la sua risata, il suo... tocco.

Volevo che mi toccasse. Volevo che diventasse mio marito in tutti i sensi. Volevo...

Volevo lui.

Ogni parte di lui. Potevamo riuscirci. Potevamo scrivere il nostro finale, al diavolo le streghe e gli chasseur. Potevamo essere felici.

«Toccami, Reid.» Stranamente riuscii a mantenere la voce salda, nonostante il fiato corto. «Ti prego. Toccami.»

Sorrise – un sorriso lento e trionfante – sul mio collo. «Questa non è una domanda, Lou.»

Aprii gli occhi e mi voltai per guardarlo male. Lui inarcò un sopracciglio con aria interrogativa e premette le labbra sulla mia pelle. Schiudendo la bocca, poggiò una sfilza di baci caldi lungo il mio collo e sulla spalla.

La sua lingua si muoveva lenta, adorante, mandandomi praticamente a fuoco.

«E va bene.» Il collo mi tradì inarcandosi sotto la sua bocca, ma il mio orgoglio non voleva cedere così presto. Se Reid voleva giocare ancora un po', gli avrei dato corda… e avrei vinto. «Potresti, o valoroso e virtuoso chasseur, infilarmi la lingua in gola e le mani sotto la gonna? Il mio culo sente il bisogno di essere agguantato.»

Scoppiò a ridere e si tirò indietro, incredulo. Mi spinsi contro di lui, sorridendo. «Troppo?»

Non rispose, e la delusione si propagò tra le fiamme nel mio sangue. Mi girai verso di lui. Aveva gli occhi sgranati e – notai con dispiacere – era pallido. Non sembrava particolarmente desideroso di possedermi. Forse avevo esagerato.

«Mi dispiace.» Allungai una mano verso il suo viso. «Non volevo turbarti.»

C'era qualcosa nei suoi occhi quando mi guardò – qualcosa di esitante, qualcosa di quasi imbarazzato – che mi lasciò interdetta. Gli tremavano leggermente le mani, i suoi respiri erano rapidi. Era nervoso. No, terrorizzato.

All'improvviso, capii: Reid era davvero uno chasseur virtuoso. Uno chasseur santo.

Reid non aveva mai fatto sesso.

Era vergine.

L'arroganza che dimostrava era tutta scena. Non aveva mai toccato una donna, quantomeno non dove e come contava davvero. Cercai di non fissarlo a bocca aperta, ma dal modo in cui era sbiancato intuii che mi aveva letto nel pensiero.

Lo guardai attentamente. Come aveva potuto Célie abbandonarlo su quel terreno? A che serviva il primo amore, se non per far vagare le mani e vivere l'emozione della scoperta?

Almeno gli aveva insegnato a baciare come si deve. *Dovrei esserle grata, suppongo.* Il collo e la spalla mi formicolavano ancora per il tocco della sua lingua. Ma i baci erano soltanto l'inizio.

Lentamente gli presi il viso tra le mani. «Ti mostro come si fa.»

Vidi scurirsi i suoi occhi appena mi sedetti sopra di lui. Quel movimento mi sollevò la gonna e il vento mi solleticò le gambe nude, ma non sentii il freddo. C'era soltanto Reid.

Guardai oscillare il suo pomo d'Adamo, sentii mozzarsi il suo respiro. I suoi occhi saettarono nei miei con aria interrogativa quando gli presi le mani e me le posai sui lacci del vestito. Annuii, e lui iniziò a tirare delicatamente.

Le sue dita scorrevano agili e costanti. Il vestito si aprì sul davanti rivelando la tunica sottile al di sotto. Trattenemmo entrambi il fiato nell'istante in cui la sua mano sfiorò la pelle nuda sopra il mio seno.

Mi spinsi contro le sue dita e lui inspirò di scatto.

In un batter d'occhio mi scostò la tunica dalle spalle lasciandola ricadere intorno alla vita. Guardò con avidità il mio torace esposto.

Sorrisi. Forse non c'era molto da insegnargli, dopotutto.

Per non essere da meno, gli tirai fuori l'orlo della camicia dai pantaloni. Se la sfilò dalla testa, spettinandosi i capelli ramati, e poi le sue labbra si avventarono sulle mie e ci ritrovammo premuti l'uno contro l'altra, pelle a pelle.

Da lì in poi fu tutta discesa.

Mi sollevò senza fatica e io mi sbarazzai dell'abito.

I suoi occhi ardevano – le pupille dilatate, l'azzurro quasi scomparso – mentre si posavano sul mio stomaco, il mio seno, le mie cosce. Mi strinse i fianchi in un gesto possessivo, ma non abbastanza forte. Volevo… no, avevo bisogno che mi stringesse di più, che mi tenesse più vicina a sé.

«Sei così bella» sussurrò.

«Sta' zitto, Chass» ribattei con voce strozzata. Gli gettai le braccia al collo e strusciai i fianchi su di lui. Le sue anche si alzarono per venirmi incontro e dalla sua gola si levò un gemito. Lo presi per le spalle per fermarlo. «Così.» Mi scostai e indicai il punto in cui i nostri corpi erano uniti. Guardammo insieme mentre mi dondolavo su di lui: pian piano, con una lentezza dolorosa, esasperante.

Cercò di farmi accelerare – con mani disperate, insistenti – ma io opposi resistenza, mi appoggiai al suo petto e lo morsi nel punto sensibile in cui il collo incontra la spalla. Lo sentii sussultare e un altro mugolio basso gli sfuggì dalle labbra.

«È così che si tocca una donna.» Mi spinsi contro di lui con più forza per sottolineare il concetto, gli afferrai la mano e me la portai tra le gambe. «È così che si tocca *me*.»

«Lou» mormorò.

«Proprio qui.» Gli spostai le dita, mentre i miei respiri diventavano pesanti sotto il suo tocco. Cominciai ad ansimare. A un tratto si piegò in avanti e mi prese un seno in bocca, e io trasalii. La sua lingua era calda, prepotente.

Una pulsazione profonda, deliziosa si accumulò troppo in fretta nella mia pancia. «Dio, Reid...»

Quando mi sentì dire il suo nome, mi morse piano.

Andai in mille pezzi, mi smarrii completamente nel piacere e nel dolore. Le sue braccia mi strinsero mentre venivo, le sue labbra si chiusero sulle mie come per divorare le mie grida.

Non era abbastanza.

«I pantaloni.» Trafficai con i lacci, baciandolo tra un respiro e l'altro. «Toglíteli. Subito.»

Fu ben felice di obbedirmi, e mi fece alzare per sfilarseli dalle gambe. Li lanciò da parte e mi guardò ansioso, ancora pallido, mentre tornavo a sedermi sopra di lui. Gli sorrisi e, con un gesto lascivo, feci correre un dito per tutta la lunghezza, tenendolo premuto contro di me. Lo sentii tremare a quel contatto, e vidi i suoi occhi che brillavano di desiderio.

«Di nuovo» dissi, spingendolo delicatamente sulla superficie del tetto, «ti mostrerò quanto sa essere lunga la mia lingua.»

«Lou» ripeté lui, supplicante.

Con un movimento fluido affondai su di lui, facendolo sprofondare dentro di me.

Chiuse gli occhi e tutto il suo corpo si inarcò verso l'alto per conficcarsi fino all'ultimo centimetro. Volevo gridare – era troppo in profondità – ma mi trattenni. Non ci riuscivo. C'era dolore, ma quando lui si tirò indietro e diede un'altra spinta il male si intensificò diventando qualcos'altro, una vibrazione profonda, acuminata. Un bisogno prepotente. Mi riempiva completamente, e il modo in cui si muoveva... gettai la testa all'indietro e mi smarrii nella sensazione. In lui.

Lo spasimo si intensificò e non riuscii più a smettere di baciarlo, di affondargli le dita tra i capelli, di graffiargli le braccia. Era struggente, quella pulsazione nel petto. Consumava, annientava e travolgeva tutto ciò che avessi mai conosciuto.

Mi cinse in vita e mi fece mettere sotto di lui. Inarcai la schiena – un disperato bisogno di stargli più vicina, di alleviare quell'affanno – e incrociai le gambe sulla sua schiena madida di sudore. Accelerò il ritmo e infilò una mano tra di noi, e le mie gambe iniziarono a irrigidirsi. Mi toccò esattamente come gli avevo insegnato, accarezzandomi con determinazione, senza sosta. Emise un ruggito gutturale.

«Lou...»

Ogni cosa dentro di me si contrasse, e mi aggrappai a lui intanto che mi spingeva oltre il limite. Con un ultimo affondo collassò tremante su di me, incapace di riprendere fiato.

Restammo sdraiati lì, senza badare al freddo. A guardarci l'un l'altra, spaesati. Per la prima volta in vita mia non avevo parole. La pulsazione inebriante era ancora nel mio petto – più forte, ora, più dolorosa di prima – ma ero incapace di oppormi. Totalmente priva di difese.

Eppure... non mi ero mai sentita più al sicuro.

Quando Reid uscì da me, feci una smorfia di dolore.

Se ne accorse. Mi sollevò il mento e mi guardò ansioso. «Ti ho fatto male?»

Cercai di sgusciare da sotto di lui, ma era troppo pesante. Appena capì le mie intenzioni si puntellò sui gomiti per lasciarmi spazio e poi si rotolò sulla schiena, tirandomi sopra di sé.

«C'è una linea sottile tra piacere e dolore.» Gli posai una

fila di baci sul petto, sfiorandolo con i denti… e poi morsi all'improvviso. Un sibilo gli sfuggì dalle labbra e le sue braccia si strinsero intorno a me. Quando mi tirai indietro per guardarlo negli occhi, però, non vidi sofferenza, ma desiderio. Il mio petto reagì con un sussulto. «È un dolore buono.» Sorrisi e gli diedi un buffetto sul naso. «Sei stato bravo.»

MONSIEUR BERNARD

Lou

La Festa di san Nicola era in pieno fermento quando io e Reid uscimmo dalla bottega di Pan l'indomani mattina. Mi aveva comprato un altro mantello – rosso, stavolta, anziché bianco. Appropriato. Ma mi rifiutavo di lasciarmi rovinare il buonumore dagli eventi accaduti nella fonderia. Sorridendo, alzai lo sguardo su di lui e ricordai la sensazione della neve sulla pelle nuda. Del vento gelido tra i capelli.

Il resto della serata era stato altrettanto memorabile. Gli avevo chiesto di stare con me nella soffitta e lui aveva accettato. Avevo cercato di godermi al massimo l'ultima notte che trascorrevo lì. Non sarei più tornata al Soleil et Lune.

Avevo trovato una nuova casa.

E il modo in cui si stava leccando la glassa dalle dita... Sentii una contrazione molto piacevole nella pancia.

Mi scrutò con un sorrisetto. «Perché mi fissi così?»

Inarcai un sopracciglio, mi portai alla bocca il suo indice e leccai via il resto della glassa con pochi colpi di lingua ben assestati. Mi aspettavo che si guardasse intorno terrorizzato, che arrossisse e serrasse la mascella, e invece restò impassibile. Anzi, stavolta ebbe persino la faccia tosta di ridacchiare.

«Sei insaziabile, Madame Diggory.»

Raggiante, mi alzai in punta di piedi per baciarlo sul naso… e poi gli diedi anche un buffetto. «Non ne hai idea. Ho ancora molto da insegnarti, Chass.»

Sorrise, mi baciò le mani e mi prese a braccetto. «Sei proprio una miscredente.»

«Una cosa?»

Arrossì e distolse lo sguardo, imbarazzato. «Ti chiamavo così. Nella mia testa.»

Risi di gusto, senza curarmi dei passanti. «Perché non mi stupisco? È ovvio che non potessi chiamarmi, che ne so, per nome…»

«Tu non mi chiamavi per nome!»

«Perché sei un bacchettone!» La brezza sollevò un volantino delle Vecchie Sorelle sporco di terra e lo fece ricadere sulla neve. Lo schiacciai con un piede, sempre ridendo. «Vieni. Dobbiamo sbrigarci se non vogliamo perderci l'esibizione speciale dell'arcivesc…» I suoi occhi fissarono qualcosa dietro di me e la parola mi morì sulle labbra. Mi voltai e vidi Madame Labelle che veniva a lunghi passi verso di noi.

«Merda.»

Mi scoccò un'occhiata irritata. «Non parlare così.»

«Dubito molto che le parolacce possano offenderla. È una *maîtresse*. Credimi, ha visto e sentito ben di peggio.»

Indossava un abito che metteva in risalto il magnifico azzurro dei suoi occhi, e i capelli rosso fuoco erano raccolti e fissati con un pettinino di perle. Sentii una strana vibrazione in testa. Come un prurito che non riuscivo a grattare.

«Louise, tesoro! Che bello incontrarti.» Mi prese la mano libera tra le sue. «Lo speravo davvero…»

Si interruppe notando il mio anello di madreperla.

Strinsi più forte il braccio di Reid. Quel movimento non passò inosservato.

Osservò il gioiello e poi noi due, e sgranò gli occhi davanti alla faccia di Reid. Lui si innervosì. «Possiamo esservi d'aiuto, *madame*?»

«Capitano Reid Diggory.» Pronunciò il suo nome lentamente, come se lo assaporasse per la prima volta. I suoi occhi azzurri erano ancora pieni di meraviglia. «Non mi sembra che siamo stati formalmente presentati. Io sono Madame Helene Labelle.»

«Mi ricordo di voi, *madame.* Avete tentato di comprare mia moglie per la vostra casa di tolleranza.»

Lei lo fissò rapita, pareva non notare la sua ostilità. «Il vostro cognome significa "perduto", giusto?»

Spostai lo sguardo dall'uno all'altro, e il ronzio che avevo in testa si alzò di volume. Diventò più insistente. Era una domanda strana, inaspettata. Reid sembrava incerto su come rispondere. «Penso di sì» mormorò infine.

«Cosa volete, *madame*?» chiesi, sospettosa. Tutto ciò che sapevo sul conto di quella donna mi suggeriva che non era lì per fare conversazione.

Pareva sull'orlo della disperazione e la sua espressione conteneva un'intensità stranamente familiare. «È un brav'uomo, Lou? È gentile?»

Reid si offese per quella domanda personale, e intanto il brusio nella mia testa iniziava ad assumere forma. Li studiai di nuovo entrambi, notai la sfumatura identica dei loro occhi azzurri.

Porca miseria.

Lo stomaco mi sprofondò sotto i piedi. Avevo guardato abbastanza a lungo negli occhi di Reid per riconoscerli sulla faccia di un'altra persona.

Madame Labelle era la madre di Reid.

«Sì, lo è.» Il mio sussurro era a malapena udibile sopra il vocio del mercato… e sopra i tonfi del mio cuore.

Lei espirò, e quegli occhi inconfondibili si chiusero per il sollievo. Poi si riaprirono di scatto, improvvisamente vigili. «Ma ti conosce, Lou? Ti conosce davvero?»

Mi si gelò il sangue. Se Madame Labelle non stava attenta, di lì a poco io e lei avremmo avuto una conversazione ben diversa. Sostenni il suo sguardo e le inviai un monito silenzioso. «Non so di cosa parliate.»

«Capisco.»

Lanciai un'occhiata a Reid. La sua espressione era passata dal perplesso all'irritato. A giudicare dai contorni tesi del suo viso, non gli piaceva che parlassimo di lui come se non fosse lì. Aprì la bocca – forse per chiederci cosa accidenti stava succedendo – ma io lo anticipai.

«Andiamo, Reid.» Scoccai a Madame Labelle un ultimo sguardo sprezzante e mi girai, però lei allungò una mano e agguantò la mia: quella con l'anello di Angelica.

«Portalo sempre, Lou, ma non permettere che lei ti veda.» Tentai di liberarmi, allarmata, ma la stretta di quella donna era una morsa di ferro. «Lei è qui, in città.»

Reid si fece avanti, con i pugni chiusi. «Lasciatela andare, *madame*.»

Senza darle il tempo di reagire, Reid le aprì le dita con la forza. Madame Labelle ebbe un fremito di dolore, eppure proseguì imperterrita mentre lui mi trascinava via. «Non togliertelo!» Il panico nei suoi occhi era visibile anche da lontano, anche quando la voce non si udiva quasi più. «Qualsiasi cosa accada, non permetterle di vedere!»

«Che cavolo è successo?» ringhiò Reid, serrandomi il braccio più del necessario.

Non gli risposi. Non potevo. La mia mente era ancora provata dall'aggressione di Madame Labelle, ma nella nebbia dei pensieri si fece strada un improvviso lampo di lucidità. Madame Labelle era una strega. Doveva esserlo. Il suo interesse per l'anello di Angelica, il fatto che conoscesse i suoi poteri, che sapesse di mia madre, di me... non c'era altra spiegazione.

Quella rivelazione portava con sé più domande che risposte, eppure non riuscivo a concentrarmi su nient'altro che non fosse il terrore gelido che mi risaliva in gola, il sudore che mi inumidiva la pelle.

Mi guardai intorno, scossa da un brivido. Reid stava dicendo qualcosa, ma non lo sentivo. Avevo un ruggito sordo nelle orecchie.

Mia madre era in città.

La Festa di san Nicola perse il suo fascino quando tornammo alla Torre degli Chasseur. I sempreverdi sembravano meno belli. Il falò ardeva di meno. Persino il cibo non mi attraeva quanto prima, e il fetore del pesce tornò a soffocarmi.

Reid mi riempì di domande per tutto il tragitto. Appena capì che non avevo risposte, tacque. Non riuscii a chiedergli scusa. Cercai di nascondere il tremore delle dita, ma sapevo che lo aveva già notato.

Non ti ha trovato.

Non ti troverà.

Mi ripetevo quel mantra in continuazione, tuttavia non ne ero convinta.

Ben presto davanti a noi apparve Saint-Cécile e feci un sospiro di sollievo, che subito virò in uno strillo quando vidi muoversi qualcosa nel vicolo accanto a noi.

Reid mi tirò a sé, ma un attimo dopo i suoi lineamenti si rilassarono. «Va tutto bene. È solo un mendicante.»

Invece non era soltanto un mendicante. Mi si intorpidirono le membra appena lo osservai meglio... e riconobbi il viso, gli occhi opalescenti che mi scrutavano dall'oscurità.

Monsieur Bernard.

Era chino su un bidone dei rifiuti e dalla bocca gli penzolava quello che sembrava un animale morto. La pelle – che un tempo avevo visto bagnata del suo sangue – si era scurita ed era nera come la pece, e i contorni del suo corpo erano stranamente sfumati. Sfocati. Come se fosse diventato un'ombra in carne e ossa.

«Oh mio Dio» sussurrai.

Reid sgranò gli occhi. Mi spinse dietro di sé ed estrasse la Balisarda dalla bandoliera sotto la giacca. «Sta' indietro...»

«No!» Mi chinai sotto il suo braccio e mi lanciai davanti al coltello. «Lascialo stare! Non fa male a nessuno!»

«Ma guardalo, Lou...»

«È innocuo!» Tentai di fargli abbassare il braccio. «Non toccarlo!»

«Non possiamo abbandonarlo qui...»

«Lascia che ci parli io. Forse vuole tornare alla Torre con me. Andavo sempre a trovarlo in infermeria. Magari mi darà retta.»

Dopo un lungo istante, la sua espressione si indurì. «Resta vicino. Se accenna ad aggredirti, vieni dietro di me. Hai capito?»

Mi sarei indispettita se non avessi avuto tanta paura. «So difendermi da sola, Reid.»

Mi afferrò la mano e se la batté sul petto. «Ho una lama che taglia la magia. Capito?»

Con la gola serrata, annuii.

Bernie ci guardò avvicinare con occhi vacui. «Bernie?» Sorrisi incoraggiante, sentendo il coltello di Andre infilato nello stivale. «Ti ricordi di me?»

Niente.

Allungai una mano verso di lui e, quando le mie dita lo sfiorarono, qualcosa si accese nei suoi occhi persi nel vuoto. Senza preavviso, si lanciò verso di me sopra il bidone. Gridai e barcollai, ma lui mi agguantò la mano in una stretta fortissima. Un ghigno terrificante gli apriva la faccia in due. «Sto venendo a prenderti, tesoro.»

Un terrore puro, limpido, mi saettò giù per la schiena. Mi paralizzò.

Sto venendo a prenderti, tesoro… tesoro… tesoro…

Reid mi tirò indietro con un ringhio, torcendo con violenza il polso di Bernie. Le sue dita annerite si allargarono e io riuscii a liberare la mano. Appena il nostro contatto cessò, Bernie tornò ad afflosciarsi, come una marionetta con i fili tagliati.

Reid lo pugnalò ugualmente.

Quando la Balisarda gli penetrò nel petto, le ombre che lo avvolgevano si dissiparono, rivelando per la prima volta il vero Monsieur Bernard.

La bile mi risalì in gola osservando la sua pelle sottile come carta velina, i capelli bianchi, le rughe intorno alla bocca. Solo gli occhi lattiginosi restavano identici. Ciechi. Ansimava e boccheggiava, mentre il sangue gli usciva dal petto: rosso, stavolta, pulito e incontaminato. Mi buttai in ginocchio accanto a lui e gli presi le mani. Avevo le guance rigate di lacrime. «Mi dispiace tanto, Bernie.»

I suoi occhi si girarono verso di me un'ultima volta. Poi si chiusero.

I carri coperti delle Vecchie Sorelle si radunarono davanti alla chiesa, ma io non li degnai di uno sguardo. Mi sembrava di galleggiare in silenzio sopra la folla, come se abitassi il corpo di qualcun altro.

Bernie era morto. Peggio ancora: era stato stregato da mia madre.

Sto venendo a prenderti, tesoro.

Quelle parole mi riecheggiavano nei pensieri. A ripetizione. Inconfondibili.

Rabbrividii al ricordo di come Bernie si era rianimato sotto il mio tocco. A come mi aveva fissata nell'infermeria. Stupidamente avevo pensato che volesse porre fine al suo dolore, il giorno in cui aveva cercato di saltare dalla finestra dell'infermeria. Ma quella fuga… l'avvertimento di Madame Labelle…

Non potevano essere una coincidenza. Bernie cercava di raggiungere mia madre.

Reid non disse nulla mentre andavamo nella nostra stanza. La morte di Bernie pareva aver scosso anche lui. La sua pelle dorata era impallidita e le spalle gli tremavano un po' quando aprì la nostra porta. La morte. Mi seguiva ovunque andassi, toccava ogni cosa e ogni persona che mi era cara. Sembrava impossibile sconfiggerla. Nascondermi. Quell'incubo non sarebbe mai finito.

Quando Reid richiuse la porta dietro di noi mi strappai il mantello nuovo e l'abito insanguinato e lanciai il coltello di Andre nel cassetto della scrivania. Non vedevo l'ora di lavare via il sangue dalla pelle. Tanto quel pugnale non sarebbe riuscito a proteggermi da lei. Mi infilai un abito pulito e cercai invano di nascondere le mani tremanti. Reid mi guardò e dal silenzio teso tra noi capii che non mi avrebbe dato tregua.

«Che c'è?» Mi buttai sul letto, troppo stanca per difendere il mio orgoglio.

I suoi occhi non si addolcirono. Non stavolta. «Mi nascondi qualcosa.»

Non avevo la forza per affrontare quella conversazione. Non dopo Madame Labelle e Bernie. Non dopo aver scoperto che mia madre sapeva dov'ero.

Mi abbandonai sui cuscini, con le palpebre pesanti. «Certo che sì. Te l'ho detto chiaro e tondo, nella soffitta del Soleil et Lune.»

«Cosa intendeva Madame Labelle quando ti ha chiesto se ti conoscevo davvero?»

«E chi lo sa?» Mi alzai a sedere e abbozzai un sorriso. «È matta da legare.»

Indicò l'anello di Angelica che portavo al dito. «Stava parlando del tuo anello. Te l'ha dato lei?»

«Non lo so» bisbigliai.

Si passò una mano tra i capelli, sempre più agitato. «Chi sta venendo a prenderti?»

«Reid, ti prego...»

«Sei in pericolo?»

«Non ne voglio parl...»

Batté il pugno sulla scrivania e una gamba si ruppe. «Dimmelo, Lou!»

Mi ritrassi istintivamente da lui. A quel piccolo movimento la sua rabbia si disintegrò. Si gettò in ginocchio davanti a me con un'emozione bruciante negli occhi: era paura. Mi afferrò le mani come se fossero una scialuppa di salvataggio.

«Non posso proteggerti se tu non me lo permetti» disse, supplicante. «Qualsiasi cosa sia, qualsiasi cosa ti abbia spaventata tanto, puoi dirmelo. È tua madre? È lei che ti sta cercando?»

Non riuscii a frenare le lacrime che mi rigavano le guance. Mi assalì la paura più forte che avessi mai provato. Dovevo raccontargli la verità. Proprio lì, e in quel momento.

Era ora.

Se mia madre sapeva dov'ero, anche Reid era in pericolo. Morgane non avrebbe esitato a uccidere uno chasseur, tanto più se si fosse intromesso tra lei e il suo obiettivo. Non poteva lasciarsi cogliere alla sprovvista. Doveva tenersi pronto.

Lentamente… annuii.

A quella confessione si rabbuiò. Mi asciugò le lacrime con una tenerezza molto lontana dalla ferocia del suo sguardo. «Non le permetterò di nuocerti, Lou. Ti proteggerò. Andrà tutto bene.»

Scossi la testa. Ormai le lacrime scendevano libere. «Devo dirti una cosa.» Mi si serrò la gola, come se il mio corpo si ribellasse a ciò che stavo per fare. Come se sapesse il destino che lo attendeva se quelle parole fossero uscite. Deglutii con forza e mi sforzai di parlare prima di poter cambiare idea. «La verità è…»

La porta si aprì di schianto ed entrò… l'arcivescovo.

Reid si alzò e inchinò nello stesso movimento, e sembrò sorpreso quanto me… e altrettanto guardingo. «Signore?»

Gli occhi dell'arcivescovo saettarono tra me e lui, crudeli e determinati. «Abbiamo appena ricevuto notizie dalla guardia reale, Reid. Decine di donne si sono radunate fuori dal castello e Re Auguste è nervoso. Affrettati a disperderle. Recluta tutti gli chasseur disponibili.»

Reid esitò. «Qualcuno ha confermato che si tratta di magia, signore?»

L'arcivescovo dilatò le narici. «Ti sembra saggio aspettare di scoprirlo?»

Reid guardò me, combattuto. Le parole che non avevo detto mi restavano in gola e mi stavano soffocando. «Vai.»

Mi strinse forte la mano. «Mi dispiace. Manderò Ansel perché stia con te fino al mio ritorno...»

«Non ce n'è bisogno» disse secco l'arcivescovo. «Resterò io con lei.»

Ci girammo all'unisono per guardarlo a bocca aperta. «Voi... voi, signore?»

«Ho una questione importante da discutere con lei.»

Le dita di Reid indugiarono sul mio ginocchio tremante. «Signore, se posso chiedere... sarebbe possibile rinviare questa conversazione? Mia moglie ha avuto una giornata molto difficile, e si sta ancora riprendendo da...»

L'arcivescovo lo fulminò con un'occhiata. «No, non posso. E mentre tu stai lì in ginocchio a discutere con me, qualcuno là fuori potrebbe morire. Il tuo re potrebbe morire.»

«Sissignore.» Con la mascella serrata, mi lasciò la mano e mi posò un bacio leggero sulla fronte. «Parleremo più tardi. Promesso.»

Con un brutto presentimento lo osservai andare verso la porta. Si fermò sulla soglia e si girò a guardarmi. «Ti amo, Lou.»

Poi se ne andò.

LE VECCHIE SORELLE

Lou

Guardai il corridoio per un lungo momento prima di comprendere il senso delle sue parole.

Ti amo, Lou.

Una sensazione di calore si diffuse dalla punta delle dita fino ai piedi, scacciando il terrore che mi paralizzava. Reid mi amava. Mi amava.

Allora cambiava tutto. Se mi amava, non gli sarebbe importato che io fossi una strega. Mi avrebbe amata lo stesso. Avrebbe capito. Mi avrebbe davvero protetta.

Se mi amava.

Mi ero quasi dimenticata dell'arcivescovo finché non parlò. «L'hai ingannato.»

Mi voltai verso di lui, frastornata. «Potete andare.» Non riuscii a dirlo con la cattiveria che avrei voluto. Avevo ancora qualche lacrima sul viso, ma le asciugai con un gesto impaziente. Non desideravo altro che sprofondare nel tepore che mi aveva travolta. «Non siete tenuto a restare. Lo spettacolo inizierà tra poco.»

Non si mosse e proseguì come se non mi avesse ascoltata. «Sei un'ottima attrice. Naturalmente dovevo aspettarmelo, ma non mi umilierò lasciandomi ingannare una seconda volta.»

La mia bolla di felicità iniziò a sgonfiarsi. «Di cosa parlate?»

Mi ignorò di nuovo. «Sembra quasi che tu tenga sul serio a lui.» Andò alla porta e la chiuse con un tonfo secco e minaccioso. Scattai subito in piedi, lanciando un'occhiata verso il cassetto in cui avevo riposto il coltello di Andre. L'arcivescovo storse le labbra. «Ma sappiamo entrambi che è impossibile.»

Mi avvicinai alla scrivania. Reid si fidava ciecamente del suo patriarca, io invece no. Quella scintilla furtiva gli brillava ancora negli occhi, e di sicuro non avevo intenzione di farmi intrappolare su un letto.

Come se mi leggesse nel pensiero, si fermò, girandosi verso la scrivania. Mi si seccò la bocca. «Sì che tengo a lui. È mio marito.»

«"Così il gran dragone, il serpente antico, che è chiamato diavolo e Satana, che seduce tutto il mondo, fu gettato sulla terra."» Gli lampeggiarono gli occhi. «Sei tu quel serpente, Louise. Una vipera. E io non ti permetterò di distruggere Reid, neanche per un altro istante. Non posso più restare a guardare...»

Bussarono. L'arcivescovo si accigliò e si voltò in una nube di cremisi e giallo. «Avanti!»

Un paggio si affacciò sulla soglia. «Vi chiedo perdono, Eminenza, ma tutti vi aspettano fuori.»

«Ne sono consapevole» sbottò lui, «e verrò tra un momento a crogiolarmi nell'edonismo. Ma prima ho da fare qui.»

Incurante del rimprovero, il ragazzo si dondolava sui talloni riuscendo a malapena a contenere l'entusiasmo. «Ma lo spettacolo sta per iniziare, signore. Mi hanno detto... di venire a prendervi. Il pubblico inizia a rumoreggiare.»

Un muscolo guizzò sul mento dell'arcivescovo. Appena

il suo sguardo gelido si posò su di me, accennai con il capo all'uscio e inviai una preghiera silenziosa di ringraziamento. «Non vorrete farli aspettare.»

Snudò i denti in un sorriso. «Mi accompagnerai, naturalmente.»

«Non penso che sia necessario...»

«Sciocchezze.» Mi prese per un braccio e lo strinse con forza sotto il suo. Mi ritrassi da quel contatto, ma invano. Nel giro di pochi secondi mi aveva già trascinata in corridoio. «Ho promesso a Reid che sarei rimasto con te, e con te rimarrò.»

La gente si accalcava intorno ai carri mangiando dolciumi e stringendo involti di carta marrone, con il naso rosso dopo una giornata passata a far compere al freddo. L'arcivescovo salutò quando li vide... e si bloccò di colpo appena notò l'eclettica banda di teatranti sui gradini della cattedrale.

Non era l'unico. Tutti quelli che non si stavano ingozzando di macaron e nocciole bisbigliavano con aria di disapprovazione. Una parola risuonava più delle altre, un sibilo tenue ripetuto a oltranza e portato dal vento.

Donne.

In quella troupe erano tutte attrici.

E non donne qualsiasi: pur di diverse età, dalle fanciulle alle vecchie, tutte possedevano la grazia tipica degli artisti. Fiere ed erette, ma anche leggiadre. Guardavano la folla scandalizzata con sorrisetti maliziosi. Si stavano già esibendo prima che iniziasse lo spettacolo. La più giovane aveva al massimo tredici anni e stava strizzando l'occhio a un uomo con il doppio della sua età, mandandogli quasi di traverso i popcorn.

Non sapevo cosa si aspettassero quegli idioti: la troupe si chiamava Le Vecchie Sorelle.

«Abominevole.» L'arcivescovo si fermò in cima alle scale, storcendo le labbra. «Una donna non dovrebbe mai degradarsi a una professione così disdicevole.»

Sorrisi e tirai via il braccio da sotto il suo. Non si oppose. «Ho sentito dire che sono molto brave.»

In quel momento la più giovane ci vide. I suoi occhi incrociarono i miei e sul suo viso si dipinse un sorrisetto impertinente. Agitò i capelli biondi con un cenno imperioso del capo e alzò le mani rivolta alla folla. «*Joyeux Noël à tous!* Il nostro ospite d'onore è arrivato! Silenzio, ora, e lasciateci cominciare la nostra esibizione speciale!»

Calò il silenzio e tutti gli occhi si rivolsero impazienti alla ragazza. Lei si fermò, con le braccia ancora aperte, per godersi la loro attenzione. Per essere così giovane era terribilmente sicura di sé. Persino l'arcivescovo sembrava incantato. A un cenno della ragazza, le altre attrici salirono subito su uno dei carri.

«Tutti conosciamo la storia di san Nicola, che porta i regali e protegge i bambini.» Girava piano sul posto, le braccia ancora distese. «Conosciamo il malvagio macellaio, Père Fouettard, che attirò gli sciocchi fratelli nella sua bottega e li *tagliò* a pezzettini.» Fendette l'aria con una mano per mimare un coltello. Gli spettatori più vicini arretrarono lanciando sguardi di disapprovazione. «Sappiamo che san Nicola arrivò e sconfisse Père Fouettard. Sappiamo che fece resuscitare i bambini e li restituì sani e salvi ai loro genitori.» Piegò la testa di lato. «Conosciamo questa storia. La amiamo. È il motivo per cui ogni anno ci raduniamo per celebrare san Nicola.

«Ma oggi... oggi vi portiamo una storia diversa.» Tacque per un secondo, accennò un altro sorriso malizioso. «Meno conosciuta e più cupa, ma pur sempre la storia di un sant'uomo. Diremo che è un arcivescovo.»

L'arcivescovo si irrigidì mentre una donna scendeva dal carro con indosso una veste e paramenti sacri stranamente simili ai suoi. Con anche le stesse sfumature di cremisi e oro. La donna atteggiò il volto in un'espressione severa. Sopracciglia aggrottate, labbra strette.

«C'era una volta, lontano lontano» iniziò la giovane narratrice, e la sua voce assunse una cadenza musicale, «o forse non tanto lontano, a dire il vero, un orfanello, triste e ignorato da tutti, che trovò la sua vocazione nel lavoro del Signore.»

A ogni parola, la donna che interpretava l'arcivescovo si avvicinava sempre più, alzando il mento per guardarci dall'alto in basso. Il vero arcivescovo restava immobile come la pietra. Mi arrischiai a guardarlo: fissava la giovane narratrice ed era visibilmente più pallido di pochi istanti prima. La cosa mi parve strana.

Il falso arcivescovo accese un fiammifero e se lo portò davanti agli occhi, guardandolo fumare e bruciare con un fervore inquietante. La donna abbassò la voce fino a un bisbiglio enfatico: «Con la fede e il fuoco nel cuore, dava la caccia ai malvagi e li condannava al rogo per i loro peccati... perché la parola del Signore proibiva la magia».

Quel brutto presentimento che avevo avuto tornò, moltiplicato per dieci. C'era qualcosa di sbagliato in quella situazione.

Un trambusto lungo la strada distrasse il pubblico, e apparvero gli chasseur. Reid cavalcava in testa, seguito da Jean Luc. Quando si avvicinarono vidi le loro facce allarmate, ma i carri della troupe – e gli spettatori – bloccavano loro la strada. Si affrettarono a smontare di sella. Mi avviai verso di loro, ma l'arcivescovo mi afferrò per un braccio. «Resta.»

«Scusate?»

Scosse la testa, continuando a fissare la narratrice. «Resta accanto a me.» L'urgenza della sua voce mi indusse a obbedire, e il disagio che provavo aumentò. Lui non mollava la presa, e la sua pelle era sudata e fredda sulla mia. «Qualsiasi cosa accada, non allontanarti da me. Hai capito?»

C'era qualcosa di *molto* sbagliato in quella situazione.

Il falso arcivescovo sollevò un pugno. «Non lascerai vivere colei che pratica la magia!»

La narratrice si sporse in avanti con una scintilla malevola negli occhi e si portò la mano alla bocca come per rivelare un segreto. «Ma non ricordò che Dio aveva chiesto di perdonare. Così la Sorte, una padrona crudele e astuta, stabilì un altro epilogo per quell'uomo assetato di sangue.»

Uscì dal carro una donna alta ed elegante, con la pelle di un bruno intenso. Il suo mantello nero si mosse sferzato dal vento mentre girava intorno al falso arcivescovo, ma lui non la vedeva. Il vero arcivescovo mi strinse più forte il braccio.

«Una bellissima strega, che si celava sotto le fattezze di una fanciulla, attirò l'uomo sulla strada che conduce all'inferno.» Una terza donna cadde dal carro, vestita con un abito candido. Lanciò un grido, e il falso arcivescovo corse in avanti.

«Che succede?» sibilai, ma lui mi ignorò.

Il falso arcivescovo e la donna in bianco girarono l'uno intorno all'altra in una danza sensuale. Lei gli accarezzò la guancia, lui la cinse tra le braccia. La Sorte li osservava con un sorriso sinistro. Gli spettatori mormoravano, spostando lo sguardo tra le attrici e l'arcivescovo. Reid non stava più cercando di avanzare tra la folla. Era immobile e guardava lo spettacolo a occhi stretti. Iniziai a udire un ronzio nelle orecchie.

«A letto la portò, trasgredendo ai suoi voti, venerando il suo corpo, la curva della sua gola.» A quel punto la narratrice fissò l'arcivescovo e gli strizzò l'occhio. Sbiancai e il mio campo visivo si restrinse fino a riempirsi della sua pelle d'avorio, della giovinezza radiosa che emanava da lei. Dei suoi occhi verdi così stranamente familiari. Come smeraldi.

Il ronzio diventò più forte e la mia mente si svuotò di tutti i pensieri coerenti. Sentii cedere le ginocchia.

Il falso arcivescovo e la donna in bianco si abbracciarono e il pubblico sussultò scandalizzato. La narratrice rise. «La strega aspettò che l'arcivescovo toccasse l'apice dei suoi peccati per rivelare se stessa e la magia che era in lei. Poi saltò giù dal suo letto e svanì nella notte. Quanto amaramente quell'uomo maledisse quei capelli e quella pelle, del colore dei raggi di luna!»

La donna in bianco rise e si liberò dall'abbraccio del falso arcivescovo. Lui cadde in ginocchio con i pugni alzati mentre la strega fuggiva verso il carro.

Capelli e pelle del colore dei raggi di luna.

Mi girai lentamente, con il cuore che mi rintronava nelle orecchie, verso l'arcivescovo. La sua stretta sulla mia mano divenne dolorosa. «Ascoltami, Louise…»

Mi tirai indietro con un ringhio. «Non toccatemi.»

La narratrice parlò più forte. «Da quella notte in poi, cercò di dimenticare: ma ahimè! la Sorte non si era ancora stancata di lui.»

La donna in bianco riapparve, incinta. Fece una piroetta aggraziata, in modo che la gonna dell'abito si allargasse e dalle pieghe del tessuto tirò fuori un bambino. Una bimbetta di non più di un anno, che ridacchiava con gli occhietti azzurri. Aveva già una costellazione di lentiggini sul naso. Il falso arcivescovo cadde in ginocchio nel vederla, e cominciò a stracciarsi le vesti e a graffiarsi il volto. Il suo corpo era scosso da grida silenziose. Il pubblico attendeva con il fiato sospeso.

La narratrice si chinò su di lui e gli accarezzò la schiena, mormorandogli parole di conforto all'orecchio. «Ben presto andò a trovarlo la strega che tanto disprezzava, portandogli la notizia peggiore possibile.» Fece una pausa e scrutò il pubblico, con un sorriso lascivo. «La strega gli aveva partorito una figlia.»

Reid si fece largo tra la folla mentre i sussurri aumentavano di volume e tutti si giravano verso l'arcivescovo, e l'incredulità nei loro occhi diventava sospetto. Gli chasseur lo seguirono, con le mani strette sulle Balisarde. Qualcuno gridò qualcosa, ma le parole si persero nel tumulto.

La narratrice si sollevò lentamente – il giovane viso sereno nel mezzo di quel caos – e si voltò verso di noi. Verso di me.

La faccia dei miei incubi.

La faccia della morte.

«E non con una qualunque, aveva generato una figlia.» Sorrise e allungò le mani nella mia direzione, e il suo viso invecchiò, i capelli si schiarirono fino a un argento brillante. Dietro di lei si levarono grida. Reid stava correndo, ora, e urlava qualcosa di incomprensibile. «Ma con la Strega, la Regina… La Dame des Sorcières.»

TERZA PARTE

C'est cela l'amour, tout donner,
tout sacrifier sans espoir de retour.
Questo è l'amore: donare tutto,
sacrificare tutto senza aspettarsi nulla in cambio.

ALBERT CAMUS

SEGRETI RIVELATI

Lou

Le urla squarciarono l'aria e gli spettatori si dispersero, confusi e in preda al panico. Persi di vista Reid. Persi di vista tutti tranne mia madre. Era immobile tra la gente che le brulicava intorno – un faro bianco tra le ombre che si addensavano. Sorrideva. Allungava le mani in una supplica.

L'arcivescovo mi trascinò via con sé mentre le streghe si radunavano. Mi ritrassi, perché non ero in grado di elaborare le emozioni che mi scorrevano dentro: l'incredulità, il terrore, la rabbia violenta. La strega in nero, la Sorte, ci raggiunse per prima, ma l'arcivescovo estrasse la sua Balisarda dalla tonaca e gliela affondò nel petto. La strega barcollò giù per le scale e tra le braccia di una sorella. Un'altra strillò e si lanciò in avanti.

Si vide un lampo azzurro e un coltello le squarciò il petto da dietro. La strega boccheggiò, portandosi le mani sulla ferita, e poi qualcuno la spinse. Scivolò via lentamente dalla lama e si accasciò a terra.

Ed ecco Reid.

La sua Balisarda grondava sangue, nei suoi occhi ardeva un odio primordiale. Jean Luc e Ansel combattevano dietro di lui. Con un rapido cenno del capo mi ordinò di avanzare. Non esitai ad abbandonare l'arcivescovo per gettarmi tra le sue braccia.

Ma arrivavano altre streghe. Sembravano apparire dal nulla, sempre più numerose. E peggio ancora, non trovavo più mia madre.

Un uomo stregato, con lo sguardo perso nel vuoto, si dirigeva pesantemente verso l'arcivescovo. Poco dietro di lui, una strega si torceva le dita con un ringhio feroce. La magia esplose nell'aria. «Portala dentro!» gridò l'arcivescovo. «Barricatevi nella Torre!»

«No!» Mi allontanai da Reid. «Dammi un'arma! Posso combattere!»

Tre coppie di mani mi agguantarono e insieme mi trascinarono nella chiesa. Altri chasseur si stavano facendo strada tra la folla. Vidi con terrore che estraevano siringhe d'argento dalle giacche.

Reid chiuse il portone della cattedrale mentre si udivano nuove grida.

Con gesti rapidi sollevò l'enorme trave di legno che sbarrava l'ingresso in orizzontale. Jean Luc accorse in suo aiuto, invece Ansel restava al mio fianco, bianco come un lenzuolo. «Era tutto vero... quello che hanno detto le streghe? L'a-arcivescovo ha davvero... una figlia con Morgane le Blanc?»

«Può darsi.» Le spalle di Jean Luc vacillavano sotto il peso della trave. «Ma forse è stato solo... un diversivo.» Con un'ultima spinta misero a posto la trave. Jean Luc mi squadrò dalla testa ai piedi, ansimando. «Come le streghe al castello. Avevano quasi fatto breccia nelle mura quando siamo arrivati. Poi sono sparite.»

Sentimmo un rumore di vetri rotti e alzando lo sguardo vedemmo una strega che entrava dal rosone, decine di metri da terra. «Oddio» ansimò Ansel con una smorfia d'orrore.

Jean Luc mi spinse in avanti. «Portala di sopra! Alla strega ci penso io!»

Reid mi prese per mano e insieme corremmo verso le scale, seguiti da Ansel.

Una volta nella nostra stanza, Reid sbatté la porta e infilò la Balisarda nella maniglia. Un istante dopo raggiunse la finestra ed estrasse dalla giacca un piccolo involto. Sale. In maniera concitata sparse i cristalli bianchi sul davanzale.

«Non servirà.» La mia voce era rauca e affannosa: colpevole.

Reid si fermò e si girò lentamente verso di me. «Perché le streghe ce l'hanno con te, Lou?»

Aprii la bocca, cercando disperatamente una spiegazione ragionevole, ma non la trovai. Lui si chinò su di me, abbassando la voce. «La verità, adesso. Altrimenti non posso proteggerti.»

Trassi un respiro profondo e mi feci coraggio. Ogni risata, ogni sguardo, ogni tocco: tutto aveva portato a quel momento.

Ansel emise un verso strozzato dietro di noi. «Attenti!»

Ci voltammo e vedemmo una strega che galleggiava in aria fuori dalla finestra, i capelli biondo scuro sferzati da un vento impetuoso. Mi si fermò il cuore. La strega posò un piede sul davanzale, scavalcando la linea di sale.

Io e Reid tentammo nello stesso istante di metterci l'uno davanti all'altra. Mi pestò un piede e mi fece cadere in ginocchio. La strega piegò la testa di lato appena Reid si tuffò verso di me: verso di me, non verso la sua Balisarda.

Ansel non commise il medesimo errore. Si lanciò verso

il coltello, ma la strega fu più veloce. Con un gesto secco del polso scaraventò Ansel contro la parete e mi riempì le narici dell'odore intenso della magia. Prima che potessi bloccarlo – prima che potessi gridare un avvertimento – Reid si scagliò su di lei.

Con un altro movimento del polso, Reid schizzò verso l'alto e batté la testa sul soffitto. Tutta la stanza tremò. Un altro, e Reid stramazzò al suolo ai miei piedi, spaventosamente immobile.

«No!» Con il cuore in gola, corsi a girarlo. Socchiuse gli occhi. Era vivo. Mi voltai verso la strega dai capelli biondi. «Stronza.»

Il suo volto si contorse in un ghigno ferale. «Hai bruciato mia sorella.»

Riaffiorò un ricordo: una donna bionda tra gli spettatori, che singhiozzava vedendo bruciare Estelle. Lo scacciai.

«Mi avrebbe presa.» Cercai nella mente un disegno. Frammenti d'oro lampeggiarono rapidamente intorno a lei. Chiesi loro di solidificarsi mentre la strega scendeva dal davanzale.

Aveva gli occhi iniettati di sangue e occhiaie profonde, e le mani le tremavano di rabbia. «Tu disonori tua madre. Disonori le Dames Blanches.»

«Le Dames Blanches possono bruciare all'inferno.»

«Non sei degna dell'onore che Morgane ti fa. Non lo sei mai stata.»

Corde d'oro tra il suo corpo e il mio. Ne presi una a caso e la seguii, ma si suddivise in altre centinaia, avvolgendosi intorno alle nostre ossa. Mi ritrassi: il costo – e il rischio – era troppo grande.

La strega snudò i denti e alzò le mani, gli occhi accesi d'odio. Mi preparai a incassare il colpo, che però non arrivò mai. Lei agitò la mano verso di me, a ripetizione, ma tutti i colpi arrivavano appena a sfiorarmi e poi l'energia si dissipava.

L'anello di Angelica scottava: era lui a sventare i suoi disegni.

Lo guardò incredula. Sollevai le mani con un sorriso e vidi un disegno promettente. La strega indietreggiò scoccando un'occhiata alla Balisarda, ma io strinsi i pugni prima che potesse raggiungerla.

Sbatté sul soffitto come aveva fatto Reid, e pezzi di legno e intonaco mi piovvero in testa. Per reazione il mio cuore rallentò i battiti e mi si offuscò la vista, mentre la strega veniva scaraventata a terra. Alzai di nuovo le mani – cercando un secondo disegno, qualcosa che potesse tramortirla – però lei mi agguantò per la vita e mi buttò sulla scrivania.

La scrivania.

Aprii il cassetto e strinsi l'impugnatura del coltello, ma lei mi afferrò per il polso e lo torse. Con un grido ferino mi assestò una testata sul naso. Barcollai di lato – con il sangue che colava sul mento – intanto che lei mi strappava il coltello.

La Balisarda di Reid riluceva dall'uscio. Mi tuffai per prenderla, ma la strega mi sbarrò il passo agitando il coltello davanti al mio naso. Intravvidi qualche lampo d'oro, però non riuscivo a concentrarmi, a pensare. Perciò le diedi una gomitata nelle costole. Quando si piegò in due ansimando, finalmente vidi la mia opportunità.

Con una ginocchiata in faccia la costrinsi a mollare il mio coltello e lo raccolsi trionfante.

«Fa' pure.» Si stringeva il fianco, il sangue le stillava dal naso e gocciolava sul pavimento. «Ammazzami come hai ammazzato Estelle. Assassina di streghe.»

Quelle parole erano un'arma più potente di qualsiasi pugnale.

«Ho… ho fatto quel che dovevo…»

«Hai ucciso una della tua stirpe. Hai sposato uno chasseur. Sei tu l'unica Dame Blanche che brucerà all'inferno, Louise le Blanc.» Si drizzò, sputando sangue, e si asciugò il mento. «Vieni con me ora, accetta il tuo diritto di nascita, e la Dea potrebbe ancora risparmiare la tua anima.»

Mille dubbi sgusciarono sinuosi intorno al mio cuore.

Forse avrei bruciato all'inferno per le cose che avevo fatto per non morire. Avevo mentito, rubato e ucciso senza esitazione nella mia lotta per la sopravvivenza. Ma quando una vita come quella era diventata degna di essere vissuta? Quando ero diventata così spietata, così abituata al sangue sulle mani? Quando ero diventata una di loro, ma peggio di entrambi? Almeno le Dames Blanches e gli chasseur avevano scelto da che parte stare. Ciascuno di loro combatteva per qualcosa, mentre io non difendevo niente e nessuno. Una codarda.

Volevo soltanto sentire il sole sul viso per un'ultima volta. Non volevo morire su quell'altare. Se questo faceva di me una codarda… pazienza.

«Con il tuo sacrificio ci riprenderemo la nostra terra.» La strega si avvicinò come se percepisse la mia esitazione, torcendosi le mani insanguinate. «Non capisci? Torneremo a governare Belterra…»

«No» obiettai. «Tu governerai Belterra. Io sarò morta.»

La passione le vibrava nel petto. «Pensa alle streghe che salverai con il tuo sacrificio!»

«Non posso permettervi di ammazzare degli innocenti.» Parlai con voce risoluta, calma. «Deve pur esserci un altro modo…»

Mi interruppi nel vedere con la coda dell'occhio che Reid si stava rialzando. La strega si girò a guardarlo, con un volto non del tutto umano, e sollevò un braccio. Percepii l'energia innaturale che brillava tra di loro, percepii il colpo mortale prima che lei lo sferrasse.

Allungai una mano verso di lui, disperata. «No!»

Reid volò di lato e l'energia nera della strega colpì solo la parete. Ma il mio sollievo durò poco. Prima che potessi raggiungere Reid, la strega era già schizzata al suo fianco e gli puntava il coltello alla gola, gli aveva infilato una mano nella giacca e stava tirando fuori qualcosa di piccolo. Qualcosa d'argento.

Lo fissai inorridita. Un sorriso perfido squarciò il volto della strega mentre Reid si dibatteva. «Vieni qui o gli taglio la gola.»

I miei piedi si mossero senza esitazione. Per istinto. Benché pesanti, benché improvvisamente goffi e rigidi, sapevano dove dovevo andare.

Dov'ero sempre stata destinata ad andare. Fin dalla nascita. Fin dal concepimento. Se potevo salvare la vita a Reid, ero felice di morire.

Reid ansimava e guardava risolutamente il pavimento mentre mi avvicinavo a lui. Non fuggì quando la strega lo lasciò andare, non accennò a fermarla quando mi infilzò la gola con la siringa.

La sentii fendere la pelle come se fossi nel corpo di un'altra persona: il dolore era lontano da me, in un certo senso, mentre il fluido si addensava nelle mie vene. Era freddo. Le dita gelide mi percorrevano la schiena, dall'alto verso il basso, paralizzandomi; ma era nulla in confronto al ghiaccio nello sguardo di Reid quando lo posò su di me.

Fu quel ghiaccio a spaccarmi il cuore.

Caddi in avanti, senza mai staccare gli occhi da lui. *Per favore*, lo scongiurai in silenzio. *Capiscimi*.

Però non c'era comprensione in lui, mentre osservava il mio corpo accasciarsi a terra, scosso dagli spasmi e dalle convulsioni. C'erano soltanto sconcerto, rabbia e… disgusto. Non era più l'uomo che si era inginocchiato davanti a me e mi aveva asciugato le lacrime. Non era più l'uomo che mi aveva abbracciata sul tetto, che aveva riso alle mie battute e aveva difeso il mio onore e mi aveva baciata sotto le stelle.

Non era più l'uomo che aveva detto di amarmi.

Adesso c'era solo lo chasseur.

E lo chasseur mi detestava.

Le lacrime scivolarono sulle mie guance rigate di sangue. Era l'unico segno visibile del fatto che il mio cuore si era spezzato in due. E Reid non si mosse.

La strega mi sollevò il mento, mi graffiò con le unghie. Vedevo solo buio alla periferia del campo visivo e mi sforzavo di restare cosciente. La droga mi vorticava nella mente, mi tentava con l'oblio. La strega si chinò per parlarmi all'orecchio. «Pensavi che lui ti avrebbe protetta, ma ti legherebbe al palo del rogo con le sue mani. Guardalo, Louise. Guarda il suo odio.»

Con enorme sforzo alzai la testa. Le sue dita si allentarono per la sorpresa.

Fissai Reid dritto negli occhi. «Ti amo.»

Poi tutto divenne nero.

OBLIO

Lou

Quando mi svegliai, ebbi la vaga sensazione che il pavimento si muovesse sotto di me e sentii un paio di lunghe braccia magre che mi cingevano in vita e mi tenevano stretta. Poi venne il dolore pulsante alla gola. Ci posai una mano: sangue fresco.

«Lou» disse ansiosamente una voce familiare. «Riesci a sentirmi?»

Ansel.

«Svegliati, Lou.» Il pavimento si muoveva ancora. Lì vicino si udì uno schianto e poi un boato poderoso. Una donna sghignazzò. «Svegliati, ti prego!»

Aprii piano le palpebre.

Ero a terra dietro il letto, la testa sulle ginocchia di Ansel, una siringa vuota accanto a noi.

«È l'antidoto» spiegò in un bisbiglio concitato. «Non ce n'era abbastanza per una dose intera. Reid sta perdendo, Lou. La strega… ha fatto esplodere la porta. La Balisarda è volata in corridoio. Devi aiutarlo. Ti prego!»

Sta perdendo.

Reid.

L'adrenalina mi corse nelle vene e scattai a sedere, tossendo per la polvere che riempiva l'aria. Reid e la strega avevano distrutto la stanza: c'erano buchi sul pavimento e le pareti, la scrivania e la testiera del letto erano a pezzi. Ansel mi trascinò fuori dalla traiettoria di una parte di intonaco che si era staccata dal soffitto, e che si abbatté nel punto in cui fino a poco prima c'erano le mie gambe.

Reid e la strega si giravano intorno al centro della camera, ma lui sembrava avere difficoltà di movimento. Digrignava i denti, costringeva i muscoli a obbedirgli e si scagliava contro la strega armato del mio coltello. Lei schivò con agilità i colpi e schioccò le dita. Reid inspirò di colpo come se fosse stato colpito.

Mi alzai in piedi a fatica. Vedevo ancora chiazze nere e i miei arti erano goffi e pesanti come quelli di Reid. Ma non importava. Dovevo fare qualcosa.

Nessuno dei due si accorse di me. La strega spinse una mano in avanti e Reid si tuffò dalla parte opposta. Il colpo finì sul muro. Un sorriso sadico piegava le labbra della strega. Stava giocando con lui. Giocava con l'uomo che aveva bruciato sua sorella.

Ansel seguiva ogni gesto della strega. «Tutti sono ancora fuori.»

Barcollai, mi si appannò la vista mentre sollevavo le mani. Però non c'era niente. Non riuscivo a concentrarmi. La stanza ruotava e si inclinava.

La strega voltò di scatto la testa verso di noi. Reid fece per colpirla, ma lei roteò il polso e lo scaraventò di nuovo contro il muro. Quando lo vidi accasciarsi al suolo corsi verso di lui.

«Sei una sciocca» disse la strega. «Hai visto il suo odio, eppure accorri ancora in suo aiuto…»

Una corda apparve dal nulla e le affondò nella trachea. Strinsi il pugno e le parole le morirono in gola. Il mio sangue scorreva lento, reso più denso dall'iniezione, mentre la strega faticava a respirare. Ondeggiai di nuovo, rompendo la concentrazione, ma Ansel mi sorresse per non farmi cadere. La strega ansimava e si teneva il collo; le stava tornando il fiato.

Ero troppo debole per continuare a lottare. Riuscivo a malapena a stare in piedi, di certo non potevo sperare di vincere contro una strega. Non avevo più forza fisica, e la mia mente era troppo annebbiata dalla droga per distinguere i disegni d'oro.

«Voi due vi meritate a vicenda.» La strega mi strappò via dalle braccia di Ansel, mi fece volare in aria e mi scaraventò sul petto di Reid, che incassò il colpo barcollando all'indietro, ma poi mi strinse tra le braccia per attutire l'impatto. Vidi le stelle.

Il grido di battaglia di Ansel mi risvegliò, ma fu anch'esso interrotto da un altro tonfo alle nostre spalle, e pure lui ci finì addosso.

«Non posso... batterla.» Avevo smesso di sanguinare, però mi sentivo ancora svenire. Mi girava la testa. Non riuscivo a tenere gli occhi aperti. «Troppo... debole...»

L'oscurità mi chiamava, la testa iniziò a ciondolarmi.

La stretta di Reid divenne quasi dolorosa. Aprii gli occhi e mi accorsi che mi fissava con determinazione.

«Usa me.»

Scossi il capo. Di nuovo vidi dei puntini luminosi.

«Potrebbe funzionare.» Ansel annuì nervoso, e Reid mi lasciò andare. Mi ressi in piedi per miracolo. «Le streghe usano continuamente altre persone!»

Aprii la bocca per dirgli di no, che non intendevo fargli del male, che non avrei usato il suo corpo come un'arma, come le altre streghe; ma una mano mi trascinò indietro per i capelli. Atterrai tra le braccia della strega bionda, con la schiena premuta sul suo petto.

«Mi sto stancando, e tua madre ti aspetta. Li uccidi tu o ci penso io?»

Non fui in grado di rispondere. Ogni brandello di lucidità che mi restava si concentrò sulla corda sottile, ma letale, che era apparsa nell'aria tra la strega e Reid.

Un disegno.

Io ero debole, invece Reid… era forte. E nonostante tutto, lo amavo. Lo amavo abbastanza per indurre la natura a riconoscerlo come uno scambio equo. Non era un corpo come gli altri. Un altro scudo di carne. Era… me.

Poteva funzionare.

Con un respiro sofferto, serrai il pugno. Il disegno svanì in una nube d'oro.

Reid sgranò gli occhi, il suo collo si irrigidì e la schiena si inarcò staccandosi dalla parete. La spina dorsale lottò per restare intera mentre la magia lo trascinava verso l'alto come se fosse appeso a un cappio. La strega strillò, mi lasciò, e anche senza vederla capii che si trovava in una posizione simile. Prima che potesse contrattaccare ruotai il polso, e le braccia di Reid si immobilizzarono lungo i fianchi, con le dita allineate. La testa si reclinò all'indietro in una posa innaturale, mettendo in mostra la gola.

Ansel si tuffò nel corridoio mentre le grida della strega diventavano strozzate, disperate.

«Ansel, una spada» ordinai.

Lui mi raggiunse porgendomi la Balisarda di Reid. La strega tentò di divincolarsi dall'incantesimo che la legava – finalmente apparve la paura in quegli occhi pieni d'odio – ma la tenni stretta.

Sollevai il coltello verso il suo collo e trassi un respiro profondo. Il suo sguardo saettò febbrile in tutte le direzioni.

«Ci vediamo all'inferno» sussurrai.

Mossi la mano e il corpo della strega e quello di Reid crollarono insieme, nel frattempo il disegno si dissolveva. La lama le recise la gola e il sangue mi colò caldo e denso sul braccio. Il corpo si accasciò a terra e in pochi secondi smise di tremare.

Assassina di streghe.

Il silenzio in quella stanza era assordante.

Osservai il cadavere, lasciando penzolare la Balisarda lungo il fianco, e vidi una pozza del suo sangue che mi sporcava le scarpe e mi macchiava l'orlo del vestito. I rumori della battaglia lì fuori si erano attenuati. Non sapevo chi avesse vinto. Non mi importava.

«Ansel» disse Reid con gelida calma. Rabbrividii al suono della sua voce. *Per favore. Se riesci a sentirmi, Dio, aiutalo a capire.* Ansel sgranò gli occhi vedendo qualcosa sul volto di Reid e io non osai girarmi. «Va' via.»

Ansel si voltò verso di me e io lo scongiurai con gli occhi di restare. Lui annuì, si tirò su e andò da Reid. «Penso che dovrei restare.»

«Va' via.»

«Reid...»

«VA' VIA!»

Mi girai di scatto, con le guance rigate di lacrime. «Non parlargli con quel tono!»

Strinse i pugni, gli occhi colmi d'ira. «Pare che tu abbia dimenticato chi sono, Louise. Sono un capitano degli chasseur. Gli parlo con il tono che voglio.»

Ansel arretrò in tutta fretta nel corridoio. «Resto qui fuori, Lou. Te lo prometto.»

Provai un profondo senso di impotenza. Mi sentivo bruciare addosso lo sguardo di Reid, ma non riuscii più a guardarlo in faccia. Non avrei tollerato la vista di tanto odio… perché se lo vedevo sarebbe diventato reale. E non poteva essere reale. Non poteva.

Lui mi amava.

Il silenzio aleggiò grave tra di noi. Quando non fui più in grado di sopportarlo, alzai lo sguardo. I suoi occhi azzurri – un tempo così belli, come il mare – erano fiamme.

«Per favore, di' qualcosa» bisbigliai.

«Non ho niente da dirti.»

«Sono sempre io, Reid…»

Scrollò il capo in un cenno brusco. «No, non lo sei. Sei una strega.»

Nuove lacrime mi rigarono le guance mentre cercavo di mettere ordine tra i pensieri. C'erano tante cose che avrei voluto dire – che *dovevo* dirgli – ma non riuscivo a focalizzarmi su nient'altro che sull'astio nei suoi occhi, il modo in cui torceva le labbra come se scorgesse in me qualcosa di ripugnante ed estraneo. Abbassai le palpebre per non vedere più quell'immagine e mi tremò di nuovo il mento.

«Volevo dirtelo» iniziai sottovoce.

«E allora perché non l'hai fatto?»

«Perché… non volevo perderti.» Con gli occhi ancora chiusi, gli porsi la sua Balisarda. Un'offerta. «Ti amo, Reid.»

Sbuffò e mi strappò l'arma di mano. «Amarmi. Come se voi foste capaci di amare. L'arcivescovo ci ha detto che le streghe sono astute. Ci ha detto che sono crudeli. Ma anch'io, come lui, sono cascato nei vostri trucchi.» Gli uscì di gola un suono furioso, innaturale. «La strega sosteneva che tua madre ti aspettava. È lei, vero? Morgane le Blanc. Tu… tu sei la figlia della Dame des Sorcières. E quindi…» Un verso angoscioso, stavolta, intriso di incredulità. Come se fosse stato pugnalato al cuore senza preavviso. Non aprii gli occhi per assistere al momento della comprensione. Non me la sentivo di vedere l'ultimo tassello che andava al suo posto. «La storia delle streghe era vera, giusto? La loro recita. L'arcivescovo…»

Si interruppe di colpo e calò di nuovo il silenzio. Sentivo il suo sguardo sul viso come un marchio a fuoco, ma restai con gli occhi chiusi.

«Non so come ho fatto a non accorgermene prima.» La sua voce era più fredda. Gelida. «Il suo interesse innaturale per la tua incolumità, il rifiuto di punire la tua devianza. Il modo in cui mi ha costretto a sposarti. Ora capisco tutto. Vi somigliate pure.»

Non volevo che fosse vero. Scacciai quel pensiero con tutta la mia volontà. Le lacrime cadevano più grosse e veloci, un torrente di dolore che Reid ignorò.

«E io, stupido, ti ho raccontato i miei segreti.» A ogni parola alzava la voce. «Sono caduto nella tua trappola. Perché è questo che era, no? Ti serviva un nascondiglio. Hai pensato che gli chasseur ti avrebbero protetta. Hai pensato che io ti avrei protetta. Hai…» I suoi respiri divennero affannosi. «Mi hai usato.»

La verità di quelle frasi era una pugnalata al cuore. Aprii gli occhi di scatto. Per un istante notai balenare la sofferenza sotto la rabbia, ma poi sparì, sepolta sotto una vita intera di odio.

Un odio che si dimostrava più forte dell'amore.

«Non è vero» mormorai. «All'inizio, forse… ma qualcosa è cambiato, Reid. Per favore, devi credermi…»

«Cosa devo fare, Lou?» Agitò le mani in aria, la voce simile a un ruggito. «Sono uno chasseur! Ho giurato di dare la caccia alle streghe… a te! Come hai potuto farmi questo?»

Rabbrividii e indietreggiai fino a toccare il letto con le gambe. «Tu… Reid, hai fatto un giuramento anche a me. Sei mio marito e io sono tua moglie.»

Lasciò ricadere le mani lungo i fianchi. Sconfitto. Mi si accese in petto una scintilla di speranza. Ma poi lui chiuse gli occhi – parve collassare su se stesso – e quando li riaprì erano privi di ogni emozione. Vuoti. Morti.

«Non sei mia moglie.»

Quel che restava del mio cuore si spezzò completamente.

Mi premetti una mano sulla bocca tentando di frenare i singhiozzi. Le lacrime mi offuscavano la vista. Reid non si mosse quando lo superai correndo, non cercò di sorreggermi quando inciampai sulla soglia. Crollai in ginocchio fuori dalla porta.

Le braccia di Ansel mi strinsero. «Ti sei fatta male?»

Lo spinsi via e tentai disperatamente di rialzarmi. «Mi dispiace, Ansel. Mi dispiace tanto.»

E mi misi a correre, con tutta l'energia che il mio corpo martoriato riuscì a trovare. Ansel mi chiamò, ma non gli diedi ascolto e mi lanciai giù per le scale. Avevo un disperato bisogno di allontanarmi il più possibile da Reid.

Non insistere con me perché ti abbandoni e torni indietro senza di te. Le sue parole mi pugnalavano a ogni passo. *Dove andrai tu andrò anch'io; dove ti fermerai mi fermerò.*

Non le permetterò di farti ancora del male, Lou. Ti proteggerò. Andrà tutto bene.

Ti amo, Lou.

Non sei mia moglie.

Svoltai nell'atrio, con il cuore in gola. Oltrepassai il rosone distrutto. I cadaveri delle streghe. Gli chasseur che si aggiravano per la chiesa.

Dio – se era lì, se mi guardava – ebbe pietà di me e nessuno di loro mi sbarrò la strada. Dell'arcivescovo non c'era traccia.

Non sei mia moglie.

Non sei mia moglie.

Non sei mia moglie.

Uscii dalla cattedrale. Il sole splendeva troppo per i miei occhi. Barcollai giù dai gradini, guardandomi intorno con gli occhi appannati, e mi avviai verso il Soleil et Lune.

Potevo farcela. Potevo cercare rifugio lì per un'ultima volta.

Una mano pallida mi cinse il collo da dietro. Cercai di girarmi, però una terza siringa mi punse sulla gola. Mi dibattei debolmente – patetica – contro il mio carceriere, ma quella familiare sensazione di freddo mi scorreva già lungo la schiena. L'oscurità discese rapida. Chiusi gli occhi e mi accasciai in avanti, ma bianche braccia snelle mi sostennero.

«Ciao, cara» mi canticchiò all'orecchio una voce familiare. Capelli bianchi come un raggio di luna mi ricaddero sulla spalla. Davanti ai miei occhi riluceva l'oro, e la cicatrice sulla gola si risvegliò con una fitta dolorosa. Era l'inizio della fine. Il disegno della vita si rovesciava.

Mai più mai più mai più.

«È tempo di tornare a casa.»

Stavolta accolsi con gioia l'oblio.

UNA BATTAGLIA PERSA

Reid

«Cos'hai fatto?»

La voce di Ansel riecheggiava troppo forte nel silenzio della stanza… o di quel che ne restava. Le pareti erano crivellate di buchi e il puzzo della magia era penetrato nei mobili. Nelle lenzuola. Sotto la mia pelle. Una pozza di sangue si allargava intorno alla gola della strega. Osservai il cadavere, odiandolo. Desiderando un fiammifero per dargli fuoco. Per cancellarlo in eterno dalla memoria, insieme a quella camera e quel momento.

Mi girai dall'altra parte, perché non volevo guardare in quegli occhi spenti. In quegli occhi senza vita. Non somigliava affatto alle attrici aggraziate che avremmo bruciato quella sera nella fornace. Non somigliava affatto alla splendida Morgane le Blanc dai capelli candidi.

Non somigliava a sua figlia.

Bloccai quel pensiero prima che imboccasse una direzione pericolosa.

Lou era una strega. Una vipera. E io ero uno stupido.

«Cos'hai fatto?» ripeté Ansel, a voce più alta.

«L'ho lasciata andare.» Con le gambe rigide, restie a obbedire, rinfoderai la Balisarda nella bandoliera e mi inginocchiai accanto al corpo. Ero ancora dolorante per l'attacco di Lou, ma quella strega andava bruciata, altrimenti poteva rianimarsi. Mi fermai sul bordo della pozza di sangue. Riluttante a toccarlo. Riluttante ad avvicinarmi a quella cosa che aveva tentato di uccidere Lou.

Per quanto detestassi ammetterlo – per quanto maledicessi il suo nome – un mondo senza Lou era sbagliato, in qualche modo. Vuoto.

Quando sollevai il cadavere la testa ciondolò in una posa grottesca, con la gola squarciata dal coltello di Lou. Il sangue mi colò sulla lana blu della giacca.

Non avevo mai detestato tanto quel colore.

«Perché?» volle sapere Ansel. Lo ignorai, concentrandomi sul peso morto che avevo tra le braccia. La mia mente traditrice corse di nuovo a Lou. Alla sera prima, quando l'avevo abbracciata per un momento sotto le stelle. Era così leggera. E vulnerabile. E spiritosa, e bella, e calda...

Basta così.

«Era drogata e visibilmente ferita» insistette. Non gli risposi, issai più in alto il cadavere e aprii con un calcio la porta distrutta. La stanchezza mi assaliva a ondate. Ma Ansel non si arrendeva. «Perché l'hai lasciata andare?»

Perché non potevo ucciderla.

Lo fulminai con lo sguardo. L'aveva difesa anche dopo che lei aveva rivelato la sua vera natura. Anche dopo che si era dimostrata una bugiarda e una serpe, un Giuda. E perciò Ansel non meritava un posto tra gli chasseur.

«Non importa.»

«Sì che importa. La madre di Lou è Morgane le Blanc. Non hai sentito cos'ha detto la strega a proposito della terra da rivendicare?»

Con il tuo sacrificio ci riprenderemo la nostra terra. Torneremo a governare Belterra.

Non posso permettervi di uccidere degli innocenti.

Sì. L'avevo sentito.

«Lou sa cavarsela da sola.»

Ansel mi spintonò per passare e si piantò al centro del corridoio. «Morgane è in città stasera, e pure Lou. Questa cosa... è più grande di noi. Lei ha bisogno del nostro aiuto...» Lo superai con una spallata, ma lui mi si piazzò davanti e mi spintonò sul petto. «Ascoltami! Anche se non ti importa più di Lou – anche se la odi – le streghe progettano qualcosa, e quel qualcosa ha a che fare con lei. Penso... Reid, penso che vogliano ucciderla.»

Allontanai le sue mani, e mi rifiutai di sentire le sue parole. Mi rifiutai di ammettere che mi facevano girare la testa, stringere il petto. «No, ascoltami tu, Ansel. Te lo dirò una volta sola.» Abbassai lentamente il viso fino a guardarlo negli occhi. «Le streghe mentono. Non possiamo credere a niente di ciò che udiamo stasera. Non possiamo fidarci che questa strega abbia raccontato la verità.»

Si rabbuiò. «So cosa mi dice la pancia, mi dice che Lou è in pericolo. Dobbiamo trovarla.»

La mia pancia era contratta in uno spasmo, eppure la ignorai. Le emozioni mi avevano tradito una volta, ma non mi avrebbero tradito mai più. Dovevo concentrarmi sul presente – su ciò che sapevo – e cioè sbarazzarmi della strega. La caldaia nel sotterraneo. I miei confratelli al piano di sotto.

Mi sforzai di mettere un piede davanti all'altro. «Lou non è più una nostra responsabilità.»

«Credevo che gli chasseur fossero tenuti a proteggere gli innocenti e i deboli?»

«Lou non è certo innocente, né debole.»

«Non è in sé, in questo momento!» Mi rincorse per le

scale, rischiando di inciampare e di farci rotolare giù entrambi. «È sotto l'effetto di quell'iniezione, ed è debole!»

Sbuffai. Anche drogata, anche ferita, Lou aveva impalato la strega come Giaele con Sisara.

«L'hai vista, Reid.» Abbassò la voce fino a un sussurro roco. «Non avrà scampo se arriva Morgane.»

Imprecai contro Ansel e il suo buon cuore.

Perché sì, l'avevo vista. Ed era quello il problema. Stavo facendo del mio meglio per dimenticarla, ma il ricordo era marchiato a fuoco nell'interno delle mie palpebre. Il suo bel viso era imbrattato di sangue. La gola era macchiata. Le mani, il vestito. Si erano già formati i lividi dopo l'assalto della strega… ma non era quello a tormentarmi. Non era quello a insinuarsi nella nebbia della mia furia.

No, erano i suoi occhi.

La luce nei suoi occhi si era spenta.

La droga, mi rassicurai. *È stata l'iniezione a offuscarli.*

Però dentro di me conoscevo la verità. Lou si era spezzata in quel momento. La mia miscredente dal cuore selvaggio, dalla lingua lunga, dalla volontà di ferro, si era spezzata. L'avevo spezzata io.

Non sei mia moglie.

Mi odiavo per ciò che le avevo fatto. Mi odiavo ancor di più per ciò che ancora provavo per lei. Era una strega. Una sposa di Lucifero. E quindi io chi ero?

«Sei un codardo» sbottò Ansel.

Mi fermai di scatto e lui mi finì addosso. La sua rabbia si placò appena vide la mia espressione, la furia che mi scorreva nelle vene e mi scaldava le guance.

«Accomodati, va' pure» ringhiai. «Inseguila. Proteggila da Morgane le Blanc. Forse le streghe ti lasceranno vivere con loro a Chateau. Puoi bruciare pure tu con loro.»

Arretrò sbigottito. Ferito.

Bene. Girai sui tacchi e proseguii nell'atrio. Ansel si muoveva su un terreno pericoloso. Se gli altri avessero scoperto che simpatizzava con una strega...

Jean Luc entrò dalla porta aperta portando una strega in spalla. Il sangue gocciolava da un'iniezione sul collo del demone. Dietro di lui una colomba giaceva tra i morti sui gradini della cattedrale. Le penne arruffate e sporche di sangue. Gli occhi vuoti. Ciechi.

Distolsi lo sguardo, ignorando il bruciore agli occhi.

I miei confratelli agivano rapidi intorno a noi. Alcuni portavano cadaveri dalla strada. La maggior parte delle streghe era fuggita, ma alcune si erano unite al mucchio di cadaveri nell'atrio; separate dagli altri, però. Intoccabili. La loro esecuzione non si sarebbe tenuta in pubblico. Non dopo le Vecchie Sorelle. Non dopo quella recita. Anche se l'arcivescovo riusciva a contenere i danni, si sarebbe sparsa la voce. Anche se negava le accuse – anche se qualcuno gli credeva – il seme era stato gettato.

L'arcivescovo aveva concepito una figlia con La Dame des Sorcières.

Benché di lui non ci fosse traccia, il suo nome riempiva la sala. I miei fratelli parlavano a voce bassa, eppure io li sentivo lo stesso. Vedevo lo stesso le loro occhiate di sottecchi. I loro sospetti. I loro dubbi.

Jean Luc scansò Ansel con una gomitata e si piantò davanti a me. «Se cerchi tua moglie, se n'è andata. L'ho vista correre da quella parte un quarto d'ora fa... Piangeva.»

Piangeva.

«Cos'è successo di sopra, Reid?» Piegò la testa di lato e mi osservò inarcando un sopracciglio. «Perché è scappata? Se ha paura delle streghe, la Torre è il posto più sicuro per lei.» Fece una pausa e poi un sorriso spaventoso gli aprì il viso in due. «A meno che, naturalmente, ora non abbia più paura di noi…»

Buttai il cadavere sopra le altre streghe. Ignorai la trepidazione che si andava ammassando come piombo nel mio stomaco.

«Penso che tua moglie nasconda un segreto, Reid. E penso che tu sappia cos'è.» Jean Luc si avvicinò e mi fissò con uno sguardo troppo penetrante. «E anch'io penso di sapere cos'è.»

La mia ansia diventò panico puro, ma mi imposi di mantenere un'espressione calma. Neutra. Priva di ogni emozione. Non avrei svelato loro la verità su Lou. Altrimenti le avrebbero dato la caccia. E il pensiero delle loro mani su di lei, che la toccavano, le facevano del male, legavano il suo corpo sul rogo… non l'avrei permesso.

Fissai Jean Luc dritto negli occhi. «Non so di cosa parli.»

«Dov'è finita, allora?» Alzò la voce e indicò intorno a noi, attirando gli sguardi dei nostri confratelli. Le mie mani si strinsero a pugno. «Perché la streghetta è scappata?»

Una nube rossa offuscò il mio campo visivo, sfocando l'immagine delle persone più vicine: quelle che si erano fermate, e avevano girato la testa, sentendo l'accusa di Jean Luc. «Bada bene alla prossima cosa che dici, chasseur Toussaint.»

Il suo sorriso vacillò. «Perciò è vero.» Si passò una mano sulla faccia ed emise un gran sospiro. «Non ci volevo credere… ma guardati. La difendi ancora, pur sapendo che è una…»

Mi avventai su di lui con un ringhio. Tentò di schivarmi, ma non fu abbastanza veloce. Il mio pugno lo colpì al mento producendo uno scricchiolio e spezzando l'osso.

Ansel intervenne prima che potessi colpire di nuovo. Tentò di strattonarmi per le braccia, ma mi lanciai in avanti senza quasi sentire il suo peso. Jean Luc arretrò barcollando, gridò di dolore e di rabbia, mentre mi apprestavo a sferrare un altro cazzotto.

«Basta così» disse seccamente l'arcivescovo dietro di noi.

Mi immobilizzai con il pugno a mezz'aria.

Alcuni miei confratelli si inchinarono, ma la maggior parte restò in piedi. Risoluti. Circospetti. L'arcivescovo li osservò con furia crescente e alcuni chinarono il capo. Ansel lasciò le mie braccia e li imitò. Con mia sorpresa, lo fece anche Jean Luc, tenendosi però la mano sinistra premuta sul mento gonfio. Fissava il pavimento con un'aria assassina.

Passò un istante di tensione in cui tutti aspettarono che io, il capitano, onorassi il nostro patriarca.

Non lo feci.

All'arcivescovo lampeggiarono gli occhi per quell'insolenza, ma poi proseguì comunque. «Dov'è Louise?»

«Andata.»

L'incredulità gli deformò il viso. «Che vuol dire, *andata*?»

Non risposi, e al posto mio parlò Ansel. «È... è fuggita, Eminenza. Dopo che questa strega l'ha aggredita.»

Indicò il cadavere in cima al mucchio di streghe.

L'arcivescovo si avvicinò per ispezionarlo. «Avete ucciso voi questa strega, capitano Diggory?»

«No.» Mi doleva il pugno con cui avevo colpito Jean Luc. Apprezzai quel dolore. «È stata Lou.»

Mi strinse una spalla in un gesto di cameratismo a beneficio dei confratelli, ma sentii la richiesta implicita. Vidi la vulnerabilità nei suoi occhi. In quel secondo capii. Ogni dubbio svanì, rimpiazzato da un disgusto che non avevo mai provato in vita mia. Quell'uomo – l'uomo che avevo considerato un padre – era un bugiardo. Un truffatore. «Dobbiamo trovarla, Reid.»

Mi irrigidii e mi scrollai la sua mano di dosso. «No.»

La sua espressione si indurì. Chiamò con un cenno uno dei miei confratelli, che portava in spalla un cadavere mutilato e con brutte ustioni rosse sul viso e sul collo.

«Ho avuto il piacere di parlare con questa creatura per l'ultima mezz'ora. Con un po' di persuasione è diventata una miniera di informazioni.» L'arcivescovo afferrò il cadavere e lo buttò in cima al mucchio. I corpi si mossero e il sangue mi macchiò gli stivali. Mi risalì la bile in gola. «Voi non sapete cos'hanno in programma le streghe per il regno, capitano Diggory. Non possiamo permettere loro di avere successo.»

Jean Luc drizzò la schiena, istantaneamente all'erta. «Cosa hanno in programma?»

«La rivoluzione.» Gli occhi dell'arcivescovo restarono fissi nei miei. «La morte.»

Il silenzio calò sulla sala a quella minacciosa affermazione. Qualcuno strusciò i piedi. Qualcuno scoccò occhiate. Nessuno osò chiedere cosa intendesse, neppure Jean Luc. E nessuno osò fare l'altra domanda importante. Quella su cui si imperniava tutto il nostro credo.

Guardai i miei fratelli, notai che spostavano lo sguardo tra l'arcivescovo e la strega torturata e mutilata. Vidi la convinzione che tornava sui loro volti. I sospetti che si tramutavano in scuse, riportandoci nel mondo confortevole che abitavamo un tempo. Le bugie consolatorie.

Era soltanto un diversivo.

Sì, un diversivo.

Le streghe sono astute.

Ovvio che vogliano incastrarlo.

Eccetto Jean Luc. I suoi occhi penetranti non erano facili da ingannare. Peggio ancora: aveva sfoderato un sorriso abbagliante, anche se distorto dalla mandibola gonfia.

«Dobbiamo trovare Louise prima che lo facciano le streghe» sollecitò l'arcivescovo. Supplicò, anzi. «È lei la chiave, Reid. Con la sua morte, moriranno il re e la sua discendenza. Moriremo tutti. Devi mettere da parte i tuoi dissapori con lei e proteggere questo regno. Tenere fede ai tuoi voti.»

I miei voti. A quelle parole una furia cieca s'impadronì di me. Di certo quell'uomo, che aveva giaciuto con La Dame des Sorcières – quell'uomo che aveva ingannato e tradito e violato i suoi voti – non poteva venire a parlare a me di onore. Espirai lentamente dal naso. Le mani mi tremavano ancora per la collera e l'adrenalina. «Andiamo, Ansel.»

Sentendosi liquidare in quel modo, l'arcivescovo snudò i denti e si girò inaspettatamente verso Jean Luc. «Chasseur Toussaint, radunate una squadra. Voglio vedervi in strada tra un'ora. Avvertite i gendarmi. La troverete entro l'alba. Sono stato chiaro?»

Jean Luc si inchinò, rivolgendomi un sorriso trionfante. Gli risposi con un'occhiataccia, cercando sul suo viso tracce di esitazione, di rimpianto, ma non ce n'erano. Il suo momento era finalmente arrivato. «Sì, Eminenza. Non vi deluderò.»

Ansel si affrettò a seguirmi quando me ne andai. Salimmo le scale tre gradini alla volta. «Cosa facciamo?»

«Noi non facciamo niente. Non voglio coinvolgerti in questa storia.»

«Lou è mia amica!»

Sua amica.

A quelle due paroline, la mia pazienza – già al limite – si spezzò di colpo. Rapidamente, prima che il ragazzo potesse anche solo fiatare, lo afferrai per un braccio e lo scaraventai contro la parete. «È una strega, Ansel. Devi mettertelo in testa. Non è tua amica. Non è mia moglie.»

Le guance rosse di rabbia, mi spintonò sul torace. «Continua pure a ripeterti così. Il tuo orgoglio la farà ammazzare. È in pericolo...» Mi spintonò di nuovo, per sottolineare il concetto, ma io gli presi il braccio e glielo torsi dietro la schiena, sbattendolo con il petto al muro. «Chi se ne importa se l'arcivescovo ha mentito? Tu sei meglio di lui, meglio di così.»

Ringhiai: stavo raggiungendo rapidamente il punto di rottura.

Lou, Ansel, Morgane le Blanc, l'arcivescovo... Era troppo. Troppo in fretta. La mia mente non riusciva a razionalizzare le emozioni che mi invadevano – in successione rapidissima, troppo veloci per dare loro un nome – ma stava arrivando il momento di scegliere.

Ero uno chasseur.

Ero un uomo.

Non potevo essere entrambi. Non più.

Lasciai andare Ansel e mi ritrassi. «No, non lo sono.»

«Non ci credo.»

Strinsi i pugni, resistendo alla tentazione di sfondare la parete, o la faccia di Ansel. «Non ha mai fatto altro che mentirmi, Ansel! Mi ha guardato negli occhi e mi ha detto che mi amava! Come posso sapere che non era una bugia anche quella?»

«Non era una bugia, lo sai.» Esitò, poi alzò il mento in

un gesto così tipico di Lou che mi venne quasi da piangere. «Tu… parli di lei come di una persona. Non di un animale.»

Stavolta sferrai davvero un pugno contro il muro. Sentii un dolore bruciante alle nocche. Lo accolsi con gioia: era benvenuta ogni sensazione che potesse distrarmi dall'agonia che mi spaccava il petto in due, dalle lacrime che mi bruciavano gli occhi. Posai la fronte sulla parete e ansimai. No, Lou non era un animale. Però mi aveva mentito. Mi aveva tradito.

«Cosa avrebbe dovuto fare?» chiese Ansel. «Dirti che era una strega e legarsi da sola al rogo?»

Mi si incrinò la voce. «Avrebbe dovuto fidarsi di me.»

Mi posò una mano sulla schiena, addolcì la voce. «Morirà, Reid. Hai sentito cos'ha detto l'arcivescovo. Se non fai niente, morirà.»

E in quell'istante la collera mi abbandonò. Le mani mi ricaddero lungo i fianchi. Flaccide. Le spalle si incurvarono… sconfitte.

Non avevo mai avuto scelta. Fin dal primo istante in cui l'avevo vista alla parata – con quei ridicoli baffi e gli abiti da uomo – il mio destino era segnato.

La amavo. Nonostante tutto. Nonostante le bugie, il tradimento, il dolore. Nonostante l'arcivescovo e Morgane le Blanc. Nonostante i confratelli. Non sapevo se lei ricambiasse quell'amore, e non mi importava.

Se era destinata a bruciare all'inferno, sarei bruciato con lei.

«No.» Mi allontanai dal muro con mortale determinazione. «Lou non morirà, Ansel. Troviamola.»

UNA FURIA DELL'INFERNO

Reid

Alcuni iniziati stazionavano fuori dalla mia camera distrutta quando io e Ansel vi facemmo ritorno. Vedendomi, chinarono il capo e si allontanarono. Li incenerii con lo sguardo ed entrai nella stanza, per riflettere. Per pianificare.

Lou era una ladra da due anni, quindi era molto brava a scomparire. Poteva essere ovunque. Non ero così sciocco da pensare di conoscere tutti i suoi nascondigli, ma avevo più possibilità di trovarla rispetto a Jean Luc. Tuttavia, il fatto che la città brulicasse di chasseur complicava le cose.

Chiusi gli occhi e mi costrinsi a inspirare a fondo e a pensare. Dove sarebbe andata? Dove poteva nascondersi? Tuttavia la magia nell'aria mi bruciava la gola, mi distraeva. Aleggiava ancora sulle lenzuola, sulla scrivania in pezzi. Sulle pagine insanguinate della Bibbia. Sulla mia pelle, sui miei capelli. Aprii gli occhi di scatto e trattenni a stento un ruggito frustrato. Non avevo tempo per quella roba. Dovevo trovarla. Presto. Ogni momento che passava poteva essere l'ultimo per lei.

Morirà, Reid. Se non fai niente, morirà.

No. Non poteva succedere. *Rifletti.*

Il teatro sembrava il nascondiglio più probabile. Ma sarebbe tornata lì dopo esserci stata con me? Forse no. Forse potevamo appostarci da Pan. Era solo questione di tempo prima che Lou visitasse la pasticceria… a meno che non avesse proprio lasciato Cesarine. Sentii una stretta allo stomaco.

Ansel si avvicinò alla finestra e guardò fuori, dove i miei confratelli transitavano a passo di marcia. Sapeva bene che non era il caso di proporre che ci unissimo a loro. Avevamo un obiettivo in comune, però l'arcivescovo mi aveva mentito: aveva tradito la fiducia, tradito la fede. E soprattutto, non sapevo cosa pensassero di fare con Lou quando l'avessero trovata. L'arcivescovo avrebbe forse cercato di proteggerla, ma Jean Luc sapeva che era una strega. Quanto tempo sarebbe trascorso prima che lo rivelasse agli altri? Prima che qualcuno suggerisse di ucciderla?

Dovevo trovarla prima. Prima di loro. Prima delle streghe.

Ansel si schiarì la voce.

«Che c'è?» sbottai.

«C-credo che dovremmo andare da Mademoiselle Perrot. È sua… amica. Potrebbe sapere qualcosa.»

Mademoiselle Perrot. Certo.

All'improvviso, però, quel che restava della mia porta si spalancò di schianto. Sulla soglia – ansimante e furiosa – c'era Mademoiselle Perrot in carne e ossa.

«Dov'è?» Avanzò verso di me con uno sguardo minaccioso. Non indossava più la tunica bianca da guaritrice, ma pantaloni di pelle e una camicia macchiata di sangue. «Dov'è Lou?»

Aveva un reticolo di cicatrici sulle parti esposte del petto e degli avambracci.

Sorpreso, Ansel venne avanti per offrire spiegazioni,

ma io scossi bruscamente la testa e mi piazzai davanti a lui. «È andata» sbottai.

«In che senso, andata? Hai trenta secondi per spiegarmi cos'è successo prima che scorra del sangue, *chasseur.*» Berciò quell'ultima parola come se fosse un insulto. Mi accigliai. Mi costrinsi a fare un respiro profondo. E poi un altro.

Ehi, aspetta... prima che *scorra del sangue*?

«Tic, tac» ringhiò lei.

Odiavo l'idea di raccontarle cos'era successo tra me e Lou, ma mentire era inutile, se volevo il suo aiuto. Se neanche lei sapeva dov'era Lou, avevo ben poche chance. Rischiavo di non trovarla mai più. Non potevo permetterlo.

«Le streghe hanno attaccato il castello come diversivo e sono venute qui...»

«Lo so.» Agitò una mano con impazienza. «Ero al castello con Beau quando sono scomparse. Voglio sapere cos'è successo a Lou.»

«È scappata» ripetei. «Una strega... ci ha seguiti fin quassù e ci ha aggrediti. Lou mi ha salvato la vita.» Mi interruppi, con una stretta al cuore, e mi chiesi come darle la notizia. Era giusto che lo sapesse. «Mademoiselle Perrot... Lou è una strega.»

Non batté ciglio, a parte una leggera contrazione delle labbra. «Certo che lo è.»

«Cosa?» domandai incredulo. «Voi... lo sapevate?»

Mi scrutò con disprezzo. «Solo un idiota completo potrebbe non accorgersene.»

Uno come te, riecheggiò la conclusione implicita. La ignorai, perché il duro colpo di un altro tradimento mi aveva privato per un attimo della facoltà di parlare. «Gliel'ha detto lei?»

Scoppiò a ridere con uno sbuffo dal naso. «Non c'è bisogno di fare quella faccia tanto ferita. No, non me l'ha detto. Non l'ha detto neanche al qui presente Ansel, eppure lo sapeva.»

Gli occhi di Ansel saettavano rapidi tra me e la donna, in palese imbarazzo. «Io non... non sapevo nulla...»

«Oh, per cortesia» esclamò lei. «Mentendo ci insulti tutti.»

Ansel incurvò le spalle e fissò il pavimento. Si rifiutava di guardarmi. «Sì, è vero.»

I polmoni si svuotarono d'aria. Tre parole. Tre pugni perfettamente assestati.

L'amarezza e la rabbia tornarono insieme al respiro. «Perché non hai detto niente?»

Se Ansel me l'avesse riferito – se Ansel fosse stato un vero chasseur – nulla di ciò sarebbe accaduto. Non mi sarei fatto cogliere alla sprovvista. Avrei potuto affrontare la situazione prima che... prima di...

Ansel si guardò gli stivali e spostò con la punta del piede un pezzo di intonaco caduto. «Lou è mia amica.»

«Quando? Quando l'hai scoperto?» volli sapere.

«Durante il rogo della strega. Il giorno in cui Lou ha avuto quella crisi. Piangeva, e la strega gridava... poi si sono scambiate di posto. Tutti credevano che Lou avesse le convulsioni, ma io l'ho vista. Ho sentito l'odore della magia.» Alzò lo sguardo, deglutì. Aveva gli occhi lucidi. «Stava bruciando, Reid. Non so come, ma ha portato via il dolore di quella strega. Se l'è preso al posto suo.» Emise un gran sospiro. «Ecco perché non te l'ho detto. Perché anche se Lou era una strega, sapevo che non era malvagia. È già bruciata sul rogo una volta. Non merita di tornarci.»

Le sue parole caddero nel silenzio. Li guardai entrambi. «Non le avrei mai fatto del male.»

Mentre pronunciavo queste parole capii che era la verità. Anche se avessi saputo, non sarebbe cambiato niente. Non sarei riuscito a legarla a un palo. Mi presi il viso tra le mani. Sconfitto.

«Basta così» esclamò Mademoiselle Perrot. «Da quanto se n'è andata?»

«Circa un'ora.»

Ansel, visibilmente a disagio, mormorò: «La strega ha menzionato Morgane».

Abbassai le mani e vidi una paura sincera sul volto di Mademoiselle Perrot. I suoi occhi – che prima erano pieni di rancore, di accuse – incrociarono i miei con un'urgenza improvvisa, inquietante. «Dobbiamo andare.» Aprì la porta e uscì in corridoio. «Non possiamo parlarne qui.»

L'ansia mi annodava lo stomaco. «Dove possiamo andare?»

«Al Bellerose.» Si avviò senza guardarsi indietro. Non vedendo altra scelta, io e Ansel la seguimmo. «Ho detto a Beau che ci saremmo visti lì... e lì c'è qualcuno che potrebbe sapere dov'è Lou.»

L'interno del Bellerose era in penombra. Non ero mai stato in una casa di tolleranza, ma supponevo che i pavimenti di marmo e la foglia d'oro alle pareti lo rendessero un bordello più elegante della media. In un angolo, una donna suonava l'arpa e cantava una ballata triste. Un gruppo di donne in abiti bianchi trasparenti ballava. Alcuni uomini ubriachi le guardavano con avidità. Al centro della stanza gorgogliava una fontana.

Era il luogo più appariscente che avessi mai visto. Si intonava perfettamente a Madame Labelle.

«Stiamo perdendo tempo. Dovremmo essere là fuori a

cercare Lou...» iniziai in tono rabbioso, ma Mademoiselle Perrot mi fulminò con lo sguardo da sopra la spalla e si avviò a lunghi passi verso un tavolo appartato.

Vedendoci avvicinare, Beauregard Lyon si alzò. «Che diavolo ci fanno qui?»

Lei si abbandonò su una sedia con un gran sospiro e ci indicò con una mano. «Senti, Beau, ho problemi più urgenti a cui pensare di te e delle tue gare a chi piscia più lontano.»

Lui si sedette su un'altra sedia, incrociò le braccia e tenne il muso. «Cosa può mai esserci di più urgente di me?»

Mi indicò con il capo. «Quest'idiota ha perso Lou, e io devo fare un incantesimo di localizzazione per trovarla.»

Incantesimo di localizzazione?

Confuso, vidi che estraeva dal mantello una piccola fiala. La stappò e rovesciò sul tavolo la polvere scura. Beau assistette alla scena con aria annoiata, dondolandosi sulle gambe posteriori della sedia. Lanciai un'occhiata ad Ansel – per cercare conferma che la donna di fronte a noi fosse impazzita – ma lui non mi guardò. Quando lei estrasse un coltello e sollevò l'altra mano, con sgomento capii cosa stava succedendo.

La casa di Tremblay. Tre cani avvelenati. Con il sangue che usciva dalla bocca. Il puzzo della magia nell'aria – nero e pungente, più acre di quello che si sentiva in infermeria. Diverso.

Incrociò il mio sguardo mentre si feriva il palmo della mano, lasciando gocciolare il sangue sul tavolo. «Chass, devi sapere che il mio nome non è Brie Perrot. È Cosette, però gli amici mi chiamano Coco.»

Cosette Monvoisin. Per tutto quel tempo era rimasta nascosta nella Torre. Proprio sotto il nostro naso.

Portai istintivamente la mano sulla Balisarda, ma Ansel

mi fermò prendendomi il braccio. «Reid, no. Ci sta aiutando a trovare Lou.»

Mi divincolai dalla sua stretta, inorridito, furioso. La donna mi fece l'occhiolino prima di tornare a concentrarsi sul tavolo. La polvere scura si addensò sotto il suo sangue... e cominciò a muoversi. «Cos'è quella roba?» domandai.

«Sangue di cane essiccato.» Nel frattempo si stavano formando strani simboli. «Ci dirà dov'è Lou.»

Beau si sporse in avanti, appoggiando il mento sull'incavo del gomito. «E dove pensi che possa essere?»

Si formò una rughetta tra gli occhi di Coco. «Con Morgane le Blanc.»

«Morgane le Blanc?» Beau si tirò su e ci guardò con incredulità, come se si aspettasse che uno di noi scoppiasse a ridere da un momento all'altro. «Perché quella stronza della regina delle streghe dovrebbe essere interessata a Lou?»

«Perché è sua madre.» I simboli si fermarono all'improvviso e Coco mi scrutò con occhi sbarrati. Spaventati. «Le tracce di Lou si perdono verso nord, nella Forêt des Yeux. Non riesco a vedere più in là.» La fissai, e lei annuì in maniera impercettibile in risposta alla mia domanda silenziosa. Le tremava il mento. «Se l'ha catturata Morgane, Lou è praticamente già morta.»

«No.» Scossi la testa con forza, incapace di accettare l'idea. «Dobbiamo trovare Chateau. Sei una strega, puoi condurci fin lì...»

Lacrime di rabbia le riempirono gli occhi. «Non so dove sia Chateau. Solo una Dame Blanche può trovarlo e tu hai perso l'unica che conosco!»

«Tu... tu non sei una Dame Blanche?»

Mi piazzò sotto il naso la sua mano insanguinata, come

se dovesse significare qualcosa. «Certo che no! Gli chasseur sono davvero tanto ignoranti?»

Guardai con crescente nervoso il sangue che le si raccoglieva sul palmo. Mi assalì lo stesso odore acre di prima. «Non capisco.»

«Sono una Dame Rouge, idiota. Una Dama Rossa. Una strega di sangue.» Batté la mano sul tavolo, sporcando di rosso le sagome nere. «Non riesco a individuare Chateau perché non ci sono mai stata.»

Iniziarono a ronzarmi le orecchie. «No. Non può essere vero. Dev'esserci un altro modo.»

«Non c'è.» Cominciò a piangere mentre si alzava in piedi, ma si asciugò subito le lacrime. La puzza intorno a noi si intensificò. «Se non conosci un'altra Dame Blanche – un'altra Dame Blanche disposta a tradire le sue sorelle per condurre uno chasseur nella loro casa – Lou è perduta.»

No.

«Conosci una strega simile, Chass?» Mi puntò un dito sul petto, continuando a piangere. Le lacrime evaporavano quando le cadevano sulla camicia. Beau si alzò e le posò una mano incerta sulla schiena. «Conosci una strega disposta a sacrificare tutto per te come ha fatto Lou? La conosci?»

No.

«A dire il vero...» rispose una voce fredda, familiare, «la conosce.»

Ci girammo tutti per guardare la mia salvatrice. Mi si mozzò il fiato nel vedere i capelli rosso fiamma.

Dio, no.

Madame Labelle agitò una mano rivolta agli uomini che origliavano intorno a noi. «Questa è una conversazione privata, cari. Spero possiate capire.»

La magia – quella normale, dall'odore dolciastro – riempì l'aria e gli occhi iniettati di sangue degli uomini divennero vitrei. Rivolsero la loro attenzione alle ragazze che ballavano, e che ora avevano espressioni altrettanto vacue.

Coco le puntò addosso un dito accusatore. «Tu sapevi di Morgane. Hai avvertito Lou. Sei una strega.»

Le guardai confuso, con le narici dilatate. La mente che brulicava di pensieri. Strega? Ma Madame Labelle non era una...

All'improvviso capii, e avvampai.

Merda.

Ero così stupido. Così cieco. Strinsi i pugni e balzai in piedi. Il sorriso di scherno di Madame Labelle vacillò, e persino Coco arretrò di fronte alla furia che avevo negli occhi.

Certo che Madame Labelle era una strega.

E Mademoiselle Perrot era Coco.

E Coco era una strega. Ma non una strega qualunque: una Dame Rouge. Una specie di strega completamente nuova, che praticava usando il sangue.

E mia moglie – il maledetto amore della mia vita – era la figlia della Dame des Sorcières. L'ereditiera di Chateau le Blanc. La dannata principessa delle streghe.

E lo sapevano tutti. Tutti tranne me. Persino Ansel, per la miseria.

Era davvero troppo.

Qualcosa scattò dentro di me. Qualcosa di definitivo. In quell'istante non ero più lo chasseur... se mai lo ero stato davvero.

Sguainai la Balisarda e, con un piacere vendicativo, notai che tutti mi scrutavano impauriti. Guardinghi. L'arpista nell'angolo smise di suonare. Guardò a terra con aria inespressiva, a bocca aperta. Calò un silenzio inquietante, d'attesa.

«Sedetevi» dissi a bassa voce, spostando lo sguardo su Madame Labelle e Coco. Nessuna delle due si mosse. Feci un passo verso di loro. Beau prese Coco per il polso e la tirò giù con sé.

Invece Madame Labelle rimase in piedi. Girai il pugnale verso di lei. «Lou se n'è andata.» Spostai la lama – con gesti lenti, determinati – dal suo viso alla sedia vuota. «L'ha presa Morgane le Blanc. Perché?»

«Se davvero l'ha presa Morgane...»

«Perché?»

Avvicinai la Balisarda al suo naso e lei aggrottò le sopracciglia. «Per favore, capitano, non è questo il modo di comportarsi. Vi racconterò tutto ciò che volete sapere.»

Con riluttanza abbassai il coltello mentre lei si sedeva. A ogni pulsazione della mandibola sentivo scaldarsi il sangue.

«Gli eventi hanno assunto una piega spiacevole.» La donna mi guardò storto, lisciandosi la gonna con gesti nervosi. «Suppongo che le streghe abbiano rivelato la vera identità di vostra moglie. Louise le Blanc. Unica figlia della Dame des Sorcières.»

Annuii seccamente.

Ansel si schiarì la voce prima che Madame Labelle potesse continuare. «Vi chiedo scusa, *madame*, ma perché non abbiamo mai sentito parlare di Louise le Blanc fino a oggi?»

«Caro ragazzo, Louise era il segreto che Morgane custodiva più gelosamente. Anche alcune streghe ignoravano la sua esistenza.»

«E come facevate a saperlo voi?» chiese Coco.

«Ho molte spie a Chateau.»

«Non siete la benvenuta lì?»

«Lo sono quanto te, mia cara.»

«Perché?» domandai io.

Non mi rispose. Guardò invece Beau. «Cosa sapete di vostro padre, Vostra Altezza?»

Il principe si appoggiò allo schienale e inarcò un sopracciglio scuro. Fino a quel momento aveva assistito alla scena con freddo distacco, ma la domanda di Madame Labelle sembrò coglierlo di sorpresa. «Quello che sanno tutti, penso.»

«Ovvero?»

Fece spallucce. «Va a puttane. Disprezza sua moglie. Finanzia la vergognosa crociata dell'arcivescovo contro queste magnifiche creature.» Accarezzò la schiena di Coco. «È molto attraente, non sa niente di politica ed è un pessimo padre. Volete che continui? Non vedo cosa c'entri tutto ciò con il nostro problema.»

«Fareste meglio a non parlare così di lui.» Madame Labelle serrò le labbra in un'espressione arrabbiata. «È vostro padre, ed è un brav'uomo.»

Beau sbuffò. «Di sicuro siete la prima a crederlo.»

Lei tirò su con il naso e si lisciò di nuovo le gonne. Visibilmente offesa. «Non importa. La questione è più grande di vostro padre... ma finirà con lui, se Morgane l'avrà vinta.»

«Spiegatevi» ringhiai.

Mi scoccò un'occhiata piena di irritazione, ma proseguì. «Questa guerra si prepara da secoli. È più vecchia di tutti voi. Più vecchia di me. Più vecchia persino di Morgane. È iniziata con una strega di nome Angelica e un sant'uomo di nome Costantino.»

Un sant'uomo di nome Costantino. Non poteva riferirsi all'uomo che aveva forgiato la Spada di Balisarda. Il Santo.

«Lou mi ha raccontato questa storia!» Coco si sporse in avanti, con una luce negli occhi. «Angelica si innamorò di lui, ma lui morì, e le lacrime di lei crearono L'Eau Mélancolique.»

«Vero solo in parte, temo. Volete che vi racconti la versione corretta?» Madame Labelle tacque e mi fissò in attesa. «Vi assicuro che abbiamo tempo.»

Con un ringhio d'impazienza, mi sedetti. «Avete due minuti.»

Madame Labelle annuì convinta. «Non è una storia molto bella. Angelica si innamorò effettivamente di Costantino, un cavaliere di una nazione vicina, però non osava rivelargli la sua natura. Il popolo di Angelica viveva in armonia con quello di lui, e lei non voleva turbare il delicato equilibrio tra i regni. Come spesso accade, ben presto desiderò che lui la conoscesse interamente. Gli raccontò della magia del suo popolo, del loro legame con la terra, e all'inizio Costantino e il suo regno la accettarono. Apprezzavano lei e la sua gente: Le Dames Blanches, le chiamavano. Le Signore Bianche. Pure e radiose. Ed essendo la più pura e la più radiosa di tutte, Angelica diventò la prima Dame des Sorcières.» La sua espressione si incupì. «Ma con il passare del tempo Costantino iniziò a provare risentimento per la magia della sua amata. Diventò invidioso, avrebbe voluto possederla anche lui. Cercò di strappargliela. Non riuscendoci, si prese la terra. I suoi soldati marciarono su Belterra e assassinarono le streghe. Ma la magia non funzionò per lui e i suoi compatrioti. Per quanto si sforzassero non erano capaci di possederla, al contrario delle streghe. Impazzito per il desiderio, alla fine si suicidò.» Il suo sguardo trovò quello di Coco e sorrise, un sorrisetto triste. «Angelica pianse il suo mare di lacrime e lo seguì nell'aldilà. Ma i confratelli di

Costantino sopravvissero. Costrinsero le streghe a nascondersi e rivendicarono la terra con la magia che conteneva.

«Conoscete già il resto della storia. La faida di sangue va ancora avanti. Ciascuna delle due parti ha vinto qualcosa e ha perso qualcosa. I discendenti di Costantino governano questa terra, pur avendo rinunciato alla magia anni fa in favore della religione. Con ogni nuova Dame des Sorcières, le streghe tentano di schierare le forze, e ogni volta falliscono. Oltre a essere in pesante inferiorità numerica, le mie sorelle non possono sperare di sconfiggere sia la monarchia sia la Chiesa in combattimento; non finché voi avete le Balisarde. Ma Morgane è diversa da quelle che l'hanno preceduta. È più astuta. È furba.»

«Si direbbe che somigli a Lou» osservò Coco.

«Lou non somiglia affatto a quella donna» sibilai.

Beau si sporse in avanti sulla sedia e ci scrutò a uno a uno. «Perdonatemi, ma a me non frega proprio niente di Lou, o di Morgane, o di Angelica, o di Costantino. Parlatemi di mio padre.»

Le nocche mi sbiancarono sul pugnale.

Madame Labelle sospirò e mi posò una mano sul braccio, un monito silenzioso. Quando me la scrollai di dosso, mi guardò con sufficienza. «Ci sto arrivando. Comunque... sì, Morgane è diversa. Fin da bambina ha compreso il duplice potere di questo regno.» Scoccò un'occhiata a Beau. «Quando vostro padre è stato incoronato re, in Morgane ha preso forma un'idea: un modo per colpire al tempo stesso la corona e la Chiesa. L'ha visto sposare una principessa straniera – vostra madre – che vi ha dato alla luce. Ha assistito con gioia alla nascita dei tanti bastardi di vostro padre.» Fece una pausa e sembrò intristirsi un po'. La osservai rapito e notai i suoi occhi perdersi nei ricordi. «Ha imparato i loro nomi, i loro volti – persino quelli di cui Auguste ignorava l'esistenza.» Guardò me, e il mio stomaco si contrasse in modo inspiegabile. «Con ogni bambino, la sua felicità – la sua ossessione – non faceva che crescere, ma aspettava a rivelarci il suo obiettivo.»

«Quanti?» la interruppe Beau in tono secco. «Quanti bambini?»

Lei esitò. «Nessuno lo sa di preciso. Credo che l'ultimo conteggio fosse intorno ai ventisei.»

«*Ventisei?*»

Madame Labelle si affrettò a continuare. «Poco dopo la vostra nascita, Altezza, Morgane ha annunciato alle nostre sorelle che aspettava un figlio. E non un figlio qualunque: il figlio dell'arcivescovo.»

«Lou» dissi io, e fui colto da un senso di nausea.

«Sì. Morgane parlava di un disegno magico che avrebbe liberato le streghe dalla persecuzione, di una bambina che avrebbe posto fine alla tirannia dei Lyon. Auguste Lyon sarebbe morto… e con lui i suoi discendenti. La vita nel suo grembo era il prezzo da pagare – un dono, diceva lei – inviato dalla Dea. Il colpo di grazia al regno e alla Chiesa.»

«Perché Morgane ha aspettato a uccidere Lou?» chiesi con amarezza. «Perché non l'ha uccisa appena è nata?»

«Una strega riceve i riti al sedicesimo compleanno. È il giorno in cui diventa una donna. Le streghe bramavano la libertà, ma la maggior parte di loro non gradiva la prospettiva di uccidere una bambina. Morgane ha accettato di aspettare.»

«Quindi Morgane… ha concepito Lou solo per vendetta.» Mi si strinse il cuore. Un tempo mi ero rammaricato per le circostanze spiacevoli del mio ingresso in questo mondo, ma Lou... a lei era andata molto peggio. Era letteralmente nata per morire.

«La natura richiede un equilibrio» sussurrò Coco, seguendo con un dito i contorni del taglio sul palmo. «Per porre fine alla stirpe del re, Morgane deve far estinguere anche la propria.»

«Gesù» disse Beau. «Una furia dell'inferno.»

«Ma... non ha senso» intervenni io, perplesso. «Una vita in cambio di ventisei? Non è equilibrato.»

Madame Labelle aggrottò le sopracciglia. «La percezione conta molto. Uccidendo Louise, Morgane porrà per sempre fine alla dinastia delle Le Blanc. La magia della Dame des Sorcières passerà a un'altra stirpe alla morte di Morgane. Troncare la propria discendenza sembra davvero un sacrificio sufficiente per troncarne un'altra, no?»

I miei dubbi non facevano che aumentare. «Ma i numeri non tornano ancora.»

«La tua percezione è troppo letterale, Reid. La magia è fatta di sfumature. Tutti i figli di lei moriranno. Tutti i figli di lui moriranno.» Si spazzolò via dalla gonna un bruscolino invisibile. «Naturalmente questi ragionamenti non importano. Nessun altro può vedere il disegno, quindi siamo costretti a usare l'interpretazione di Morgane.»

Coco alzò la testa di scatto. «Qual è il vostro ruolo in tutto ciò, *madame*? Avete cercato di comprare Lou.»

«Per proteggerla.» Madame Labelle fece un cenno impaziente della mano. A quel movimento notai qualcosa di strano. Portava anelli d'oro a tutte le dita, tranne... sull'anulare sinistro...

Un anello di madreperla. Quasi identico a quello che avevo donato a Lou.

«Sapevo che prima o poi Morgane l'avrebbe trovata, ma

ho fatto il possibile per impedirlo. Perciò sì, ho cercato di comprare Lou – come dici tu in maniera così volgare – solo per difenderla. Non era la soluzione ideale, però al Bellerose avrei potuto tenerla d'occhio. Tenerla al sicuro finché non mi fossi organizzata altrimenti. Ma lei ha sempre rifiutato la mia proposta.» Incrociò lo sguardo di Coco. «L'anno scorso le mie spie mi hanno riferito che l'anello di Angelica era stato rubato. Ho contattato tutti i trafficanti della città... e ho scoperto che a *tutti* loro le streghe avevano ucciso di recente qualche familiare.»

Mi sporsi in avanti. Filippa. Filippa era stata uccisa dalle streghe. E quindi...

«Quando ho scoperto che Monsieur Tremblay si era procurato l'anello, ho finalmente visto la mia occasione.»

Chiusi gli occhi. Scrollai il capo, incredulo. Monsieur Tremblay. Per tutti quei mesi mi ero impegnato per vendicare la loro famiglia, per punire le streghe che li avevano aggrediti. Ma le streghe l'avevano fatto per vendicarsi.

Il mio futuro suocero. Un trafficante di oggetti magici. Era stato lui a causare la morte di Filippa, e il dolore di Célie. Ma mi costrinsi a tornare al presente. Ad aprire gli occhi.

C'è un tempo per il dolore e un tempo per voltare pagina.

«Sapevo che Lou lo cercava disperatamente» continuò Madame Labelle. «Ho chiesto a Babette di contattarla, per aiutarla a origliare la mia conversazione con Tremblay. Per aiutarla, ho anche chiesto a Tremblay dove l'avesse nascosto. E poi – appena Babette ha confermato che voi due pensavate di rubarlo – ho avvertito l'arcivescovo dicendogli dove avrebbe trovato sua figlia, quella sera.»

«Voi cosa?» esclamò Coco.

Si strinse nelle spalle con un gesto delicato. «Girava

voce che lui la cercasse da anni: molte streghe credevano che fosse per causa sua che l'arcivescovo fosse tanto ossessionato dall'idea di darci la caccia. Perché voleva trovare lei. Personalmente preferisco credere che ci uccidesse come una sorta di macabra penitenza per i suoi peccati, ma non importa. Ho corso un rischio calcolato, augurandomi che non le facesse del male. È suo padre, in fondo, e non poteva più negarlo dopo averla vista. Sono identici. E quale nascondiglio migliore per lei che la Torre degli Chasseur?»

Coco scosse la testa, incredula. «Un po' di sincerità sarebbe stata molto utile!»

Madame Labelle posò le mani giunte sul ginocchio e sorrise soddisfatta. «Quando è fuggita da casa Tremblay, ho pensato che tutto fosse perduto; ma l'episodio accaduto al teatro ha forzato la mano dell'arcivescovo in maniera definitiva. Non solo Lou ha ricevuto la sua protezione, ma anche un marito. E non un marito qualunque: un capitano degli chasseur.» Il suo sorriso si allargò mentre mi indicava. «È andata meglio di quanto avrei mai potuto...»

«Perché?» Fissai l'anello di madreperla sul suo dito. «Perché tutta questa fatica? Che ve ne importa se Auguste Lyon muore? Siete una strega. Non trarreste che benefici dalla sua morte.»

Sollevai lentamente lo sguardo sul suo viso. I suoi capelli rossi. I suoi occhi azzurri.

Riaffiorò un ricordo. La voce di Lou mi echeggiò in testa.

Non dire stupidaggini. Certo che le streghe hanno figli maschi.

Pian piano, capii.

Il suo sorriso svanì. «Non... non potrei mai assistere alla morte di persone innocenti senza fare niente...»

«Il re non è certo innocente.»

«Il sovrano non sarà l'unica vittima. Decine di persone moriranno...»

«Come i suoi figli?»

«Sì. I suoi figli.» Esitò, spostando lo sguardo tra me e il principe. Fu la sua condanna. «Nessuno degli eredi sopravviverà. L'aristocrazia si spaccherà in una lotta per la successione. La credibilità dell'arcivescovo ne ha già sofferto; e anche la sua autorità, a giudicare dalla tua presenza qui. Mi stupirei se il re non l'avesse già convocato in udienza. Gli chasseur resteranno presto privi di un capo. Nel caos che seguirà, Morgane potrà colpire.»

Udii a malapena le sue parole. L'intuizione divenne una valanga e mi travolse, facendomi scorrere la rabbia nelle vene. «Vi siete innamorata di lui, non è vero?»

La sua voce si alzò di un'ottava. «Be'... caro, è un po' più complicato di...» Il mio pugno si abbatté sul tavolo e lei sussultò. La vergogna si mescolò alla collera quando le vidi in volto un'espressione sconfitta. «Sì, è così.»

Scese il silenzio. Quelle parole mi travolsero, mi attraversarono. Le sopracciglia di Beau si abbassarono in un'espressione incredula.

«Non gli avete detto che eravate una strega.» Le mie parole erano aspre, dure, e non feci nulla per ammorbidirle. Quella donna non meritava la mia compassione.

«No. Non gliel'ho detto. Non gli ho mai rivelato cos'ero. Non... non volevo perderlo.»

«Buon Dio» mormorò Beau.

«E Morgane... vi ha sorpresi insieme?» domandò Coco.

«No» mormorò Madame Labelle. «Ma... ben presto sono rimasta incinta, e... ho commesso l'errore di confidarmi con lei. Eravamo amiche, un tempo. Amiche del cuore. Più che sorelle. Pensavo che mi avrebbe capita.» Deglutì e chiuse gli occhi. Le tremò il mento. «Sono stata una sciocca. Me l'ha strappato dalle mani quand'è nato, il mio splendido bambino. Non l'ho mai detto ad Auguste.»

Il volto di Beau si contorse per il disgusto. «Avete partorito un mio fratello?»

Coco gli diede di gomito. «Cosa ne è stato di lui?»

Madame Labelle tenne le palpebre abbassate. Come se non avesse la forza di guardarci… di guardarmi. «Non l'ho mai saputo. La maggior parte dei bambini maschi vengono mandati in case di accoglienza – o in orfanotrofio, se sono sfortunati – però sapevo che Morgane non avrebbe mai concesso una sorte così misericordiosa a mio figlio. Sapevo che l'avrebbe punito per la mia colpa… per la colpa di Auguste.» Emise un sospiro tremante. Quando riaprì lentamente le palpebre, mi guardò dritto in faccia. «L'ho cercato per anni, ma era perduto.»

Perduto. Era una delle possibili definizioni.

Un'altra poteva essere: *buttato nella spazzatura e lasciato a morire.*

Rabbrividì vedendo l'odio sul mio viso. «Forse resterà sempre perduto per me.»

«Sì, è così» dissi.

Scattai in piedi, ignorando gli sguardi curiosi degli altri. «Abbiamo sprecato troppo tempo qui. Lou potrebbe già essere a metà strada per Chateau le Blanc. Voi…» puntai il pugnale contro Madame Labelle, «mi porterete lì.»

«Ci porterete lì» disse Ansel. «Vengo anch'io.»

Coco si alzò. «Anch'io.»

«Suppongo che dovrò venire anch'io. Se Lou muore, a quanto pare, muoio pure io» disse Beau con una smorfia.

«E va bene» sbottai. «Ma partiamo subito. Lou è già in vantaggio di molte miglia. Dobbiamo recuperare il tempo perduto, altrimenti sarà morta prima che arriviamo a Chateau.»

«Non accadrà.» Si alzò anche Madame Labelle, asciugandosi le guance. Drizzò le spalle. «Morgane aspetterà a praticare il sacrificio. Almeno due settimane.»

«Perché?» Non avrei mai più voluto rivolgere la parola a quella donna, ma era l'unica strada per arrivare a Lou. Un male necessario. «Come fate a saperlo?»

«Conosco Morgane. Il suo orgoglio ha sofferto terribilmente quando Lou è fuggita la prima volta, quindi si assicurerà che siano presenti più streghe possibili per assistere al suo trionfo. Per le streghe, la vigilia di Natale è Modraniht e sono già in viaggio per Chateau in vista della celebrazione. Modraniht è la notte in cui le streghe onorano le loro madri. Morgane sarà molto divertita da questa ironia.»

«Per mia fortuna non ne ho una, di madre.» Ignorando la sua espressione ferita, girai sui tacchi e seguii le ballerine dagli occhi vacui e gli uomini ubriachi verso l'uscita. «Ci rivediamo qui tra un'ora. Assicuratevi che nessuno vi segua.»

L'ANIMA RICORDA

Lou

Il pavimento di legno sotto di me si inclinò improvvisamente e caddi in grembo a qualcuno. Braccia morbide mi cinsero, insieme al profumo fresco e frizzante dell'eucalipto. Mi raggelai. Quell'odore popolava i miei incubi da due anni.

Aprii gli occhi e tentai di scostarmi, ma scoprii con orrore che il mio corpo non rispondeva agli ordini. Paralizzata, fui costretta a guardare nei brillanti occhi verdi di mia madre. Sorrise e mi baciò la fronte. Mi venne la pelle d'oca.

«Mi sei mancata, tesoro.»

«Cosa mi hai fatto?»

Rise sommessamente e non rispose subito. «Straordinarie, quelle piccole iniezioni. Quando Monsieur Bernard me ne ha portata una, ho perfezionato il farmaco. Mi piace pensare che la mia versione sia più umana. Colpisce soltanto il fisico, non la mente.» Il suo sorriso si allargò. «Pensavo che ti sarebbe piaciuto assaggiare la medicina dei tuoi amici. Hanno faticato tanto per crearla.»

Il pavimento oscillò di nuovo e finalmente capii dov'ero. Il carro coperto della troupe. Non filtrava luce dallo spesso telone, quindi non sapevo da quanto tempo fossimo in viaggio. Tesi l'orecchio ma udii solo il costante *clip clop* degli zoccoli dei cavalli. Eravamo usciti dalla città.

Non importava. Nessuno sarebbe venuto ad aiutarmi. Reid me l'aveva fatto capire chiaramente.

Fui travolta da un'ondata di dolore al ricordo delle sue ultime parole. Tentai invano di trattenere una lacrima, che mi scivolò sulla guancia. Morgane l'asciugò con un dito, se la portò alla bocca per assaggiarla. «La mia splendida, adorata bambina. Non gli permetterò mai più di farti del male. Sarebbe giusto vederlo bruciare, non ti pare? Forse posso farti appiccare personalmente il fuoco alla sua pira. Ti piacerebbe?»

Sbiancai. «Non lo toccare.»

Inarcò un sopracciglio chiarissimo. «Hai dimenticato che è il tuo nemico, Louise. Ma non ti preoccupare… tutto sarà perdonato a Modraniht. Organizzeremo il rogo di tuo marito prima della nostra piccola celebrazione.» Fece una pausa per concedermi di avere uno scatto d'ira a sentir nominare Reid. Mi rifiutai: non le avrei dato quella soddisfazione.

«Ricordi questa ricorrenza, vero? Pensavo che quest'anno l'avremmo resa speciale.»

Ebbi un fremito di paura. Sì, ricordavo Modraniht.

La Notte delle Madri. Le Dames Blanches di tutta Belterra si sarebbero radunate a Chateau per celebrare e onorare le loro antenate con una serie di sacrifici. Non avevo dubbi su quale sarebbe stato il mio ruolo quell'anno.

Come se mi leggesse nella mente, mi accarezzò la gola con un gesto affettuoso. Sussultai, rammentando la fitta di dolore alla cicatrice che avevo provato prima di perdere i sensi. Ridacchiò. «Non temere. Ho rimarginato la tua ferita. Non vorrei mai sprecare una sola goccia di quel prezioso sangue prima del nostro arrivo a Chateau.» I suoi capelli mi solleticarono il viso quando si chinò per parlarmi all'orecchio. «Era proprio un bell'incantesimo, e difficile da disinnescare, ma neppure quello ti salverà, stavolta. Siamo quasi a casa.»

«Quel posto non è casa mia.»

«Sei sempre stata così melodrammatica.» Ancora ridacchiando, si sporse a darmi un buffetto sul naso. Mi si fermò il cuore nel vedere l'anello d'oro che portava. Lei seguì il mio sguardo con un sorrisetto. «Già. Cattiva, anche.»

«Come hai...» gracchiai con voce strozzata. Cercai di ribellarmi al farmaco che mi paralizzava, ma il corpo continuava a non rispondermi.

Morgane non poteva prendersi l'anello di Angelica. Non poteva. Ne avevo bisogno per contrastare il suo incantesimo. Se lo avevo indosso mentre mi dissanguava, la magia si sarebbe spezzata e il sangue sarebbe stato inutile. Sarei morta lo stesso, sì, però i Lyon sarebbero sopravvissuti. Quei bambini innocenti si sarebbero salvati.

Tentai di muovermi, e le vene del collo rischiarono di esplodere per lo sforzo. Ma più ci provavo e più diventava difficile parlare, respirare con quelle membra pesantissime. Il mio corpo sembrava voler precipitare sfondando il pavimento del carro. In preda al panico, mi sforzai di evocare un disegno, uno qualsiasi, ma l'oro lampeggiava fioco, sfocato e indebolito dal farmaco.

Imprecai e iniziai a perdere le speranze.

«Davvero credevi che non avrei riconosciuto il mio anello?» Morgane sorrise con tenerezza e mi ravviò i capelli dietro l'orecchio. «Dimmi, però: come l'hai trovato? Oppure sei stata tu a rubarlo?» Quando non risposi, sospirò. «Mi deludi, tesoro. La fuga, i nascondigli, l'anello... capisci pure tu che sono tutte sciocchezze.»

Smise di sorridere e mi sollevò il mento, e mi puntò addosso uno sguardo feroce. «Per ogni seme che hai disperso, Louise, io ne ho dispersi altri mille. Sei mia figlia. Ti conosco meglio di come ti conosci tu. Non puoi battermi in astuzia, non puoi sfuggirmi e non puoi sperare di trionfare contro di me.»

Tacque come per aspettare una replica, ma non la accontentai. Con tutta la concentrazione di cui ero capace, tentai di spostare la mano, di ruotare il polso, di sollevare almeno un dito. Lo sforzo mi appannò la vista. Lei mi guardò lottare per vari minuti – e l'intensità nei suoi occhi si diluì in una specie di strana malinconia – dopodiché ricominciò ad accarezzarmi i capelli. «Prima o poi dobbiamo morire tutti, Louise. Ti consiglio di rappacificarti con l'idea. A Modraniht, la tua vita adempierà finalmente il suo scopo, e la tua morte libererà il nostro popolo. Dovresti esserne fiera. Non sono in molti ad avere un destino così glorioso.»

Con un ultimo sforzo disperato provai a colpirla – a farle male, a strapparle l'anello dal dito – però il mio corpo restava freddo e privo di vita.

Già morto.

I giorni passavano nel tormento. Il farmaco mi paralizzava, ma non leniva il dolore nelle ossa. Il viso e il polso dolevano ancora per l'attacco della strega, e le numerose iniezioni mi avevano lasciato indolenzita la gola.

E pensare che un tempo Andre e Grue erano stati il peggiore dei miei problemi.

Le dita pallide di Morgane seguirono le tracce delle iniezioni fino ai lividi a forma di dita che avevo sotto l'orecchio. «Amici tuoi, cara?»

Furiosa, mi concentrai sul bruciore nelle mani e nei piedi, il primo indizio che il farmaco stava perdendo efficacia.

Se mi sbrigavo, potevo riprendermi l'anello di Angelica e rotolarmi giù dal carro, e sparire prima che Morgane potesse reagire. «Un tempo.»

«E adesso?»

Cercai di muovere le dita. Restarono flaccide. «Morti.»

Come se mi leggesse nel pensiero, Morgane tirò fuori dalla borsa la familiare siringa di metallo. Chiusi gli occhi, tentai invano di non farmi tremare il mento. «Le tue sorelle ti cureranno quando arriveremo a Chateau. Questi orribili lividi devono sparire prima di Modraniht. Sarai di nuovo integra e pura.» Mi massaggiò la gola per prepararla all'ago. «Verginale come la Dea Fanciulla.»

Aprii gli occhi di scatto. «Sono tutt'altro che verginale.»

Il suo sorriso falso vacillò. «Non avrai sul serio giaciuto con quello chasseur disgustoso?» Tirò su con il naso e lo arricciò in un'espressione schifata. «Oh, Louise. Mi deludi. Ti sento addosso la sua puzza.» Posò gli occhi sul mio addome e piegò la testa di lato, inspirando a fondo. «Spero vivamente che tu abbia preso precauzioni, tesoro. La Dea Madre è affascinante, ma il suo cammino non è il tuo.»

Le dita mi formicolarono per l'agitazione. «Non farmi credere che non uccideresti un nipotino.»

Per tutta risposta mi infilzò con l'ago della siringa. Mi morsi la guancia per non gridare e sentii le dita appesantirsi di nuovo.

«Il tuo sangue è il prezzo.» Mi accarezzò il collo, bramosamente. «Il tuo ventre è vuoto, Louise. Sei tu l'ultima della mia stirpe. È quasi un peccato...» Si chinò a sfiorarmi la cicatrice con le labbra. Un orribile déjà-vu mi fece chiudere lo stomaco e ricordai Reid che mi baciava nello stesso punto pochi giorni prima. «Penso che mi sarebbe piaciuto uccidere il figlio dello chasseur.»

«Svegliati, tesoro.»

Sollevai le palpebre con il sussurro di Morgane all'orecchio. Non potevo sapere quanto tempo fosse trascorso, ma finalmente il carro era stato scoperto ed era calata la notte. Non cercai neppure di mettermi a sedere.

Morgane indicò un punto in lontananza. «Siamo quasi a casa.»

Vedevo solo le stelle sopra di me, ma il rumore familiare delle onde che si infrangevano sugli scogli mi diceva tutto ciò che dovevo sapere. L'aria stessa, lì, mi diceva a sufficienza. Era diversa da quella di Cesarine, con la sua puzza di pesce: limpida e acre, profumava di aghi di pino e sale e terra... e un lieve sentore di magia. Inspirai a fondo, chiudendo gli occhi. Nonostante tutto, lo stomaco mi si torceva ancora al pensiero di essere così vicina. Di tornare a casa.

Pochi minuti dopo, le ruote del carro passarono sulle assi di legno di un ponte.

Il ponte.

Il leggendario ingresso di Chateau le Blanc.

Tesi l'orecchio. Ben presto riecheggiò intorno a noi una risata flebile, a malapena udibile, e il vento si alzò, creando mulinelli di neve nell'aria della notte. Sarebbe stato inquietante, se non avessi saputo che era tutta una sceneggiata. Morgane aveva un debole per il melodrammatico.

Non ce n'era bisogno. Soltanto una strega poteva trovare Chateau. Una magia antica e potente circondava il castello: una magia a cui ciascuna Dame des Sorcières aveva contribuito per migliaia di anni. Se le cose fossero andate diversamente tutti si sarebbero aspettati che anch'io, un giorno, rafforzassi quell'incantesimo.

Osservai Morgane, che sorrideva e salutava con la mano le donne vestite di bianco che correvano a piedi nudi a fianco del carro. Non lasciavano orme nella neve. Spettri silenziosi.

«Sorelle» le salutò con calore.

Mi rabbuiai. Erano le famigerate guardiane del ponte. Attrici della troupe di Morgane... ma ogni tanto si divertivano ad attirare qualche uomo sul ponte, di notte.

E lo affogavano nelle acque torbide lì sotto.

«Tesoro, guarda.» Morgane mi tirò su e mi sorresse tra le braccia. «È Manon. Te la ricordi, vero? Eravate inseparabili da piccole.»

Mi bruciavano le guance, la testa mi ciondolava sulla spalla. Peggio ancora, Manon era davvero lì ad assistere alla mia umiliazione: correva, gli occhi scuri accesi di entusiasmo. Sorrideva felice e lanciava gelsomino d'inverno sul carro.

Il gelsomino. Un simbolo d'amore.

Le lacrime mi pizzicavano gli occhi. Volevo piangere: piangere e urlare e bruciare Chateau e le sue abitanti. Un tempo avevano detto di amarmi. Ma... l'aveva detto anche Reid.

Amore.

Maledissi quella parola.

Manon raggiunse il carro e si issò a bordo. Portava in testa una ghirlanda di agrifoglio; le bacche rosse sembravano gocce di sangue sui capelli e la pelle nera. «Louise! Finalmente sei tornata!» Mi gettò le braccia al collo e il mio corpo flaccido ricadde addosso al suo. «Temevo che non ti avrei più rivista.»

«Manon si è offerta di accompagnarti a Chateau» spiegò Morgane. «Non è splendido? Vi divertirete tanto insieme.»

«Ne dubito molto» borbottai.

Il volto d'ebano di Manon crollò. «Non ti sono mancata? Eravamo sorelle, un tempo.»

«Ti capita spesso di provare ad ammazzare le tue sorelle?» sbottai.

Manon ebbe la decenza di rabbrividire, Morgane invece si limitò a darmi un pizzicotto sulla guancia. «Louise, smettila di fare la cattiva. È talmente noioso.» Alzò una mano verso Manon, che esitò, guardandomi, prima di baciarla. «Ora va', bambina, e prepara un bagno nella stanza di Louise. Dobbiamo lavare via questo sangue e questa puzza.»

«Certo, signora.» Manon mi baciò le mani pesanti, mi trasferì sul grembo di Morgane e saltò giù dal veicolo. Aspettai che fosse svanita nella notte prima di parlare.

«È inutile fingere. Non voglio compagnia, né da lei né da nessun altro. Mettimi una sentinella alla porta e facciamola finita.»

Morgane raccolse i boccioli di gelsomino dal pavimento del carro e me li intrecciò tra i capelli. «Che maleducazione. È tua sorella, Louise, e vuole trascorrere del tempo con te. Che brutto modo di ripagare il suo amore.»

Ecco di nuovo quella parola.

«Quindi, secondo te, è stato l'amore a farla restare a guardare mentre venivo trascinata su un altare?»

«Le serbi rancore. Interessante.» Passò le dita tra i miei capelli spettinati, scostandoli dal viso. «Forse, se invece fosse stato il rogo, l'avresti sposata.»

Mi si torse lo stomaco. «Reid non mi ha mai fatto del male.»

Con tutti i suoi difetti, con tutti i suoi pregiudizi, non aveva alzato un dito su di me dopo l'attacco delle streghe. Avrebbe potuto farlo, invece no. Mi chiesi cosa sarebbe successo se fossi rimasta. Mi avrebbe legata al palo del rogo? Forse mi avrebbe conficcato un pugnale nel cuore.

Ma quello l'aveva già fatto.

«L'amore ci fa impazzire tutti, tesoro.»

Sapevo che mi stava provocando, ma non riuscii a tenere la bocca chiusa. «Che ne sai tu dell'amore? Hai mai amato qualcun altro che te stessa?»

«Sta' attenta» disse con voce suadente, e le sue dita si fermarono tra i miei capelli. «Non dimenticare con chi stai parlando.»

Ma non mi sentivo attenta. No, mentre la grande sagoma bianca di Chateau si stagliava sopra di me – e l'anello di Angelica brillava al suo dito – mi sentivo l'esatto opposto di attenta.

«Sono tua figlia» ribattei, rabbiosa, incauta. «E tu mi sacrifichi come una vacca sacra...»

Mi tirò indietro la testa. «Una vacca molto rumorosa e maleducata.»

«Sei convinta che sia l'unico modo, lo so.» Ormai la disperazione mi traspariva nella voce, insieme a un groviglio di emozioni che non volevo districare. Emozioni che avevo tenuto sotto chiave quando ero cresciuta e avevo capito qual era il piano di mia madre ai miei danni. «Però non lo è. Ho vissuto con gli chasseur. Sono in grado di cambiare, sono capaci di tolleranza. L'ho visto. Possiamo mostrare loro un'altra strada. Possiamo mostrare loro che non siamo ciò che credono...»

«Sei stata corrotta, figlia.» Pronunciò quell'ultima parola strattonandomi forte i capelli. Il dolore si irradiò sullo scalpo, ma non mi importava. Morgane doveva vedere. Doveva capire. «Temevo che andasse così. Ti hanno avvelenato la mente come hanno avvelenato la nostra terra.»

Mi fece sollevare la testa. «Guardale, Louise: guarda il tuo popolo.»

Fui costretta a osservare le streghe che ancora danzavano intorno a noi. Riconoscevo alcuni volti, altri no. Tutte mi fissavano con una gioia incontaminata. Morgane indicò un gruppo di sorelle con la pelle scura e le treccine. «Rosemund e Sacha: la loro madre è bruciata dopo aver fatto nascere il bambino podalico di un'aristocratica. Avevano sei e quattro anni.» Indicò una donna minuta dalla pelle olivastra con il volto mezzo sfigurato da cicatrici argentee. «Viera Beauchêne è fuggita il giorno in cui hanno cercato di bruciare lei e sua moglie, stavolta con l'acido, anziché con le fiamme. Un esperimento.» Ne indicò un'altra. «Geneviève ha lasciato la nostra terra con le tre figlie per sposare un chierico, recidendo il loro legame con le nostre antenate. La figlia di mezzo si è ammalata poco dopo. Quando ha scongiurato il marito di tornare qui per curarla, lui ha rifiutato. La figlia è morta. Le altre due ora disprezzano la madre.»

Le sue dita mi strinsero il mento con tanta violenza da lasciare un livido. «Parlami ancora della loro tolleranza, Louise. Parlami ancora dei mostri che chiami amici. Parlami del tempo che hai trascorso con loro: di come sputi sulle sofferenze delle tue sorelle.»

«*Maman*, per favore.» Le lacrime mi scorrevano sulle guance. «So che ci hanno fatto del male – e so che li detesti – e ti capisco. Ma non puoi fare questo. Non possiamo cambiare il passato, però possiamo andare avanti e trovare la pace… insieme. Possiamo condividere questa terra. Non c'è bisogno che muoiano altre persone.»

Mi strinse il mento ancora più forte e si sporse verso il mio orecchio. «Tu sei debole, Louise, ma non temere. Non vacillerò. Non esiterò. Li farò soffrire come abbiamo sofferto noi.»

Mi lasciò andare, drizzandosi con un respiro profondo, e stramazzai sul pavimento del carro. «I Lyon malediranno il giorno in cui hanno rubato questa terra. I loro sudditi bruceranno sul rogo, e il re e i suoi figli si strozzeranno con il tuo sangue. Tuo marito si strozzerà con il tuo sangue.»

Dopo un attimo di confusione fui travolta da una disperazione assoluta, che cancellò ogni pensiero razionale. Quella era mia madre e quella era la sua gente. Quello era mio marito, e la sua gente. Ciascuna delle due parti era spregevole: una disgustosa anomalia di ciò che avrebbe dovuto essere. Ciascuna soffriva. Ciascuna era capace di grandi mali.

E poi c'ero io.

Il sale delle mie lacrime si mescolava al gelsomino nei miei capelli, due lati della stessa terribile medaglia. «E che ne sarà di me, *maman*? Mi hai mai voluto bene?»

Aggrottò la fronte, gli occhi più neri che verdi nell'oscurità. «Non è importante.»

«Lo è per me!»

«Allora sei una sciocca» disse fredda. «L'amore non è altro che una malattia. Questo tuo bisogno disperato di essere amata è una malattia. Vedo nel tuo sguardo come ti consuma, ti infiacchisce. Ha già corrotto il tuo spirito. Brami il suo amore come brami il mio, ma non avrai nessuno dei due. Hai scelto la tua strada.» Storse le labbra. «Certo che non ti voglio bene, Louise. Sei la figlia del mio nemico. Sei stata concepita per un fine più elevato, e non avvelenerò quell'obiettivo con l'amore. Con la tua nascita ho inferto un colpo alla Chiesa. Con la tua morte colpisco la corona. Entrambe cadranno presto.»

«*Maman…*»

«Basta.» A voce bassa, letale. Un avvertimento. «Presto arriveremo a Chateau.»

Non potendo sopportare la crudele indifferenza sul volto di Morgane, chiusi gli occhi, sconfitta. Ben presto me ne pentii. Dietro le palpebre si appostava un altro volto, che si prendeva gioco di me.

Non sei mia moglie.

Se quell'agonia era l'amore, forse mia madre aveva ragione. Forse stavo meglio senza.

Chateau le Blanc sorgeva in cima a una scogliera a picco sul mare. Fedele al suo nome, era un castello di pietra bianca che brillava come un faro al chiaro di luna. Lo guardai con nostalgia, seguendo con gli occhi le strette guglie che si mescolavano alle stelle. Lì – sul torrione occidentale più alto, che si affacciava su una spiaggia sassosa – c'era la mia cameretta da bambina. Il cuore mi balzò in gola.

Quando il carro si fermò cigolando ai cancelli, abbassai lo sguardo. Sull'antico portone era inciso lo stemma della famiglia Le Blanc: un corvo con tre occhi. Uno per la Dea Vergine, uno per la Madre e uno per la Vecchia.

Avevo sempre odiato quella brutta megera.

Mi assalì la paura appena il portone si richiuse dietro di noi con un tonfo che non ammetteva repliche. Il cortile era coperto di neve e immerso nel silenzio, ma sapevo che intorno si nascondevano le streghe. Sentivo addosso i loro occhi indagatori. L'aria stessa vibrava della loro presenza.

«Manon starà con te giorno e notte fino a Modraniht. Nel caso tu provassi a fuggire» mi ammonì Morgane, scrutandomi con occhi freddi e crudeli, «farò a pezzi il tuo chasseur e ti farò mangiare il suo cuore. Hai capito?»

La paura mi congelò la risposta sulla lingua.

Annuì. «Il tuo silenzio è d'oro, mia cara. Lo apprezzo sempre, nelle nostre conversazioni.» Rivolse l'attenzione a una nicchia fuori dal mio campo visivo e gridò qualcosa. Pochi secondi dopo arrivarono due donne con la gobba, che riconobbi vagamente. Le mie vecchie nutrici. «Accompagnatela alla sua stanza, per favore, e aiutate Manon a medicarle le ferite.»

Una delle due venne avanti e mi prese il viso tra le dita rugose. «Finalmente siete tornata, *maîtresse.* Abbiamo aspettato così a lungo.»

«Mancano solo tre giorni» miagolò l'altra, baciandomi la mano, «e poi potrete unirvi alla Dea nella Terra d'Estate.»

«Tre?» Guardai Morgane, allarmata.

«Sì, tesoro. Tre. Presto si compirà il tuo destino. Le nostre sorelle banchetteranno e danzeranno in tuo onore per l'eternità.»

Destino. Onore.

Detta così suonava bene, come se dovessi ricevere un premio favoloso con un bel fiocco rosso. Un risolino isterico mi sfuggì dalle labbra. Almeno il sangue sarebbe stato rosso.

Una delle nutrici piegò la testa di lato con aria preoccupata. «Stai bene?»

Mi rimaneva quel minimo di autoconsapevolezza necessario per sapere che di sicuro non stavo bene.

Tre giorni. Mi restavano soltanto quelli. Risi più forte.

«Louise.» Morgane schioccò le dita davanti al mio naso. «Che c'è di tanto divertente?»

Battei le palpebre e la risata cessò all'improvviso com'era cominciata. Di lì a tre giorni sarei morta. Morta. Il battito costante del mio cuore, l'aria fredda della notte sul viso: tutto avrebbe cessato di esistere. *Io* avrei cessato di esistere, almeno nel modo in cui esistevo ora. Con le lentiggini, gli occhi verdeazzurri e quel dolore terribile nella pancia.

«No.» Guardai il cielo limpido sopra di noi, dove le stelle si stendevano per l'eternità. E pensare che un tempo quel panorama mi era sembrato più bello di quello del Soleil et Lune. «Non c'è niente di divertente.»

Non avrei mai più riso con Coco. O preso in giro Ansel. O mangiato le brioche da Pan o scalato il Soleil et Lune per vedere sorgere il sole. C'erano albe nell'aldilà? Avrei avuto occhi per vederle?

Non lo sapevo, e questo mi spaventava. Distolsi lo sguardo, con le lacrime sulle ciglia.

Di lì a tre giorni mi sarei separata definitivamente da Reid. Appena l'anima avesse lasciato il corpo, saremmo stati divisi per sempre... perché ero certa che Reid non avrebbe potuto seguirmi nel luogo in cui andavo. Era quello a spaventarmi di più.

Dove andrai tu andrò anch'io; dove ti fermerai mi fermerò.

Ma non c'era posto per uno chasseur nella Terra d'Estate, e non c'era posto per una strega in paradiso. Sempre che quei due luoghi esistessero davvero.

La mia anima si sarebbe ricordata di lui? Una piccola parte di me pregava di no, ma il resto la pensava in maniera diversa. Lo amavo. Profondamente. Un amore simile non riguardava soltanto il cuore e la mente. Non era qualcosa da sentire e poi dimenticare, da poter toccare senza che ti toccasse a sua volta. No... quell'amore era qualcos'altro. Qualcosa di irrevocabile. Aveva a che fare con l'anima.

Sapevo che l'avrei ricordato. Avrei percepito la sua assenza anche dopo la morte, avrei desiderato la sua presenza in una forma che sarebbe stata impossibile. Era quello il mio destino: l'eterno tormento. Per quanto mi facesse male pensare a Reid, avrei accettato con gioia quel dolore pur di tenere con me almeno una piccola parte di lui. Il dolore significava che eravamo reali.

La morte non poteva portarmelo via. Lui era me. Le nostre anime erano legate. Anche se non mi voleva, anche se maledicevo il suo nome, eravamo una cosa sola.

Percepii due paia di braccia intorno a me, che mi portavano via. Non mi importava dove. Reid non sarebbe stato lì.

Eppure… ci sarebbe stato.

IL MESSAGGERO

Reid

«Sto congelando» si lamentò Beau.

Ci eravamo accampati in una pineta di vecchi alberi nodosi nella Forêt des Yeux. Le nubi coprivano la luce della luna e delle stelle. La nebbia ci si posava sulle giacche e sulle coperte. Pesante. Innaturale.

La neve mi aveva infradiciato i pantaloni. Scosso dai brividi, mi guardai intorno. Anche gli altri pativano gli effetti del freddo: Beau batteva i denti, Ansel aveva le labbra blu, la bocca di Coco era sporca di sangue di coniglio. Cercai di non guardare la carcassa ai suoi piedi. E fallii miseramente.

Lei si strinse nelle spalle. «Il loro sangue è più caldo del nostro.»

Ansel le si avvicinò; non riusciva a star fermo. «Usi... usi sempre il sangue animale per la magia?»

Lei lo guardò per un momento prima di rispondere. «Non sempre. Per diversi incantesimi servono additivi diversi. Come ogni Dame Blanche percepisce disegni unici, così ogni Dame Rouge percepisce additivi unici. I petali di lavanda possono indurre il sonno, ma anche il sangue di pipistrello o le amarene o un milione di altre cose. Dipende dalla strega.»

«Quindi...» Ansel batté le palpebre, confuso, e guardò con una smorfia di disgusto la carcassa del coniglio. «Quindi devi semplicemente mangiare le amarene? Oppure...»

Coco rise e si alzò la manica per mostrargli la ragnatela di cicatrici. «La mia magia vive dentro il mio sangue, Ansel. Le amarene sono soltanto amarene, senza di lei.» Aggrottò la fronte, come temendo di aver detto troppo. Ansel non era l'unico ad ascoltare attentamente. Madame Labelle e Beau pendevano dalle sue labbra, e – me ne vergogno – anch'io mi ero avvicinato. «Perché quest'interesse improvviso?»

Ansel distolse lo sguardo, arrossendo. «Volevo solo conoscerti meglio.» Però non riuscì a resistere, e pochi secondi dopo tornò a guardarla. «Ma... tutte le streghe di sangue ti somigliano?»

Lei inarcò un sopracciglio con aria divertita. «Se sono tutte bellezze mozzafiato, intendi?» Lui annuì, con gli occhi sbarrati, e lei ridacchiò. «Certo che no. Ce ne sono di ogni forma e colore, proprio come le Dames Blanches... e gli chasseur.» Si voltò verso di me, e io abbassai subito gli occhi.

Beau emise un altro gemito. «Non mi sento più le dita dei piedi.»

«Sì, ce l'hai già detto» sbottò Madame Labelle, e spostò verso di me il ceppo su cui era seduta. Con mio grande disappunto, mi era rimasta appiccicata per tutto il viaggio. Sembrava volermi mettere più a disagio possibile. «Varie volte, a essere sincera, ma sentiamo tutti freddo. Lamentarsi serve a poco.»

«Un fuoco aiuterebbe» borbottò lui.

«No» ripeté lei con fermezza. «Niente fuochi.»

Per quanto mi pesasse ammetterlo, aveva ragione. I fuochi portavano attenzioni indesiderate. In quel bosco si aggiravano creature malevole di ogni sorta. Un gatto nero e deforme aveva già iniziato a seguirci: un messaggero di sventura. Si teneva a distanza, ma la prima notte aveva fatto breccia nelle nostre provviste e si era mangiato quasi tutto.

Come in reazione a quel pensiero, lo stomaco di Ansel gorgogliò rumorosamente. Rassegnato, estrassi l'ultimo pezzo di formaggio e glielo lanciai. Lui aprì la bocca per protestare, però lo zittii. «Mangia e basta.»

Obbedì, e un silenzio depresso calò su tutta la compagnia. Era molto tardi, ma nessuno dormiva perché si gelava. Coco si avvicinò ad Ansel e gli offrì un lembo della sua coperta. Lui ci affondò le mani. Beau si accigliò.

«Siamo vicini, ormai» disse Madame Labelle, rivolta a nessuno in particolare. «Mancano pochi giorni.»

«Modraniht è fra tre giorni» osservò Beau. «Se non moriamo prima di fame o di freddo.»

«Ce la faremo per un pelo» ammise Madame Labelle.

«Stiamo sprecando tempo» dissi io. «Dobbiamo proseguire. Tanto non dorme nessuno.»

A poche ore dall'inizio del nostro viaggio, Madame Labelle aveva scoperto che due streghe ci seguivano. Sentinelle. Io e Coco ce ne eravamo sbarazzati facilmente, ma Madame Labelle aveva insistito per cambiare rotta.

«La strada è sorvegliata» aveva affermato in tono cupo. «Morgane non vuole sorprese.»

Madame Labelle guardò il gatto nero, che era riapparso e procedeva a zig-zag tra i pini. «No. Restiamo qui. Non è saggio muoversi in questi boschi di notte.»

Beau seguì i nostri sguardi. Strinse gli occhi e scattò in piedi. «Voglio ammazzare quel gatto.»

«Non lo farei, fossi in voi» lo ammonì Madame Labelle. Lui esitò, contrariato. «In questa foresta le cose non sono sempre come appaiono, Vostra Altezza.»

Beau si ributtò a terra sbuffando. «Smettila di chiamarmi così. Mi sto congelando le chiappe tanto quanto te. Non c'è niente di *alto* in questo...»

Tacque di colpo quando vide Coco sollevare la testa di scatto e fissare un punto dietro di me.

«Che c'è?» sussurrò Ansel.

Lei non gli rispose, spinse via la coperta e venne vicino a me. Mi rivolse uno sguardo ammonitore.

Mi alzai lentamente in piedi.

La foresta era silenziosa. Troppo silenziosa. Nella quiete ci giravano intorno spirali di nebbia... in attesa, di guardia. Ogni nervo del mio corpo formicolava. Mi avvertiva che non eravamo più soli. Un ramoscello si spezzò da qualche parte davanti a noi e io mi accovacciai, scostando un ramo per scrutare nell'oscurità. Coco imitò i miei gesti.

A poca distanza, scorgemmo uno squadrone di venti chasseur che marciavano in silenzio nella nebbia, con le Balisarde sguainate. Gli sguardi attenti, i muscoli tesi. Riconobbi subito i capelli corti e scuri dell'uomo al comando.

Jean Luc.

Quel bastardo.

Come se percepisse i nostri sguardi, girò gli occhi verso di noi. Ci ritraemmo precipitosamente. «Fermi» mormorò, e la sua voce si propagò ai miei confratelli in quella quiete innaturale. Si fermarono subito, e lui si avvicinò puntando la Balisarda nella nostra direzione. «C'è qualcosa laggiù.»

Tre chasseur si fecero avanti per controllare. Estrassi la mia Balisarda piano, senza far rumore, incerto su cosa farmene. Jean Luc non doveva sapere che eravamo lì. Avrebbe cercato di arrestarci, o peggio, ci avrebbe pedinati. Strinsi più forte il pugnale. Potevo davvero fare del male ai miei confratelli? Disarmarli era un conto, ma... erano troppi. Disarmarli non sarebbe bastato. Forse potevo distrarli abbastanza a lungo per lasciar fuggire gli altri.

Prima che potessi decidere, il gatto nero mi passò accanto, miagolando forte.

Merda. Io e Coco provammo ad acciuffarlo, ma lui sgusciò via e andò dritto verso gli chasseur. I tre davanti al gruppo si presero un bello spavento, però poi sghignazzarono e si chinarono a grattargli la testolina. «È solo un gatto, chasseur Toussaint.»

Jean Luc lo guardò zigzagare tra le loro caviglie, con aria sospettosa. «Nulla è solo *qualcosa* nella Forêt des Yeux.» Con un sospiro seccato, fece cenno agli chasseur di proseguire. «Chateau potrebbe essere vicino. Tenete gli occhi aperti, uomini, e i coltelli affilati.»

Aspettai diversi istanti prima di osare inspirare. Finché i loro passi non si furono persi nel silenzio. Finché la nebbia non aleggiò di nuovo indisturbata. «C'è mancato poco.»

Madame Labelle unì le punte delle dita e si sporse in avanti sul suo ceppo. Il gatto – il nostro inaspettato salvatore – le strofinò la testa sui piedi e lei lo accarezzò. «Direi piuttosto che c'è mancato troppo.»

«In che senso?»

«Non sappiamo cosa ci aspetta a Chateau, capitano Diggory. Essere in superiorità numerica ci renderebbe più forti...»

«No.» Non volevo sentire altro. Scossi la testa e tornai al mio posto accanto all'albero. «Uccideranno Lou.»

Adesso che il pericolo era passato, Ansel si strinse nella

coperta. «Non penso che l'arcivescovo glielo permetterebbe. È sua figlia.»

«E gli altri?» Ricordai il sorriso spaventoso di Jean Luc, il modo in cui i segreti che conosceva gli brillavano negli occhi. L'aveva detto ai nostri confratelli o se l'era tenuto per sé, soddisfatto del suo nuovo potere? Aspettava di rivelare le informazioni nel momento più conveniente per lui? «Se qualcuno sospetta che sia una strega, non esiterà. Potete garantirle l'incolumità?»

«Ma l'arcivescovo li ha avvertiti» obiettò Ansel. «Ha dichiarato che se lei moriva saremmo morti tutti. Nessuno si sarebbe arrischiato a farle del male, a quel punto.»

«A meno che non conoscano la verità.» Sfregandosi le braccia per il freddo, Coco si sedette accanto a lui. Ansel le offrì mezza coperta e lei se la avvolse intorno alle spalle. «Se Lou dovesse morire prima della cerimonia, non ci sarebbe alcuna cerimonia. Non ci sarebbe pericolo. La famiglia reale sarebbe salva, e una strega sarebbe morta. La ucciderebbero soltanto per sbarazzarsi del suo sangue.»

Madame Labelle fece un risolino di scherno. «Come se l'arcivescovo potesse mai macchiarsi della verità. Scommetto la mia bellezza che non ha detto loro che lei è una strega. Non dopo le Vecchie Sorelle. Le conseguenze lo condannerebbero... ma non importa. Auguste sarà costretto a rimproverarlo, in ogni caso, e sarà per questo che lui e la sua allegra brigata di bigotti sono venuti nella foresta così in fretta. Sta rimandando l'inevitabile.»

La ascoltai distrattamente. Il sorriso di Jean Luc mi tormentava. Era vicino. Troppo vicino.

Tenete gli occhi aperti, uomini, e i coltelli affilati.

Turbato, mi alzai e ricominciai a camminare avanti e indietro. Toccai uno dopo l'altro i coltelli nella mia bandoliera, la Balisarda sul cuore. «Jean Luc lo sa.»

«Non è il tuo migliore amico?» Coco mi studiò con aria interrogativa. «Davvero ucciderebbe la donna che ami?»

«Sì. No.» Scossi la testa, mi strofinai una mano gelida sulla nuca. Non trovavo pace. «Non lo so. Non rischierei, in ogni caso.»

Madame Labelle sospirò impaziente. «Non essere ostinato, caro. Saremo in forte inferiorità numerica senza di loro. Tra noi cinque riusciremo certamente a portare via Lou prima che questo Jean Luc possa toccarla...»

«No.» La zittii con un cenno. «Ho detto che non voglio rischiare. La conversazione finisce qui.»

Strinse gli occhi ma non aggiunse nulla. Saggiamente. Si chinò ad accarezzare il gatto e mormorò qualcosa sottovoce. La creatura si bloccò – quasi come in ascolto – prima di sgusciare via nella nebbia.

ALLA DERIVA

Lou

Mi svegliai con Manon che mi accarezzava i capelli. «Ciao, Louise.»

Cercai di scostarmi, ma il mio corpo non si mosse di un millimetro. Peggio ancora: vidi le stelle e il mondo mi girò intorno. Mi sforzai di inspirare a fondo e mi concentrai su una foglia dorata proprio sopra di me. Era uno dei tanti fiori metallici appesi al soffitto che frusciavano nella brezza. Nonostante la finestra aperta la stanza restava calda: ogni fiocco di neve che superava il davanzale si tramutava in polvere d'argento.

Un tempo l'avevo chiamata polvere di luna. Morgane me l'aveva regalata per un Samhain particolarmente freddo.

«Sta' attenta.» Manon mi posò sulla fronte un panno freddo. «Il tuo corpo è ancora debole. Morgane dice che non mangi come si deve da giorni.»

Le sue parole mi punzecchiarono la testa dolorante, accompagnate da una nuova ondata di nausea. Avrei preferito non mangiare mai più, pur di zittirla. Fissai la luce dorata che entrava lentamente dalla stanza. Era mattina, quindi. Restavano due giorni.

«Qualcosa non va?» chiese Manon.

«Se potessi muovermi ti vomiterei addosso.»

Schioccò la lingua con aria comprensiva. «Morgane sostiene che potresti avere una reazione avversa alla medicina. Non è fatta per un uso così prolungato.»

«È così che la chiamate? Medicina? È un nome interessante per un veleno.»

Non rispose, però un momento dopo mi agitò sotto il naso un muffin ai mirtilli. Chiusi gli occhi e cercai di trattenere un conato. «Va' via.»

«Devi mangiare, Lou.» Ignorando le mie proteste, si sedette sul letto e mi rivolse un sorriso incerto. «Ho fatto persino la crema di nocciole e cioccolata: con lo zucchero, stavolta, non quella che preparavo prima con il sale.»

Da bambine io e Manon adoravamo fare scherzi, di solito riguardanti il cibo. Il sale al posto dello zucchero nei biscotti. Le cipolle caramellate al posto delle mele. Il dentifricio al posto della glassa.

Non ricambiai il suo sorriso.

Sospirò e mi poggiò una mano sulla fronte. Tentai invano di tirarmi indietro e mi girò ancora più la testa. Mi concentrai di nuovo sulla foglia, provai a inspirare dal naso ed espirare dalla bocca. Come Reid quando voleva riprendere il controllo.

Reid.

Senza l'anello di Angelica non potevo proteggere nessuno. I Lyon sarebbero morti. La Chiesa sarebbe crollata. Le streghe avrebbero schiacciato il regno. Potevo soltanto sperare che Reid e Ansel sopravvivessero alle conseguenze. Forse Coco poteva aiutarli: potevano salpare e andare lontano da Belterra, dall'altra parte del mare, ad Amaris o a Lustere...

Io però sarei morta comunque. Mi ero più o meno rappacificata con l'idea durante la notte, mentre il castello dormiva. Anche se Morgane non mi avesse avvelenata – anche se non avesse piazzato delle guardie fuori dalla mia porta – non dubitavo che avrebbe mantenuto la promessa se in qualche modo fossi riuscita a fuggire. Mi salì la bile in gola al pensiero di assaggiare il sangue di Reid. Di dover mangiare il suo cuore. Chiusi gli occhi e rievocai il senso di calma che avevo provato quella notte.

Ero stanca di scappare. Stanca di nascondermi. Ero… stanca e basta.

Come se percepisse la mia agitazione, Manon alzò le mani in un invito. «Forse posso aiutarti con il dolore.»

In preda agli spasmi, la guardai in cagnesco per un istante prima di acconsentire. Chiusi gli occhi e lei iniziò a esaminare le mie ferite con gesti delicati. Dopo un attimo mi chiese: «Dove sei andata, quando sei fuggita da Chateau?».

Aprii gli occhi a malincuore. «A Cesarine.»

Con un movimento delle sue dita, il mal di testa e i crampi alla pancia si alleviarono un po'.

«E come hai fatto a restare nascosta? Dagli chasseur… da noi?»

«Ho venduto l'anima.»

Ansimò inorridita, portandosi una mano alla bocca. «Cosa?»

«Sono diventata una ladra, Manon. Mi nascondevo in teatri sporchi, rubavo da mangiare a fornai innocenti. Ho fatto cose brutte a persone buone. Ho ucciso. Ho mentito e ingannato e fumato e bevuto e sono persino andata a letto con una prostituta, una volta. Quindi, comunque vada, brucerò all'inferno lo stesso.»

Vedendo la sua espressione sbigottita, la rabbia mi montò nel petto. Accidenti a lei e ai suoi giudizi. Accidenti a lei e alle sue domande.

Non volevo parlare del passato. Non volevo ricordare. Quella vita – le cose che avevo fatto per sopravvivere, le persone che avevo amato e perduto – era finita. Come la mia vita a Chateau. Bruciata fino a lasciare soltanto cenere nera e ricordi ancor più neri.

«C'è altro?» chiesi con amarezza. «Prego, continuiamo pure a scambiare quattro chiacchiere. Siamo grandi amiche, in fondo. Vai sempre a letto con Madeleine? Come sta tua sorella? Immagino che sia ancora più bella di te.»

Appena finii di pronunciare quelle frasi, mi resi conto che erano le parole sbagliate da dire. La sua espressione si indurì. Lasciò ricadere le mani e inspirò di scatto come se l'avessi pugnalata. Il senso di colpa mi invase nonostante la collera. Maledizione. Maledizione.

«Non mi fraintendere» soggiunsi controvoglia. «È più bella anche di me...»

«È morta.»

La mia rabbia si congelò in un'oscura premonizione. Qualcosa di freddo.

«Gli chasseur l'hanno trovata l'anno scorso.» Manon giocherellò con un filo tirato della mia coperta. La sofferenza le inumidiva gli occhi. «L'arcivescovo era in visita ad Amandine. Fleur sapeva di dover stare attenta, ma... il suo amico al villaggio si era rotto un braccio. Lei l'ha guarito. Gli chasseur hanno sentito subito l'odore. Fleur è stata colta dal panico ed è scappata.»

Non riuscivo a respirare.

«L'hanno bruciata. A undici anni.» Scrollò la testa e abbassò le palpebre come per scacciare le immagini dalla mente. «Non sono riuscita a raggiungerla in tempo, e neanche nostra madre. Abbiamo pianto mentre il vento si portava via le sue ceneri.»

Undici anni. Arsa viva.

All'improvviso mi afferrò una mano, gli occhi pieni di lacrime. «Hai una possibilità di rimediare ai torti di questo mondo, Lou. Come puoi voltare le spalle a un'occasione del genere?»

«Quindi vorresti vedermi morire.» Le parole mi uscirono senza calore, vuote e inespressive come il baratro che avevo nel petto.

«Morirei mille volte per riavere indietro mia sorella» disse Manon con tono aspro. Dopo un sospiro sofferto riprese a parlare a voce molto più bassa. «Prenderei il tuo posto se potessi, *ma soeur*: chiunque di noi lo farebbe. Ma non possiamo. Devi essere tu.»

Le lacrime le rigarono le guance. «So che è troppo da chiedere. So che non ne ho il diritto, ma ti prego, Lou. Ti prego, non scappare ancora. Sei l'unica in grado di porre fine a tutto questo. Solo tu puoi salvarci. Promettimi che non tenterai la fuga.»

Guardai le sue lacrime. Sentii posarsi nel corpo una pesantezza che non aveva niente a che fare con le iniezioni. Mi premeva sul petto, il naso, la bocca… mi soffocava, mi trascinava giù, mi tentava con l'oblio. Con la resa. Con il riposo.

Dio, com'ero stanca.

Le parole mi uscirono di bocca da sole. «Lo prometto.»

«D-davvero?»

«Prometto.» Nonostante la pressione, il richiamo dell'oscurità, mi costrinsi a guardarla negli occhi. Vi brillava dentro una speranza così chiara e affilata che temevo potesse ferirmi. «Mi dispiace, Manon. Non ho mai voluto che qualcuno morisse. Quando… dopo che sarà successo… prometto che cercherò Fleur nell'aldilà, ovunque si trovi. E se la trovo, le racconterò quanto senti la sua mancanza. Quanto le vuoi bene.»

Ora piangeva più forte, e mi strinse le mani tra le sue. «Grazie, Lou. Grazie. Non dimenticherò mai quel che hai fatto per me. Per noi. Tutto questo dolore finirà presto.»

Tutto questo dolore finirà presto.

Volevo dormire.

Nei due giorni successivi mi abbandonai all'oscurità.

Ero stata pulita e lucidata alla perfezione, mi avevano cancellato dal corpo ogni segno e ricordo degli ultimi due anni. Un cadavere impeccabile. Le mie nutrici arrivavano ogni mattina all'alba per aiutare Manon a lavarmi e vestirmi, ma ogni giorno parlavano di meno.

«Sta morendo sotto i nostri occhi» aveva mormorato una di loro alla fine, non potendo più ignorare il vuoto nei miei occhi, il pallore mortale della mia pelle. Manon l'aveva scacciata dalla stanza.

Probabilmente era vero. Mi sentivo più connessa con Estelle e Fleur che non con Manon e le nutrici. Avevo già un piede nell'oltretomba. Anche il dolore alla testa e allo stomaco si era smorzato – c'era ancora, ma… lontano. Come se esistesse in maniera separata da me.

«È ora di vestirsi, Lou.» Manon mi accarezzò i capelli e mi osservò con grande turbamento. Non tentai di ritrarmi al suo tocco. Non battei ciglio. Continuai a fissare il soffitto. «Stanotte è la notte.»

Mi spogliò e mi lavò in fretta, ma senza guardarmi davvero. Ero emaciata. Uno scheletro vivente.

Poi Manon mi infilò nell'abito bianco cerimoniale scelto

da Morgane. Identico a quello che avevo indossato al mio sedicesimo compleanno.

«Mi sono sempre chiesta...» Manon deglutì a fatica, guardandomi la gola, «come sei riuscita a scappare la volta scorsa.»

«Ho rinunciato alla vita.»

«Ma... non è vero. Hai continuato a vivere.»

«Ho rinunciato alla vita» ripetei, con voce lenta e letargica. «Non avevo intenzione di tornare in questo posto.» Le rivolsi un'occhiata veloce e poi tornai a osservare la polvere di luna sul davanzale. «Di rivedere mai più te o mia madre o chiunque altro qui dentro.»

«Hai trovato una scappatoia.» Accennò una risatina. «Splendido. La tua vita simbolica in cambio di quella fisica.»

«Non ti preoccupare.» Pronunciai quelle parole con uno sforzo estremo. Mi rotolarono lungo la lingua – spesse, pesanti, velenose – lasciandomi esausta. Manon mi fece sdraiare sui cuscini. Chiusi gli occhi. «Non funzionerà, stavolta.»

«Perché no?»

«Non posso rinunciare a lui.»

Posò lo sguardo sul mio anello di madreperla con aria interrogativa, però io non dissi nulla. Sentii che qualcuno bussava alla porta, ma era un suono che veniva da lontano.

Passi. Una porta che si apriva. E si chiudeva.

«Louise?» domandò Manon, incerta. «La nostra Signora chiede di vederti nei suoi appartamenti.»

Quando non risposi, si mise il mio braccio intorno a una spalla e mi tirò su dal letto.

«Posso accompagnarti soltanto fino all'anticamera» bisbigliò. Le mie sorelle si ritrassero sorprese vedendoci avanzare in corridoio. Le più giovani allungavano il collo per guardarmi meglio. «A quanto pare hai una visita.»

Una visita? La mia mente visualizzò subito immagini sfocate di Reid legato e imbavagliato. L'orrore nel mio petto sembrava smorzato, però. Non più doloroso come prima. Era troppo tardi.

O così pensavo.

Perché quando Manon mi lasciò accasciata nell'anticamera di Morgane – mentre si apriva la porta verso gli appartamenti – il mio cuore ricominciò a battere appena vidi cosa c'era dentro.

Chi c'era dentro.

Non c'era Reid legato e imbavagliato sul divano di mia madre.

C'era l'arcivescovo.

La porta si chiuse sbattendo alle mie spalle.

«Ciao, tesoro.» Morgane si sedette accanto a lui e gli passò un dito sulla guancia. «Come stai, oggi pomeriggio?»

Lo fissai, senza riuscire a udire altro che i battiti impazziti del mio cuore. Gli occhi dell'arcivescovo – azzurri come i miei, ma più scuri – erano dilatati per il panico. Da un taglio sulla guancia uscivano gocce di sangue che inzuppavano il bavaglio.

Osservai meglio. Il bavaglio era stato strappato dalla manica della tonaca. Morgane l'aveva letteralmente zittito con il suo abito talare.

In un altro momento, in un'altra vita, forse avrei riso della spiacevole situazione in cui l'arcivescovo si era andato a cacciare. Avrei riso fino ad avere male alla pancia e a farmi girare la testa. Ma quello era prima. Ora la testa mi girava per un altro motivo. Non c'era niente da ridere lì. Dubitavo che avrei mai più riso.

«Vieni, Louise.» Morgane si alzò e mi prese tra le braccia, facendomi inoltrare nella stanza. «Sembri stanchissima. Scaldati al fuoco.»

Mi depositò accanto all'arcivescovo sul divanetto stinto e si accomodò di fianco a me. Dovemmo stringerci per starci in tre in quello spazio angusto, e si creò una disgustosa intimità. Senza badare al mio disagio, Morgane mi cinse le spalle con un braccio e mi fece posare la testa sulla sua spalla. L'eucalipto mi annebbiò i sensi. «Manon dice che non mangi. Sei molto cattiva.»

«Non morirò di fame prima del tramonto.»

«No, effettivamente hai ragione. Però mi spiace vederti così sofferente, tesoro. Dispiace a tutte noi.»

Non dissi nulla. Mi sforzai di trovare rifugio in quella piacevole oscurità, ma la gamba dell'arcivescovo era troppo pesante contro la mia. Troppo reale. Un'ancora che mi imprigionava lì.

«Abbiamo scoperto quest'uomo spregevole stamattina presto.» Morgane lo scrutò con palese soddisfazione. «Si aggirava per la Forêt des Yeux. È stato fortunato a non affogare nell'Eau Mélancolique. Devo ammettere che sono un po' delusa.»

«Non… non capisco.»

«Davvero? A me sembra ovvio. Cercava te, naturalmente. Ma si è allontanato un po' troppo dalla sua allegra combriccola di chasseur.» Non osavo sperare, però a quella rivelazione il mio cuore saltò un battito. Mia madre sfoderò un sorriso crudele. «Il tuo non era tra di loro, Louise. A quanto pare se ne lava le mani di te.»

Fu meno doloroso di quanto avessi immaginato… forse perché l'avevo previsto. Era ovvio che Reid non li avesse accompagnati. Mi auguravo che lui, Coco e Ansel fossero al sicuro in mare, il più lontano possibile dalla morte che aleggiava lì.

Morgane guardò attentamente la mia reazione. Insoddisfatta del mio volto inespressivo, indicò l'arcivescovo. «Devo ucciderlo? Ti farebbe piacere?»

Gli occhi dell'arcivescovo si rivolsero verso di me, invece il resto del suo corpo rimase immobile. In attesa.

Lo fissai. Un tempo avevo augurato a quell'uomo la fine più dolorosa possibile. Per tutte le streghe che aveva arso, lo meritava. Per Fleur. Per Vivienne. Per Rosemund e Sacha e Viera e Geneviève.

Adesso Morgane me la serviva su un piatto d'argento, eppure…

«No.»

L'arcivescovo sgranò gli occhi e sul volto di Morgane si disegnò un sorriso malevolo. Come se si fosse aspettata quella risposta. Come un gatto che esamina un topo particolarmente succoso. «Interessante. Prima parlavi di tolleranza, Louise. Per favore, fammi vedere.» Con un rapido cenno della mano rimosse il bavaglio dell'arcivescovo, che ansimò. Poi ci scrutò entrambi con un'espressione fervente. «Chiedigli qualsiasi cosa.»

Chiedigli qualsiasi cosa.

Quando non dissi nulla, mi accarezzò un ginocchio per incoraggiarmi. «Forza. Avrai qualche domanda, no? Saresti sciocca se non ne avessi. Questa è la tua occasione. Non ne avrai un'altra. Io rispetto la tua richiesta di non ucciderlo, ma altri non la rispetteranno. Sarà il primo a bruciare appena ci riprenderemo Belterra.»

Il suo sorriso concluse la frase. *Ma allora tu sarai già morta.*

Lentamente mi girai a guardarlo.

Non eravamo mai stati seduti tanto vicini. Non avevo mai visto le pagliuzze verdi nei suoi occhi, le lentiggini quasi invisibili sul naso. I miei occhi. Le mie lentiggini. Centinaia di domande mi riempirono la testa. *Perché non me l'hai detto? Perché non mi hai uccisa? Come hai potuto fare quelle cose orribili, come hai potuto uccidere bambine innocenti? Madri, sorelle e figlie?* Tuttavia conoscevo già le risposte a quelle domande, e invece me ne affiorò un'altra alle labbra.

«Mi odi?»

Morgane sghignazzò e batté le mani divertita. «Oh, Louise! Non sei pronta ad ascoltare la risposta a quella domanda, tesoro. Ma la sentirai lo stesso.» Infilò un dito nel taglio sulla guancia dell'arcivescovo, che si ritrasse con una smorfia. «Rispondile.»

Abbastanza vicina per veder passare ogni emozione sul suo viso, aspettai che parlasse. Mi dissi che in ogni caso non mi importava, e forse era vero: perché la guerra che infuriava nei suoi occhi era anche la mia. Lo detestavo. Avevo bisogno che espiasse i suoi orribili crimini – il suo livore, il dolore che aveva provocato – eppure una piccola parte di me, una parte istintiva, non riusciva ad augurargli il male.

La sua bocca iniziò a muoversi, eppure non uscì alcun suono. Mi sporsi in avanti, controvoglia, e la sua voce si levò fino a un bisbiglio e la cadenza cambiò, come se stesse recitando qualcosa. Un versetto. Mi si strinse il cuore.

«"Quando sarai entrato nel paese che il Signore tuo Dio sta per darti, non imparerai a commettere gli abomini delle nazioni che vi abitano. Non si trovi in mezzo a te chi immola, facendoli passare per il fuoco, il suo figlio o la sua figlia, né chi esercita la divinazione o il sortilegio o l'augurio o… la magia."»

I suoi occhi si posarono su di me, colmi di vergogna e rimpianto. «"Perché chiunque fa queste cose è in abominio al Signore; a causa di questi abomini, il Signore tuo Dio sta per scacciare quelle nazioni davanti a te."»

Avevo un groppo in gola. Lo deglutii, mentre Morgane ricominciava a ridere.

Certo che non ti voglio bene, Louise. Sei la figlia del mio nemico. Sei stata concepita per un fine più elevato, e non avvelenerò quell'obiettivo con l'amore.

Abominio. Il Signore tuo Dio sta per scacciare quelle nazioni davanti a te.

Non sei mia moglie.

«Ma...» riprese l'arcivescovo, con una nuova risolutezza nella voce, «"se poi qualcuno non si prende cura dei suoi cari, soprattutto di quelli della sua famiglia, costui ha rinnegato la fede ed è peggiore di un infedele."»

Una lacrima mi rigò la guancia.

Nel vederla, Morgane rise più forte. «È davvero commovente. Sembra che siano tutti infedeli, non ti pare, Louise? Prima tuo marito, adesso tuo padre. Nessuno ti ha dato altro che dolore. Dov'è questa tolleranza di cui parlavi?»

Tacque, aspettando una risposta da uno dei due. Poiché la risposta non arrivò, scattò in piedi e la delusione le asciugò il sorriso dalle labbra. «Mi stupisco di te, Louise. Mi immaginavo che combattessi di più.»

«Non mendicherò il suo affetto, né la sua vita.»

Sbuffò. «Non la sua, intendevo quella del tuo prezioso chasseur.»

La guardai perplessa. Un nuovo pensiero bussò con urgenza nella mia testa. C'era qualcosa che mi stava sfuggendo. Un'informazione cruciale che però non riuscivo a ricordare. «Non mi aspettavo... che mi seguisse, se è questo che intendi.»

Nei suoi occhi brillò una scintilla malevola. «No, non è questo.»

Quel qualcosa di vago bussò più forte, insistente. «Allora cosa...?»

Mi sentii sbiancare. Reid.

Le parole di Morgane riemersero dalla nebbia della mia mente. Tra il dolore, la rabbia e la disperazione, non mi ero fermata a considerare il loro significato.

I Lyon malediranno il giorno in cui hanno rubato questa terra. I loro sudditi bruceranno sul rogo, e il re e i suoi figli si strozzeranno con il tuo sangue. Tuo marito si strozzerà con il tuo sangue.

Ma intendeva...

«So che ti ho promesso che ti avrei permesso di appiccare il fuoco alla sua pira.» La voce languida di Morgane mi fece perdere il filo dei pensieri. «Ma ho paura che non avrai questa possibilità. Il sangue del re scorre nelle vene del tuo chasseur.»

No. Chiusi gli occhi, concentrandomi sui respiri, ma li riaprii subito quando l'oscurità dietro le palpebre iniziò a vorticare. Facendo appello a tutta la mia forza di volontà – no, anzi, alla pura disperazione – costrinsi all'azione i miei arti paralizzati. Protestarono contraendosi e formicolando mentre mi gettavo in avanti, verso le braccia aperte di Morgane, verso la promessa dell'anello di Angelica...

Mi strinse al petto in un abbraccio disgustoso. «Non temere, tesoro. Lo rivedrai presto.»

A un cenno della sua mano, tutto diventò nero.

FRATERNIZZARE CON IL NEMICO

Reid

A metà pomeriggio Madame Labelle indicò il cielo. «Chateau le Blanc è laggiù.» Seguimmo il suo dito fino alla montagna che si stagliava all'orizzonte, a un paio d'ore di cammino da lì. «Dovremmo arrivare in tempo per il banchetto.»

Dovevamo fidarci della sua parola. Nessuno di noi era in grado di vedere altro che alberi. Quando Beau lo disse brontolando, Madame Labelle fece spallucce e con gesti aggraziati tornò a sedersi sul suo tronco, giungendo le mani in grembo. «È la magia di Chateau, temo. Soltanto una Dame Blanche può vederlo finché non attraversiamo l'incantesimo.» Notando la perplessità di Beau, precisò: «Il ponte, naturalmente».

Lui aprì la bocca per rispondere, ma io smisi di ascoltare e mi allontanai dal nostro accampamento nascosto. Nella foresta, l'odore leggero della magia toccava ogni cosa. Però lì era meno intenso, si mescolava al sale e agli alberi. Come se fosse a casa sua. Chiusi gli occhi e inspirai a fondo. In lontananza si udiva il rumore del mare. Non avevo mai messo piede in quel posto, eppure mi sembrava familiare… come Lou.

La sua essenza pervadeva tutto: la luce del sole che filtrava tra i pini, il ruscello che scorreva accanto a noi nonostante il gelo. Persino il vento sembrava danzare, spargendo il suo profumo che mi placava i nervi come un balsamo.

Eccoti qui, pareva che dicesse. *Non credevo che saresti venuto.*

Ho promesso di amarti e proteggerti.

E io ho promesso di amarti e obbedirti. Siamo due bugiardi…

Aprii gli occhi, con un dolore al petto, e vidi Coco accanto a me. Guardava gli alberi come se anche lei stesse sostenendo una conversazione silenziosa.

«La percepisco qui.» Scrollò la testa, con aria nostalgica. «La conosco fin da bambina, eppure a volte… mi domando se la conosco davvero.»

Ero sorpreso. «Tu e Lou vi conoscevate da bambine?»

Puntò lo sguardo su di me, come per decidere che risposta darmi. Alla fine sospirò. «Ci siamo conosciute a sei anni. Io mi ero… allontanata dalla mia congrega. Io e mia zia… non andavamo molto d'accordo, e lei… be'…» Si interruppe. «Non importa. Lou mi ha trovata. Ha cercato di farmi ridere, ha intrecciato fiori nei miei capelli per farmi stare meglio. Quando finalmente ho smesso di piangere mi ha lanciato una torta in faccia.» Sorrise, ma solo per un istante. «Abbiamo tenuto segreta la nostra amicizia. Non l'ho detto neppure a mia zia. Non avrebbe approvato. Detesta Morgane e le Dames Blanches.»

«A quanto pare Lou ha l'abitudine di rendersi simpatica ai suoi nemici.»

Sembrava che Coco non mi avesse sentito. Ora stava guardando gli alberi, ma era evidente che non li vedeva davvero. «Non sapevo cosa stavano architettando le Dames Blanches. Lou non me l'ha mai detto. Non ha mai detto una parola, neanche una in tutti quegli anni. E poi un giorno è… sparita.» Aveva la gola serrata, chinò il capo e si guardò i piedi. «Se l'avessi saputo… le avrei fermate, in qualche modo. Ma non lo sapevo. Pensavo che fosse morta.»

Provai un bisogno inspiegabile di consolarla, però resistetti. Non era il momento di confortarla, era il momento di ascoltare.

«Ma l'hai trovata.»

Rise amaramente e alzò di nuovo la testa. «No, è stata lei a trovare me. A Cesarine. Senza Lou, ho deciso che avevo bisogno di stare un po' lontana dalla mia… la mia congrega, perciò… ho provato a fare la borseggiatrice nel Rione Est. Ero negata per quel mestiere» precisò. «I gendarmi mi hanno arrestata il secondo giorno. Lou è piovuta dal cielo e mi ha salvato le chiappe.» Si interruppe scuotendo il capo. «È stato come vedere un fantasma. Un fantasma con la gola sfregiata. La crosta si era appena staccata, ma la ferita era ancora molto brutta.» Tirò su la manica per mostrare le cicatrici. «Persino per me.»

Distolsi lo sguardo. Riuscivo a immaginarlo benissimo. La sua cicatrice d'argento mi apparve agli occhi della mente, immediatamente seguita dalla trachea squarciata di quella strega morta. Scacciai il ricordo, sentii risalire la bile.

«Volevo ucciderla» disse Coco. «O baciarla.»

Ridacchiai. «Ti capisco.»

«E anche dopo… dopo tutto quanto… non voleva ancora parlarne. A oggi, dopo due anni interi, non so cosa sia successo quella notte. Non so come abbia fatto a fuggire. Non so niente.» Una lacrima solitaria le scivolò lungo la guancia, ma la asciugò con un gesto rabbioso. «Si è tenuta tutto dentro.»

Finalmente si girò a guardarmi, con aria di supplica. Non sapevo bene cosa mi stesse chiedendo.

«Dobbiamo salvarla.» La brezza si alzò, scompigliandole i capelli. Chiuse gli occhi e offrì il viso al vento. Le tremava il mento. «Devo dirle che mi dispiace.»

«Per cosa?» domandai, perplesso.

Lou non mi aveva raccontato di aver litigato con Coco. Ma ora mi resi conto che non mi aveva detto molte cose. Era una persona estremamente riservata. I sorrisi, la risata facile, le battute e le volgarità e il sarcasmo: tutti meccanismi di difesa. Depistaggi. Per evitare che qualcuno la guardasse da troppo vicino. Compresa Coco.

Compreso me.

«Avrei dovuto essere lì quando Morgane ha sferrato l'attacco. Avrei dovuto aiutarla... proteggerla. Invece non c'ero. Neppure stavolta.» Aprì gli occhi di scatto e si rivolse a me con veemenza improvvisa. «Abbiamo litigato al tuo ballo. Le ho detto di non innamorarsi di te.»

Mi accigliai. «Perché?»

«Non è un segreto che gli chasseur uccidono le streghe. Non mi piaci, Diggory, e non mi sento in colpa per questo.» Esitò, parve lottare contro se stessa per un momento, poi emise un gran sospiro. «Ma persino io vedo che ci stai provando. Io e te siamo l'unica possibilità di salvezza per Lou. Credo che neppure lei riuscirebbe a evadere due volte da quel posto.»

«Non sottovalutarla.»

«Non la sottovaluto, sono realista» ribatté. «Tu non conosci le Dames Blanches come me. Sono fanatiche. Non si può sapere che genere di torture le avrà inflitto Morgane.»

L'ansia mi strinse lo stomaco come una morsa di piombo.

«Qualsiasi cosa accada» proseguì lei in tono determinato, «tirala fuori da lì. Io mi occuperò degli altri.» Si guardò alle spalle, dove Madame Labelle sedeva con Ansel e Beau.

«Madame Labelle non dovrebbe aver bisogno di molto aiuto, gli altri due invece saranno vulnerabili.»

«Ansel è addestrato a combattere.» Ma non suonavo convinto neppure alle mie orecchie. Quel ragazzo aveva sedici anni e non aveva mai combattuto fuori dal cortile della caserma.

«Anche Beau.» Alzò gli occhi al cielo. «Ma sarà il primo a pisciarsi addosso appena avrà di fronte la magia di una strega. Nessuno di loro può contare sulla protezione della tua Balisarda, e queste streghe non sono come Lou. Lei è fuori esercizio, nasconde la magia da anni. Quelle streghe sono abilissime e assetate del nostro sangue. Non esiteranno a ucciderci.»

Tutti continuavano a dire così. Tutti affermavano che Lou era debole. Ero sempre più a disagio. Non mi era sembrata debole quando mi aveva scaraventato contro la strega, quando mi aveva quasi spezzato la schiena e annodato gli arti come una bambola di pezza. Se quella era debolezza, allora le altre streghe dovevano essere potenti quanto Dio in persona.

Madame Labelle ci raggiunse a grandi falcate. «Di che bisbigliate voi due?»

Non volendo proseguire questa conversazione dolorosa, usai un trucco tipico di Lou e cambiai argomento. «Come possiamo elaborare una strategia, se non riusciamo a vedere le mura in cui dobbiamo fare breccia?»

Si ravviò i capelli dietro la spalla. «Caro ragazzo, ho già risposto a questa domanda almeno una dozzina di volte. Non dobbiamo fare breccia in nulla. Entreremo dal portone principale.»

«E io ho già detto a voi che non cambieremo i nostri volti.»

Madame Labelle lanciò un'occhiata ad Ansel e Beau fingendo nonchalance. «Troppo tardi.»

Con un gemito irritato – o forse rassegnato – seguii il suo sguardo. Dietro di noi erano seduti due giovani, che non conoscevo. Quando il più alto mi rivolse un sorriso imbarazzato, tuttavia, riconobbi Ansel. Aveva ancora il naso dritto e i capelli ricci – neri anziché castani – ma le somiglianze finivano lì. Anche Beau era completamente diverso. Restava solo il suo ghigno sprezzante.

Alzò le folte sopracciglia scure e mi chiese: «Che c'è, ti piace quel che vedi?».

«Sta' zitto» sibilò Ansel. «Vuoi che ci sentano le streghe?»

«Non c'è da preoccuparsi, caro» disse Madame Labelle. «Ho evocato una bolla protettiva per il momento. D'ora in poi cessiamo di esistere.»

Tornò a me. La guardai come se le fosse spuntata un'altra testa. «Ora, caro, lascia che te lo spieghi per l'ultima volta: non possiamo sperare di entrare a Chateau nella maniera che dici tu, scalare le mura o qualsiasi altra sciocchezza che hai in testa... semplicemente perché non funzionerebbe. L'intero castello è protetto da un incantesimo millenario che lo mette al riparo da simili tentativi, e d'altronde è proprio questo che Morgane si aspetta da voialtre *têtes carrées*. La forza bruta. Una dimostrazione di potere. Faremmo solo il suo gioco. E finiremmo tra i suoi artigli.»

Beau si avvicinò. «Ha davvero gli artigli?» Provai una soddisfazione feroce nel vedere che Madame Labelle gli aveva appioppato un naso a patata e un porro sul mento.

«In che modo cambiare faccia ci aiuterà a entrare?» domandò Coco, ignorandolo.

«Siamo troppo riconoscibili, così come siamo.» Madame Labelle indicò me e Beau. «Soprattutto voi due.»

«Perché lui?» chiese Beau, perplesso.

«È alto due metri e cinque e ha i capelli rossi» rispose Madame Labelle. «E come se non bastasse, ha acquisito una certa notorietà per aver ucciso Estelle, oltre che per aver macchiato l'onore della loro preziosa principessa. Le streghe avranno sentito parlare di lui.»

Macchiato l'onore della loro preziosa principessa. Ogni parola era una pugnalata al petto, ma mi costrinsi a concentrarmi. «Gli uomini non possono entrare a Chateau, perciò, a meno che non pensi di trasformarci tutti in donne...»

«Non la tentare» borbottò Beau.

Madame Labelle ridacchiò e mi diede un buffetto sul gomito. «Per quanto suoni divertente, Reid caro, gli uomini possono entrare a Chateau in qualità di consorti, in particolare durante le festività come Modraniht. Ogni strega presente sarà a braccetto con un amico speciale. Non preoccuparti» aggiunse poi rivolta a Coco. «Molte streghe preferiscono la compagnia femminile. A dire il vero sarà più facile far entrare te che questi bruti.»

«Lo so. Nel caso te ne fossi dimenticata, sono una strega anch'io.» Coco incrociò le braccia e fulminò Madame Labelle con un'occhiataccia. «Ma ti aspetti che bussiamo alla porta principale e chiediamo se ci sono streghe disponibili per la serata?»

«Certo che no. Un mucchio di streghe disponibili in questo momento sta attraversando questo bosco.» Indicò tra gli alberi, dove ne era appena apparso un trio. Giovani. Snelle. Facce da bambola, capelli scuri e pelle ambrata. Ridevano allegre, ignare di essere osservate. «Ma dobbiamo sbrigarci. Non siamo gli unici pretendenti che si aggirano per la montagna, oggi.»

Come in risposta, un giovanotto allampanato si avvicinò alle ragazze e donò loro un bouquet di fiori invernali. Le streghe fecero un risolino dopodiché, liete e crudeli, gli voltarono le spalle e se ne andarono.

«Oh, cielo.» Madame Labelle guardò il ragazzo gettare il mazzo a terra. «Quasi mi dispiace per quel poveretto. Dovrà sforzarsi ben di più per accalappiare una strega. Abbiamo un gusto impeccabile, noi.»

Beau sbottò scandalizzato: «E come dovrei fare io ad accalappiarne una, se ho la faccia di un rospo?».

«Grazie ai tuoi bellissimi amici, naturalmente.»

Madame Labelle strizzò l'occhio e, più in fretta di quanto avrei creduto possibile, mi sfilò la Balisarda dalla bandoliera. Quando mi avventai su di lei mi puntò un dito addosso, e una strana sensazione si diffuse dal centro del viso verso l'esterno: come se mi avessero rotto un uovo sul naso. Mi immobilizzai, sorpreso. La sensazione si estese alle guance, agli occhi, alla bocca. Ma mentre iniziava a scendere lungo il collo mi lanciai in avanti, serrando le labbra contro la magia.

«Ci siamo quasi» disse allegra Madame Labelle, allontanandosi a passo di danza. Gli altri assistettero alla mia trasformazione con grande interesse.

Dopo aver coperto anche le punte dei miei capelli, la magia svanì. Calò il silenzio, e io espirai l'aria che avevo trattenuto. «Allora?»

«È un'ingiustizia, porca miseria» disse Beau.

I miei capelli erano diventati neri. Avevo un'ombra di barba sulle guance. Non potevo vedere il resto dei cambiamenti, ma l'angolazione del mondo appariva diversa. Come se mi fossi... ristretto. Strinsi i denti e ripresi la Balisarda da Madame Labelle, la rinfoderai e mi avviai a lunghi passi verso le streghe.

«Aspetta, aspetta!» gridò lei. Mi girai controvoglia e la vidi con la mano distesa. «Ridammela.»

«Non penso proprio.»

Agitò la mano con insistenza. «Tu forse pensi che quei tuoi stuzzicadenti siano stati forgiati nell'acqua santa, ma io so come stanno davvero le cose. La Spada di Balisarda è stata plasmata nella stessa acqua dell'anello di Angelica. Nell'Eau Mélancolique. Da una strega.»

«No. È stata forgiata da san Costantino...»

«È stata forgiata dall'amante di san Costantino, Angelica» ribatté impaziente Madame Labelle. «Accettalo. Fattene una ragione.»

«Come lo sapete?»

«La magia lascia sempre una traccia. Solo perché non riusciamo a sentirne l'odore sulle vostre Balisarde o sull'anello di Angelica, non significa che una strega astuta non sappia riconoscerlo; e Morgane è una strega astuta. Davvero vuoi rischiare che ci scopra?»

Riportai le dita sulla bandoliera, stringendo l'impugnatura con lo zaffiro che era all'altezza del cuore. Accarezzai la superficie liscia, sentii il suo peso rassicurante. Le nostre Balisarde non potevano essere magiche. Ci proteggevano dalla magia. Ma ogni altra verità nella mia vita si era rivelata una bugia. Perché non quella?

Sguainai la lama e alzai al cielo uno sguardo avvilito.

«Vi aspettate che entriamo a Chateau le Blanc completamente disarmati?» chiese incredulo Beau.

«No. Prendete tutte le armi non magiche che volete. Ma lasciate qui la Balisarda.» Sfoggiò un sorriso dolce. «Possiamo venire a recuperarla quando avremo salvato Louise.»

«Siete pazza...» Beau si interruppe, sorpreso, nel vedere che posavo la mia Balisarda sul palmo di Madame Labelle.

Senza un'altra parola mi girai e mi diressi verso le streghe.

Appena mi videro proruppero in una serie di squittii incomprensibili.

«Quegli zigomi sono affilati come lame!» trillò una di loro. A voce alta. Come se non fossi lì. No, anzi: come se fossi una mucca al mercato, incapace di comprendere ciò che dicevano. Cercai di non assumere un'espressione offesa, ma non ci riuscii.

«Oh, guarda le sue ciglia» sospirò la seconda. Ebbe il coraggio di venire da me e toccarmi la faccia. Mi costrinsi a restare fermo. A non spezzarle il polso. «Hai una sorella, bellezza?»

«Lui è mio» disse subito la terza, scacciando la mano della seconda. «Non lo toccare!»

«Sono la maggiore» le interruppe la prima. «Quindi mi spetta la prima scelta!»

Dietro di me Ansel e Beau sghignazzavano in silenzio. Avrei voluto sbattergli le teste una contro l'altra e maledire Madame Labelle per avermeli messi accanto.

Adottai il tono di voce più cordiale di cui fossi capace. «*Mademoiselles*, posso presentarvi i miei fratelli?» Li trascinai in avanti per il colletto, spegnendo i loro sorrisi. «Questo è Antoine.» Spinsi Ansel verso una a caso di loro. Poi agguantai Beau. «E questo è Burke.»

La strega che avevo assegnato a Beau storse il naso. Madame Labelle si era impietosita e gli aveva tolto il porro, ma restava senza dubbio il meno attraente di noi. Imperterrito – o soltanto stupido – sfoderò un sorriso raggiante, rivelando un ampio spazio tra gli incisivi superiori. La strega indietreggiò disgustata.

La prima strega mi prese a braccetto e cercò di tirarmi a sé. «E tu come ti chiami, bellezza?»

«Raoul.»

Mi accarezzò i bicipiti. «Piacere di conoscerti, Raoul. Io sono Elaina. Sei mai stato a Chateau?»

Mi sforzai di mantenere un'aria interessata e cortese. «No, però ho sentito dire che è molto bello.»

«Come le sue abitanti.» Beau gli strizzò l'occhio malizioso. Tutti lo ignorarono.

«Ti piacerà tantissimo!» La strega accanto ad Ansel spintonò la sorella per afferrare l'altro mio braccio. «Io sono Élodie, a proposito. Sei proprio sicuro di non avere una sorella?» Sbirciò dietro di me, speranzosa.

«Ehi!» protestò la terza strega quando si accorse che non avevo un terzo braccio.

«Lei è Elinor» affermò Elaina, sprezzante. «Ma ha ragione Élodie: non avresti potuto scegliere una serata migliore per offrire i tuoi servizi. Stanotte è Modraniht e domani è Mezz'inverno. La nostra Signora ha organizzato una grande festa, quest'anno...»

«E noi siamo venute fin da Sully per celebrare...» disse Élodie.

«... perché Louise è finalmente tornata!» finì Elinor. Prese Ansel a braccetto e ci seguì tra gli alberi.

Il mio cuore si fermò, i miei piedi inciamparono. Due paia di mani mi sorressero.

«Ti senti bene?» chiese Elaina.

«Mi sembri pallido» soggiunse Élodie.

«Chi è Louise?» domandò Beau, scoccandomi un'occhiata carica di significato.

Elinor storse il naso. «Louise le Blanc. Figlia ed erede della Dame des Sorcières. Sei scemo, per caso?»

«A quanto pare.» Beau le guardò con un'espressione perplessa. «Quindi, *mademoiselles*, cos'ha in programma la nostra bella Signora per questa sera? Cibo? Danze? Potremo conoscere l'adorabile Louise?»

«Tu no» ribatté Elinor. «Tu non vieni.»

Mi bloccai di scatto. «Dove vado io viene anche lui.»

Elaina mi fece il broncio. «Ma nessuna di noi lo vuole.»

«Se volete me, viene anche lui.» Mi tirai indietro e lei arricciò le labbra. Mi rimproverai mentalmente. «Per favore.» Le ravviai una ciocca di capelli neri dietro le orecchie e tentai di sorridere. «È mio fratello.»

Piegò la testa verso la mia mano, l'aria accigliata si sciolse in un sospiro. «Be', se insisti.»

Riprendemmo a camminare. Ansel si schiarì la voce. «Be', quindi? Cosa possiamo aspettarci dalla serata?»

Elinor fece un sorrisetto. «Non devi essere nervoso, Antoine. Mi occuperò io di te.»

Ansel divenne paonazzo. «No, non è... intendevo...»

Elinor rise e si strinse a lui. «Ci saranno i soliti doni e sacrifici minori. Nostra madre è mancata qualche anno fa, quindi onoreremo la nostra Signora a nome suo.»

«E la Dea, naturalmente» precisò Élodie.

«E poi...» disse Elaina, con entusiasmo, «dopo il banchetto e le danze, a mezzanotte Morgane farà il suo sacrificio alla Dea.»

Mezzanotte. Mi sentii come intorpidito. «Il suo sacrificio?»

Elaina si sporse verso di me con aria complice. «Sua figlia. È una cosa terribile, ma che ci vuoi fare. Stasera si farà la storia, e io e te la vedremo con i nostri occhi.»

Élodie ed Elinor protestarono per l'esclusione, ma io non le udii. Iniziarono a ronzarmi le orecchie e le mani si strinsero a pugno. Beau mi colpì il tallone. Inciampai, staccandomi dal braccio della strega, e mi girai verso di lui.

«Scusa, Raoul.» Beau si strinse nelle spalle e sorrise, ma nei suoi occhi c'era un avvertimento. «Dovrei saper controllare i miei piedi, eh?»

Trassi un respiro per calmarmi. Poi un altro. Mi obbligai ad aprire i pugni.

Uno.

Due.

Tre…

«Ehi, guardate!» Elinor indicò alla nostra sinistra. Un gruppetto di persone spuntò dal folto degli alberi. «Sono Ivette e Sabine! Oooh, non le vediamo da quando eravamo streghette!»

Elaina ed Élodie squittirono di gioia e trascinarono me e Ansel verso le nuove arrivate. Beau ci seguì.

A un esame attento, riconobbi Coco al braccio di una delle nuove arrivate. Quindi restava da ritrovare soltanto Madame Labelle. Appena Coco mi scoccò un'occhiata furtiva e preoccupata annuii per dirle che capivo.

«Tenete la bocca chiusa e gli occhi aperti» ci aveva ammoniti Madame Labelle. «Vi troverò dentro.»

Istruzioni vaghe, insoddisfacenti. Nessun'altra spiegazione. Nessun piano di emergenza. Eravamo uno chasseur, un iniziato, un principe di casa Lyon e una strega di sangue che entravano alla cieca a Chateau le Blanc. Lou non sarebbe stata l'unica a morire quella sera se le cose fossero andate a rotoli.

Elaina mi presentò alle amiche e poi mi prese per mano e posò la testa sul mio braccio. Snudai i denti in un sorriso, sognando di avere accanto Lou al posto suo.

Lou, viva e piena di energia. Che mi dava un buffetto

sul naso e mi insultava affettuosamente. Immaginai il suo viso. Mi ci aggrappai.

Era l'unico modo per andare avanti senza strozzare qualcuno.

Élodie guardò con interesse una delle donne accanto a Coco e mi accarezzò la guancia. «Scusa, carino. Se tu avessi avuto una sorella...»

Se ne andò senza voltarsi, e Ansel prese a camminarmi accanto. Mentre le ragazze chiacchieravano, mi diede di gomito e accennò con il capo davanti a noi, dove gli alberi si diradavano. «Guarda.»

Davanti a noi si stendeva un ponte. Incredibilmente lungo. Di legno. Leggendario. Al di sopra, sulla vetta della montagna, torreggiava Chateau le Blanc.

Eravamo arrivati.

MODRANIHT

Reid

C'erano streghe dappertutto.

Mi si mozzò il fiato quando la folla mi sospinse nel cortile innevato. C'era così tanta gente che non si riusciva quasi a camminare. Ovunque mi girassi mi scontravo con qualcuno. C'erano megere e bambine e donne di ogni età, forma e colore: tutte con gli occhi accesi di entusiasmo. Tutte con le guance arrossate. Tutte che ridevano. Tutte intente a cantare le lodi della dea pagana.

Una donna dai capelli scuri mi raggiunse correndo tra la gente e si alzò in punta di piedi per baciarmi sulla guancia. «Buon incontro!» ridacchiò prima di perdersi di nuovo nella calca.

Poi arrivò un'anziana strega decrepita con un cestino di rametti e foglie. La scrutai sospettoso, ricordando la vecchia del mercato, ma lei si limitò a posarmi in testa una corona di ginepro e gracchiò una benedizione. Le bambine si rincorrevano urlando e facevano slalom tra le mie gambe. Piedi nudi e facce sporche. Nastri tra i capelli.

Era il caos.

Elaina ed Elinor – che avevano abbandonato Ansel dopo aver visto che Élodie aveva fatto il salto di qualità – mi tirarono in direzioni opposte, entrambe decise a presentarmi a tutte quelle che conoscevano. Non mi presi la briga di ricordare i loro nomi. Un mese prima le avrei volute tutte morte. Ora mi si apriva una strana voragine nello stomaco mentre le salutavo. Quelle donne – con i loro bei sorrisi e i visi radiosi – volevano Lou morta. Erano lì per celebrare la sua morte.

I festeggiamenti divennero presto intollerabili. Come anche il puzzo intenso della magia, che non avevo mai sentito tanto forte e concentrato.

Mi staccai da Elaina con un sorriso tirato. «Devo andare in bagno.»

Cercai con gli occhi Madame Labelle, ma non sapevo quale forma avesse assunto, e neppure se fosse già entrata.

«Non puoi!» Elaina mi strinse più forte. Il sole era calato dietro il castello, allungando le ombre nel cortile. «Sta per cominciare il banchetto!»

In quel momento, infatti, le streghe iniziarono a muoversi verso le porte come rispondendo a un richiamo silenzioso. Forse era proprio così: se mi concentravo riuscivo quasi a percepire quel sussurro sulla pelle. Rabbrividii.

«Ma certo» dissi, puntando i piedi mentre lei tentava di tirarmi avanti. «Posso aspettare.»

Ansel e Beau mi restarono vicini. Coco era stata trascinata via appena avevamo attraversato il ponte, e da allora non l'avevo più rivista. La sua assenza mi metteva a disagio.

Per tenersi al passo con me, Beau si fece largo sgomitando una strega in evidente sovrappeso. «La nostra Signora sarà presente al banchetto?»

«Scusi tanto.» La donna si vendicò con una gomitata che quasi lo buttò a terra. Prima di ritrovare l'equilibrio, Beau finì per sbattere contro di me.

«Buon Dio.» Guardò la larga schiena della strega che spingeva un portone di pietra. Sopra era scolpita una complessa rappresentazione della luna crescente, piena e calante.

«Penso che abbiate sbagliato divinità» borbottai.

«Vieni o no?» Elinor mi trascinò oltre la scultura e fui costretto a seguirla.

Il salone era enorme e antico – ancora più grande della cattedrale di Saint-Cécile – con i soffitti a volta e grandi travi coperte di neve e foglie, come se il cortile si fosse esteso fin lì. I rampicanti entravano dalle finestre ad arco. Sulle pareti brillava il ghiaccio. Lunghi tavoli di legno correvano per tutta la lunghezza della sala, addobbati con muschio e candele accese. Migliaia di candele, che gettavano una luce fioca sulle streghe. Nessuna si era ancora seduta. Tutte guardavano la parte opposta del salone con grande attenzione. Seguii i loro sguardi. L'aria intorno a noi sembrò fermarsi.

Lì, su un trono di ramoscelli, sedeva Morgane le Blanc.

E accanto a lei – con gli occhi chiusi e le membra flaccide – galleggiava Lou.

Quando la osservai, emisi di colpo un doloroso sospiro. Erano trascorse soltanto due settimane, ma era scheletrica e sembrava malata. I folti capelli erano più corti e legati in trecce ordinate, le lentiggini erano sparite. La pelle, un tempo dorata, adesso appariva bianca. Un pallore mortale.

Morgane l'aveva sospesa a mezz'aria, in posizione supina con il corpo arcuato fin quasi a piegarsi in due. Le dita dei piedi e delle mani sfioravano il pavimento della pedana del trono. La testa ciondolava all'indietro, facendo estendere il lungo collo sottile ed esponendo la gola agli occhi di tutti. La cicatrice, in bella vista.

Sentii esplodere in me una rabbia nuova, mai provata prima.

Si prendevano gioco di lei.

Di mia moglie.

Due paia di mani mi agguantarono per il retro della giacca, ma non erano necessarie. Ero come paralizzato, con gli occhi fissi sulla sagoma inerte di Lou.

Elinor si alzò in punta di piedi per guardare meglio. Ridacchiava. «Me la ricordavo più carina.»

«Però guarda quant'è magra» commentò Elaina.

Mi girai verso di loro. Lentamente. Le mani sulla mia schiena strinsero la presa.

«Calma» bisbigliò Beau sopra la mia spalla. «Non ancora.»

Trassi un respiro profondo. *Non ancora*, ripetei a me stesso. *Non ancora non ancora non ancora.*

«Che vi prende, a voi tre?» La voce di Elaina risuonò troppo squillante nel silenzio della sala. Stridula e sgradevole.

Prima che potessimo rispondere, Morgane si alzò dal trono. I mormorii si spensero all'istante. Ci sorrise con l'aria di una madre che contempla il figlio preferito.

«Sorelle!» Sollevò le mani in un gesto di supplica. «Siate benedette!»

«Sii benedetta» risposero in coro le streghe. Una gioia estatica illuminava i loro volti. La mia collera fu subito stemperata dalla preoccupazione. Dov'era Madame Labelle?

Morgane scese un gradino dalla pedana rialzata. Guardai impotente Lou che le galleggiava dietro. «Siano benedetti i tuoi piedi» gridò Morgane, «che ti hanno portata fin qui!»

«Siano benedetti!» Le streghe batterono le mani e i piedi in totale abbandono. La paura mi risalì lungo la schiena.

Morgane avanzò di un altro passo. «Siano benedette le tue ginocchia, che si piegheranno davanti all'altare sacro!»

«Siano benedette!» La strega grassa aveva il viso rigato di lacrime. Beau la guardava affascinato, ma lei non se ne accorse. Nessuno se ne accorse.

Un altro passo. «Benedetto sia il tuo ventre, senza il quale non esisteremmo!»

«Sia benedetto!»

Morgane scese l'ultimo gradino. «Sia benedetto il tuo seno, plasmato nella bellezza!»

«Sia benedetto!»

Allargò le braccia e reclinò il capo all'indietro, gonfiando il petto. «E siano benedette le tue labbra, che pronunceranno i Nomi Sacri degli dèi!»

Le grida delle streghe crebbero fino a un clamore assordante. «Siano benedette!»

Morgane abbassò le braccia e le streghe si calmarono.

«Benvenute, sorelle, e gioioso Modraniht!» Sfoggiò di nuovo quel sorriso indulgente e si spostò a capotavola del tavolo centrale. «Avvicinatevi, per favore, e mangiate e bevete a volontà! Perché stasera festeggiamo!»

Le streghe esultarono e si precipitarono a contendersi le sedie più vicine a lei.

«I consorti non possono sedere ai tavoli» annunciò Elaina prima di correre dietro la sorella. «*Va-t'en!* Va' a metterti lungo la parete con gli altri!»

Fui travolto dal sollievo. Ci unimmo rapidamente agli altri consorti lungo il muro di fondo.

Beau ci fece cenno di raggiungere una delle finestre. «Qui. Tutto quest'incenso mi sta dando il mal di testa.»

Da quella posizione potevamo vedere bene Morgane, che stava facendo portare il cibo in tavola con un cenno pigro della mano. Ben presto il tintinnio delle posate si unì alle risate che riecheggiavano nel salone. Una consorte accanto a noi si girò e disse, con voce piena di meraviglia: «È quasi troppo bella da guardare, La Dame des Sorcières».

«Allora non la guardare» sbottai.

La ragazza batté le palpebre, sorpresa, e si affrettò ad allontanarsi.

Riportai l'attenzione su Morgane. Non somigliava affatto ai disegni che avevo visto nella Torre degli Chasseur. Era una bella donna, sì, ma anche fredda e crudele, come il ghiaccio. Non c'era traccia in lei del calore di Lou. Non c'era traccia di Lou, e basta. Erano il giorno e la notte, l'inverno e l'estate, eppure... c'era qualcosa di simile nella loro espressione. Nel mento. Un'aria determinata. Entrambe credevano di poter piegare il mondo alla loro volontà.

Ma Lou era stata così in passato. Adesso invece galleggiava in aria accanto a Morgane come se dormisse. Accanto a lei c'era una strega alta, dalla pelle color ebano, con ramoscelli d'agrifoglio intrecciati fra i capelli neri.

«Una Cosette dei poveri» mormorò una voce accanto a me. Coco. Scrutava Lou e la strega nera con un'espressione indecifrabile.

Una piccola mano mi toccò il braccio attraverso la finestra. Mi girai di scatto.

«Non ti voltare!»

Mi bloccai, ma non prima di aver intravisto dei capelli biondo fragola e gli occhi azzurri e pericolosamente familiari di Madame Labelle.

«Avete la vostra faccia.» Cercai di muovere le labbra il meno possibile. Io e Coco indietreggiammo lentamente fino ad appoggiarci al davanzale. Ansel e Beau si piazzarono ai lati, nascondendo Madame Labelle. «Perché non siete camuffata? Dove siete stata?»

Sbuffò irritata. «Anche i miei poteri hanno dei limiti. Tra l'incantesimo protettivo che ho lanciato sul nostro accampamento e il lavoro per trasformare i vostri volti – oltre a mantenere quelle trasformazioni – ho esaurito le energie. Sono riuscita solo a schiarirmi i capelli, quindi non posso entrare. Sono troppo riconoscibile.»

«Di che state parlando?» sibilò Coco. «Lou non doveva mai mantenere i disegni d'oro, in infermeria. Li... li faceva e basta.»

«Volevi quindi che ti modificassi la faccia in via definitiva?» Madame Labelle la trapassò con un'occhiata. «Per carità, sarebbe stato molto più facile per me lasciarvi in eterno con la faccia da cretini debosciati...»

Avvampai. «Lou ha praticato la magia in chiesa?»

«Allora, qual è il piano?» si affrettò a bisbigliare Ansel.

Mi costrinsi a guardare i tavoli. La cena stava per finire. La musica proveniva da qualche parte all'esterno. Alcune streghe si erano già alzate per tornare dai rispettivi consorti. Elaina ed Elinor mi avrebbero raggiunto presto.

«Il piano è aspettare il mio segnale» disse in tono severo Madame Labelle. «Ho organizzato tutto.»

«Cosa?» Resistetti alla tentazione di girarmi e strozzarla. Non era il tempo né il luogo per dare istruzioni vaghe e inutili. Era il momento di essere concisi. Di agire. «Cosa avete organizzato? Quale segnale?»

«Non c'è tempo di spiegare, ma lo saprete quando lo vedrete. Aspettano fuori...»

«Chi?»

Smisi di parlare all'istante quando Elinor ci venne incontro a passo rapido.

«Ah!» gridò trionfante. L'alito le odorava di vino. Aveva le guance arrossate. «Sono arrivata prima di lei! Quindi mi spetta il primo ballo!»

Puntai i piedi per non farmi trascinare via, ma appena voltai la testa per guardarmi alle spalle, Madame Labelle era sparita.

Ballai con Elinor nella radura senza vederla. C'era voluto un quarto d'ora per raggiungere quel luogo innaturale, nascosto all'ombra della montagna. La stessa fitta foschia della Forêt des Yeux aleggiava anche lì, vicina al terreno. Ci vorticava intorno alle gambe mentre danzavamo, al ritmo della melodia. Mi sembrava quasi di vederci dentro gli spiriti delle streghe dell'antichità.

Le rovine diroccate di un tempio sorgevano al centro della radura, aperte al cielo della notte. Morgane sedeva lì con Lou, ancora priva di sensi, per assistere ai sacrifici minori. Un altare di pietra accanto a loro brillava candido al chiaro di luna.

La mia mente e il mio corpo erano in guerra tra loro. La prima gridava di aspettare Madame Labelle. Il secondo moriva dalla voglia di lanciarsi tra Lou e Morgane. Non riuscivo più a guardare quel corpo esanime. Guardarla galleggiare in aria come se fosse già uno spirito della nebbia.

E Morgane... mai prima di quel giorno avevo desiderato tanto uccidere una strega, affondarle un coltello nella gola e tagliarle la testa pallida. Non avevo bisogno della Balisarda per ucciderla. Avrebbe sanguinato anche senza.

Non ancora. Aspetta il segnale.

Se solo Madame Labelle ci avesse detto cos'era il segnale.

La musica risuonava senza sosta, ma non c'erano suonatori in vista. Elinor mi cedette controvoglia a Elaina e io persi la cognizione del tempo. Persi la cognizione di tutto tranne che del battito concitato del mio cuore, dell'aria fredda sulla pelle. Quanto ancora dovevo aspettare, secondo Madame Labelle? Dov'era finita? Chi stava aspettando?

Troppe domande e poche risposte. E ancora nessuna traccia di Madame Labelle.

Il panico cedette presto il posto alla disperazione mentre veniva uccisa l'ultima pecora e le streghe iniziavano a presentare altri doni a Morgane. Statuette intagliate nel legno. Fasci di erbe. Gioielli di ematite.

Morgane le guardava posare ciascun dono ai suoi piedi senza proferir parola. Accarezzava distrattamente i capelli di Lou. La strega dalla pelle color ebano si avvicinò, proveniente dall'interno del tempio. Non riuscii a sentire cosa si dicevano, ma Morgane si illuminò in volto. Osservai la strega rientrare nel tempio ed ebbi un brutto presentimento.

Se rendeva felice Morgane, non poteva essere positivo per noi.

Elaina ed Elinor si allontanarono per andare a mettere i loro doni sul mucchio. Allungai il collo in cerca di qualcosa di strano, qualcosa che si potesse interpretare come un segnale, ma non c'era niente.

Ansel e Coco mi raggiunsero; il loro disagio era palpabile. «Non possiamo aspettare ancora molto» ansimò Ansel. «È quasi mezzanotte.»

Annuii, ricordando il sorriso malvagio di Morgane. Stava per accadere qualcosa. Non potevamo più permetterci di restare in attesa. Che Madame Labelle desse il segnale o meno, era giunto il momento di agire. Mi rivolsi a Coco. «Ci serve una distrazione. Qualcosa che distolga l'attenzione di Morgane da Lou.»

«Qualcosa come una strega di sangue?» chiese lei, in tono cupo.

Ansel aprì la bocca per protestare, ma lo interruppi. «Sarà pericoloso.»

Con un gesto del pollice, Coco si ferì il polso. Sgorgò sangue scuro e un odore acre, amaro si diffuse nell'aria dolce. «Non preoccupatevi per me.» Si girò e sparì perdendosi nella foschia.

Controllai la bandoliera di coltelli che portavo sotto la giacca, tentando di non dare nell'occhio. «Ansel… prima che facciamo questa cosa… voglio solo dirti che…» Mi interruppi, la gola serrata. «… che mi dispiace. Nella Torre. Non avrei dovuto toccarti.»

Batté le palpebre, sorpreso. «Non importa, Reid. Eri arrabbiato…»

«Importa, invece.» Tossii imbarazzato. «Ehm… quali armi hai?»

Prima che potesse rispondermi, la musica cessò di colpo e sulla radura piombò il silenzio. Tutti gli occhi si girarono verso il tempio. Guardai inorridito Morgane che si alzava, i suoi occhi che brillavano illuminati da una perfida scintilla.

Ecco, ci siamo, pensai. Il tempo era davvero scaduto.

Seguii le streghe che si avvicinavano a lei come falene richiamate da una fiamma. Strinsi uno dei coltelli sotto la giacca e mi spostai verso le prime file. Ansel mi seguì a distanza ravvicinata, subito imitato da Beau.

Bene, così potevano proteggersi a vicenda. Ma se avessi fallito, sarebbero morti comunque.

Morgane era l'obiettivo.

Una lama nel petto l'avrebbe distratta altrettanto bene di come poteva farlo Coco. Se avevo fortuna l'avrei uccisa.

Altrimenti, avrei almeno guadagnato abbastanza tempo per prendere Lou e fuggire. Pregai che gli altri riuscissero a uscire senza essere catturati.

«Molte di voi hanno viaggiato a lungo per venire a rendere omaggio in questo Modraniht.» Morgane parlava a voce bassa, ma si udiva benissimo nel silenzio della radura. Le streghe attendevano con il fiato sospeso. «La vostra presenza mi onora. I vostri doni mi lusingano. La vostra gioia di stasera ha rinfrancato il mio spirito.» Scrutò con attenzione ogni volto, e sembrò indugiare sul mio prima di passare a quello accanto. Espirai piano.

«Ma sapete che questa serata non è dedicata solo ai festeggiamenti» proseguì, a voce ancora più bassa. «In questa notte onoriamo le nostre matriarche. È una notte dedicata alla preghiera, in cui celebriamo la Dea: colei che porta la luce e l'oscurità, che infonde la vita e dà la morte. Che è l'unica vera Madre di tutte noi.» Un'altra pausa, più lunga. «Nostra Madre è adirata.» L'angoscia sul suo viso riuscì quasi a convincere anche me. «Le sue figlie soffrono per mano degli uomini. Siamo braccate.» Alzò progressivamente la voce. «Siamo state bruciate. Abbiamo perso sorelle, madri e figlie per il loro odio e la loro paura.»

Le streghe cominciarono ad agitarsi. Strinsi più forte il coltello.

«Stanotte» esclamò con veemenza, levando le braccia al cielo, «la Dea risponderà alle nostre preghiere!»

Poi di colpo abbassò le braccia e Lou – che ancora fluttuava, ancora priva di sensi – si inclinò in avanti. I piedi penzolarono sospesi sopra il pavimento del tempio. «Con il sacrificio di mia figlia, la Dea porrà fine alla nostra oppressione!» Giunse le mani e Lou alzò la testa di scatto.

Sentii una nausea improvvisa. «Con la sua morte forgeremo tutte una nuova vita!»

Le streghe batterono i piedi e gridarono.

«Ma prima...» cantilenò, appena udibile. «Un dono per mia figlia.»

E con un ultimo gesto secco, finalmente Lou aprì gli occhi.

Esitai giusto il tempo di vedere quegli occhi verde-azzurri – così belli, e vivi – sbarrarsi per lo stupore. Poi mi lanciai in avanti.

Ansel mi afferrò per le braccia con forza sorprendente. «Reid.»

A quel tono vacillai. Un istante dopo capii: la strega dalla pelle d'ebano era riapparsa e stava trascinando fuori dal tempio un'altra donna priva di sensi e immobilizzata. Una donna dai capelli biondo fragola, con penetranti occhi azzurri che cercavano disperati tra la folla.

Mi fermai di scatto. Non riuscii più a muovermi.

Mia madre.

«Guardate questa donna!» gridò Morgane sopra il vociare improvviso. «Guardate Helene, la traditrice!» Afferrò Madame Labelle per i capelli e la scaraventò giù dai gradini del tempio. «Questa donna – un tempo nostra sorella, un tempo il mio cuore – cospira con il re degli umani. Ha partorito il suo bastardo.» Urla scandalizzate squarciarono l'aria. «Stasera è stata sorpresa a tentare di introdursi a Chateau. Progettava di rubare il dono prezioso di nostra Madre togliendo personalmente la vita a mia figlia. Vorrebbe che bruciassimo tutte sotto il re tiranno!»

Le grida divennero assordanti e negli occhi di Morgane si illuminò una scintilla di trionfo mentre scendeva le scale. Mentre estraeva dalla cintura un pugnale affilatissimo.

«Louise le Blanc, figlia ed erede della Dame des Sorcières, ti renderò onore con la sua morte.»

«No!» Il corpo di Lou fu scosso dagli spasmi, mentre si sforzava con tutto il suo essere di muoversi. Le lacrime rigarono le guance di Madame Labelle.

Mi divincolai con forza dalla presa di Ansel e mi gettai in avanti, tuffandomi verso i gradini del tempio – nel tentativo disperato di raggiungerle, di salvare le due donne di cui avevo più bisogno – proprio nell'istante in cui Morgane affondava il pugnale nel petto di mia madre.

IL DISEGNO

Reid

«NO!» Caddi in ginocchio davanti al suo cadavere, le strappai il pugnale dal petto, tentai di tamponare l'emorragia. Ma sapevo già che era troppo tardi. Ero arrivato tardi. C'era troppo sangue, era una ferita mortale. Interruppi quei disperati tentativi e le presi la mano. I suoi occhi non si staccarono mai dal mio viso. Ci guardammo con avidità, come se in quel breve istante potessero esserne contenuti mille altri.

Lei che stringeva un dito grassoccio. Lei che medicava un ginocchio sbucciato. Lei che rideva quando avevo baciato Célie per la prima volta, e mi diceva che non l'avevo fatto nel modo giusto.

Poi l'attimo finì. Il formicolio freddo della sua magia abbandonò il mio viso. Il suo respiro esitò, i suoi occhi si chiusero.

Una lama mi toccò la gola.

«Alzati» ordinò Morgane.

Scattai verso l'alto, le afferrai il polso e lo spezzai con facilità, con un piacere selvaggio. Lei strillò, lasciò cadere il pugnale, ma non mi fermai. Mi scagliai su di lei. Cinsi con la mano libera il suo collo, stringendo finché non sentii cedere la trachea, e scalciai il coltello giù per le scale verso Ansel…

L'altra sua mano mi affondò sullo stomaco, cogliendomi di sorpresa, e lacci invisibili si avvolsero intorno al mio corpo, bloccandomi le mani lungo i fianchi. Le mie gambe si irrigidirono. Mi colpì di nuovo e stramazzai a terra, dibattendomi per tentare di liberarmi dai lacci. Però più lottavo, più loro si stringevano. Mi penetravano nella pelle, mi facevano sanguinare...

«Madre, smettila!» Lou ebbe un altro spasmo, tremò per lo sforzo di raggiungermi, ma il suo corpo restò sospeso. «Non fargli del male!»

Morgane non le diede retta. Sembrava tastare l'aria in cerca di qualcosa. Girò gli occhi sulla folla, come per seguire quel qualcosa. Con uno strattone violento, due persone barcollarono in avanti. Mi si mozzò il fiato. Morgane tirò più forte e Ansel e Beau caddero sui gradini del tempio, lottando contro lacci invisibili come i miei. I loro volti erano tornati normali.

«I suoi complici!» Una scintilla di follia accese gli occhi di Morgane, e le streghe scatenarono la sete di sangue – batterono i piedi, gridarono – tentando di convergere verso il tempio. La magia mi saettò davanti al naso. Ansel urlò quando un incantesimo gli ferì la guancia. «I figli e gli chasseur del re! Saranno testimoni del nostro trionfo! Ci guarderanno liberare il mondo dalla casata dei Lyon!»

Agitò la mano sana e Lou atterrò con violenza sull'altare. Le streghe gridarono la loro approvazione. Mi gettai in avanti. Rotolai, artigliai e scivolai verso Lou con ogni briciolo di energia che mi restava. I lacci che mi stringevano si tesero allo spasimo.

«La natura esige equilibrio!» Morgane corse a raccogliere il pugnale dalle scale. Quando parlò, la sua voce era scesa a un timbro disumano, che riecheggiava moltiplicato come se migliaia di streghe cominciassero attraverso di lei. «Louise le Blanc, il tuo sangue è il prezzo.» L'incantesimo si propagò nel tempio, bruciandomi il naso e annebbiandomi la mente. Digrignai i denti. Mi costrinsi a vedere attraverso la magia, attraverso di lei.

Beau si accasciò all'istante. Gli si velarono gli occhi, mentre la pelle di Morgane cominciava a brillare. Soltanto Ansel continuava a lottare, ma ben presto dovette desistere.

«Che riempia la coppa di Lyon, perché chiunque ne beve senza dubbio morirà.» Morgane camminò lentamente verso Lou, i capelli mossi da un vento inesistente. «E così dice la profezia: l'agnello divorerà il leone.»

Obbligò Lou a sdraiarsi a pancia in giù. La tirò indietro per la treccia facendole allungare il collo sopra il bacile dell'altare. Gli occhi di Lou cercarono i miei. «Ti amo» bisbigliò. Nessuna lacrima macchiava il suo bel viso. «Ti ricorderò.»

«Lou...» Era un suono strozzato, disperato. Una supplica e una preghiera. Mi strappai i legacci. Un dolore acuto mi squassò il corpo nell'istante in cui riuscii a liberare un braccio. Lo distesi verso l'esterno, arrivando a pochi centimetri dall'altare, ma non bastava. Guardai come al rallentatore Morgane che sollevava il pugnale. Sulla lama riluceva ancora il sangue di mia madre.

Lou chiuse gli occhi.

No.

Si udì un urlo lacerante e Coco saltò alla gola di Morgane.

Il coltello affondò nella carne tra il collo e la spalla. Morgane gridò, tentò di scrollarsela di dosso, però Coco restò aggrappata, spinse più a fondo la lama. Cercò di portarsi alle labbra il sangue di Morgane, che sgranò gli occhi: aveva capito, ed era in preda al panico.

Passò un intero secondo prima che mi rendessi conto che l'assalto di Coco aveva fatto svanire i lacci che mi legavano. Balzai in piedi e coprii con un unico passo la distanza che mi separava da Lou.

«No!» gridò appena tentai di prenderla in braccio. «Aiuta Coco! Aiuta lei!»

Qualunque cosa accada, porta fuori Lou.

«Lou...» dissi a denti stretti, ma un grido lacerante mi zittì. Mi voltai mentre Coco collassava a terra. Non si rialzò.

«Coco!» urlò Lou.

Fu il caos. Le streghe si riversarono in avanti, ma Ansel si alzò per andar loro incontro: una figura sola contro centinaia. Vidi con terrore che Beau lo seguiva, ma senza brandire un'arma. Si tolse la giacca e gli stivali e si guardò intorno cercando qualcuno. Quando gli cadde lo sguardo sulla strega grassa che avevamo visto nell'atrio, la indicò e si mise a strillare: «Liddy la Tettona!».

La strega strabuzzò gli occhi, intanto che Beau si sfilava i pantaloni e iniziava a cantare a squarciagola: «*Liddy la Tettona non era una bellezza, ma aveva un petto grosso come una fortezza*».

Le streghe più vicine a lui – tra cui Elinor ed Elaina – si raggelarono. Lo stupore stemperò la loro rabbia, nel frattempo Beau si tolse la camicia e continuò: «*Gli uomini impazzivano per il suo bianco scollo, ma lei non lo sapeva...*».

Morgane snudò i denti e si girò verso di lui, sanguinando copiosamente da una spalla. Era la distrazione di cui avevo bisogno. Prima che potesse alzare le mani, ero già su di lei. Le premetti il coltello sulla gola.

«Reid!» Era la voce che meno mi aspettavo di udire, l'unica voce al mondo che avrebbe potuto farmi esitare in quel momento. Ma esitai.

Era la voce dell'arcivescovo.

Morgane fece per girarsi, ma io conficcai la lama più in profondità. «Muovi le mani, ti sfido.»

«Avrei dovuto affogarti in mare» ringhiò lei, e le sue mani si fermarono.

Lentamente, con cautela, mi voltai. La strega dalla pelle d'ebano era tornata, e davanti a lei levitava l'arcivescovo, immobilizzato e con gli occhi sbarrati per il panico e... per qualcos'altro. Qualcosa di urgente. «Reid.» Boccheggiava. «Non ascoltarle. Qualsiasi cosa accada, qualsiasi cosa dicano...»

La strega dalla pelle d'ebano ringhiò, e le parole dell'arcivescovo si persero in un grido.

Mi scivolò la mano e Morgane sibilò quando il sangue le colò sul collo. La strega dalla pelle d'ebano si avvicinò. «Lasciala andare, o lui muore.»

«Manon» la supplicò Lou. «Non lo fare. Ti prego...»

«Taci, Lou.» Nei suoi occhi c'era una luce folle, irrazionale.

L'arcivescovo continuava a urlare. Le vene sottopelle gli si scurirono, come le unghie e la lingua. Lo osservai inorridito.

Non vidi muoversi le mani di Morgane finché non si strinsero intorno ai miei polsi. Un bruciore intollerabile mi sciolse la pelle e il coltello cadde a terra.

Lei lo raccolse, senza darmi il tempo di reagire, e si lanciò verso Lou.

«NO!» Il grido mi proruppe dal profondo – animalesco, disperato – ma lei aveva già sollevato il pugnale e colpito, e la gola di Lou era completamente squarciata.

Smisi di respirare. Un ruggito orribile mi riempì le orecchie e crollai: si aprì un baratro gigantesco mentre Lou ansimava e boccheggiava, e il suo sangue colava nel bacile. Si dimenava, finalmente libera dalla forza che l'aveva paralizzata... ma subito dopo si bloccò. Batté le palpebre una volta... e poi le chiuse.

Mi mancò la terra sotto i piedi. Urla e passi rimbombavano in lontananza, ma non li sentivo davvero. Non ci vedevo neanche più. C'era solo oscurità: quel terribile vuoto nel mondo dove avrebbe dovuto trovarsi Lou e invece adesso non c'era più. Lo fissai, gli chiesi di prendere anche me.

Lo fece. Precipitai giù, giù, giù nel buio con lei, eppure... non c'era. Era andata. Restava soltanto un guscio rotto e un mare di sangue.

E io... ero solo.

Dalle tenebre prese forma una singola corda d'oro, che usciva dal petto di Lou e andava verso l'arcivescovo, pulsando come con l'eco di un cuore. A ogni battito la luce era più fioca. La fissai per un secondo. Capii cos'era come sapevo riconoscere il suono della mia voce, il mio riflesso nello specchio. Familiare, eppure estraneo. Atteso, eppure sorprendente. Qualcosa che aveva sempre fatto parte di me, ma che non avevo mai conosciuto davvero.

In quell'oscurità, qualcosa si risvegliò dentro di me.

Non esitai, non pensai. Con gesti rapidi estrassi un secondo coltello dalla bandoliera e superai di corsa Morgane. Lei sollevò le mani, e il fuoco le uscì dalla punta delle dita, ma non sentii le fiamme. La luce dorata mi si avvolse intorno alla pelle, proteggendomi. Però i miei pensieri si sparsero ovunque, la mente smarrì la forza che il corpo aveva accumulato. Barcollai, ma la corda d'oro tracciava il mio cammino. Scavalcai l'altare per seguirla.

L'arcivescovo aprì gli occhi di scatto appena intuì la mia

intenzione. Gli sfuggì un flebile gemito di supplica, prima che gli cadessi addosso.

Prima che gli affondassi il coltello nel cuore.

Una vita per una vita. Un amore per un amore.

L'arcivescovo aveva ancora gli occhi sbarrati, l'espressione confusa, quando si accasciò tra le mie braccia.

La luce dorata si disperse e il mondo riacquisì contorni netti. Le grida aumentarono di volume. Fissavo inebetito il cadavere dell'arcivescovo, finché il grido di rabbia di Morgane mi indusse a girarmi. Mi diede speranza. Gli occhi mi si riempirono di lacrime di sollievo.

Lou era ancora pallida, ancora immobile, ma lo squarcio sulla gola si stava chiudendo. Il petto si alzava e si abbassava.

Era viva.

Con un grido brutale, Morgane levò il coltello per riaprire la ferita, però una freccia fendette l'aria e si conficcò nel suo petto. Ricominciò a gridare, ruotò furiosamente su se stessa, ma riconobbi subito la freccia dalla punta blu.

Gli chasseur.

Condotti da Jean Luc, si riversarono a decine nella radura. Le streghe strillarono, colte dal panico, e si sparpagliarono in tutte le direzioni, ma altri confratelli aspettavano tra gli alberi. Non ebbero pietà, abbatterono donne e bambine senza esitazione. I cadaveri cadevano nella foschia e scomparivano. Un grido disumano si alzò dalla terra stessa, in risposta, e ben presto cominciarono a svanire anche gli chasseur.

La furia deformava i lineamenti di Jean Luc mentre incoccava un'altra freccia e correva verso il tempio. Però i suoi occhi non fissavano più Morgane: fissavano me. Troppo tardi mi accorsi che stringevo ancora in mano il coltello che spuntava dal petto dell'arcivescovo. Lo lasciai cadere all'istante – e il corpo dell'arcivescovo crollò con lui – ma il danno era fatto.

Jean Luc prese la mira e scoccò.

LA FORÊT DES YEUX

Reid

Presi Lou e mi accovacciai dietro l'altare. Ansel e Beau mi corsero dietro, reggendo Coco, che era a malapena cosciente. Le frecce ci piovevano in testa. Morgane le incenerì quasi tutte con un cenno della mano, ma una le affondò nella coscia. Urlò di rabbia.

«Da questa parte.» Con voce smorzata, Coco indicò l'interno del tempio. «C'è… un'altra uscita.»

Esitai per un istante. Un'altra pioggia di frecce distrasse Morgane: ora o mai più.

«Portali fuori.» Posai Lou tra le braccia di Beau. «Vi raggiungo.»

Prima che potesse protestare, uscii da dietro l'altare e andai verso il corpo di Madame Labelle. Nessuna freccia l'aveva ancora colpita, però la fortuna non sarebbe durata in eterno. Un dardo mi sibilò accanto all'orecchio. Tirai Madame Labelle per il polso e la presi tra le braccia. Cercai di farle scudo con il mio corpo.

Fuoco e dardi mi inseguirono mentre mi dirigevo velocemente verso il tempio. All'improvviso provai un dolore acuto alla spalla, ma non osavo fermarmi.

Il suono della battaglia si spense appena entrai nella quiete innaturale del tempio. Davanti a me Ansel, Coco e Beau correvano verso l'uscita. Li seguii, sforzandomi di ignorare la sostanza calda e bagnata che mi colava sul braccio. I lievi gemiti di dolore che sfuggivano dalla bocca di Madame Labelle.

È viva. Viva.

Non mi guardai indietro per vedere se Morgane o Jean Luc mi incalzavano. Mi concentrai soltanto sul piccolo rettangolo di chiaro di luna in fondo al tempio, sui capelli di Coco che ondeggiavano mentre lo varcava.

Coco.

Coco poteva guarirla.

Li raggiunsi mentre si addentravano nelle ombre della foresta. Non rallentarono.

Mi spinsi in avanti e presi Coco per un braccio. Aveva gli occhi annebbiati, offuscati. Le porsi il corpo ferito di Madame Labelle. «Aiutala. Ti prego.» Mi tremava la voce, ma non mi importava. Spinsi mia madre tra le sue braccia. «Per favore.»

Ansel guardò dietro di noi, ansimando. «Reid, non c'è tempo...»

«Per favore.» Non staccai mai gli occhi dal viso di Madame Labelle. «Sta morendo.»

Coco batté piano le palpebre. «Ci proverò.»

«Coco, sei troppo debole!» Beau spostò Lou tra le braccia, rosso in volto e ansimante. «Non ti reggi in piedi!»

Per tutta risposta lei si portò il polso alla bocca e graffiò la pelle sottile. Un odore acre riempì l'aria quando si tirò indietro con le labbra sporche di sangue. «Ci farà guadagnare tempo finché non arriviamo all'accampamento.» Sollevò il polso verso il petto di Madame Labelle. Guardammo ipnotizzati il sangue che gocciolava e sfrigolava toccando la sua pelle.

Beau osservò incredulo la ferita che si richiudeva. «Come...?»

«Non adesso.» Coco scosse la testa, stringendo gli occhi, mentre il grido di un uomo risuonava da dietro il tempio. Le streghe dovevano aver radunato le forze, dopo essersi riprese dal panico iniziale. Non vedevo più la radura, ma immaginavo che stessero usando le uniche armi a loro disposizione: i loro consorti. Scudi umani contro le Balisarde dei miei confratelli.

Coco si voltò verso il corpo pallido di Madame Labelle. «Dobbiamo trovare presto il nostro accampamento, altrimenti morirà.»

Non dovette ripetercelo due volte. A testa china, corremmo nella foresta e nella notte.

Le ombre si addensavano intorno ai pini quando trovammo il nostro accampamento abbandonato. Madame Labelle era sempre più emaciata, ma continuava a respirare. Il suo cuore batteva ancora.

Coco frugò nella sua borsa e tirò fuori un barattolo pieno di un denso fluido color ambra. «Miele» spiegò, vedendomi ansioso. «Sangue e miele.»

Distendemmo Madame Labelle per terra e scrutai con curiosità morbosa Coco che si riapriva il taglio sul polso e mescolava il sangue con il miele. Applicò delicatamente la mistura sulla ferita che Madame Labelle aveva sul petto. Quasi all'istante, i respiri diventarono più profondi. Il colore tornò alle guance. Mi buttai in ginocchio, non volevo più staccare gli occhi da lei. Neppure per un secondo. «Come?»

Coco si sedette, chiuse gli occhi e si massaggiò le tempie. «Te l'ho detto, la mia magia viene da dentro. Non... non come quella di Lou.»

Lou.

Mi tirai in piedi a fatica.

«Sta bene.» Ansel teneva in grembo la testa di Lou, dall'altra parte dell'accampamento. Corsi da loro e osservai il volto esangue di mia moglie, la gola squarciata, le guance scavate. «Respira ancora. Il cuore batte forte.»

Mi girai verso Coco nonostante le rassicurazioni di Ansel. «Puoi curare anche lei?»

«No.» Coco scattò in piedi come se si fosse ricordata improvvisamente di qualcosa, e tirò fuori dalla borsa un involto di erbe e un pestello con un mortaio. Si mise a pestare le erbe per ridurle in polvere. «L'hai già curata tu.»

«Allora perché non si sveglia?» sbottai.

«Dalle tempo. Si sveglierà appena sarà pronta.» Con respiri affannosi, irregolari, lasciò gocciolare il sangue dal polso sulla polvere e si coprì le dita con la mistura. Poi avanzò carponi fino a Lou. «Spostati. Ha bisogno di protezione. Ne abbiamo tutti.»

Guardai la mistura con repulsione. Puzzava terribilmente. «No.»

Con un verso di impazienza, lei mi spintonò da parte e passò un pollice insanguinato sulla fronte di Lou. Poi su quella di Madame Labelle. Poi su quella di Beau, poi Ansel. Li fissai tutti in cagnesco e quando la mano si avvicinò al mio viso la allontanai.

«Non comportarti da idiota, Reid. È salvia» disse lei. «È il massimo che posso fare contro Morgane.»

«Rischierò.»

«No che non rischierai. Sarai il primo obiettivo di Morgane quando non riuscirà a trovare Lou... *se* non riesce a trovare Lou.» Si voltò verso la sagoma inerte di Lou, che sembrò accasciarsi. Beau e Ansel allungarono le mani per sorreggerla. «Non so se sono abbastanza forte per proteggerla.»

«Qualsiasi cosa sarà d'aiuto» mormorò Beau.

Una banalità di circostanza. Non ne sapeva più di me sulla magia. Avevo appena aperto la bocca per dirglielo quando Ansel emise un gran sospiro e mi toccò la spalla. Supplicante. «Fallo per Lou, Reid.»

Restai immobile mentre Coco mi spalmava il suo sangue sulla fronte.

Eravamo tutti d'accordo di lasciare l'accampamento il prima possibile, ma le pendici della montagna si dimostrarono altrettanto pericolose di Chateau. Streghe e chasseur vagavano nella foresta con intenti omicidi. Più di una volta eravamo stati costretti ad arrampicarci sugli alberi per non essere visti, non avendo la certezza che la protezione di Coco potesse durare. Mani sudate. Membra tremanti.

«Se la fai cadere ti ammazzo» aveva sibilato lei, guardando Lou priva di sensi tra le mie braccia. Come se potessi mollare la presa su di lei. Come se fossi disposto a lasciarla andare via un'altra volta.

In tutto quel tempo, Morgane non si era rivelata.

Sentivamo la sua presenza aleggiare su di noi, ma nessuno osava parlarne: come se dare voce alla paura potesse attirarla lì. Non parlavamo neppure di ciò che avevo fatto al tempio. Ma il ricordo continuava a tormentarmi. La sensazione disgustosa del coltello che affondava nella carne dell'arcivescovo. Il secondo affondo per forzare la lama tra le ossa e fino al cuore.

Gli occhi dell'arcivescovo – spalancati e confusi – quando il suo figlio mancato l'aveva tradito.

Sarei bruciata all'inferno per quel che avevo commesso. Sempre che l'inferno esistesse.

Madame Labelle si svegliò per prima.

«Acqua» gracchiò. Ansel corse a prendere la sua borraccia mentre io andavo da lei. La guardai. La ispezionai. Cercai di placare i battiti del cuore. Come Lou, anche lei era sempre pallida e malata, e i familiari occhi azzurri erano circondati da lividi sbiaditi.

Una volta lasciata cadere la borraccia, quegli occhi cercarono i miei. «Cos'è successo?»

«Siamo usciti.»

«Sì, questo è evidente» disse lei con imprevedibile vivacità. «Intendo, come?»

«Be'...» Guardai gli altri. Quanto avevano indovinato? Quanto avevano visto? Sapevano che avevo ucciso l'arcivescovo, e sapevano che Lou era sopravvissuta... ma avevano collegato le due cose?

Mi bastò un'occhiata a Coco per avere la risposta. Sospirò rumorosamente e venne avanti, aprendo le braccia. «Lasciala a me» disse riferendosi a Lou. Esitai, e i suoi occhi si indurirono. «Prendi tua madre, Reid. Andate a fare un giro. Raccontale tutto... altrimenti ci penserò io.»

Guardai gli altri, ma nessuno sembrava sorpreso da quelle parole. Quando Beau fece un cenno secco del capo e mimò con le labbra *fallo e togliti il pensiero*, capii di non avere scelta.

«E va bene.» Depositai Lou tra le sue braccia. «Non andremo lontano.»

Portai Madame Labelle a poca distanza, appena fuori dalla portata d'orecchio, la feci sedere sulla terra più morbida che trovai e mi sistemai davanti a lei.

«Be'?» Si lisciò le gonne con impazienza. Sbuffai. A quanto pareva, le esperienze di pre-morte rendevano irritabile mia madre. Non mi dispiaceva, a essere sincero: il suo nervoso mi dava qualcos'altro su cui concentrarmi a parte il mio disagio crescente. Molte cose non dette erano passate tra noi nel momento in cui stava per morire.

Senso di colpa. Rabbia. Nostalgia, rimpianto.

No, era molto più facile affrontare l'irritazione che tutte quelle cose.

Le raccontai l'accaduto in tono asciutto, lasciando sul vago il mio ruolo nella nostra fuga. Ma Madame Labelle era una donna fastidiosamente intelligente. Mi fiutò come una volpe.

«C'è qualcosa che non mi racconti.» Si sporse in avanti e mi studiò stringendo le labbra. «Cos'hai fatto?»

«Non ho fatto niente.»

«Ah no?» Inarcò un sopracciglio e si appoggiò all'indietro sulle mani. «Quindi secondo te avresti ucciso il tuo patriarca – un uomo che amavi – senza motivo apparente?»

Amavi. Mi si formò un groppo in gola a sentire quel verbo al passato. Lo scacciai con un colpo di tosse. «Ci ha traditi...»

«E poi tua moglie è tornata in vita, anche questo senza motivo apparente?»

«Non è mai stata morta.»

«E tu come lo sai?»

«Perché...» Mi interruppi, rendendomi conto troppo tardi che non ero in grado di spiegare il filo vitale che aveva legato Lou e l'arcivescovo. Altrimenti mi sarei rivelato. Madame Labelle osservò attenta la mia esitazione e io sospirai. «L'ho... visto, in qualche modo.»

«Come?»

Le spalle mi dolevano per la tensione. «C'era una corda. Che… li univa. Pulsava al ritmo del cuore di Lou.»

Si alzò a sedere di scatto, con una smorfia di dolore. «Hai visto un disegno.»

Non dissi nulla.

«Hai visto un disegno» ripeté, quasi parlando tra sé, «e l'hai riconosciuto. Hai… agito sulla sua base. Come hai fatto?» Si sporse di nuovo in avanti, mi afferrò un braccio con forza sorprendente benché le tremassero le mani. «Da dove è venuto? Devi dirmi tutto ciò che ricordi.»

Allarmato, le cinsi le spalle con un braccio. «Dovete riposare. Possiamo parlarne più tardi.»

«Dimmelo.» Mi affondò le unghie sulla pelle dell'avambraccio.

La guardai storto. Lei ricambiò l'occhiataccia. Alla fine, consapevole che non voleva cedere, parlai. «Non ricordo. È successo tutto troppo in fretta. Morgane ha tagliato la gola a Lou e io pensavo che fosse morta, e… e poi era tutto buio. L'oscurità mi ha inghiottito e non ero più in grado di pensare. Ho solo… reagito.» Mi interruppi. «Ecco da dove veniva quella corda… dalle tenebre.»

All'improvviso mi ricordai quel posto orribile. Ero solo, laggiù: veramente, assolutamente solo. Il vuoto mi faceva pensare all'inferno come l'avevo sempre immaginato. Strinsi i pugni.

Avevo lavato via il sangue dell'arcivescovo, ma alcune macchie erano rimaste.

«Straordinario.» Madame Labelle mi lasciò il braccio e si appoggiò con la schiena all'indietro. «Non credevo che fosse possibile, ma… non c'è altra spiegazione. La corda… l'equilibrio che ha trovato… tutto torna. E non solo hai visto il disegno, ma sei riuscito a manipolarlo. È inaudito…

non si era mai visto… è straordinario.» Mi fissò meravigliata. «Reid, tu hai la magia.»

Aprii la bocca per smentirla, ma la richiusi quasi subito. Non doveva essere possibile. Lou mi aveva detto che non era possibile. Eppure eccomi qua. Macchiato. Sporcato dalla magia e dalla morte che sempre le faceva seguito.

Ci guardammo in un silenzio teso per alcuni secondi.

«Come?» La mia voce suonava più disperata di quanto avrei voluto, ma avevo bisogno di quella risposta più che del mio orgoglio. «Com'è potuto succedere?»

La meraviglia si spense nei suoi occhi. «Non lo so. Sembrerebbe che la morte imminente di Lou ti abbia stimolato.» Mi prese la mano. «So che è difficile per te, ma questo cambia ogni cosa, Reid. Sei il primo, ma se ce ne fossero altri? Se ci sbagliassimo sul conto dei nostri figli?»

«Non esistono streghe maschio.» Quelle parole non suonavano convincenti neanche alle mie orecchie.

Le si dipinse sulle labbra un sorriso triste. «Eppure eccoti qui.»

Distolsi lo sguardo, perché non riuscivo a sopportare la compassione sul suo viso. Avevo la nausea. Peggio ancora, sentivo di aver subìto un torto. Per tutta la vita avevo odiato le streghe. Avevo dato loro la caccia. Le avevo uccise. E ora, per un crudele scherzo del destino, ero uno di loro.

La prima strega maschio.

Se c'era un Dio, o una Dea, aveva un pessimo senso dell'umorismo.

«Se n'è accorta?» mormorò Madame Labelle. «Morgane?»

«Non ne ho idea.» Chiusi gli occhi, però me ne pentii subito. Vidi troppe facce. Una in particolare. Gli occhi sbarrati. Spaventato. Confuso. «Gli chasseur mi hanno visto uccidere l'arcivescovo.»

«Sì, questo è un potenziale problema.»

Fui pervaso da un nuovo dolore. Tagliente, aspro. Ruvido. «Un potenziale problema? Jean Luc ha cercato di uccidermi.»

«E continuerà a provarci, temo, come anche le streghe. Molte di loro sono morte stanotte nella loro sciocca smania di vendetta. Nessuna dimenticherà il ruolo che hai svolto nella vicenda; tantomeno Morgane.» Sospirò e mi strinse forte la mano. «C'è poi la questione di tuo padre.»

Se possibile, mi sentii ancora peggio. «In che senso?»

«Scoprirà cos'è successo al tempio. Ben presto scoprirà il tuo nome... e quello di Lou.»

«Nulla di questo è colpa di Lou...»

«Non importa di chi sia la colpa. Il sangue di tua moglie ha il potere di annientare la sua intera dinastia. Pensi davvero che chiunque, soprattutto un re, permetterebbe a un pericolo simile di sopravvivere indisturbato?»

«Ma è innocente.» Sentii accelerare i battiti del cuore, li udii nelle orecchie. «Non può imprigionarla per i crimini di Morgane...»

«Chi ha parlato di prigione?» Inarcò le sopracciglia e mi accarezzò la guancia. Stavolta non mi ritrassi. «La vorrà morta, Reid. Arsa sul rogo, per la precisione, in modo che neanche una goccia del suo sangue si possa usare per gli orrendi propositi di Morgane.»

Mi convinsi di non aver sentito bene. Sperai che scoppiasse a ridere, o che un *feu follet* mi riportasse nel mondo reale. Invece no. Era quella la mia nuova realtà. La collera esplose dentro di me, bruciando gli ultimi scrupoli. «Perché *cazzo* tutti in questo regno vogliono ammazzare mia moglie?» Dalle labbra di Madame Labelle sfuggì un risolino, eppure io non ci trovavo niente da ridere. «Cosa possiamo fare? Dove possiamo andare?»

«Verrete con me, naturalmente.» Coco sbucò da dietro un grande pino, sghignazzando. «Scusa, stavo origliando, ma ho immaginato che non ti sarebbe dispiaciuto, visto che...» Accennò a Lou tra le sue braccia.

Lou.

Ogni traccia di rabbia – ogni dubbio, ogni domanda, ogni pensiero – mi svanì dalla testa quando quegli occhi verdeazzurri incontrarono i miei.

Era sveglia. Era sveglia e mi guardava come se mi vedesse per la prima volta. Mi feci avanti, nel panico, pregando che le sue facoltà mentali fossero intatte. Che si ricordasse di me. Che Dio non mi avesse giocato un altro scherzo crudele...

«Reid» disse lentamente, incredula, «hai per caso detto una parolaccia?»

Poi si sporse sopra il braccio di Coco e vomitò bile sul sottobosco della foresta.

LA VOISIN

Lou

«Sto bene, davvero.» Ripetei quelle parole per la centesima volta, ma non ero affatto sicura di stare bene.

A quanto mi era dato sapere, i tessuti interni della mia gola erano tenuti insieme solo da una cicatrice orribile a vedersi, lo stomaco soffriva ancora dei postumi dell'abominevole droga di mia madre, le gambe erano anchilosate per lo scarso uso e la mente era in subbuglio per le informazioni che avevo appena origliato.

Reid era lì.

Ed era una strega.

E... aveva appena detto *cazzo.*

Forse ero morta. Era certamente più plausibile che sentire Reid imprecare con tanta deliziosa precisione.

«Sei sicura di stare bene?» insistette lui.

Nella fretta di raggiungermi aveva completamente ignorato la bile sparsa a terra. Poveretto. E Coco – che forse aveva percepito che Reid era prossimo a un crollo mentale – mi aveva ceduta senza opporre resistenza. Cercai di non serbare loro rancore anche se mi trattavano come un sacco di patate. Sapevo che avevano buone intenzioni, ma insomma, ero perfettamente capace di muovermi da sola.

In effetti mi girava la testa, per via dell'improvvisa vicinanza di Reid, quindi forse era una buona idea che mi portasse in braccio, dopotutto. Gli strinsi le braccia al collo e annusai il suo odore.

Era un'ottima idea. «Sì, sono sicura.»

Reid fece un sospiro di sollievo, chiuse gli occhi e posò la fronte sulla mia.

Madame Labelle rivolse a Coco un sorriso carico di significato. «Cara, penso di volermi sgranchire un po' le gambe. Ti spiacerebbe accompagnarmi?»

Coco la aiutò ad alzarsi. Sosteneva gran parte del suo peso, ma Madame Labelle impallidì lo stesso per lo sforzo. Reid aprì gli occhi e le si avvicinò preoccupato. «Non penso proprio che dovresti camminare.»

Madame Labelle lo zittì con un'occhiataccia. Impressionata, memorizzai quell'espressione per usarla in seguito. «Sciocchezze. Il mio corpo ha bisogno di ricordare cosa significa essere un corpo.»

«Verissimo» mormorai.

Reid mi guardò indispettito. «Vuoi camminare anche tu?»

«Be'... no. Sto bene così, grazie.»

«Ne parliamo dopo.» Coco alzò gli occhi al cielo, ma il suo sorriso si allargò. «Per favore, allontanati abbastanza per non farti sentire, stavolta. Non ho alcuna voglia di origliare anche questa conversazione.»

«O l'assenza di conversazione.»

Madame Labelle storse il viso in una smorfia di disgusto. «Ecco il momento giusto per andarmene. Cosette, fa' strada, e vedi di sbrigarti.»

Smisi di sorridere e le osservai zoppicare via. Era la prima volta che io e Reid restavamo soli dopo... be', tutto quanto. Anche lui sembrava percepire l'improvviso cambiamento nell'aria tra di noi. Ogni muscolo del suo corpo si tese, si irrigidì. Come se si preparasse a fuggire… o a combattere.

Ma era ridicolo. Io non volevo combattere. Dopo tutto quello che avevo passato, che *avevamo* passato, avevo combattuto a sufficienza per una vita intera. Gli posai una mano sulla guancia. «Una *couronne* per i tuoi pensieri?»

Ansiosi occhi color del mare scrutarono nei miei, però non disse nulla.

Purtroppo – almeno per Reid – non ero mai stata un'amante del silenzio. Mi rabbuiai e lasciai ricadere la mano. «So che è difficile per te, Reid, ma prova a non renderlo più imbarazzante di quanto non sia.»

Tanto bastò a risvegliare la vita nel suo sguardo. «Perché non sei arrabbiata con me?»

Oh, Reid. L'odio riluceva limpido nei suoi occhi: ma non per me, come un tempo avevo temuto. Per se stesso. Gli posai la testa sul petto. «Non hai fatto niente di male.»

Scosse il capo e mi abbracciò più stretta. «Come puoi dire così? Ti ho permesso di cacciarti in… questo.» Si guardò intorno con un'espressione addolorata, poi mi fissò la gola. Deglutì. «Avevo promesso di proteggerti, invece ti ho abbandonato alla prima occasione.»

«Reid.» Quando si rifiutò di guardarmi, gli posai di nuovo una mano sulla guancia. «Sapevo chi eri. Sapevo in cosa credevi… e mi sono innamorata di te lo stesso.»

Chiuse gli occhi e una lacrima gli scivolò sulla guancia. Mi si strinse il cuore.

«Non ti ho mai serbato rancore per questo. Davvero. Reid, ascoltami.» Aprì gli occhi a malincuore e lo costrinsi a incrociare il mio sguardo, perché volevo disperatamente che capisse. «Da bambina, vedevo il mondo in bianco e nero. Gli chasseur erano nemici. Le streghe amiche. Noi eravamo buone e loro cattivi. Non c'erano vie di mezzo. Poi mia madre ha cercato di uccidermi e all'improvviso quella realtà semplice e dai contorni netti è andata in mille pezzi.» Gli asciugai la lacrima. «Puoi immaginare il mio disappunto il giorno in cui è arrivato uno chasseur molto alto con i capelli ramati e ha disintegrato quel che restava dei mille pezzi.»

Si lasciò scivolare a terra, tirandomi giù con lui. Ma non avevo finito. Aveva rischiato tutto per me venendo a Chateau. Aveva abbandonato la sua vita, i valori in cui credeva, per scegliere me. Non lo meritavo, però ringraziavo Dio lo stesso.

«Dopo averti scaraventato sul palco da dietro quel sipario» sussurrai, «ti ho detto che avresti dovuto aspettarti da me che mi comportassi come una criminale. Non ti ho detto che ero una strega perché seguivo io stessa i miei consigli, cioè mi aspettavo che tu ti comportassi come uno chasseur, e invece non l'hai fatto. Non mi hai uccisa. Mi hai lasciata andare.» Abbassai la mano, ma lui la prese e se la appoggiò di nuovo al viso.

La sua voce era carica di emozione. «Avrei dovuto correrti dietro.»

Gli presi il volto tra le mani. «Non avrei dovuto mentire.»

Trasse un respiro affannoso. «Ho detto… cose terribili.»

«Sì.» Mi incupii a quel ricordo. «Le hai dette.»

«Non le pensavo davvero… tranne una.» Poggiò le mani sulle mie e mi guardò come se potesse scrutarmi nell'anima. Forse poteva. «Ti amo, Lou.» Gli occhi gli si riempirono di lacrime. «Non ho mai visto nessuno apprezzare qualcosa nel modo in cui tu apprezzi tutto. Mi fai sentire vivo. Solo essere in tua presenza è una droga. *Tu* sei una droga.

Non importa se sei una strega. La maniera in cui vedi il mondo... voglio vederlo così anch'io. Voglio stare sempre con te, Lou. Non voglio mai più separarmi da te.»

Non riuscii a trattenere le lacrime. «Dove andrai tu andrò anch'io.»

Piano, con gesti attenti, premetti le labbra sulle sue.

Tornai camminando da sola, ma il mio corpo si stancò subito.

Quando finalmente arrivammo al campo, gli altri stavano preparando la cena. Coco aveva acceso un piccolo fuoco e Madame Labelle spargeva il fumo in aria con le dita. Due grassi conigli arrostivano sullo spiedo. Sentii contrarre lo stomaco e mi premetti un pugno sulla bocca per non vomitare di nuovo.

Ansel fu il primo a vederci. Un largo sorriso gli illuminò il volto, posò la pentola che reggeva e corse a noi, stringendomi in un forte abbraccio. Reid mi lasciò andare con riluttanza e io ricambiai l'abbraccio di Ansel con altrettanto fervore.

«Grazie» gli sussurrai all'orecchio. «Di tutto.»

Arrossì mentre si staccava da me, ma continuò a cingermi in vita. Reid si sforzò di non sorridere.

Beau era appoggiato a un albero a braccia conserte. «Sapete, non era proprio quello che avevo in mente quando ho detto che potevamo divertirci insieme, Madame Diggory.»

Inarcai un sopracciglio, rammentando il suo petto nudo che brillava al chiaro di luna. «Mi sembra che certe parti della serata siano state divertenti.»

Sorrise. «Avete apprezzato lo spettacolo, quindi?»

«Molto. A quanto pare frequentiamo gli stessi pub.»

Le dita di Madame Labelle si muovevano ancora pigre nell'aria. Un rivolo di magia si sprigionava dai polpastrelli e faceva svanire il fumo. «Detesto interrompervi, però i nostri conigli si stanno bruciando.»

Il sorriso di Beau svanì. Corse a tirar via i conigli anneriti dallo spiedo, tra alti lamenti. «Ho impiegato una vita a catturarli.»

Coco alzò gli occhi al cielo. «A guardare *me* che li catturavo, intendi.»

«Scusa?» Beau sollevò con aria indignata il più piccolo dei due animali. «Ho colpito questo, grazie tante!»

«Sì, l'hai beccato sulla zampa. Ho dovuto inseguire quella povera creatura per darle il colpo di grazia.»

Quando Beau aprì la bocca per rispondere, con il fuoco negli occhi, mi rivolsi a Reid. «Mi sono persa qualcosa?»

«Si comportano così da quando siamo partiti» disse Ansel. Non mancai di notare la soddisfazione nella sua voce e il sorrisetto che aveva in faccia.

«Il principe ha faticato un po' ad abituarsi alla vita nella natura» spiegò Reid a bassa voce. «Coco era... insoddisfatta.»

Mi venne da ridere. Quando però il litigio proseguì, e non sembrò che nessuna delle parti in causa volesse cedere, agitai una mano per richiamare la loro attenzione. «Scusate.» Entrambi si girarono a guardarmi. «Tutto ciò è molto divertente, ma abbiamo questioni più importanti di cui parlare.»

«Per esempio?» sbottò Beau.

Che cretino. Mi venne quasi da sorridere, ma mi trattenni vedendo la ferocia dell'espressione di Coco. «Non possiamo nasconderci per sempre in questa foresta. Ormai Morgane conosce le vostre facce, e vi ucciderà perché mi avete aiutata a fuggire.»

Beau fece uno sbuffo di scherno. «Mio padre monterà la sua testa su una picca appena viene a sapere dei suoi progetti.»

«E dei miei» osservai.

«Probabile.»

Sì, decisamente un cretino.

Madame Labelle sospirò. «Auguste prova invano a catturare Morgane da decenni: come i suoi antenati non sono riusciti a prendere una sola Dame des Sorcières nella loro lunga e sanguinosa storia. È improbabile che ci riesca adesso. Morgane rimarrà una minaccia per tutti noi.»

«Ma ora gli chasseur sanno dove si trova Chateau» intervenne Reid.

«Non possono comunque entrare senza una strega.»

«L'hanno fatto stavolta.»

«Ah… sì.» Madame Labelle si schiarì la voce e distolse lo sguardo, lisciandosi la gonna stropicciata e macchiata di sangue. «Perché ce li ho condotti io.»

«Che cosa?» Reid si irrigidì accanto a me e il tipico rossore gli risalì dal collo verso le guance. «Avete… incontrato Jean Luc? Siete impazzita? Come? Quando?»

«Dopo avervi fatti allontanare con quelle tre chiacchierone.» Si strinse nelle spalle e si chinò a grattare un pezzo di legno carbonizzato ai suoi piedi. Quando il tizzone si mosse e spalancò due luminosi occhi gialli, mi venne quasi un infarto. Non era un pezzo di legno. Non era neppure un gatto. Era un…

«Il matagot ha inviato un messaggio ai tuoi commilitoni poco dopo il nostro diverbio. Jean Luc non era molto contento che un demone gli si aggirasse nella mente, ma neppure lui ha potuto ignorare l'opportunità che gli offrivo. Ci siamo incontrati sulla spiaggia fuori da Chateau e li ho portati fin dentro i confini dell'incantesimo. Dovevano aspettare il mio segnale. Quando non sono riapparsa, Jean Luc ha preso l'iniziativa.» Si toccò il corpetto dell'abito incrostato di sangue come ricordando la sensazione del coltello di Morgane che le affondava nel petto. Mi venne un groppo in gola. La capivo. «E grazie alla Dea per avergliela fatta prendere.»

«Sì» convenni subito, prima che Reid potesse interrompermi. Il rossore gli era arrivato fino alla punta delle orecchie e sembrava in procinto di sviare ulteriormente la conversazione strozzando qualcuno. «Ma ora stiamo peggio di prima.»

«Perché?» Ansel aggrottò la fronte. «Gli chasseur hanno ucciso decine di streghe. Morgane si sarà quantomeno indebolita, no?»

«Può darsi» mormorò Madame Labelle, «ma un animale ferito è una bestia pericolosa.»

Vedendo che Ansel era ancora perplesso, lo strinsi in vita. «Tutto quello che è successo – tutto quello che abbiamo fatto – non servirà che a renderla più furiosa. E anche le altre streghe. Questa guerra non è affatto finita.»

Calò un silenzio colmo di presagi mentre tutti riflettevano sulle mie parole.

«Bene» disse Coco, alzando la testa. «C'è un'unica cosa da fare. Tornerete con me nella mia congrega. Morgane non potrà toccarvi, lì.»

«Coco...» Incrociai il suo sguardo con riluttanza. Lei serrò la mascella e si mise una mano sul fianco. «È altrettanto probabile che vogliano ucciderci anziché aiutarci.»

«Non lo faranno. Sarete sotto la mia protezione. Nessuno della mia stirpe oserà toccarvi con un dito.»

Ci fu un'altra pausa, durante la quale ci fissammo l'un l'altro.

«Non hai molta altra scelta, Louise cara» disse infine Madame Labelle. «Neanche Morgane è così stupida da aggredirti nel cuore di una congrega di sangue, e Auguste e gli chasseur non riuscirebbero a trovarti, lì.»

«Voi non venite con noi?» chiese Reid, sorpreso. La pelle sulla sua nuca era quasi intonata al rosso dei capelli, e le mani restavano chiuse a pugno. Gliene aprii una con una carezza delicata della nocca e intrecciai le dita alle sue. Lui trasse un respiro profondo e si rilassò un po'.

«No.» Madame Labelle aveva la gola serrata; il matagot si strofinò con la testa sul suo ginocchio in un gesto di strana docilità. «Non lo rivedo da anni, ma penso... penso sia finalmente giunta l'ora di fare una conversazione con Auguste.»

Beau era perplesso. «Solo un perfetto idiota gli direbbe che siete una strega.»

Io e Reid lo guardammo male, ma Madame Labelle si limitò ad alzare una spalla in un gesto elegante. «Be', meno male che non sono una perfetta idiota, allora. Tu verrai con me, naturalmente. Non posso più entrare a piacimento nel castello. Insieme, forse potremo convincere Auguste a desistere dagli sciocchi piani che sta certamente architettando.»

«Cosa vi fa pensare che riuscirete a convincerlo di qualcosa?»

«Un tempo mi amava.»

«Sì. Sono certo che mia madre sarà felicissima di venirlo a sapere.»

«Scusate, ma non capisco.» Ansel scrollò la testa e guardò Coco. «Perché credi che saremo al sicuro con la tua congrega? Se Morgane è pericolosa come dicono tutti... riusciranno davvero a proteggerci?»

Coco fece una risatina. «Tu non sai chi è mia zia, vero?»
Ansel aggrottò le sopracciglia. «No.»
«Allora lascia che ti illumini.» Il suo sorriso si allargò, e nella luce morente del tramonto i suoi occhi sembrarono brillare di un cremisi intenso. «Mia zia è la strega La Voisin.»
Reid emise un gemito. «Merda.»

Ringraziamenti

Questa storia è passata per molte mani prima della pubblicazione, quindi ho numerose persone da ringraziare per avermi aiutata a darle una forma speciale.

Grazie a mio marito, RJ: non avrei potuto scrivere questo libro senza di te. Grazie per la tua pazienza durante tutto questo viaggio: per ogni sera in cui hai spazzolato i denti ai bambini e hai rimboccato loro le coperte mentre io scrivevo, e per ogni weekend in cui ti sei chiuso con loro nel seminterrato mentre io sbattevo la testa sul computer. Per tutti i piatti che hai lavato e il bucato che hai fatto mentre io facevo la revisione, e per tutte le corse al supermercato quando avevo esaurito gli energy drink. Non saprai mai quanto il tuo sostegno significa per me. Ti amo. (P.S. Ora tieni ufficialmente in mano il mio libro, e questo significa che… *è ufficialmente ora di leggerlo.*)

Ai miei figli, Beau, James e Rose: se posso riuscirci io, potete riuscirci anche voi. Seguite i vostri sogni.

Ai miei genitori, Zane e Kelly: avete incoraggiato il mio amore per la lettura e, soprattutto, l'amore per me stessa. Senza i vostri elogi – e la vostra totale fiducia nelle mie capacità – non avrei mai trovato il coraggio di proporre un romanzo agli editori. Non potrò mai ringraziarvi abbastanza per il vostro amore e sostegno incondizionato.

Ai miei fratelli e sorelle, Jacob, Justin, Brooke, Chelsy e Lewie: era difficile prendere sul serio una bambina di otto anni che scriveva poesie su Peter Pan, ma voi l'avete sempre fatto. Non vi siete mai burlati dei miei sogni di gloria. Il vostro entusiasmo significa moltissimo per me.

Ai miei suoceri, Dave e Pattie: grazie per tutte le volte in cui vi siete offerti di badare ai bambini. Vi vogliamo bene.

Ai miei amici di sempre Jordan, Spencer, Meghan, Aaron, Adrianne, Chelsea, Riley, Courtney, Austin e Jon: grazie di aver apprezzato la mia eccentricità e di avermi sopportato lo stesso. La vita è dura, e l'editoria è peggio, ma so che sarete sempre dalla mia parte. Ci vediamo alla festa nel fienile!

Alle mie prime compagne di recensioni, Katie e Carolyn: essendo state le prime persone a credere nella mia storia, voi due avrete sempre un posto speciale nel mio cuore. Grazie per l'incoraggiamento e le critiche, e per avermi aiutata a superare il blocco dello scrittore e a chiarire sottotrame complicate, e per avermi ricordato che questi personaggi sono speciali. Grazie a voi ho terminato la mia prima stesura: questo libro non sarebbe qui oggi senza di voi.

Alle mie prime beta reader – Mystique_ballerina, Somethings-Here, fashionablady, BadlandsQueenHalsey, drowsypug, Dj-westwood, Arzoelyn, Mishi_And_Books, reaweiger, lcholland-82700, laia233, saturday—, JuliaBattles e BluBByGrl—: grazie per tutte le letture, i commenti e i messaggi. Li ho apprezzati tutti dal primo all'ultimo.

A Brenda Drake, Heather Cashman e tutto il team di Pitch Wars: il vostro eccellente programma di mentorship ha dato avvio alla mia carriera di scrittrice. Grazie.

Al mio mentore di Pitch Wars, Jamie Howard: senza la tua visione, questo libro racconterebbe una vicenda molto diversa, e non in senso buono. Grazie di aver creduto in me e nella mia storia, e grazie per tutto il tempo e le energie che ci hai dedicato.

Alle mie compagne e sorelle di recensioni, Abby e Jordan: vi adoro entrambe. Siete entrate nella mia vita in un momento cruciale, e siamo diventate ben più che compagne di recensioni. Vi considero due sorelle. Grazie di aver camminato con me in questo folle viaggio, di avermi tenuto per mano nei momenti di incertezza e di avermi incoraggiato a continuare quando sarebbe stato più facile voltarsi e tornare indietro. La scrittura è un mestiere molto solitario, ma voi mi fate sentire meno sola.

Ai miei amici di scrittura Lindsay Bilgram, Madeline Johnston, Destiny Murtaugh, Abigail Carson, Kate Weiler, Jessica Bibi Cooper, Hannah Whitten, Layne Fargo, Allison L. Bitz, Laura Taylor Namey, Monica Borg, E.K. Thiede, Kimberly Vale, Elora Cook, Christina Wise, Isabel Cañas, Kylie Schachte, Luke Hupton, Rachel Simon e Lily Grant: grazie di essere una comunità online che offre grande appoggio. Siete tutti *meravigliosi* e sono grata di avervi incontrato per caso.

Alla mia francofila Catherine Bakewell: la tua conoscenza della lingua e cultura francese ha arricchito questa storia, in particolare gli insulti! Io e Lou saremo sempre in debito con la tua boccaccia.

Alla mia splendida agente, Sarah Landis: dopo tre secondi al telefono ho capito subito che eri l'agente giusta per me. Il tuo entusiasmo è contagioso e, soprattutto, hai la grande capacità di mettermi a mio agio, un'impresa non semplice per una persona ansiosa come me! La tua trasparenza e il tuo calore sono preziosissimi per orientarsi nel settore dell'editoria. Grazie di essere sempre dalla mia parte.

Alle mie sorelle e fratelli di agente, Erin A. Craig, Jessica Rubinkowski, Meredith Tate, Julie Abe, Jennie K. Brown, Ron Walters, Elisabeth Funk: la vostra conoscenza dell'editoria e le vostre esperienze sono state una risorsa importante per me. Grazie di aver condiviso le informazioni e l'incoraggiamento!

Alle mie beta reader, Erin Cotter, Margie Fuston, Megan McGee Lysaght, Lindsey Ouimet, Kylie Schachte, Emily Taylor, E.K. Thiede, Carol Topdjian, Kimberly Vale e Christina Wise: non potrò mai ringraziarvi abbastanza per aver trovato il tempo di leggere le prime versioni di questo libro. Il vostro feedback – positivo e negativo – ha contribuito a plasmare questa storia.

Alla mia fenomenale editor, Erica Sussman: non troverò mai le parole giuste per ringraziarti per la tua straordinaria pazienza e visione. Uno scrittore ha sempre un po' di paura quando consegna la sua storia a qualcun altro. Dopo la nostra prima sessione di brainstorming, però, quella paura è scomparsa. Mi fido completamente di te, per la storia, i personaggi, i meccanismi della magia e la costruzione del mondo di fantasia. Sei una vera rockstar. Grazie di aver amato questa storia quanto me.

Al mio team in HarperTeen – Sarah Kaufman, Alison Donalty, Jessie Gang, Alexandra Rakaczki, Ebony LaDelle, Michael D'Angelo, Bess Braswell, Olivia Russo, Kris Kam e Louisa Currigan – grazie di aver creduto in questa storia. Ammiro profondamente la vostra professionalità e mi considero fortunatissima a essere circondata da una squadra così talentuosa. Grazie di aver fatto avverare il mio grande sogno.

Questo volume è stato stampato nel settembre 2022
presso Rotolito S.p.A. - Milano